文春文庫

笑うマトリョーシカ

早見和真

文藝春秋

目次

〈初出〉「オール讀物」二〇一七年十二月号から
二〇一八年十二月号（単行本第四部は書下ろし）
単行本　二〇二一年十一月　文藝春秋刊
DTP制作　LUSH

笑うマトリョーシカ

プロローグ

のし上がった。という感覚は乏しい。

やっとここまで。という感慨も皆無だ。

それでも、南向きに拓《ひら》けた窓の外に広がる景色がいつもより輝いて見える。永田町の衆議院第一議員会館。その九階の窓から見下ろせる秋の陽にさらされた首相官邸が、いつもより小さく見える。

新調したばかりの革張りのチェアに深く腰かけたまま、壁の額に視線を移す。金縁のそれに収められた『生者必滅会者定離《しょうじゃひつめつえしゃじょうり》』の文字は、地元・愛媛県愛南町《あいなんちょう》出身の書家に記してもらったものだ。

「生きる者は必ず死に、出会った者は離れることが定め」

たとえそれが死別であったとしても、生き別れであったとしても――。そんなことを示した仏語に、これまで何度救われてきたかわからない。

言っているのはきっと大層なことではない。しかし、たとえば耐えられないような裏切りにあったとき、理不尽な別れに直面したとき、心が打ち砕かれそうなとき、逆に甘さが顔を見せそうになったときに支えてくれたのは、この言葉だった。議員会館の壁を彩るに値する、人生における座右の銘だ。

デスクの上には新聞が山積みになっている。どの新聞も間近に迫った羽生《はぶ》雅文《まさふみ》首相の内閣改造について大々的に伝えている。そして、やはりどの新聞にも「文科大臣・留任」として「清家《せいけ》一郎《いちろう》」の名前がある。

とくに今朝は公用車の中だけでなく、宿舎でも食い入るように読み込んできた。その中で一紙だけ異彩を放っていたのが『東都新聞』の一面トップの見出しだ。

『清家官房長官、誕生へ』

政府関係筋の談話として掲載されたスクープ記事が、実際にどの筋の情報提供によるものかはわからない。

情報管理は政治家にとって死活問題であるが、気分は悪くなかった。所属する政権与党と、この国のオピニオンを長く牽引してきた『東都新聞』との関係性は、一時期、目も当てられないほど悪かった。それを「政治も報道も本来は同じ方向を向いている。国民の幸せのみを考えるべきだ」と、ここ数年、羽生総理が懸命に修復しようとしてきた。きっと両者の雪解けをアピールするのにうまく利用されたのだろう。

朝からひっきりなしに祝いの電話がかかってくる。陳情にやって来た地元の商工会のメンバーは早速大きな胡蝶蘭の鉢を持ってきた。

もう決定事項のように嬉しそうにする彼らに対し、僕は「いやいや、私は何も聞かされていませんよ。この時期の人事報道ほど当てにならないものはありません」と、ひたすら困惑してみせた。

誰が敵かわからない。いや、タチが悪いのは味方でありながら足を引っ張る者であり、足を引っ張っているという自覚のない人間だ。そんな者たちと、これまでどれだけ関わってきたことだろう。

直前の打ち合わせがめずらしく早く終わり、急遽《きゅうきょ》できたつかの間の休憩時間だった。たとえ五分でも、十分でもいいから眠っておこうと思ったが、やはり報道によって気が昂《たか》ぶっているのだろう。目は冴える一方だ。

そうこうしているうちに、部屋の戸がノックされた。

「先生、そろそろです」

そう口にした政策担当秘書、鈴木《すずき》俊哉《としや》とは、僕が政治家を志すはるか前からのつき合いだ。この世界に身を置くことを真っ先に報告したのも鈴木だったし、それ以前から何かあれば鈴木に相談を持ちかけていた。

古い腕時計の針は十五時を指している。すぐに予定を思い出せない。

「次ってなんだっけ？」

「東都新聞ですよ」

「え、東都？」

「はい。例の文化部の」

「ああ、そっちか。そうか、あれってよりによって今日だったんだな。忘れてた」

最近出したばかりの自伝について、鈴木から「できれば東都の取材を受けていただきたいのですが。ちょっと断りづらい案件でして」と頼まれていたのを思い出す。

文化面の取材とはいえ、このタイミングで東都の記者を事務所に招き入れることに運命めいたものを感じた。

ゆっくりと立ち上がり、備えつけの鏡を覗き込む。「写真撮影はありません」という察しのいい鈴木の声を背後に聞いて、髪の毛を整える程度にしておいた。

鈴木の視線を感じながら、問いかける。

「俺たち、もう何年になる？」

それこそ長いつき合いのおかげか、それとも秘書という職業柄か。あきらかに言葉足らずの質問に、鈴木は「なんのことですか？」などと尋ねてこない。当然のように応じてくれる。

「高校の入学式からなので、そうですね。三十一、二年といったところでしょうか」

「長かったよな」

「そうですかね。私はあっという間に感じます。昨日のようとは言いませんけど、先生と出会ったのはつい最近だという気がします」

鈴木はやり返すように笑みを浮かべた。鈴木がリラックスした仕草を見せるのは、二人きりのときだけと決まっている。

鈴木は唐突な昔話の理由も察してくれた。

「このタイミングで言うのもおかしいですが、ひとまずおめでとうございます」

「何がだ？」

「本当にここまで来たんですよね」と、鈴木はデスクの上の『東都新聞』にゆっくりと手を伸ばし、噛みしめるようにつぶやいた。

「残念ながら〝史上最年少〟には及びませんでしたけど、四十代で官房長官。本当に立派です」

鈴木の感慨深そうな一言に、僕はたまらず吹き出した。

「さっきからなんの話をしてるんだよ。俺はまだ何も聞かされてないんだぞ」

「なんでしょう？」

「この時期の人事報道ほど当てにならないものはないんだろ？　そう答えとけって言ったのは鈴木だぞ。誰も彼も足をすくおうとしてくる世界だって」

呆けた顔をする鈴木の顔をじっと見る。一瞬、何かにほだされそうな気持ちが芽生えた。それをグッと抑え込み、僕はすれ違いざま鈴木の肩に手を置いた。

「でも、まぁ、とりあえずここまでありがとう。あの頃のことを思い出すと、感謝してもしきれない。お前がどう思っているか知らないけど、俺はやっぱり長く感じる。四十七だぞ？　あの頃には想像もできなかった年齢だ」

鈴木はそれには応じようとしなかった。ただ、機械的に「道上《みちうえ》さんです」と、記者の名前を告げてくる。

応接室のドアノブに手をかけた。満面に笑みを作り、胸いっぱいに息を吸いこむ。部屋の空気を支配することを心がける。

議員会館の部屋はスタッフが仕事をするスペースの他に、議員の執務室と応接室とにわけられている。執務スペースが政治家にとって数少ないオフの場であるとするならば、ドア一枚で隔てられた応接スペースは臨戦態勢のオンの場所だ。

部屋のLEDライトが寝不足の目にはまぶしかった。

「やぁ、道上さん。お待たせしました。本日は私のためにありがとうございます」

すべての語尾に「！」をつけるイメージで、笑顔をさらに強調する。相手の目をしっかりと見据え、手を肩幅ほどに広げる。

ドアを開いてはじめて「道上」が女性であることを知った。

三十代前半の女性記者も必死に笑顔を作ろうとしているが、その視線はかすかに泳ぎ、僕の作った空気に飲み込まれているのがすぐにわかった。

「あの、本日はご多忙のところありがとうございます。これ、つまらないものですけどお納めください」

文化部の記者と顔を合わせる機会はほとんどない。普段、つき合いのある政治部の記者は絶対に持参しない手土産を遠慮なく受け取り、僕はスーツの胸ポケットからカードケースを取り出した。

「お気遣いありがとうございます。清家一郎と申します。今日はよろしくお願いいたします」

努めて明るく挨拶する。地元を回るときも、会合に参加するときも、プライベートで食事に行くときでさえも、とにかく第一印象にだけは気をつけてほしい。やはり鈴木から散々叩き込まれてきたことだ。

たとえば応接室には必ず笑顔で入ることも、声を一段張ることも、すべては第一印象のためだった。

究極的には名刺入れをちゃんと持ち歩くのもそのためだ。議員の中には応接室に名刺を山積みにしておき、流れ作業のように手渡していく者も多いと聞く。地元の人間らが連日のように大挙して押しかけてくることを思えば、理に適った行為ではあるのだろう。しかし、気分は良くないはずだ。第一印象が大切と思うなら、多少の面倒は厭《いと》わない。

記者から受け取った名刺には東都新聞のロゴとともに、「文化部」、そして「道上香《か》苗《なえ》」と記されていた。

道上の方はやけに興味深そうに僕の名刺を見つめていた。

「どうかしましたか？」

座ってくださいと手で示しながら、問いかける。

「あ、いいえ、やっぱり政治家の方も名刺をお持ちなんだなって。はじめてなんです。正確には初任地の支局でお話しさせていただいた政治家はいたんですけど、清家先生ほどの大物の方からこんなふうに名刺をいただいた経験がありませんでして」

やけにボーッとしている、要領を得ない女性だった。政治家の仕事の半分は名刺を配ることだと意見したくなったが、無駄なことと思い直し、話題を変える。

「今日は本のことがテーマなんですよね？」

「あ、はい。申し訳ございません。弊紙では毎週日曜日の読書面で『日曜日の本棚』というインタビューページを設けておりまして」

「もちろん存じています。作家がよく出てくるコーナーですよね」

「そうです。そちらにて清家一郎先生の新刊のご紹介をさせていただくとともに、先生のインタビューを掲載させていただきたいと」

「名前だけで結構ですよ」

「はい？」

「嫌いなんです。先生って、いかにも馬鹿にしたニュアンスを感じるでしょう？　いまだに慣れてなくて」

「そうなんですね。いえ、逆にそう呼ばないと怒り出す政治家は多いから気をつけろと、出がけに上司に言われてきまして」

「そういう人もいるかもしれないですけどね。ま、変に緊張しなくていいですよ」

「ありがとうございます。安心しました」

道上は素直に安堵したように目尻を下げ、ゆっくりとテーブルの本に手を伸ばした。

「大変おもしろく拝読させていただきました。『悲願』。最初にこのタイトルに込めた思いからうかがってもよろしいでしょうか」

「タイトルですか？」

「ええ。本文では直截《ちよくせつ》的な記述はないですよね？」

「ああ、でも全体を通してそのことを伝えたつもりなんですけど」

「もちろん、それはわかります。ただ、すごく強い言葉じゃないですか。悲願って。あ、だけど、すみません。では、質問を変えさせていただきます。あの、じゃあそのタイトルは書き始める前から頭にあったものなのでしょうか――」

道上は再びあたふたし始める。手に持ったノートに何やらラインを引きながら、必死に突破口を探しているのが見て取れる。

結果として書籍としてまとまった『悲願』は、もともとはある月刊誌の〈道半ば〉というコーナーで連載していたものだった。

政治家に限らず、起業家やソーシャルアントレプレナー、スポーツ選手など、自らの半生を綴る人たちの職業は多岐にわたったが、一つだけ共通点があった。それは「今後、必ず注目を浴びる人物」というものであり、編集部のその見立てが高確率で的中することから一定の注目を集めている。

とはいえ、はじめに出版社から依頼を受けたとき、僕に引き受けるつもりはなかった。

政治家としてこのタイミングで半生を明かすことが得策と思えず、そもそもあけすけに自分を伝えたいとも思っていなかった。

　それを「やるべきだ」と言ってきたのは鈴木だ。鈴木はその意図を説明しなかったし、信頼する秘書が言うのならと僕も深く考えなかった。

　ひょっとすると鈴木は数年後の未来を、つまりは現在の政界の状況を読んでいたのかもわからない。

　まさか本を出した直後というタイミングでの内閣改造や、現官房長官の心臓疾患を予見していたわけではないだろうが、昔から「政治家の唯一の仕事は未来を想像することと」と声高に言っていた鈴木のことだ。たとえいまの政治状況を見越していたと言い出しても、少なくとも僕は驚かない。

　いざ書き出してみると、月に一度自分と向き合う作業は楽しかった。もちろん鈴木に読んでもらい、削るべき箇所は徹底的に削ってもらったし、初稿の段階では僕はほぼ何も隠し立てすることなく過去について書き記した。

　本意ではないが「イケメン」などともてはやされ、注目度が高まっていた時期と重なった。思い切って一人称を「僕」にしたことも好感をもって受け入れられ、清家一郎の〈道半ば〉は雑誌が売れないと言われるご時世にあって、異例ともいえる反響を呼んだ。

　当初は他の人たちと同じように三ヶ月の予定だった連載が、半年に延び、最終的にはちょうど一年となる十二回に及んだ。

僕にとっては青天《せいてん》の霹靂《へきれき》だったが、加筆して書籍に……という流れは出版社として自然なことだったのだろう。それを伝え聞いた鈴木もまた「当然その腹づもりでいましたよ」と、しれっとした顔をしていた。

その改稿の作業中に内閣改造の噂が立ち始め、タイミングを見計らったように書籍が刊行。あらためて『悲願』というタイトルを付した一冊は、そのセンセーショナルな内容に加え、『「次期首相」による初の自叙伝。その悲願――』という大仰な煽《あお》り文の効果もあいまって、発売当初から爆発的な売れ行きを見せた。

自分を取り巻く空気が変わったのを敏感に感じた。党内の若手はさることながら、話したことのない野党の重鎮《じゅうちん》にまで笑顔で声をかけられたりして、講演の依頼などもひっきりなしに舞い込むようになった。

もちろん、総理がそれを人事に反映させたとは思っていない。むしろ、変に目立つ若手を好む人間はこの世界にはほとんどいない。そのために極力悪目立ちしないようにと、振る舞いには慎重に慎重を期してきた。

想像をはるかに超えた売れ行きに僕は少しだけあわてた。深読みしたメディアが「清家一郎の〝悲願〟は次の首相」などと報じたときも、鈴木は堂々と構えていた。

「大丈夫です。間違いなく声はかかります」

そう僕を勇気づけるよう口にして、実際、それから十日ほど経った頃に総理に呼ばれ「官房長官に」と告げられたのだ。

タイトルの話を終えると、道上は落ち着きを取り戻したようだった。生まれ育った愛媛県南部の愛南町のこと、高校時代を過ごした松山でのこと、上京した当時のこと、大学時代に学んだことと、初恋のこと。そして私設秘書時代のことと、父のこと……。道上はかなり深く『悲願』を読み込んできたらしく、その後は淡々と質問を繰り出してきた。

マスコミ業界全体にかつての栄華はないとはいえ、メディア希望の学生の就職先として新聞社はまだ存在感があると聞く。とくに女性に優秀な記者が多く、僕自身も懇意にしている政治記者は女性の方が多いくらいだ。

だからといって、道上の口から鋭いと思わされる質問は出てこなかった。あくまでも本文に沿う形で疑問点を尋ねてくるだけで、あえてこちらを怒らせるテクニックもなければ、表情を読み解こうとする観察眼もなさそうだ。

鈴木がひっそりと入室してきた。終了の時刻まであと十分を切っている。そんなことをボンヤリと思ったとき、道上が「それが例の腕時計ですね？」と、ノートに目を落としたまま尋ねてきた。

「なんですか？」

「いえ、それが『悲願』に出てくるオメガなのかと思いまして。お父さまの」

「あ、ああ、そうですね。うん、例の時計です」

「そうですか。すみません、実はずっと気になっていたんです。清家さんっていつもいいもの身につけてらっしゃるじゃないですか。スーツも、ネクタイも、靴も。女性誌で特集が組まれるくらいですし、ヘアスタイルだって素敵なのに、腕時計だけはどのお写真を見ても同じなので。特別な思い入れがあるのだろうと思っていたんですけど、『悲願』を読んで納得しました」

先ほどまでのおどおどした口調がウソのように、道上の口はよく回った。僕は咄嗟《とっさ》に答えるべき言葉を見つけられなかった。

道上もそれを求めてこない。

「申し訳ありません。もう時間がありませんよね。あと一つだけ質問させてください」と言ったところでようやくペンを止めて、道上はおもむろに顔を上げた。しかし、目を向けたのはなぜか鈴木の方だった。

僕もボンヤリとそちらを向く。二人の視線に気づいていないのか、鈴木は手もとの資料から目を離さない。

その様子をじっと見つめて、道上はこくりとうなずいた。

「卒業論文について教えていただけますか？」

「え、論文？」

「はい。『悲願』の中にその記述がないんです。どうしてもそれが解せなくて」

「なぜですか？」

「だって、他のことは事細かく書かれてあるじゃありませんか。先ほども質問させてもらった通り、大学時代のことについては、恩師のことだったり、専攻についてだったり、当時読んでいた本のことまでたくさん書かれているんです。それなのに、きっと多くの時間を費やしたはずの卒論についてはなぜか一行も書かれていないんです。それが不思議で」

「いや、でもそれは――」と、あわてて何か言い返そうとして、僕は言葉に詰まった。食い入るように見つめてくる道上の視線が、直前までとは別人であるかのように鋭かったからだ。

こちらの正体を探ろうとするその目に、ハッキリと見覚えがあった。これまでの人生で何度となくさらされてきた視線。お前の本性は知っている。そう一方的に突きつけてくるような。最初にそれを意識したのは高校生のときだった。相手は――。

そんな思考の糸を断ち切るように、道上はわずかに声を張った。

「エリック・ヤン・ハヌッセン――」

そして、まばたきもせずに続ける。

「ナチスの黎明期、アドルフ・ヒトラーのブレーンだったとされている人です。いまでいうメンタリスト。当時は〝未来を予測する者〟なんて言われていたそうですね。すごく興味を惹《ひ》かれるテーマです。注目の若手政治家がなぜハヌッセンを題材に選んだのか、知りたいのは私だけではないと思います。どうして『悲願』に、あれほど赤裸々に半生を綴った自伝にそのことが書かれていないのでしょうか。不思議です」

あわてる質問とは思わなかった。いくらでも取り繕《つくろ》った答えは言えたはずだ。受け流すことだってできただろう。いつか誰かにハヌッセンについて尋ねられることがあるかもしれないとも思っていたし、その答えもちゃんと用意していた。

それなのに、道上がカバンから分厚い紙の束を、おそらくはどこかで入手したのであろう何十年も前の卒業論文を取り出したとき、僕は言葉を失った。

少し油断していたようだ。記者の力量を見誤っていたのかもしれない。僕だけは絶対に目を曇らせてはいけないのに。本質をきちんと見抜かなければいけないのに。

そんなことを思いながら、ボンヤリと顔を鈴木に向ける。頼れる秘書はあいかわらず余裕の表情を浮かべながら、小さく首を横に振った。何も言うな、ということだ。

鈴木が何かを取り繕うようにテーブルの上の人形に手を伸ばした。誰から贈られたものだったか、議員一期生の頃から古いロシア人形がずっとそこに置かれてある。

部屋には冷たい緊張感が立ち込めていた。

その静寂を裂くように、鈴木が手に取ったマトリョーシカ人形の中から、カタカタという乾いた音が聞こえてきた。

その音はまるで人形の笑い声のようだった。

第一部

1

未来を思い描くこと——。

もし自分の人生にふさわしい言葉を探すとしたら、そんなものが当てはまる。少なくともその努力を怠ったことはこれまでなかった。いや、それを「努力」とも言わないのだろう。五分後の世界を思い描くこと。五年後の自分をイメージすること。振り返れば、小さい頃からそんなことばかりしていた気がする。

私が清家一郎とはじめて会ったのは、愛媛県松山市にある私立高校、福音《ふくいん》学園の入学式の会場だ。

男子ばかりが十クラスという環境で同じ組に編成され、「鈴木」と「清家」という名前からチャペルで前後に並んだのだが、当初、私は清家に明るい印象を抱けなかった。

声をかけてきたのは清家の方だ。

「あ、あの、はじめまして。僕、清家っていいます。よろしく」

あまりに小さく、おどおどしたその声が自分に向けられているということに、私はなかなか気づけなかった。

入学式特有の緊張を孕《はら》んだざわめきの中に、誰かの返事は聞こえなかった。それでも気にせず前を向いていた私の肩に、清家は手を置いてきた。

「あの、ごめん——」

もちろん誇れたことではないが、私はひどく愛想のない子どもだった。唐突に身体に触れられたことにムッとして振り返ると、清家は強ばった笑みを浮かべていた。

背は決して高くない私よりもさらに頭一つ低く、異様なくらい痩せぎすで、肌は不健康に青白い。何よりも清家の第一印象を決定づけたのは、自信なさげに泳ぐ瞳だった。三白眼《さんぱくがん》気味の白目は真っ白で、充血している気配もない。

愛媛県内のみならず、四国や西日本でも有数といわれる名門高校に入学してくる人間として、清家はあまりにも貧弱だった。しいていえば「清家」という名前がカッコいいとは思ったが、それさえも愛媛県の南部に多い名字であることをのちに知った。

「何？」

「いや、あの、良かったら友だちになってくれないかと思って」

「なんで？」

「なんでって……。いや、ごめんね。鈴木くんって出身どこ？　こっちの人じゃないよね？」

　学ランの胸のプレートを見つめながら、清家はなれなれしく「鈴木くん」と呼んできた。何か言ってやりたい気持ちを押し殺し、私は小さく息を吐いた。

「東京だけど」

「やっぱり。イントネーションがキレイだと思ったんだ。すごいなぁ、東京かぁ。僕、まだ一度しか行ったことがないんだよね。どうして東京の人がこんな地方の学校に来たの？」

　そう尋ねてくる清家自身もキレイな標準語を使っていた。小さな疑問は芽生えたものの、タイミングを見計らったかのようにごま塩頭の校長先生がステージに上がった。チャペルに静寂が立ち込める。

　私たちの入学した福音学園高校はキリスト教系の男子校で、松山城のふもとという恵まれた場所にある。旧校舎の五階部分がチャペルになっていて、毎週月曜日の朝に礼拝が行われるのがいまでは全国的にもめずらしいらしく、そのために入学してくる生徒もいるそうだ。

　創立百年を迎えようとしていて、政界から財界、学界、マスコミや芸能界と華々しいOBを輩出しており、福音学園には寄付金が多く集まるという特色がある。

　そのため「お坊ちゃま学校」という世間的なイメージとはかけ離れ、授業料は私立としてはかなり安い。真《ま》っ新《さら》な学ランに身を包んで直立する新入生たちはみな見事に育ちが良さそうだった。

長い校長の話を、同級生たちは誇らしげに、私は鼻白んで聞いていた。十五歳にして早くも島流しにあった気持ちだった。賢いはずの同級生の顔はそろって幼く見え、なんの苦労も知らないだろうことを逆恨み的に憎々しく感じた。

入学式を終え、教室に向かうまでの間にも清家は私につきまとってきた。あからさまに煙たがってみせても、怯《ひる》まない。私はたいていの質問に興味が持てず、適当に答えを濁していたが、一つだけカッとなって言い返したものがあった。

「鈴木くんのお父さんって何している人？　お仕事は？」

その悪意のない「お仕事」という言い方が許せず、私は強く問い返した。

「なんで君にそんなこと言わなくちゃいけないわけ？」

「あ、ごめん」

「いや、ごめんじゃなくてさ。なんでって聞いてるんだけど。さっきからいろいろ聞いてくるけど、それって愛媛の文化か何か？」

清家の問題ではなく、私の虫の居所が悪かっただけだ。幼稚園から通っていた東京の私立中を卒業しながら、みんなと同じ高校に上がることを許されず、逃げるようにたった一人で松山にやって来た。その日から募りに募っていたフラストレーションが爆発した。ひどく幼い、最低の行為だったと思う。

清家は驚いたように眉をひそめはしたものの、やはり怯んだ様子は見せなかった。しばらく上目遣いで私を見続けたあと、ゆっくりと唇を嚙みしめた。

「気を悪くしたなら、ごめん」

「いや、ごめんとかじゃなくて」

「でも、僕は……、ただ僕は――！」

本当に唐突なことだった。瞬時に頬を真っ赤に染め、何かを叫ぼうとした清家が直前までおどおどしていたのと同じ人間には見えず、私は一瞬たじろいだ。

そのとき、助太刀するように「俊哉、どうかした？」と、私を呼ぶ声が聞こえてきた。振り向くと、見知った顔がぞろぞろと近づいてきた。二週間前から学校の敷地内にある「聖愛寮」で一緒に生活している面々だ。

声をかけてきたのは、そのリーダー格の加地《かじ》昭宏《あきひろ》という男だった。私と同じ東京の出身で、愛媛にはやはり縁がなかったが「他がダメだったからさ。ここに来るしかなかったんだ」などと尋ねてもいないのに教えられた。

清家のことなど視界にも入らないというふうに、加地は親しげに肩を組んでくる。

「そういや俊哉も一組なんだって？　同じクラスじゃん」

「そうらしいね」

ちらりと横目にした清家は、あいかわらず顔を赤くしたままうつむいている。それに気づいた加地が怪訝《けげん》そうに尋ねてきた。

「誰？　知り合い？」

「べつに。さっきチャペルで一緒になった」

「同じクラス？」

「そうみたい」

加地は私の肩から腕をほどき、すごむように清家に近寄った。加地は寮生の一年生の中でもっとも背が高い。清家と並べば大人と子どもだ。

「俺、寮生の加地。なんか同じクラスみたい。よろしく」

加地の差し出した右手を、清家は両手でつかみ取る。

「せ、清家一郎です。よろしく」

「なんでこんなに震えてるの？　三年間も同じクラスなんだから仲良くしようぜ」

言葉とは裏腹に、加地は意地悪そうに肩を揺する。私は清家を観察した。

第一印象も、加地に絡まれているいまも小動物のような非力さを感じさせる。なのに、さっき不意に見せた激しさが、なぜか私の胸を捉えて離さなかった。


最初のホームルームは独特の緊張感に包まれていた。中学からの内部進学組以外、ほぼみんな初対面という状況で、誰もが自分の居場所を作ろうと模索しているようだった。めったやたらにクラスメイトに声をかけている清家が目に入り、私はかすかに苛立った。冷静に状況を見渡せば、いまはがんばるときじゃない。それは清家に限ったことではなく、私には加地さえがんばりすぎているように思えてならなかった。

「お前ら、ガキやなぁ」と、教室に入ってきた一色《いっしき》という四十代半ばの担任が声を上げた。生徒一人一人の顔を確認するように見回して、一色はつまらなそうに鼻を鳴らす。

「いまあわてんでも、どうせこれから三年も同じクラスなんやぞ。仲良くなるヤツは勝手になるし、合わんヤツは合わんよ。そんなことより学級委員やりたいヤツ誰かおるか？　立候補。福音で学級委員やれるなんてなかなか名誉なことやぞ」

その瞬間、左方の一帯がざわついた。周囲の人間に焚きつけられるようにして、輪の中から一本すっと手が挙がった。

一色が意外そうな顔をする。

「へぇ、やるんか。ええと、お前は……」

「加地昭宏です」

「ああ、加地か。寮生やったな。他に誰もおらんのやったら、はい、拍手」

鳴り響いた拍手に乗せられるように、加地が教壇に立った。照れくさそうでありながら、誇らしげな。

ああ、ホントにガキなんだ……と、私はしらけながら思っていた。

入学から一ヶ月が過ぎ、それぞれが部活にも所属して、ようやく教室内の空気が落ち着き始めた頃、ゴールデンウィークに突入した。

入学してはじめての大型連休に、寮生の多くは里帰りした。当初は加地も帰省する予定だったようだが、直前になって「俊哉が帰らないなら俺もやめる」などと言い出した。私に帰省の予定は最初からなかった。

「でも、ヒマだよなぁ。なんかやることねぇのかよ、俊哉」

松山城を仰ぎ見られる寮の屋上のベンチに腰かけ、加地は退屈そうに伸びをした。加地は当然のように私を「俊哉」と呼び、そして「俺のことも昭宏って呼べよ」と言ってくるが、私はやんわりと拒否し続けている。

「まぁ、でもやることなんてないよね。みんないないし」

読んでいる本から目を逸《そ》らさず答えた私に、加地はさらに言ってきた。

「街でも行こうか。大街道《おおかいどう》」

「何しに？」

「買い物？」

「お金ない」

「カラオケは？」

「好きじゃない」

「っていうか、さっきから何読んでんの？」

私は素直に最近購入した『坂の上の雲』の表紙を見せた。加地はさらに大きな息をこぼしながら、ゆっくりと山の上に視線を向けた。そして五月の柔らかい陽に照らされた松山城を見つめながら、絞り出すように「じゃあ、行こうか。ヒマだしさ」と、つぶやいた。

入寮した次の日にも、入学後のオリエンテーションでも、松山城には登っている。加地と二人で出かけるのは億劫《おっくう》だったが、直前まで本を読んでいたせいだろう、私はつい「それならいいよ」と答えてしまった。

それでも、歩いて向かった城から見下ろした松山の街並みは素晴らしかった。市街地も、路面電車も、道後エリアも、四国の屋根と呼ばれる石鎚《いしづち》山系の山々も、春の陽に穏やかに照らされている。その中にいると息苦しさを覚えそうな狭さなのに、城から見渡せば街の隅々まで空気が行き届いているように感じられた。

「ああ、いいね。来て良かった」

空いていたベンチに腰をかけて、私は素直な気持ちを口にした。きっと嬉しそうにするだろうと思ったのに、加地は何も答えない。

ふと見ると、加地は厳しい表情を浮かべていた。その視線の先を追いかけると、そこにはじめて目にする私服姿の清家がいた。

私は思わず息をのんだ。驚いたのは、清家が学校では見せたことのない柔らかい笑みを浮かべていることでも、もちろん休日に松山城にいることでもない。清家のとなりで楽しそうに笑っている女性が、周囲の目を惹《ひ》くほど美人だったからだ。

年齢はまだ二十代にも見えた。真っ白な肌は清家と一緒で、笑った目もとの雰囲気は近いものがあったが、身にまとう空気がまったく違う。そのせいで私はすぐに彼女を清家の母親と認識することができなかった。

いまにも手をつなぎそうな距離で歩いている二人の様子を見つめながら、加地が思ってもみないことを尋ねてきた。

「俊哉の親父って何してる人？」

「はぁ？　なんだよ、急に。べつに普通のサラリーマンだけど」

「そうなんだ。ちょっと意外」

「なんで？」

「勝手に問題を抱えてる人だと思ってた。うちの親父もひどくてさ。三年前に死んだオフクロの代わりに新しい女がうちに来た。で、俺はいま愛媛にいる。体のいい口減らしだよ」

自嘲するように笑った加地に、同情する気持ちは芽生えなかった。むしろ、お前なんかと一緒にするなという反発心が芽生えたくらいだ。

加地は私の返事を待たなかった。

「俺、ボンボンって嫌いなんだよね」

「なんだよ、今度は」

「なんの苦労もせずに当たり前のように生きてるヤツが大嫌いなんだ。うちの学校ってそんなヤツばっかりだろ？　なんか見ててイライラする」

私は呆気《あっけ》に取られながら、あらためて視線の先に目を向けた。母親と楽しそうに歩く清家の姿はたしかに「ボンボン」そのものだ。

そんなことを思いながら、いつしか私の視線は母親に釘付けになっていた。

何がそんなに楽しいのか。まるでデートのように鮮やかな花柄のワンピースで着飾った女性はよく笑い、その笑みには今日の空と同じように一寸の曇りも見られなかった。

2

清家にしてみれば、母親と松山城を観光していただけのことだ。しかし、その場面をたまたまクラスメイトの加地に見られ、どういうわけか加地はそれを快く思わなかった。そして清家にとって不運だったのは、加地が少なくともこの段階ではクラスの中心にいたことだ。

ゴールデンウィークが明けた頃には、加地の存在感はさらに増していた。中学から持ち上がりの内部生、外部生を問わず取り巻きは数を増やし、加地の席の周りはいつも仲間たちで賑わっている。

清家も休み時間になると真っ先に加地のもとへ走り寄った。そして、なんとか加地の気を惹こうと一生懸命しゃべるのだが、清家が必死になればなるほど不興を買った。

寮の中でも、学校でも、私はあいかわらず加地に気に入られていた。おかげで何もしていないのに、他のクラスメイトたちからも一目置かれているようだ。

清家も同様の眼差しを向けてくる。

「いいよなぁ、俊哉くんは友だちが多くて。僕はまだみんなとうまく馴染めないんだ」

ある日の昼休み、私が一人でいるタイミングを見計らって清家がやって来た。

「前、座ってもいい？」

「べつに」

「僕たち入学式以来あまりしゃべれてないでしょう？　ずっと話したいと思ってたんだ」

清家はコンビニの袋を机に置いた。その中からおにぎりを三つ取り出したのを見て、私は少し意外に思った。

脳裏を過《よ》ぎったのは、松山城の本丸で見た母親の姿だ。

「コンビニなんだね、昼ご飯」

「うん？」

「弁当、作ってもらえないのかなって」

「ああ、今日はお母さんがいなかったから」

「いないって？」

「僕、俊哉くんに家が南予《なんよ》だって話したことあったっけ？」

「ううん。聞いてない」

「そうか。いや、愛南町っていうところなんだけどね――」

そんな言葉をきっかけに、清家は訥々《とつとつ》と生まれ育った街の話を始めた。愛南町は愛媛県の最南端にある町だ。高知県の宿毛《すくも》市に隣接していて、松山からは電車とバスを乗り継いで三時間ほどかかるという。

寮にも出身者が何人かいて、彼らは風光明媚な街並みや海の素晴らしさを語りながらも、その口調には必ず田舎を卑下したニュアンスが含まれている。

「そうなんだ。どうやって通ってるの？」

「さすがにあそこからは通えないよ。道後にマンションを借りてるんだ。基本的にはお母さんもこっちにいるんだけど、たまに向こうに帰っていて。おばあちゃんがあっちにいるから」

俄然《がぜん》、清家の話に興味が湧いた。淡々とした素振りを装い、私は質問を続ける。

「寮に入るっていう考えはなかったんだ？」

「それはなかったな」

「どうして？」

「変なふうに思われちゃうかもしれないけど、僕はまだお母さんと離れることができないよ」

「何それ」

「僕はむしろ俊哉くんたちがすごいと思う。まだ高校生なのに親もとを離れて生活しているんだもん。僕にはできないな。感心する」

「いや、べつにすごくなんてないだろうけど」

臆面《おくめん》もなく「お母さん」などと口にできる清家に「らしいな」という気持ちが湧いた。ずけずけと話しかけられることに苛立たされることは多かったが、最近わかりかけてきたこともある。つまり清家は人一倍幼いのだ。それが加地の言うように「ボンボン」のせいか、「苦労知らず」だからかは知らないけれど、高校生特有の屈託がまったくない。

母親と二人で松山城を観光することも、あんなふうに楽しそうな顔をすることも、私だったら誰かに見られることを恐れて絶対にできないだろう。ましてや「お母さんと離れられない」なんて口が裂けても言えないはずだ。清家にはそういう照れが見られない。

私は上目遣いに清家を見つめ、話題を変えた。

「清家くんのお父さんって何してる人なの？」

いつか同じ質問をされたとき、私はカッとなって態度に出した。それを忘れているのか、清家は気にせず答えてくれた。

「僕、お父さんいないんだ」

「いない？」

「うん……。僕が生まれたときには亡くなってて」

「ああ、そうなんだ。ごめんね、変なこと聞いて」

「全然。興味を持ってくれて嬉しいよ」

そう微笑《ほほえ》んだ清家の優しさにつけこむように、私はさらに突っ込んで聞いた。

「じゃあ、その時計ってお父さんの形見か何か？」

「時計？」

「うん。腕時計」

「ああ、これ？」と、清家は古い時計のはめられた左腕を持ち上げる。時計のブランドには詳しくないが、独特の風合いが感じられるそれは素人目にも上等なものに見えた。

「これは、そうだね。うん。お父さんが遺してくれたもの」

「やっぱりそうなんだ。入学式のときからちょっと気になってたんだ」

「変かな？」

「べつに変だなんて思わないけど。あの、ごめん。もう一個だけ質問していい？」

「なんでも」

「清家くんってどうしてそんなキレイな標準語なの？」

「ええ、キレイかな？」

「うん。伊予弁がほとんど出てないじゃん」

「あ、でも、南予の言葉って松山とは少し違うよ。意外と訛《なま》りがなくて、東京の言葉に近いのかも。ああ、だけど、そうだね。たしかに僕の場合はちょっと違う理由もあって――」

清家が楽しそうに何かを口にしかけたとき、頭上から「おい、俊哉。そろそろ行こうぜ」という声が降ってきた。

清家と一緒に顔を上げると、サッカーボールを抱えた加地が仲間を引き連れ、私だけを見つめていた。ひどい仏頂面で、清家には一瞥《いちべつ》もくれない。松山城で母親といるところを目撃して以来、加地の清家への当たりは一段とキツくなっている。

そのことに気づいていない清家は表情を輝かせ、「あ、サッカー？　僕も交ぜてよ」などと口にする。

途端にしらけた空気が漂った。良く言えば天真爛漫で、心が強く、悪く言えば周囲の空気を読む力がない。やっぱり清家を表現するのに「幼い」という言葉が一番しっくり当てはまる。

加地は鬱陶《うっとう》しそうに舌打ちした。その苛立たしげな音を聞いて、私は「まずいな」という気持ちを抱いた。

自分がなぜか清家の側に立っていることに気づき、そのことを我ながら意外に思った。

案の定、夏休みに突入する頃には清家は教室内で完全に居場所をなくしていた。みんな加地の気持ちを忖度《そんたく》し、距離を置くようになっている。

夏休みが明け、二学期に突入しても状況に変化はなかった。いや、さらに悪化していたと言えるだろう。

清家から発せられるSOSに私は気づいていたし、一方で加地が私に清家と話をさせないよう睨《にら》みをきかせていることもわかっていた。

しばらくは両者の間で板挟みになりながら、加地や仲間のいないところでのみ清家と言葉を交わすということを続けていたが、だんだんとそれもバカらしくなった。何も言い返そうとしない清家に対しても、幼稚な無視を先導する加地に対しても、私は等しく不満を抱いた。誰かのために誰かとしゃべらないということがあまりにもくだらなくて、それによって自分が誰かに嫌われたとしても一向にかまわなかった。

私がようやくそう思えるようになったのは、私自身にもクラスの中に友人と呼べる存在ができたからだ。二学期の席替えでとなりになった佐々木光一《ささきこういち》もまた、クラス内のヒエラルキーにいっさい頓着しない男だった。

私たちは気が合った。会話は映画や本のことばかりで、時間を忘れていつまでもしゃべっていられた。誰と誰の仲がいいとか、くだらない下ネタといったクラスメイトたちが喜びそうな話をした記憶はほとんどない。

そのうち光一は登校前に私を寮まで迎えにくるようになった。「前の晩に読んだ本の話をしたいけん」とのことだったが、加地のグループはそれをおもしろく思っていないようだ。

私はさすがにその空気を察していたが、光一には考えも及ばないことだったのだろう。ある日の昼休み、加地の一番の取り巻きである結城光彦《ゆうきみつひこ》が私たちの会話に割り込んできた。

「ちょっと、お前らさ。昨日、清家としゃべってただろ」

「は？　何？　急にどうしたん？」と、へらへら笑った光一を横目にしながら、私には思い当たる節があった。

前日の昼休みのことだ。購買部にパンを買いに出かけるとき、私たちは中庭のベンチで本を開いている清家に気がついた。

「あれって、うちのクラスのヤツやったな。なんてヤツやっけ？」

光一は大真面目な顔で尋ねてきた。入学してもう半年が過ぎている。いくらなんでも関心がなさすぎると、私は呆れながら質問に答えた。

「それ、マジで言ってんの？　清家だよ」

「あ、あいつがそうなんや。俊哉の話によく出てくる」といたずらっぽく舌を出して、光一は迷うことなく清家のもとに近づいていった。

「ねぇ、何読んどんのー？」と、これまで話したことがないのがウソのように、光一はあっけらかんと清家に問いかけた。

その声が自分に向けられているとは夢にも思わなかったのだろう。清家は怪訝そうな眼差しを光一からゆっくりと私に移し、安堵したように微笑んだ。

「あ、俊哉くん」

光一は意地悪そうに私の顔を横目に見て、清家がベンチに置いた文庫本を手に取った。

「お、すごい。清家もこれ読んどるんや？」

「あ、それは……」

「おい、俊哉。すごい偶然やない？」

そう言って光一から渡されたのは、松本清張の『砂の器』の文庫本だ。つい最近、私たちは光一の家でそれを原作とした映画のビデオを観たばかりだった。俳優の演技も、脚本も、演出も、音楽も何もかも素晴らしく、学校でも、放課後も私たちはしばらくそのことばかり話していた。

カバーの外れた古い本を見つめながら、私にはこれが偶然とは思えなかった。光一も同じだったのかもしれない。

私たちはほとんど同時に清家に視線を戻した。清家は観念したように頭を下げた。

「あの、本当にごめん。二人が楽しそうに話してるのが聞こえちゃって、僕も読んでみたくなったんだ。ホントは僕も話に交ざりたかったんだけど、迷惑かけちゃいけないと思って」

「迷惑って何？」

「いや、だって僕――」

「クラスメイトに話しかけられるのが迷惑なん？　変わっとるね、お前」

そう言って大笑いする光一が、本当にクラス内での清家の立場に気づいていないのかはわからない。

清家は救いを求めるように私を見てきた。大丈夫だよ……という気持ちを込めて、私はこくりとうなずいた。

　手にした文庫本をひらひらさせながら、光一は質問を続ける。

「それで、どうやったん？　おもしろかったか？」

「ま、まだ下巻の途中なんだけど。おもしろいよ。ただ、僕、ほとんどはじめてで……」

「はじめて？　何が？」

「こうやって一冊の本を最後まで読むの。お母さんがあまり読書が好きじゃなくて。小さい頃から本を与えてもらえなかったんだ」

　光一が不思議そうな顔を向けてくる。私にもよくわからなかった。清家などいかにも小さい頃から本に慣れ親しんできたようなタイプなのに。そうでなくても、読書を好まない親などいるのだろうか。

　光一は仕切り直しというふうに首をひねった。

「とりあえず、その本はおもしろいんよな？」

「うん。それは間違いなく」

「良かった。でもな、清家。お前、ちょっと勘違いしとんぞ」

「勘違い？」

「俺たちが話しとったんは『砂の器』の映画の方や。本とは内容が少し違う。何せ映画版に〝ヌーボー・グループ〟は出てこんけん」

　私には意味のわからない単語を聞いて、清家は息をのむ仕草を見せた。

「ホントに？」

「ああ。とりあえず原作読み終わったら映画観てみろや。っていうか、三人で観よや。うちにビデオあるけん今度おいで」

そう微笑む光一の顔を食い入るように見つめ続け、清家は覚悟を決めたように切り出した。

「そ、そうしたら、良かったら二人でうちに来ない？」

「お前んち？」

「僕、週末はわりと家に一人でいることが多いから。あの、それに、うちってテレビだけは大きいんだ」

ポカンと口を開いた光一に「あとで説明する」というふうに首を振って、私は久しぶりに清家に問いかけた。

「それ、読み終わったら貸してくれない？」

「何？」

「その本。俺も映画観るまでに〝ヌーボー・グループ〟が何なのか知っときたい。お前らばっかりなんかムカつく」

ずっと不安そうにしていた清家の顔に、ようやくじんわりと笑みが滲《にじ》んだ。結局、私たちは昼休みが終わるまで三人で話し続けていた。

清家と勝手に口をきくな。あいつを調子に乗らせるな。お前ら最近評判悪いぞ。そろそろ加地くんだって黙ってないぞ――。

加地の腰巾着、結城の言葉の大半は私に向けられていた。それを光一はムッとするでも、あ然とするでもなく聞いていた。

「わかったな。お前らもあんまり調子乗ってるんじゃねぇぞ」

絵に描いたような捨て台詞を吐いて去っていった結城の背中を見つめたあと、光一は何事もなかったように「でさ、さっきの話なんやけど――」と、直前までの続きをし始めた。

そんな一件があって以降、光一は反発するように清家に話しかけるようになった。「一郎」と清家を下の名前で呼び、あえて加地たちに聞かせているかのような声で語りかける。

私もそれを咎《とが》めようと思わなかったし、むしろ痛快なくらいだった。たとえ寮で居場所がなくなったとしても、変に時間を奪われるくらいなら一人で本を読んでいた方が有意義だ。

むしろ我々の方が加地たちを無視しているという恰好だった。このままみんなにほっといてもらい、平穏な時間が流れればいいと思っていたが、ある月曜日、朝イチの礼拝を終えた直後に事件が起きた。

光一と連れだって教室に戻ると、加地の周りに人だかりができていた。その光景はいつも通りのものだったが、なぜか加地のとなりに清家がいて、声高に何かを叫んでいる。加地は面倒くさそうに清家の腕を払いながら、「ちょっと見せてくれってだけじゃねぇか」と言っている。見れば、その手には清家が普段つけている腕時計がある。無視したり、陰口を叩いたりすることはあったとしても、こんな直截的なイジメはこれまでなかった。

光一は呆れたように息を吐き、私は「あっ……」と声を上げた。真っ赤に頰を染める清家の顔に見覚えがあったからだ。入学式の日、私に詰め寄ろうとしてきたときの、あの激しい表情だ。

光一も違和感を抱いたのだろう。助けに入ろうと一歩前に踏み出した足が、清家の様子を見てぴたりと止まる。

「おい、ホントに返せよ」

清家は震える声を絞り出した。

「はぁ？　なんだよ、その態度」と、加地はいつもの高圧的な態度を取ろうとしたが、怯んでいるのは明白だった。

光一は驚いたとも、感心したともいえない顔をして、「おいおい、誰だよ、あれ」などと口にする。

清家はさらに顔を紅潮させて加地の胸を小突いた。何かが起きる、という予感は、私のみならずクラス全体が共有した期待感だった気がしてならない。清家に何かを起こしてほしいという願いは、しかし直後に入室してきた担任の一色によって打ち破られた。

一色はすぐに教室内の異変に気づき、加地の席に目を向けた。そして、すべてを悟ったように「ホントにガキやなぁ」とつぶやいた。

邪魔されたとでも思ったのだろうか。そう小声で言った一色をも、清家は真っ赤な顔をして睨んでいた。


「ねぇ、良かったら今度の日曜日うちに来ない？　もしヒマなら映画観ようよ」

清家がそう誘ってきたのは、その日の昼休みだった。朝の出来事などなかったかのようにあっけらかんとした様子の清家に、私たちは面食らう思いがした。

昼に用事があるという光一に合わせ、日曜日の夕方に清家の自宅を訪ねた。マンションは道後温泉の本館近く、商店街の入り口にあった。十五畳ほどのリビングの他に部屋が二つもあり、母子二人で住むには充分な広さだろう。何よりも学校まで自転車で十分ほどの距離ということも含め、最高の立地だった。

父親が街中で日本料理屋を営んでいる光一が持ってきた押し寿司をつまみながら、私たちは四人がけのソファに横並びになり、『砂の器』を観始めた。

みんな一言も口をきかず、映画に集中していた。二度目とはいえ、清家自慢の36インチのブラウン管テレビで観るそれは迫力がまるで違った。私も光一もはじめて観たときよりも画面に食い入っていた。

異変を感じたのは、劇中曲「宿命」に合わせ、生き別れになった父と子の過去の遍路旅が始まったラスト三十分あたりだった。

ぐすんと鼻を鳴らした次の瞬間から、清家が延々と泣き始めたのだ。「あいつ、きっと泣くだろうな」と、光一と事前に話はしていたものの、その泣きようは私たちの想像をはるかに超えていて、何度光一と目を見合わせたかわからない。

結局、ほとんど集中できないまま映画はエンディングを迎えた。エンドロールが流れた直後に清家はティッシュケースをつかみ取り、「ごめんね。なんかごめん」と繰り返した。

「いや、べつに謝ることではないんやけど」

そう応じながらも、光一は困惑しきっていた。私も清家のあまりに激しい泣きようが純粋に映画に感動してのものとは思えなかった。

その後も清家はしばらく顔を伏せ、肩を震わせ続けていた。テープが巻き戻ると自動でビデオデッキがオフになり、部屋の空気の密度が一段増した。余計なものの置かれていない、間接照明だけが灯るリビングの中に、清家の泣き声だけが響いている。

どれほどの間、待っていただろう。時間が過ぎていくほど、私は清家が何を発するのか気になった。

五分ほどして、清家はようやく顔を上げた。私と光一の顔を交互に見つめ、強引に笑みを作ってみせる。洟《はな》をすすりながら口にした第一声は、我々の期待したのとまったく違った。

「ねぇ、二人は将来の夢ってある？」

ゆっくりと腰を持ち上げ、清家は部屋の灯りをつけた。白い光が目に飛び込んでくる。呆気に取られる私たちを置き去りにして、清家はキッチンから冷たいコーラと人数分のグラスを持ってきて、絨毯《じゅうたん》の上に座った。

「僕にはあるんだ。物心ついたときからずっと同じ夢がある」

「なんで急にそんなこと言い出したん？」と、不満を漏らした光一の声にいつもの余裕は感じられない。

清家に気にする素振りは見られなかった。

「でも、これ、いままで誰にも言ったことがないんだよね。僕、中学校にあまり友だちいなかったから。本当に心を許せる友だちに出会えるまでは誰にも話さない方がいいって、二人だけの秘密だよって、小さい頃からお母さんに言われてて」

「やから、ちょっと待てって。なんで急にそんなこと——」

「お前は何になりたいの？　将来の夢って何？」と、私は光一の言葉を遮《さえぎ》った。

清家はちらりと私を一瞥して、肩をすくめる。そして呆気なく言い放った。

「政治家」

「は？」

「僕、いつか政治家になりたいんだ」

清家はからりと微笑んだ。それを冗談と受け止めたのだろう。呆気に取られていた光一の顔に釣られたような笑みが広がる。

私は一人笑えなかった。その口調はたしかに小さい子が「いつか総理大臣になりたい」と宣言するときのような屈託のなさで、笑い飛ばすのは簡単だったかもしれない。でも、そうすることはできなかった。清家が口にした「政治家」は、私自身が小さい頃から憧れてやまなかった、しかし絶対に叶うことのない夢でもあったからだ。

私は清家の持ってきたコーラを口に含んだ。火照《ほて》った身体に炭酸の刺激が心地よい。

光一が口を開く。

「なんで政治家なわけ？」

清家は笑みを絶やさない。

「これ、申し訳ないんだけど内緒にしといてもらえる？　誰にも言わないって約束してほしい」

「ええよ」

「本当だよ？　僕は君たち二人を信用する。ずっと一人で抱えているのがつらかった。裏切らないでほしいんだ」

表情に変化はなかったが、口調はいつになく厳しかった。察しのいい光一はすっと真顔を取り戻し、「わかった。約束する。お前の信頼は裏切らんけん」と大げさに口にして、見せつけるように姿勢を正した。

清家は光一から私に視線を移した。そして、なぜか深く頭《こうべ》を垂れた。

「ごめんね、俊哉くん。僕、君にウソを吐《つ》いていた」

懺悔《ざんげ》するように切り出し、再び光一の方を向いた清家の告白に私は口を挟まなかった。

「僕のお父さん、実はまだ生きてるんだよね」

「は？　どういう意味？」

「僕、前に俊哉くんに聞かれたことがあったんだ。お父さんは何してる人かって。そのとき咄嗟に亡くなってるって答えちゃったんだけど、あれウソでさ。僕は俊哉くんのことを信用しているわけだから、本当のことを言えば良かったんだけど、つい――」

光一は怪訝そうに眉をひそめたものの、それを言葉にはしなかった。

「それで？」

「そのお父さんが政治家なんだ」

「マジ？」

「うん」

「国会議員？　現役の？」

「そうだね」

「そうだねって、誰なん？　有名人？」

それまですらすらと質問に答えていた清家の言葉が、不意に途切れた。迷いが生じたわけではないだろう。念を押すように光一の目をきつく見据え、清家はポツリと切り出した。

「和田島芳孝《わだじまよしたか》っていう人」

私たちに口を挟ませまいとするように、清家は一気にまくし立てる。

「僕のお母さん、若い頃に銀座でホステスをしてたんだ。そこでお父さんと出会って、恋に落ちたって、小さい頃に教えられた。べつに恥ずかしいことだと思ってないよ。だから僕はいまここにいるんだから。ちっとも恥ずかしいことじゃない」

清家は自分に言い聞かせるように繰り返す。それが恋愛なのか、不倫なのか、結婚した上で離婚しているのか。清家の話からは判断できない。

でも、なんとなくインモラルな恋だったのではないかという気がした。松山城で見かけた清家の母の顔が脳裏を過ぎる。五月の陽にさらされた澄んだ笑顔が途端に淫靡《いんび》なものに思えてしまい、私は自分自身を不潔に感じる。

光一はぽかんと口を開いていた。

「和田島って……。お前、それマジで言いよん？」

たしか九州出身の人だった。テレビに映る姿は精悍《せいかん》で、がっちりとした体つきは雑誌でも特集が組まれるほどだ。少なくともいま現在の清家にその血の匂いは微塵《みじん》もしない。

それでも「そんなウソは吐かないよ」という言葉には有無を言わさぬ説得力があった。

光一は呆れたように息を漏らす。

「すごいな。そんな大物かよ」

「大物かどうかはわからないけど」

「いやいや、大物やろ。最近、官房長官になったばっかりやん」

「すごいね。よく知ってる」

「みんな知っとるわ」

「知らないよ。少なくとも僕の中学校のときのクラスメイトは一人も知らなかったと思う。やっぱり福音の子ってすごいんだな」

自分だって福音の生徒のくせに、清家はとぼけたことを口にする。「福音って、お前な」と、光一も同様のことを感じたらしい。

自分が何を思うのか、私はうまく認識できなかった。心が乱れているのは間違いないが、何に対する混乱なのかがわからない。

和田島芳孝というビッグネームが出てきたことに対してか、その政治家がクラスメイトの父親であるという事実に対してか、映画を観た清家の涙の意味を知ったことに対してか、母子の絆の深さの理由が判明したことに対してなのか。

ただ、清家がときの官房長官の息子であるのはどうやら間違いがなさそうだ。そしてその事実は、私にある一つの現実を突きつけた。私自身の父に対する鬱屈《うっくつ》した、だけどすがるような思いを蹂躙《じゅうりん》された気持ちだった。それはひいては、この瞬間まで軽んじていた清家一郎という人間に、自分の拠るべき場所を奪われることに等しかった。

光一は開き直ったように清家に問いかける。

「ええと、それは何？　復讐か何かなん？」

「うん？」

「いや、お前と親父さんがどうして離ればなれに暮らしとんのか知らんけど、名字も違うわけやし、普通に生きてきたわけやないんやろ？　そんなら、やっぱり恨んだりしてるんやないんかなって。だから、政治家になって見返したいとか言ってんかなって」

自分で言っていて釈然としないのか、光一の声は少しずつ小さくなっていく。清家はつぶらな目を糸のように細めた。

「復讐か……。いや、一言では説明しづらいんだけど、そんな難しい話じゃないよ」

「じゃあ、なんでだよ？」

「べつに自然な流れだったと思うんだ。お母さんはお父さんのことを隠さず話してくれたし、いまだに尊敬してるって言っている。そして、その人は僕が物心ついたときからよくニュースに出てきていて、それはとても誇らしいことだった。お父さんみたいになりたいって思うのは、僕にとっては自然なことだった」

いや……、けどさ……と、光一は必死に言葉を紡ごうとしたが、少しするとそれを諦め、お手上げだというふうに私を見た。

その視線に気づいた清家も、私に目を向けてきた。その懇願するような、でもどこか挑発的な眼差しが、不思議と私は心地よかった。

「清家さ、例の時計を見せてくれない？」

「時計？」

「うん。お父さんからもらったっていうやつ」

「ああ、そうか。俊哉くんにはその話したもんね。うん、取ってくるよ」

清家がリビングを出ていった瞬間、光一が「あとで全部説明せえよ」と、怒ったように言ってきた。

「べつに説明することなんてないよ。俺もはじめて聞くことばかりだった」と、私は偽りのない気持ちを口にしたものの、「ホントによ。映画観て泣いとる理由が重すぎるんよ。生き別れになった父と子の物語で号泣すんなって話よなぁ」と、光一は不満をこぼし続けた。

清家はすぐに戻ってきた。

「はい、これ」

毎日学校にはめてくるものを、清家はわざわざケースに収めていた。

「ふーん、オメガなんや。ずいぶんレトロよな。うちの親父のとは全然違う」

そんな光一の声を聞き流しながら、私は慎重にケースから時計を取り出した。時をゆっくり刻むかのような品があって、貫禄を感じさせた。細かい傷は多いものの、大切に扱われてきたのがわかる。

私は時計を見つめながら、首をかしげた。

「これって直接もらったの？」

「ううん。僕は一度もお父さんに会ったことないから」

「そうなんだ。いずれにしても大切にしなくちゃな。加地なんかにうかつに触らせるなよ」

「だって興味を持ってくれたから。なんか嬉しくなっちゃってさ」と、清家は本当に嬉しそうに身体を揺らした。

部屋に充満する緊張感と、話の内容とが嚙み合っていなかった。光一が息苦しくなったように立ち上がり、窓を開ける。冷たい風が吹き込んできて、強ばった身体をほぐしてくれた。

「政治家になりたいんだ――」

力強く言い切った清家の声が、耳の裏でよみがえる。目をつぶれば、意外にも簡単にその姿を想像することができた。

両親の顔を知ったからか。まぶたに浮かぶ大人になった清家は、父の無骨さと、母の柔らかさを併せ持ち、いまの頼りなさは微塵もなかった。

きっと泣き疲れたのだろう。話すだけ話して、清家はソファで寝息を立て始めた。その無防備な寝顔を見つめながら、光一がボソッと言う。

「なんか疲れたわ。何なん、こいつ」

私から光一に質問する。

「清家って、どうして俺のことをこんなに信用するんだと思う？」

「さぁな。学年で一番成績がいいから？」

「そんな理由？」

「さもなきゃ似たようなもん感じとるとか？」

「似てんの？　俺たち」

「俺はよく知らんけど」

気持ち良さそうに眠る清家になんとなく目を落とす。本当に悪意がなく、純朴そうで、寝ているといよいよ子どものようだ。

笑いたくなるのを堪《こら》えながら、私は光一に語りかけた。

「実は俺も政治家になりたいって思ってたんだよね」

「ちょっともう勘弁してや。お前の親父も政治家だとか言うんじゃないやろうな」

「ううん。普通に不動産屋だけど」

「何なん、それ。知らんわ」と、光一は拍子抜けというふうに息を漏らす。私は今度こそ声に出して笑ってしまった。

「不動産屋だった、という方が正しいのかも」

「どういう意味？」という光一の疑問に、一瞬、言葉に詰まりかけた。それを私は強引に打ち破った。

「二年くらい前にＢＧ株事件っていうのがあったの知ってる？」

「知っとるよ。政治家の汚職事件やろ。普通に入試の時事問題でもあったやん」

「あれに関わってたんだ、うちの親父」

「ウソやろ？」

「関わっていたっていうか、なんか中心人物だったみたい。少なくとも世間的にはそういうことにされている」

四十五歳を過ぎてようやくできた一人息子だったせいか、父は私を小さい頃からかわいがってくれた。

家はとても裕福だったし、その意味で私は典型的なボンボンだった。目黒の自宅はいつもたくさんの大人たちで溢れ、父はその中心で笑っていた。私は父のとなりに座らせてもらえるのが誇らしかった。その大好きだった父が突然逮捕されたのは、私が中二のときだった。

いや、あれを「突然」と表現するのは語弊がある。その数ヶ月前からたくさんの前兆が起きていた。とくに気にかかったのは、いつも人でにぎわっていた自宅に誰も寄りつかなくなったことだ。

その中には父が「盟友」と呼んでいた代議士がいた。高柳好雄《たかやなぎよしお》という男が四十を過ぎていながらみんなから「若手」と呼ばれていることがおもしろく、私も彼にまとわりついていた。

僕もいつか政治家になりたい――。そんなことを言い出したのは、政治家がなんたるかもまだわかっていない小学生の頃だった。そのときに父が見せた嬉しそうな表情に、そして高柳が口にした「じゃあ、俊哉はいまからたくさん勉強しなくちゃな」という言葉に、私は自分の人生を決定づけられた。

不動産開発企業の未公開株を巡る「ＢＧ株事件」は、近い将来の再開発が見込まれている目黒駅周辺の利権を争ったものだった。政界、財界、官界、マスコミ界を巻き込み、まだ公開される前のビッグガリバー社の株がばらまかれたというもので、その事件前が、まさに多くの大人たちが自宅を訪ねてきていた時期だった。

あのとき、家で大人たちが何を話していたかは知らない。事件後も誰が真実を語り、誰が逃げ延びるためにウソをついているのか、見当もつかなかった。ただ事実として残ったのは、父を筆頭にあの頃家にいた人間の大半が逮捕され、高柳を含め、国会議員の逮捕者は一人も出なかったということだ。

父の逮捕によって私はことごとくを失った。住む場所も、東京に住み続けるという選択肢も、幼稚園の頃からの友人も、穏やかな家族の時間も……。

いつか政治家になるという夢も呆気なく潰《つい》えた。事件後から政治家は憎むべき対象でしかなくなったし、そういった父を持つ自分に政界の門戸が開かれていないことも理解できた。

縁もゆかりもない松山の高校に入学したのは、何かをやり直したかったからではない。周囲から色メガネで見られることを自分が拒んだだけだ。光一といえど他人に明かすつもりはなかったし、野心など抱かず過ごしていられればそれで良かった。

それなのに、私は光一にあけすけに語っていた。光一も黙って聞いてくれた。そして最後に私が「だから清家とは違って、俺は政治家になりたくてもなれないんだ。さっきのこいつの話を聞いてたら、ちょっとうらやましいと思っちゃった」と苦笑したとき、光一はなぜか嬉しそうに微笑んだ。

「そしたらお前が清家のブレーンになればええんや」

言葉が耳にじんわりと滲む。光一は当然という顔で続けた。

「お前がこいつを利用して親父さんの仇を取れや。清家もお前がいたら心強いだろう。っていうか、お前がいなきゃ政治家になんてなれる気がしないし、どっちも得やん。それに、なんていうか俊哉は自分が表に立つよりも、陰の支配者っていう感じが似合うけん」

「なんだよ、それ」

「うちの店にも結構政治家が来るんよ。そりゃいかにもっていう人も中にはおるけど、意外とちゃんとした人が多いんよね」

「ああ、それはちょっとわかる。結構まともだよな」と、事件後に味わったつらい経験をつい忘れ、私は口走っていた。

でも、実際そうだった。彼らはみんな私を子ども扱いすることなく、大真面目な顔をして理想とする天下国家の話をしてくれた。振り返れば笑止千万も甚だしいが、そうした話にどれほどワクワクしたかわからない。

光一は飄々《ひょうひょう》と続ける。

「でな、そういう人たちってたいてい信頼している秘書がおるんよ。たまにカウンターで二人きりで話してたりするの、俺すごく好きなんよね」

「どうして？」

「きちんと信頼し合ってるって感じがしてさ。大人のああいう姿ってあまり見ない気がして。二人きりのときは政治家も秘書もすごくいい顔して笑っとる」

「お互い打算の上かもよ」

「そうかもしれんけど」

「俺にこいつをそんなに信頼できる日が来るのかな」

規則的に寝息を立てる清家を一瞥して、私はわざと笑ってみせた。光一もおどけたように肩をすくめる。

「ま、そんなに難しいこと考えんでも、お前学校つまらんのやろ？」

「それは全然おもしろくないけど」

「授業は退屈だし、部活はやってない。で、クラスメイトはガキばっか。なら、清家を使ってあと二年遊んでたらええやん。こいつ、おもしろいし」

「本気でそう言ってる？」

「うん、言っとるよ。清家ってたまに感情的になるときあるやろ？　あのときの顔、なんか胸に迫るんだよね。お前もそうやろ？　お前の口から出てくるクラスのヤツって、清家しかおらんもん。加地の話なんて一度も聞いたことない」

「いや、それは……」と言葉に詰まり、あらためて寝ている清家に目を落としたとき、胸が小さく拍動した。

「じゃあさ、たとえばだよ？　たとえば俺が将来こいつのブレーンになるとしたら、いまの俺はそのために何をすればいいんだと思う？」

「さぁね。こいつを政治家にするところから始めんとな」

「だから、それは何なんだよ。高校時代にやれることとって？」

「そんなの知らんよ。とりあえず生徒会長にでもしてみれば？　福音の生徒会長なら少しは箔《はく》がつくんやないの？」

自分で言っておきながら、光一は「おっ」という顔をした。頭の中で言葉を嚙みしめているうちに、私もつい笑ってしまう。

リビングの戸が音もなく開かれたのは、そのときだった。

飾られた写真でも、松山城で見たときも、彼女は必ず柔らかく微笑んでいた。

それなのに戸の前にすっと立ち、私と光一を交互に見下ろした清家の母親は、こちらの正体を見抜こうとするかのような、冷たい表情を浮かべていた。

3

【悲願】より

愛媛県の南部、愛南町からやって来て、こうしてスタートした松山での高校生活。僕にとっての一番の僥倖《ぎょうこう》は、のちの政策担当秘書・鈴木俊哉と、いまも地元で後援会長をしてくれている佐々木光一と出会えたことだ。

気の合う人間の少なかったクラスメイトの中で、二人とだけは対等につき合えた。とくに鈴木とはたくさん言葉を交わした。ケンカした覚えもほとんどない。僕が選択について悩むとき、彼は必ず的確なアドバイスを与えてくれた。

野村芳太郎監督の映画『砂の器』をみんなで観たあの夜。運命に翻弄《ほんろう》される父と息子の物語に触れ、不意に涙の込み上げてきた僕は、彼らにならばと自分の出生についてははじめて明かした。

当然、二人は面食らっていた。話すだけ話し、生まれてから十六年分の澱《おり》を吐き出せるだけ吐き出して、僕はそのままソファで寝てしまった。

その間、彼らがどんな話をしたのかはわからない。一時間ほどして目を覚ましたとき、鈴木から唐突にかけられた言葉を、僕は生涯忘れないだろう。

「未来を思い描くこと。大いなる理想を抱いて、でも絶対に予断を持たず、常に未来を想像し続けること。それが政治家という人間に課せられた唯一の仕事」

知り合いの政治家から聞いたという鈴木の言葉はいつになく真に迫っていて、僕は気《け》圧《お》されるようにうなずいた。

成り行きを見守っていた佐々木も楽しそうに身体を揺らした。

「近く、うちの店で作戦会議しようや。『清家一郎を政治家にする会』。俺たちの世代で将来政治家になるヤツはいっぱいおるんやろうけど、高一のこんな時期から逆算して生きてる人間なんてそういないやろうしな」

我々にとって運命的とも言えたあの夜以来、僕たちの溜まり場はいまでも松山市内で営業している佐々木の実家の小料理屋〈春吉《しゅんきち》〉の座敷となった。

基本的には学校が終わってから〈春吉〉の営業が始まるまでの間だったが、昔気質で、面倒見のいい佐々木の父は、予約さえ入っていなければいつまでも個室を使わせてくれた。まかないを振る舞ってくれるのは日常茶飯事で、お客さんの注文が入るとわざと多く作り、高校生には到底手の出ないものをたくさん食べさせてくれた。

時効と思ってあえて記すが、最初に酒をのんだのも、振り返れば佐々木の父に勧められてのことだった。

「いい政治家ってのは決まってよくのむ。それも大切な仕事だし、土地のうまいものを知っておくことも勉強だ。せっかくだからいまのうちに鍛えとけよ」

自分の体質など知る由もなかったが、幸いにも僕は酒に強かった。なかば強引にのまされた高校生のときから、政治家となった今日に至るまで、記憶が飛んだという経験は一度もない。

佐々木の父は、父親と過ごした経験のない僕にとって一つの理想だった。カウンター八席、座敷が二つという決して広くない店で、愛媛県では安くもなかったが、大将の人柄もあっていつもお客さんで賑わっていた。

〈春吉〉は高校生だった僕たちにもわかるような上客をつかんでいたし、大将は積極的にそういう人たちを紹介してくれた。

愛媛県の医師会のメンバー、愛媛大や松山大の教授、地元テレビ局の役員、県内の有力企業の社長、県会議員、市会議員、ときには市長や知事も。

「こいつね、将来、総理大臣になりたいとか言ってやがるんですよ。ちょっと先生たちが揉《も》んでやってくれませんかね」

ちなみにだが、僕は「政治家」に憧れたことはあっても、「総理大臣」を目指したことは現在に至るまで一度もない。

声もかけずにふすまを開き、無遠慮に僕を指さしながら、大将はいつも堂々と間違ったことを口走った。怪訝そうにする人も中にはいたが、大半の方は温かい言葉をかけてくれた。

これが大学生だったら、きっとどこかで打算が透けて見えて、こうは行かなかっただろう。まだ高校生だったことに加え、僕たちにはある決定的な強みがあった。愛媛県内の政界、財界、学界、マスコミ界の、それぞれ中心にいる多くの方が、福音学園の出身だったことだ。

こんなにも……と呆れるくらい、彼らの愛校心は強かった。年を重ねるほどにその傾向は顕著で、それはつまり立場や役職が上の人ほど福音に対する思い入れが強いということで、それを利用しない手はないと鈴木はよく語っていた。

人の内面を見抜こうとする鋭さをうまく消して、「よろしかったらお名刺をいただけませんでしょうか？」とお願いするのも鈴木の役目だった。

大人になったいまならわかる。きっとみなさんかわいいと思ってくれたに違いない。福音の後輩という安心感も手伝って、ほとんどの人たちが快く名刺をくれたものだ。

そうして出会えた人たちはいまでも……、いや、いまこそ僕に力を与えてくれている。肩書きの変わった人が大半だし、現役を退かれた方も、鬼籍に入られた方も少なくないが、当時出会えたみなさんや、彼らがつないでくれた方々が、いまも清家一郎の最大の支援者だ。

親しくなった常連客に、鈴木はよくこんなことを尋ねていた。

「十年後、二十年後、この国はどうなっていると思いますか？」

大半の人が困惑した表情を浮かべる中、その質問に堂々と答えてくれた人を一人だけ覚えている。

一年生が終わろうとしていた二月下旬のある日。土曜日ということに気が緩み、僕たちはまだ営業時間中にもかかわらず座敷でビールをのんでいた。

そしていつも以上に白熱しながら、将来についてしゃべっているとき、乱暴にふすまが開けられた。

苦々しい大将の顔がまず目に入り、異変に気づいた。大将の背後に隠れるようにして、担任の一色先生が意地悪そうに笑っていた。

「あー、やっちゃったなぁ。お前ら、これはちょっと言い逃れできないぞ」

先生はそのまま僕たちの席に上がってきた。そして何食わぬ顔をして大将に告げた。

「大将、すみません。妻は先に帰します。俺はちょっとこいつらに説教してから。お前ら、腹減ってんのか？」

「いや、あの……」と、言葉に詰まった鈴木をつまらなそうに見つめ、先生は「じゃあ、適当に料理も追加してください」とつけ足した。そのとき、僕ははじめて先生の手に日本酒が握られていることに気がついた。

困惑しきった大将が厨房に戻っていって、先生によってふすまが閉められたとき、いつもの座敷にしんと緊張感が立ち込めた。

「やっぱり停学ですか？」

鈴木の質問に、先生は「さぁな」と、他人事のように首をひねった。さすがに近年ほどではないにしろ、当時も酒やタバコが許容される時代ではなかった。僕たちも〈春吉〉以外では絶対にのまなかったし、それだって翌日学校がない日に限っていた。まさか店に担任が来るなんて夢にも思っていなかった。

先生は力なく息を吐いた。

「でも、まぁ、いいんじゃねぇの？　ドンクセェなぁとは思うけど、一応、ここは佐々木の実家なわけだし、同情の余地はあるだろ。酒で停学とか、俺が面倒くさいよ。そんなことより、俺はお前らが担任を下座に座らせたまま平気な顔をしている方が頭にくる」

「下座ってなんですか？」と、はじめて聞く単語にキョトンとした僕に鼻を鳴らし、先生は「そこまでガキか」と楽しそうに微笑んだ。

座り位置以外にも、酒の注ぎ方や、注がれ方、名刺のもらい方などいくつも作法を教えてもらったこの夜以来、僕たちは一色先生と深くつき合うようになっていった。

僕が政治家となったことを誰よりも喜んでくれ、いまは母校の学園長を務めている一色先生との思い出は枚挙にいとまがない。福音ではクラス替えが行われず、担任も三年間変わらないシステムであるのも幸運だった。

僕たちは先生も交えて〈春吉〉でたびたび秘密会議を開いた。たいていは僕たちの質問に先生が答えるという形で進んでいった。

「先生は将来、日本ってどんな国になってると思いますか？」

そんな鈴木からの問いかけに、上座に座った先生は酒に口をつけながら微笑んだ。

「なんだよ、その質問」

「知りたいんです。十年後、二十年後のこの国がどんなふうになってるか、僕たちわりと本気で知りたくて」

「なんでそんなことが知りたいんだ？　まさかお前ら将来政治家になりたいなんて思ってるんじゃないだろうな」

鼻で笑って一蹴されるかと思ったが、意外にも先生は他の大人たちのように億劫そうな表情を見せなかった。

先生は残った日本酒を一息にのみ干し、しぼり出すようにつぶやいた。

「とりあえず資本主義なんじゃないのか？　さすがに十年、二十年程度でそこまで社会が激変しているとは思わないけど、資本主義という切り口で想像してみるのはそんなに間違ってない気がする」

「どういう意味ですか？」と、鈴木が前のめりになった。先生は照れくさそうに目を細めた。

「さすがにそろそろ限界だろ」

「意味がわかりません」

「だから、ゆるやかに崩壊していくんじゃねぇのかなってさ。もう至るところでギシギシ音を立ててるじゃねぇか。しかも、なんとなく俺にはこの国からそれが始まっていくっていうイメージがあるんだよなぁ」

「ちょっと待ってくださいよ。資本主義って、つまりお金が経済を回しているっていうことですよね？　それが崩壊するってどういうことなんですか？　社会主義になるってこと？　国が経済を管理するようになるんですか？」

「知らねぇよ。質問が多すぎだ」

「教えてください。新しいなんとか主義が台頭するっていうことですか？」

「だから知らねぇって言ってるだろ。それがわかるなら俺はこんな田舎で数学の教師なんてしてないよ。でもさ、まぁ、このまま資本主義が繁栄していくなんて考えるよりも、まだ社会主義が台頭するっていう方が俺にはしっくり来るけどな」

「そんな――」

「だからホントに知らないって。俺だって未来を知らない人間の一人だ。そこに教師も生徒もない。でも、お前らもボンヤリとそんなこと感じてるから、こんなもの読んでるんだろ」

先生は畳の上に無造作に置いていた『動物農場』に手を伸ばした。そして「オーウェルか。俺もお前らと同じくらいの頃、貪《むさぼ》るように読んでたわ」と、懐かしそうにつぶやいた。

しばらくの間、個室に静寂が立ち込めた。鈴木がそれをはね除けた。

「清家が次の生徒会長選に出馬します」

さらなる緊張が僕たちを包み込んだ。一色先生は顔色一つ変えずに「はぁ？　なんだよ、今度は」と、面倒くさそうに自分の肩を揉んだ。

鈴木は前のめりになった。

「すみません。でも、知りたいんです。生徒会長選のために、僕はいまこいつに何をさせたらいいのかイメージも湧かなくて」

「そんなの俺だってわからないよ」

「でも、先生はこれまでたくさんの選挙を見てきてるわけじゃないですか。そこに何かヒントがあるはずなんです」

あまりに直截的な物言いに、僕の方が肝を冷やした。鈴木らしくなかったし、フェアじゃなかった。きっと答えを濁されるだろうという僕の予想を裏切り、先生はいつもの自嘲するような笑みを浮かべなかった。

先生は何かを諦めたようにうなずいた。

「本当にそんなの俺にはわからないけど、俺も自分が福音の生徒だったときにお前と同じように候補者を担ぎ上げたことがある。あのとき、これは意味がありそうだと思ったのは、演説や講演をよく聞きにいっていたことだな」

「演説？」

「政治家のな。俺もたまにつき合って大街道に見にいったりしたけど、地元議員の応援でやってくる有名な政治家の演説って、やっぱりおもしろいんだよな。おもしろいっていうか、惹きつけられるんだ」

「たとえば、どんな政治家が良かったですか？」

「覚えてる人間は何人かいる。総理をしていた頃の大木さんとか山根さんとかはやっぱりオーラみたいなものがあったし、のちに大スキャンダルを起こして失脚した花野博の応援演説もすごかった。ああ、でも違うな。そういう大御所たちも当然すごかったんだけど、パッと頭に思い浮かぶのは当時まだ若手だった政治家だ」

先生がそこまで言ったところで、予感めいたものが胸を貫いた。きっと鈴木も同じだったに違いない。

それが証拠に、僕たちはほとんど同時に互いの目を見合わせた。その様子を一瞥して、先生は淡々と口にした。

「和田島芳孝だよ。いまの官房長官のな。若い頃のあの人の演説は本当にすごかった。語り口は柔らかいんだけど、独特の引き込む力があって。何よりすごいと感じたのは、和田島の演説が完全に作られたものだったことだ」

その言葉が少しずつ熱を帯びていく。

「語っている内容だけじゃなく、表情も、仕草も、究極的には息を吐くタイミングまで計算しているように感じられた。俺はそこにこそあの人のすごみを感じたよ。いま官房長官にまで出世しているのをまったく不思議と思わないし、いまも似たようなことを感じてる」

「似たようなことってなんですか？　作られているっていうこと？」という鈴木の質問に、先生は力強くうなずいた。

「ああ。あの男が本音の部分で何を考えているか見えてこない。怒っているのも、笑っているのも、悲しんでいるのも、楽しそうにしているのもウソっぽく見える。そのウソっぽさは政治家にとってきっとマイナスじゃないんだろうって、あの人を見るたびに思うんだ」

なぜか最後に僕に目を向けて、先生は「全然質問の答えになってないかもしれないけど、そうだな、政治家の演説を勉強するのは手だと思うぞ」と、微笑んだ。

4

私は一色という担任の教師をあまり信用していなかった。〈春吉〉で顔を合わすようになってからも信頼しきることはできなかった。皮肉屋で、一言多く、私の価値観でいえば一色の方がよっぽど「ガキ」なのに、優位性を示そうとするように「ガキだな」と口にする。

それでも、参考になる意見も多かった。あの夜以降、私たちは有名、無名を問わず政治家が愛媛に来るたびに三人で連れだって聞きにいったし、たくさんのビデオを手に入れた。来たるべき生徒会長選をイメージして、どれだけ清家に視聴させたかわからない。

その時期と前後して、清家の人間性も少しずつ変わっていった。言葉遣いに変化はないし、屈託のなさもあいかわらずだ。頼りなく、いつもニコニコと笑っているのも同じだったが、教室の中で孤立し、クラスメイトの顔色ばかりうかがうかつての清家はもういない。二年生に上がった頃には、私たち以外にも友人ができたようだ。

とはいえ、清家が清家らしく振る舞っていられるのは、やはり私たちの前でのみだった。教室にいるときと、三人でいるときとでは、清家はあきらかに違う。他の誰かと言葉を交わしているときの清家は満面に笑みを浮かべながらも、どこか軽んじているように見えてならなかった。

清家がいまでも一目置くのは私だけだ。光一のことさえどこかで一線を引いている。以前のようにすがり、甘えた目を向けてくるのはすでに私しかいない。いや、私に対してさえ、本心を見せているとは限らない。

清家に対する警戒心に似た思いがボンヤリと生まれ始めていた。どうしてこんなふうに清家を意識してしまうのか。かつては軽んじ、距離を置いていたはずなのに。

光一の気まぐれから深く話をするようになり、思わぬ形で過去を聞かされた。自分が拠っていた過去よりはるかに重い話を軽やかに口にする清家に、頭を叩かれた気持ちになった。

私が本当の意味で清家を脅威に思うのは、あの笑顔そのものだ。いつもニコニコしているくせに、その瞳は絶えずこちらの本質を見極めようとしている。以前は頼りなさしか感じなかった笑みが、いつからか本性をひた隠す手段のように思えるようになっていた。

それが私には不安だったし、腹立たしくもあった。これだけ深くつき合い、親しげな態度で接してくるくせに、清家はいまだに心を開いていない。笑顔の奥で、いまも私を懸命に見定めようとしている。そう思うのはやはり穿《うが》ち過ぎなのだろうか。

いずれにしても腹は決まっている。清家を見極められないと思うのなら、見極めるまでつき合っていけばいいだけだ。腹の底を見せていないのは、こっちだって同じなのだから。

私がそんな思いを強めたのは、五月の連休の最終日。四月に入ってきた後輩たちが最初の外泊から戻ってきて、寮全体に浮き足立つような雰囲気が立ち込めている日だった。それを嫌ったわけではなかったけれど、私は屋上のベンチで本を読んでいた。坂の上に見える松山城の周りで、青葉が風に吹かれて躍っている。

その様子を見つめていたら、目の前がふっと影で覆われた。見上げると、加地が仏頂面で立っていた。

「ああ、帰ってきてたんだ。どうだった？　久しぶりの東京は」

加地はそれに応じようとせず、私を見下ろしたまま切り出した。

「最近、清家と仲いいの？」

「は？　何？」

「なんかいろんなヤツからウワサ聞くから。お前と佐々木がよく清家とつるんでるって」

「べつに。ただのクラスメイトだよ」

「本当か？」

「なんだよ、それ。なんでそんなこと聞くんだよ」

私は思わず笑い、もう一度加地の顔を見上げた。その視線は鋭いものの、眉は懇願するように歪んでいる。

ようやく我に返ったように目を瞬かせると、加地は私のとなりに腰を下ろした。そして、ポツリとつぶやいた。

「すげぇな、俊哉。こないだの試験、学年トップだったんだって？」

「たまたまだけどね」

「たまたまで福音のトップが獲れるかよ。お前、勉強してるもんな」

「おかげさまで俺は寮に友だちがいないから」

「イヤミかよ」

「いやいや、悪い意味じゃないよ。むしろいつも誰かが近くにいるお前に同情する。息も吐けないだろうなって」

入学した頃に予想した通り、加地の存在感はずいぶんとうすくなった。とはいえ、それは加地が特別不興を買ったわけではなく、当初周りを囲んでいた者たちに部活や塾などの居場所ができたという程度だ。いまでも結城ら取り巻きたちには囲まれているし、加地がクラスの中心人物であることに変わりはない。

「俺、生徒会長選に出ようと思うんだ」

嚙みしめるような加地の言葉に、ふっと現実に引き戻された。「ごめん、何？」としらばっくれてみせたものの、それが本題かという思いが一気に胸を侵食した。

加地の顔色は変わらない。

「だから、生徒会長選。結城たちに乗せられてとか言い訳するつもりはない。お前を見てたら俺も何かがんばりたくなった。高校生活に何か残しておきたくて、ちょっと本気を出そうと思ってる。良かったら俊哉にも手伝ってほしいんだ」

いつになく弱々しい声だった。そこにはたしかに加地の覚悟が秘められている気がして、小気味よく感じた。こんなことは加地と出会ってはじめてだ。

しかし、申し訳ないけれど悩むまでもなかった。加地の心境に変化があったとしても、人間の器の大きさが計り知れないのは圧倒的に清家だった。たかが生徒会長選とはいえ、人生を決定づけるかもしれないという予感がする以上、自分のコインは加地の側にはベットできない。

私は首を横に振った。

「それは、ごめん。もう手伝う人間が決まってる」

加地は呆れたように口をすぼめた。

「マジで？　清家ってそんなに魅力的なの？」

「さぁ。べつに魅力があるとは思わないけど」

「俺、見誤ってるのかな。勉強できるのは認めるけど、あいつのすごさが理解できない」

「だから、何もすごくなんてないって。そんなにビビらなくて平気だよ。普通にやって

れば お前の圧勝だ」

「普通にやらなかったら？」

「さぁね。いい勝負くらいするんじゃない？」

そのくらいでないと困ると思いながら口にした私の言葉に、加地の表情が引き締まった。

「だとしたら、いい勝負になるってことだよな。お前があいつを手伝うって、つまりはそういうことなんだろ」

加地は冗談めかして口にしたが、目は笑っていなかった。へぇ、こんな顔もできるのかと他人事のように思いながら、ついその熱っぽさに当てられた。

加地の肩に手を置き、私も柄にもないことを口にした。

「恨みっこなしでやろう。清家は本気で行く。甘く見てたらお前も足をすくわれるぞ」

5

福音の生徒会長選は、夏休み前に立候補者が告示され、休み明けの九月末に一、二年生による投票という流れで行われる。就任日は十月一日。そこで前任者との引き継ぎ式が行われ、任期は翌年九月末までの一年だ。

私たちはすでに選挙戦の激しさを知っている。去年、普段は気怠《けだる》そうにしている先輩たちが目の色を変えて自分たちの候補者を担ぎ上げ、本物の選挙のように総力戦を繰り広げているのを見たからだ。そう、あれは文字通り「総力戦」だった。仮に自分たちの知らないところで金品が飛び交っていたとしても、少なくとも福音の生徒に驚く者はいないだろう。

五月の連休が明けて最初の全体礼拝が行われた、月曜日。いつものチャペルではなく、体育館に集められた全校生徒の前で、校長は今後のスケジュールを話し始めた。その中で生徒会長選のことにも触れた。

「そして秋には生徒会長選が行われます。毎年、品のないところも見られますが、これは本校の伝統行事です。思い残すことのないよう、とくに二年生のみなさんは積極的にチャレンジしてください。福音の生徒会長選です。その意味をよく考えて、行動してください」

校長の話に二年生はざわめき、すでに選挙を経験している三年生は大いに盛り上がり、なんのことかわからない一年生は静まりきっていた。

福音では生徒会長に全面的な権限が与えられている。それを勝ち取ったという半世紀ほど前の先輩たちの奮闘はなかば伝説化しており、副会長も書記も、会長が独断で指名する。校則の変更を教頭に申し出ることができるのも、指導力のない教師の罷免《ひめん》を直訴《じきそ》できるのも生徒会長だけらしい。

とはいえ、生徒会長選が異様なほど盛り上がるのはそんなことが理由ではないだろう。

みな演説では校則の不備を声高に指摘し、自分が会長になった暁《あかつき》にはこれを変える、あれをするると勇ましく口にするが、そもそも自由と自主性が売りで、校則が緩いことで知られる福音においてはもう十年以上も校則は変更されていないと聞いている。

大学への推薦枠があるわけでもなければ、生徒から感謝されるわけでもない。勉強する時間を少なからず削られ、投票してくれた仲間たちから無理難題を吹っかけられるのが明白な中、ではなぜ多くの者が会長選へ駆り立てられるかというと、それは過去の生徒会長に成功者が居並ぶからだ。

福音の正面玄関には歴代生徒会長の名前の入ったパネルが並んでいる。真っ新なプラスチック製のものから始まり、少しずつ色褪せ、途中で木製のものに切り替わるパネルの中で、名前を見ただけで認識できる人が少なくない。

優秀な人間だから生徒会長になるのか、その名を汚すまいと身を正すのかは知らないが、パネルを目にするたびに「伝統」という言葉に思いを馳せる。自分の名前もそこに連ねたい。在校生が憧れを抱くのは当然だろう。

校長の話を、清家は嬉しそうに聞いていた。すごいなぁ、生徒会長なんて憧れるなぁ……といった心の声がいまにも聞こえてきそうだ。

背後の光一が声をかけてくる。

「おいおい、うちの大将は余裕やな。大物なんか？」

「さぁね。何も感じてないいんじゃない？」

「そんなんで大丈夫なんか？　とりあえず、どうする？　俺はまず何をしたらいいん？」

私はゆっくりと振り返った。

「だから、いまはまだ何もしなくていい。本番はまだまだ先だ」

「そうなんか？　もっとダイナミックにいろいろ動こう思っとったのに」

拍子抜けという感じの光一の声を聞き流しながら、私も意識して肩の力を抜いた。いまから入れ込んだところでいいことなんて一つもない。

清家はとなりの友人と話し始めた。屈託なく瞳を輝かせているその気楽さが、私の目にはしたたかさにも見えた。

それはこれから生徒会長選を戦おうとする上での、我々のたしかな武器だった。


校長の話を受けて、クラスの空気も少し変わった。福音の生徒会長選はクラスごとの立候補制ではなく、誰でも自由に出馬を表明できる。

結城も早速クラスのとりまとめに動き始めたし、加地もめずらしくクラスメイトたちに愛想を振りまいているようだ。それを見た光一はわかりやすく慌てていたが、私はとくに清家に指示を与えようとしなかった。

これが記名式の投票ならば、清家にも何かさせていたかもしれない。でも、無記名式である以上、戦い方は違ってくる。毎年三分の一近くの生徒が白紙投票しているという話を聞けば尚さらだ。それはつまり過熱する選挙戦にうんざりしている生徒の数だ。それらをまとめてかっ攫《さら》ってしまえば圧勝だ。

勝負は夏休み明け、投票までの一ヶ月と踏んでいる。その日まで清家にはスピーチ映像を見ることだけを徹底させ、私は原稿を作ることに専念した。みんなが土壇場で書くものを、半年かけて作っていく。そのために本を読み、人と会い、スピーチや講演の映像を見て勉強する。

時間は淡々と過ぎていった。光一は先輩たちにうまく取り入っているようだし、清家は真面目に勉強している。私もまた本番のスピーチの萌芽ともいえるアイディアの断片で、着々とノートを埋めていった。

そうしながら、私は決定的に足りないものがあることに気がついた。自分がしようとしているのは、つまりは清家に成り代わって思いを伝えるということだ。そのためには〝過去〟が圧倒的に足りていない。幼少期に清家が目にしてきた光景を、嗅いだ匂いを、言葉を交わした人の顔をうまく想像できないのだ。

夏休みに愛南町へ行ってみたい。そんなことを思い始めた六月のある夜、梅雨らしい雨が〈春吉〉の屋根を叩いていた。

遅れて店にやって来た清家が思わぬことを言ってきた。

「僕、明日から学校を休むよ。おばあちゃんの具合が良くなくて」

「それは何？　もう長くなさそうってこと？」という光一の悪びれない質問に、清家は「かもしれない」と肩をすくめた。

友人の祖父母の生き死ににたいして興味が持てないのか。光一はすぐに読んでいた本に目を戻したが、私は違うことを考えていた。

「あのさ、清家。万一のことがあったらすぐに連絡してくれ」

「どうして？」

「どうしてって、友だちの家族のことだろ。気になるじゃん」

清家はどこか不思議そうにしながら早々に帰宅し、光一も店の手伝いを始めた。二人と入れ替わるようにして一色がふすまを開き、当たり前のように畳の上にあぐらをかいた。最近はこういう機会がずいぶん増えた。

「どうや？　選挙の準備は進んどるか？」

光一が持ってきたビールでのどを湿らせ、一色はぽつりと尋ねてくる。それには答えず、逆に私から質問した。

「先生って、福音の教師になって何年ですか？」

「なんだよ、その質問。二十一、二年ってところやないか」

「じゃあ、自分が現役の生徒だったときも含めたら二十四、五回の生徒会長選を見てきたっていうことですよね？　印象に残ってる年ってありました？」

一色の顔にじんわりと笑みが滲む。

「そうやなぁ、なんやかんや言うても、うちの生徒会長選っておもしろいよ。教師になってからも意外とワクワクしとる」

「たとえば、どういう年がおもしろかったですか？」

「それは、やっぱり伏兵が本命を食うときやろ」

「去年もそうでしたよね」

「三浦《みうら》のときな。あれも鮮やかやった。去年はあいつのクラス全体がよくまとまっとったし、下準備も素晴らしかったけど、それ以上に良かったのが――」

「演説ですよね」

今年の生徒会長を務めている三年生、三浦秀太《しゅうた》の学校改革を訴えた演説を、私もよく覚えている。

まだ清家を担ぐことを決める前で、会長選に興味が持てず、早く終わらないかと教室で校内放送を聞いていた。そんな私でさえ、気づけば三浦の話に引き込まれていた。

本命と見られていたのは佐藤というバスケ部の先輩だった。体育会系の部員を中心に票を集め、圧勝すると見られていた佐藤を僅差でかわして三浦が生徒会長に選出されたとき、新聞部が発行する紙面には『福音史上最大の波乱！』という文字が躍っていた。

当時のことを思い出しながら、私は質問を続けた。

「結局、あれって無記名投票であることが大きかったんですよね？」

「まぁ、記名制やったら間違いなく佐藤が勝ったやろ」

「やっぱり体育会からも三浦さんに流れてますか？」

「それはそやろ。どうせバレんと思って結構な数が流れてるよ。実際、記名制が無記名制に変わったときから波乱が起きやすくなったから。俺が高一のときやった。その年に生徒会長になった人が策士でな。裏工作して選挙のやり方を変えたんよ」

「その策士だった生徒会長っていま何をしてるんですか？」

「その人は普通に県外の民間企業に勤めとるよ。その意味では、そうやな。策士だったのは参謀の方やった」

「参謀？」

「生徒会長をコントロールするブレーンみたいな人がおったんよ。成績も良かったし、校内では有名な人やった。戦術も、本番のスピーチ原稿も全部その人が書いとったらしい」

胸がとくんと音を立てた。なぜか動揺を悟られたくなくて、私は平静を装った。

「その人はいま何を？」

「政治家」

「え？」

「武智《たけち》和宏《かずひろ》って知っとるか。たまにこっちにも帰ってきとるんやけどな。わりと力を持っとる代議士よ」

一色の口から出てきたのは、新聞紙上を賑わす有名政治家の名前だった。清家の父、和田島芳孝が領袖《りょうしゅう》を務める派閥の幹部で、次期官房長官とも、未来の首相とも言われている。

私は静かに息をのんだ。一瞬、奇跡的なつながりかとも思ったが、政治の世界など私が思うよりもずっと狭いものなのかもしれない。

「生徒会長選のとき、武智さんはどんなことをしてましたか？」

一色はいたずらっぽい目を向けてくる。

「いろいろしとったみたいよ。一番はやっぱり演説の原稿やろうな。それこそ俺は百人以上の候補者を見てきたけど、あの先輩に敵うヤツはいまだに現れてない。しゃべり方は拙《つたな》かったんよ。でも、どれだけ策を練ったところで所詮は高校の生徒会長選。結局、志の高い人間が勝つようにできとるんやって、そう勘違いしたのを覚えとる」

「勘違い？　どういう意味ですか？」

「だって、その候補者の気持ちなんて何も反映されてなかったんやから。全部、武智さんが計算し尽くして書いたものやった」

「武智さんは何を計算したんでしょう？」

「もちろん、何をしゃべったら生徒たちの心が動くかっていうことやろ。他の候補たちが絶対に言わんであろうことを、武智さんはとにかく考え続けとったらしい。たしか九組やったかな。スピーチは一組の候補者からやから、演説の順番的にもうみんな飽きとるやろうし、だったらそれまでの候補者の演説をすべて踏み台に使おうと思ったたって」

「先生はどうしてそのことを知ってるんですか？」

「うん？」

「そういうふうに誰かが暗躍した話って表立たないじゃないですか。学年だって違うのに」

「ああ、そんなたいした話じゃないよ。あの頃の福音の生徒ならみんな武智さんが黒幕やって知っとった。すぐに仲違いしたからな。生徒会長になった先輩が途端に増長したんやと」

「どんなふうに？」

「さぁな。話では自分の力で会長になったと勘違いしだしたってことやったけど、それだって武智さんたち側の一方的な見方やしな。本当のところはわからん。ただ、とにかく最終的に生徒会長は孤立したし、なんの権限も持たなくなった。いつの間にか書記をしていた武智さんのグループが生徒会を回すようになっとった」

「そうなんですね」とつぶやきながら、想像する。私の書いた原稿があれば、清家を勝たせられるというイメージは湧く。

一方で、その後の清家についてのイメージは抱きにくい。そうやって勝たせた清家が、いつかの生徒会長と同じように増長することがあるのだろうか。クラスメイトに対する軽んじた笑顔を思い出せば、絶対にないとは言い切れない。でも、私のバックアップのない清家が拠り所にするものの存在を想像することも難しい。

結局、辿り着くのは「清家の本質がわからない」というものいつもの思いだ。光一がおもしろがるように秘めた能力を有するのか、それとも頼りない見た目の通り、ただのがらんどうなのか。なぜ清家のことがこんなに気になるのかということまで含め、いつもと同じ疑問が脳裏を巡る。

一色はしゃべりすぎたというふうに首をひねり、おもむろに腰を上げた。

「ちょっとのみすぎた。ま、誰の参謀を務めるにしても、選挙の原稿を書こうと思っとるならその人間のことをよく知ることや。本人でさえ気づいていない人間性にまで踏み込めたら、間違いなくいい原稿になるよ。武智さんが書いたのがまさにそんな感じやった。あれをまさか他の人間が書いていたなんて、少なくとも当時は想像することもできんかった」

ほとんど一息で口にして、一色は最後にしぼり出すようにつぶやいた。

「あれはすごかった。本当にすごい原稿やったんや」


大雨が〈春吉〉の屋根を叩いていたその夜、私は一色に「武智の原稿が読みたい」とお願いした。

清家から『昨夜、おばあちゃんが亡くなった。すごく苦労した人だったけど、最期は安らかに逝ったよ』という電話をもらったのは、その二日後のことだった。

翌朝、ホームルームが終わった直後に一色をつかまえた。

「愛南町に行きたいので学校を休ませてください」

通夜に出たいでもなければ、清家に会いにいくでもない。清家の生まれ育った街を見にいきたいというまっすぐな言葉に、一色も何かを悟ったようだ。私を見つめながら

「ああ、ええよ」と言ってくれた。

あらためて寮の先生の許可を取って、その日の放課後に出発した。考えてみれば、愛媛に引っ越してきて以来、松山以外の街を訪ねたことはない。

雨は三日前から降り続いている。おかげで夕日が美しいことで知られる下灘《しもなだ》の駅でも、延々と伸びる海沿いの景色にも辛気くささしか感じなかった。

終点の宇和島《うわじま》駅についたときには陽も落ちていた。そこから高知の宿毛行きのバスに乗り換えて、一時間半。指定された「城辺《じょうへん》」というバス停に到着したときには二十時近くになっていた。

清家が傘を手に迎えに来てくれていた。

「来てくれてありがとう、俊哉くん。ごめんね、お母さんは家なんだ。おばあちゃんを一人にすることはできないから車を出せないって。お母さん、本当に申し訳なさそうにしていた。だからくれぐれも俊哉くんに謝っておいてって、お母さんに言われてきて。ずっとおばあちゃんと二人で生きてきた人だからさ、ショックだったと思うんだよね」

清家の声はいつになくか細く、街灯に照らされた顔も青白かった。なぜか母親のことばかり伝えてくる清家を少し不気味に思いながら、努めて明るく微笑んだ。

「それは全然いいんだけど。このへんってどこかホテルある？」

清家はいまはじめてそんな考えに及んだという顔をして、あわてて手を振る。

「そんなことさせられないよ。今夜はうちに泊まっていって。すぐそこだからさ」

「でも、今日なんて大変だろ」

「ううん。お通夜は明日だから。静かなものだよ」

「でも——」

「ダメなんだよ。お母さんに連れてくるように言われたから。俊哉くんに泊まってもらわないと僕が怒られちゃう」

顔に笑みは浮かんでいたが、言葉はかつて聞いたことがないほど強かった。

「家、すぐそこだから」

有無をいわさぬ口調で言うと、清家は先を歩き始めた。仕方なく、私もあとを追う。愛南町は想像していた街並みと違っていた。ちかちかと明滅する白い街灯が、雨に濡れる道を照らしている。周囲に開いている店はなく、車もほとんど通らない。移動中にずっと感じていた海の気配も消えていた。

前を行く清家は一度も振り返ることなく、何か言ってくることもなかった。「すぐそこ」と言っていたはずの家に着くのに、三十分近い時間を要した。

明かりがポツポツと灯る小さな集落で、清家はようやく足を止めた。久しぶりに私の顔を振り返る。

「おばあちゃんはとても苦労した人だったんだ」

「え、ごめん。何？」

「本当に苦労した人だった」

独り言のように繰り返すと、清家は一軒の敷地に入っていった。私は清家の生家にどんなイメージを抱いていたのだろう。道後のマンションが今風だからか、母親がまとう若々しい雰囲気によるものだろうか。いずれにしても違う何かを想像していた。ボンヤリと見上げた家は、かなりさびれた日本家屋だった。

清家に続いて足を踏み入れた家の中も、しんと静まり返っていた。あいかわらず耳に届くのは雨の音だけで、誰かの話し声やテレビの音は聞こえてこない。

「帰ったよ」

玄関の引き戸を開けて、清家は柔らかい口調で言った。家の中は緊張感さえ漂い、母親の返事は聞こえない。

「お邪魔します」と口にして、居間に入り、私は息をのんだ。喪服のような漆黒のワンピースに身を包んだ清家の母が、たったいま大切な人を亡くしたばかりのように、横たえられた亡骸《なきがら》の前で大粒の涙を流しているのだ。

遺体に被せられた白い布と、母親の着る黒のコントラストが鮮烈だった。「ああ、俊哉くん。ありがとう。こんな田舎まで来てくれて」と言いながら、母親は目もとを拭う。

「あ、いえ……。あの、これ学校のみんなからです」

私は乾いた口をこじ開け、バッグから香典を取り出した。清家の母は「ありがとうね。いま冷たい飲み物用意するね」と口にして、私の肩に真っ白な手を置きながら立ち上がる。

「俊哉くん、良かったらこれ使って」と、清家から手渡されたふかふかのタオルはどこか太陽の気配を感じさせた。

　雨で濡れた髪の毛を拭いているところに、母親が麦茶を置いたお盆を手に戻ってきた。氷がグラスで転がる音が聞こえて、のどの渇きを覚えた。一息にそれを飲み干したところで、私はようやく息を吐くことができた。

　それなのに次に目にした母子のやり取りに、再びあ然とさせられた。

「遅いから一郎くんはもう寝なさい。風邪引くわよ」

「うん。わかった」

「ちゃんと歯を磨くのよ」

「わかってるよ。それじゃあ、俊哉くん。お先にね」

　いや、ちょっと待ってよ……という言葉は、満足そうに目を細める母親を前に引っ込んでしまった。

　時計の針はちょうど二十一時を指している。自分がおかしいのかという気持ちになった。私の価値観では、家にやって来た友人を母親に任せ、先に寝ることなど考えられない。母子の考えていることが理解できず、不安ばかりが募っていく。

　無表情のまま清家は本当に居間から消えていった。この街に来たときから感じていた孤独な気持ちがどんどん大きくなっていく。部屋に遺体と、友人の母親しかいないという状況に現実味が伴わない。

「もう一杯入れようね」と、諭《さと》すように口にして、母親は再びキッチンに消え、新しいグラスに入れた麦茶を持ってきた。

一杯目と同じように一気にそれを飲み干した私を頼もしそうに見つめ、母親は寄りそうように腰を下ろす。

「本当にありがとうね、俊哉くん。一郎くんもとっても喜んでた」

「いえ、そんな……」

「あの子、家で俊哉くんのことばっかり話してるのよ。本当に仲良くしてくれてありがとう」

母親はあいかわらず柔らかい笑みを浮かべたまま、視線をすっと顔に布をかけられた祖母に向けた。

「母はとても苦労してきた人だったの。でも、最期は安らかに逝ってくれて。一郎くんと私にとってはそれが救いで」

「そうなんですね」と答えながら、私は拭いようのない違和感を抱いた。その理由を考えて、すぐに答えに辿り着いた。祖母が亡くなったことを告げてきた清家からの電話の内容が、いま母親の口にしたこととほとんど合致していたからだ。

母子だからといって、そんなに似通うことがあるのだろうか？

祖母の苦労とは何なのだろう？

脳裏を駆け巡ったいくつかの「？」は、しかし次の瞬間に吹き飛んだ。母親の手が、太股の上に置いてあった私の手にすっと伸びてきたからだ。

氷のような冷たさが手の甲に伝った。私は動揺を隠すことができず「え……？」と漏らしてしまったが、清家の母の表情に変化はない。

「本当にありがとう、俊哉くん――」

何か良からぬ想像をしたつもりはない。まだそういう経験をしたこともないし、そもそも友人の母親だ。過ちなんて起こるはずがない。

強くそう思う一方で、私はこの部屋に入ってきてから抱いていた違和感の正体を一つ見つけた気がした。ずっと鼻についていた柔らかい香りは、きっと女性の……、もっといえば性そのものの匂いに思えてならなかった。

むろん、清家の母にだってそんなつもりがあるはずはない。

「あの子、本当に頼れる人がいないから。俊哉くんたちの存在はとても大きいと思うの。あの子の将来の夢、聞いたでしょう？　それだけで、あなたがあの子にとって特別だってわかる。だからお願い、俊哉くん。あの子に力を貸してあげて」

「力を貸すって、何を……」

「俊哉くんがいるなら勝てるかもしれないって、あんな誇らしげなあの子を見るのもはじめてだったから、私それだけで嬉しくて。お願いします。あなたの力を貸してあげて」

そこまで口にしたところで、母親は小さく洟をすすった。ひどく大仰に思えたし、違和感は一向に拭えなかったが、私は母親の話に惹かれていた。いや、きっと母親自身に惹かれていたのだ。

「ごめんね。俊哉くんもお風呂に入ってもう寝なきゃね。沸かしてくるわ」

母親は名残惜《なごりお》しそうに手を離した。その細く、真っ白な腕をつかみ取りたくなる衝動を、私は懸命に抑え込んだ。

母親が居間から消えていって、再び耳に雨の音が戻ってきた。

ふと目にした清家の祖母の亡骸は、思っていたよりもずっと小さかった。

6

カーテンの隙間から強烈な朝の陽が差し込んでいた。鳥の鳴き声が聞こえていて、身体が汗で湿っている。清家の家に泊まった記憶はなかなかよみがえってこなかった。こんなふうに朝日で目が覚めるのは、もう何年ぶりだろう。

私はゆっくりと身体を起こし、カーテンを開け放った。昨日の雨は夜の闇とともに、様々なものを洗い流してくれたようだ。まとわりつく湿気も、空気中の塵《ちり》も。部屋から海は見えなかったが、窓を開くと潮の香りが鼻をついた。

雨が洗い流したのは、外のものに限らなかった。

「おはよう、俊哉くん。良かった、起きてたね」

戸口に立つ清家は学校で見せるのと同じ笑みを浮かべている。昨夜の、まるで人間味のない乾いた表情がウソのようだ。

「どうしたの？　何かついてる？」

清家は自分の頬に触れながら尋ねてくる。いっそ「昨日のお前は不気味だった」と言ってやりたかったが、ガラスのように澄んだ瞳の前に言葉は引っ込んだ。

「いや、雨が上がったなと思って」

「昨日の夜はすごかったもんね」

「海って近いの？」

「うん、近いよ。行ってみる？」

「いいね。最近見てないし」

清家の母親からも昨夜の妖艶《ようえん》な雰囲気は消えていて、窓からの朝日に馴染んでいた。旅館で出てくるような豪勢な朝食を食べ、私と清家は家を出た。オンボロという表現がしっくりくる自転車にそれぞれ跨《また》がり、海を目指した。

「ちょっと遠いんだけど連れていきたいところがあるんだ。そこでいい？」

先を行く清家がハンドルを握りながら尋ねてくる。

「もちろん。思い出の場所とか？」

「そうだね。小さい頃によくお母さんやおばあちゃんと行ったところ。僕が一番好きな場所」

「それは是非見てみたいな。連れてってよ」

清家は会心の笑みを浮かべてスピードを一段上げた。その幼い表情に呆れつつ、私もペダルを漕ぐ足に力を込める。

　きつい坂道に全身の毛穴から汗が噴き出し、湾を見渡す長い下り坂では風を切った。雲一つない青空を見上げながら、上ったり、下ったりを繰り返し、結局一時間以上自転車を漕ぎ続けてようやく目的地に辿り着いた。

「やっぱり自転車じゃきつかったねぇ。僕、汗だくだよ」

　近くの集会所に自転車を停めて、清家が口を開く。私は景色に目を奪われていた。

「ここは？」

「外泊《そとどまり》っていう集落。石垣の里っていうんだ」

「不思議な街並みだね。有名なの？」

「もちろん街の人はみんな知ってるだろうけど。でも、たしかに松山の人たちに知られてるっていう気はしないなぁ」

　清家は近くの自動販売機でコーラを二本購入し、一本を私に手渡しながら「ちょっと上に行ってみよう」と言ってきた。

　私の返事を待つことなく、清家は石畳の斜面を上っていく。人一人がやっと通れる細い路地を何度か曲がり、小さな空き地に出たところで、清家は思い出したように私を見た。

「ここだよ」

　私も背後に顔を向ける。集落を囲む山の緑が真っ先に目に飛び込んできて、次に空の、そして海の青が視界を捉え、最後に枯れた街並みに心を奪われた。

「うわ、すごい」

思わず感嘆の息を漏らした私に、清家は自分の手柄のように胸を張る。

「でしょう？　俊哉くんにこの景色を見せたくて」

「ちょっと驚いた。どういう場所なの、ここ」

「さぁ、くわしくは知らないけど。でも、この石垣は海から吹き上げる風から家を守るための知恵だって聞いたことがある。意外とめずらしい街並みだって。気に入った？」

「すごく」

目を細めた清家と乾杯して、コーラを喉に流し込んだ。一気に飲み干したところで、私はあらためて真っ青な海に目を落とした。

「何かここで印象的な話をした記憶ってある？」

「どういうこと？」

「お母さんとかとさ。何か思い出に残っている会話ってないかと思って。たとえば、お父さんのこととか――」

スピーチなんかのためでなく、私はきっと純粋な興味を抱いていた。胸にあったのは、昨夜の母と子の、そして顔に布をかぶせられた小さな祖母の亡骸だ。

清家は怪訝そうに眉をひそめた。

「すごいね、俊哉くん。君はホントにすごいよ。たしかにここだったんだ。はじめてお母さんからお父さんのことを聞かされたの。小学校に入る直前」

かけた。
「お父さんの話を聞くのに早すぎるも何もないでしょう」
そう言ってケラケラ笑った清家に、私は「そのときのことって覚えてる？」と、畳み
「早すぎないか？」

清家は笑顔のままうなずいた。

「よく覚えてるよ」

「どんな気持ちだった？」

「どうして？」

「前も言ったかもしれないけど、誇らしい気持ちだったかな」

「だから、お母さんがそう話してくれたから。いまでも尊敬してるって」

「じゃあ、どうして二人は別れたの？　結婚はしてるの？　清家が生まれる前には別れてたっていうこと？」

「だから、それは――」と、ムキになったように口を開きかけたが、私の目をじっと見つめ、清家は冷静さを取り戻すように息を漏らした。

「それは、僕もよく知らないんだ」

「ええと、ごめん。俺には話したくないっていうこと？」

「ううん。違うよ。僕、俊哉くんには何も隠し事してない。本当に僕もくわしいことは聞いてないんだ」

清家がわざとらしく笑ったとき、海から強い風が吹き上げた。現実に引き戻され、目が乾く感じがしたときには、清家の中にもぐり込んでいくような感覚が失われていた。

「あの、ごめん。もう一つ聞いていい？」

仕切り直した私の質問に、清家は「うん」と目を細める。

「おばあちゃんってどういう人だったの？ 昨日、清家が言ってたでしょ。『とても苦労した人だった』って。あの言葉、お母さんもまったく同じこと言ってたんだよね。どんな苦労をしたのかなって」

清家は不意に真顔になった。直前までかたくなに笑みを絶やそうとしなかったのに、唐突に唇を噛みしめる。

しばらくの間、我々の視線は絡み合っていた。友人の考えを一向に理解できないまま、私も目を離さない。

先に小さな息を漏らし、視線を逸らしたのは清家の方だ。

「僕が政治家になることを誰よりも望んでたのがおばあちゃんだった」

「そうなの？」

「うん。あれも小学生の頃だったと思う。お父さんの話をお母さんから聞いて、その姿をよくテレビや新聞で見るようになった頃、僕、ポロッと言ったんだよね。『カッコいいね。僕もお父さんみたいになりたい』って。おばあちゃん、驚いた顔をしてた。で、そのあとに言ったんだ。『それはおばあちゃんの夢でもあるよ』って」

「どういう意味？　清家に政治家になってほしかったってこと？」

「どうなんだろうね。あまり深い話はしなかったけど。でも、僕がハッキリと政治家になりたいって思ったのは、そのときだった。おばあちゃんの期待に応えたかったたし、だからそれからはおばあちゃんの前でよく勉強するようになったんだ」

「いや、それはわかるけど、でもさ――」と言ったまま、しかし私の口から次の言葉は出てこなかった。

もちろん納得がいったわけではない。そもそも尋ねたのは「おばあちゃんの苦労」についてであって、その答えは聞けていない。

でも、話は済んだというふうに澄みきった笑みを浮かべる清家を前に、するすると疑問は解けていった。

いつも通り屈託のない笑みだった。清家に釣られるようにして、太陽を反射させる宇《う》和《わ》海《かい》に目を向ける。青と緑が織りなす景色を前に、胸のモヤモヤもすっと消えた。

「じゃあ、期待に応えなくちゃな」

どういうこと？　というふうに首をかしげた清家にうなずきかけて、私は自分に言い聞かせるように続けた。

「政治家になりたいんだろ？　生徒会長選はその一歩じゃん。俺がお前を勝たせるから、お前もそのつもりで戦え」

「わかった」

「ホントにわかってるのかよ。もう一個大きい期待を背負ったんだからな」

「うん、わかってるよ」

あいかわらず穏やかで、しかし力強さも感じさせる南予の風景を見つめていたら、私もまた清家の祖母の、そして母親の思いを背負わされたという気持ちになった。

7

七月十五日、生徒会長選への出馬届け出最終日。

加地昭宏と、もう一人、二年一組から清家一郎が土壇場で出馬届けを提出したという話が広まったとき、クラスのみならず学校全体がどよめいた。

一つのクラスから二人が出馬するという前例がほとんどなかったことに加え、学年でもあまり認識されていない「清家一郎」という人間が、学校でも目立っている「加地昭宏」に反旗《はんき》を翻《ひるがえ》したという見方がおもしろがられた。

もう一つ、みんなを驚かせたことがある。出馬届け出期間を終えた直後の礼拝後のことだ。一組の二人を含む、計八名が名乗り出た候補者名簿の配布とともに、現在の生徒会長、三年生の三浦秀太によってある選挙改革が発表された。

「従来は一組、二組、三組……と、クラス順に行っていたスピーチの順番を、本年度より抽選で決めたいと思います。私自身が九組で、その恩恵を受けた身だったので心苦しいのですが、調べてみると、歴代の生徒会長の多くが後半のクラスの人間でした。一組や、二組に至ってはもう二十年以上生徒会長を出しておらず、あきらかにフェアではありません。なので、生徒会長の権限を利用してすでに教頭先生に申し出ました。よろしくお願いいたします」

三浦が頭を下げた瞬間、チャペルが沸いた。三浦は批判も、賞賛も必要ないというふうに舞台袖に捌《は》けていく。

光一が興奮したように背後から肩をつかんできた。

「おい、やったな。やったんよな、俊哉」

私は前を見たままうなずいた。そう、本当にやってくれたのだ。ちょうど一ヶ月ほど前のことだ。一色が用意してくれた過去の生徒会長のスピーチ原稿を読んでいて、歴代の生徒会長の大半が七組よりうしろのクラスから出ていると気づいたのは私だった。

「なぁ、これって偶然だと思う？」

なんとなく尋ねた私に、光一は感心したように息を漏らした。

「すごいな。ホントや。偶然ってことはないやろ」

「だよね」

「漫才の大会とかでもトップバッターは不利っていうしな」

「それ、関係あるか？」

「あるある。大ありや」と、光一が決めつけるように言い放ったとき、はじめて私は

「なるべく早く三浦さんと会う段取りをつけてほしい」と依頼した。

光一は待ってましたというふうに表情を弾けさせ、その二週間後、本当に面会の機会を作ってくれた。

散々「俺の出番はまだか」と息巻いていた身だ。さぞや喜んでいると思っていたが、私にその旨を伝えてきた光一の態度はどういうわけか煮え切らなかった。

「どうした？　何かあったか？」

そう尋ねた私を上目遣いに見つめ、光一は思ってもみないことを言ってきた。

「それは俺のセリフや。声をかけようとしたら、向こうの方から言われたんや」

「何を？」

「君、鈴木俊哉くんって子と同じクラス？　ちょっとその子と引き合わせてくれないかって」

光一に冗談を言っている様子は見られなかった。むろん私に思い当たる節もない。

「何それ。どういうこと？」

「やろ？　意味わからんよな。とりあえずお前と二人で会いたいって言うから〈春吉〉のこと伝えておいた。店のことも知ってるふうやったよ。お前、ホントは一人で動いとったやろ？」

「まさか。何も」

「じゃあ、三浦さんのあの反応はなんやったん」

「知らないよ、そんなの」と口走りながらも、私はなんとなく一人の顔を思い描いていた。私たちに協力者がいるとしたら、一色しか考えられない。

三浦がどうしてそれをすんなりと受け入れるのか、一色と三浦の関係など想像することもできなかったが、他に考えは浮かばなかった。


三浦と〈春吉〉の座敷で向き合ったのは、七月に入ってすぐのある日だ。いつものように参考書を開きながら、いつもとは違い一人で個室にいた私の耳に、乾いた声が飛び込んできた。

「すごいね。本当にここで勉強してるんだ」

三浦の私服姿を見るのははじめてだった。福音の生徒にありがちな無頓着なファッションではなく、ジーンズに白い長袖シャツというカジュアルな格好ではあったものの、着こなしで三浦がオシャレに気を遣っているということはわかった。

「あ、こんばんは」

三浦は質問の答えを求めようとせず、空けておいた上座に腰を下ろした。目深《まぶか》にかぶっていたキャップを脱いで、くしゃくしゃと前髪をかき上げる。

光一が持ってきたウーロン茶で乾杯して、私は姿勢を正した。

「三浦さん、今日はお時間をいただきありがとうございます。ずっと直接お話しできないかと思ってました」

「それは全然。俺もお前と話さなきゃと思ってたから」

「それを先に聞きたかったんです。どうして僕なんですか？」

「ある人に頼まれた」

「誰ですか？」

「それは言えない」

「じゃあ、何を？」

「お前の話を聞いてやってくれって。学校でこっちから話しかけて変に目立ちたくなくて、どうしたものかと思っていたときに佐々木が訪ねてきた。ナイスタイミングだったよ」

三浦はグラスをテーブルに置いた。

「で、話したいことって何？　ちなみに選挙のことならそれほど協力できないと思うよ。三年には選挙権さえないわけだし」

三浦の瞳には好奇心が宿っていた。その楽しげな顔を見返しながら、私は素直にスピーチの順番に対する気づきと、過去に生徒会長を輩出したクラスのデータ、三浦も同様のことに気づいていただろうという見立てに、それを利用したスピーチ原稿を用意していたはずだという推測を切り出した。

驚いたように目を見開いたり、やりづらそうに苦笑してみたりしていたが、三浦は最後まで口を挟まず聞いてくれた。

そして、最後に私が「合ってますよね？」と念を押すように尋ねたとき、三浦はやっぱり弱ったように首をひねって「いやいや、すごいよ。たいしたもんだ」と言い放った。

「すごい？　何がですか？」

前のめりになった私をいなすように、三浦は一人で笑い続ける。

「そんなことに気づいたことも、こんなデータを集めてきたのも、俺を過大評価してくれていることも」

「違うんですか？　三浦さんは気づいてなかった？」

「少なくとも選挙の当日まではな。事前に前の連中を踏み台にする原稿を用意していたわけじゃない。でも、俺も順番を待ちながら長いなって思ってた。で、実際にステージに上がったら、みんなが退屈しきっていることに気がついた。だから原稿に頼るのをやめたんだ。イチかバチかではあったけど、みんなを楽しませたいって気持ちが芽生えちゃって。開き直ったんだよね。たぶん俺の直前の人間のスピーチが大きかった気がする」

当時、私もしらけた気持ちになっていたのを覚えている。これが名高い福音の生徒会長選かという失望を払拭《ふっしょく》してくれたのが、目の前にいる三浦だった。

三浦は何かを思い出したようにくすりと笑う。

「それで？　お前の頼み事って？」

私は真剣な表情を見せつけた。

「そんなに大それた話じゃありません。だから、スピーチ順を変えてもらいたいんです。本当は去年の三浦さんと同じ、ラストから二番目くらいだと嬉しいんですけど、さすがにそれは難しいと思うので、せめて公平に抽選とかにしてもらえないかなって」

「それだけ？」

「とりあえずは」

「それだけで勝てるのか？」と一度は言って、三浦はすぐに「いや、違う。そうじゃないか」と独りごちた。

他の客はとうにみんな捌けている。大将の声もいつからか聞こえなくなっていたし、光一も入ってこない。

張りつめるような静寂の中を、三浦の優しい声が漂った。

「あのさ、これ一番聞きたかったことなんだけど、清家ってそんなに優秀なの？　お前らが担ぎ上げたくなるくらい、何か持ってるわけ？」

私は思わず苦笑した。

「すみません。それ、僕たちもよくわかってないんです」

「どういう意味だよ」

「本当にわからないんですよ。勉強はできる方ですけど、頼りないし、クラスメイトは全員ビックリしていると思います」

「わからないな。じゃあ、なんでお前たちはこんなに必死になる？」

「さぁ、なんででしょう。はじめは暇つぶし程度だったと思います。生徒会長選に担ぎ上げようというのもただの思いつきでしたし」

「それが、いまは本気になってるわけだろ？　なんだよ、教えろよ。お前の動機は？」

と、三浦がはじめてムキになったように言ったとき、一瞬……、本当に一瞬のことではあったが、清家の母親の顔が脳裏を過ぎった。

それを冷静に振りほどいて、私は小さくうなずいた。

「本当にうまく説明できないんですけど、でもなんか計り知れないんですよね。清家一郎っていう人間のことを僕たちはまだよく理解できてなくて、ひょっとしたらとんでもないバケモノかもしれないという思いも少しだけあって、そこにやたら引きつけられるんです」

「つまり、その見えていない部分に賭けたいと」

「そんな大げさなものじゃないですけど」

「それで勝てるのか？　仮に首尾良くスピーチ順が後半になったとして、そんなことでお前のクラスの加地に勝てる？」

「べつに加地だけが相手とも思ってないですけどね。っていうか、究極的には負けたっていいと思ってるんです。この程度で負けるなら袂《たもと》を分かつだけなんで」

「袂？」

「あいつ、将来政治家になりたいって言ってるんですよ。くわしくは話せないんですけど、たしかにその素地は充分あって。もしこの選挙で圧勝したりするようなら、まだしばらくはあいつのために動いてもいいかなって思ってます。あいつが僕に証明しなくちゃいけないんですよ。生徒会長選はそのための舞台です」

父親のことには触れず話した私を、三浦は興味深そうに見つめていた。その視線から逃れるように目を逸らし、私は残っていたウーロン茶を一気に飲んだ。

「もちろん、そのためのお膳立てはするつもりです。やれることは全部やって、あとはあいつの番です。俺たちが計り切れていない何かを見せてほしいという感じです」

「内容が良かったとしても負けたら終わり？」

「そうですね。たかが高校の生徒会長選挙も勝てないような人間にはついていきません」

「逆に勝ったらずっと清家についていくんだ？」

「それはわからないですけど、そう思わせてくれたら最高ですよね。こいつについていったらおもしろい景色が見られるだろうって感じられたら、それって幸せだと思いませんか？」

会話が閉じる空気が我々の間に流れた。それを拒み、最後に私から三浦に尋ねた。

「一色先生なんですよね？」

「うん？」

「僕の話を聞いてやってくれって三浦さんに頼んだの、一色先生ですよね？」

自分から尋ねておきながら、聞くまでもないことだと思った。私は自分から「清家を担ぐ」とは言っていない。それを三浦が知っていたというのは、つまりはそういうことなのだ。

三浦はポカンと口を開いていたが、少しすると弱ったように微笑み、「それは、まぁ、いいじゃん」と言葉を濁した。

そして厨房で聞き耳を立てていた光一も呼びつけて、最後は我々に向けて宣言するようにこう言った。

「順番の件についてはいまは何も答えられない。なるべく善処したいとは思うけど、あんまり期待しないで待っててくれ」

もちろん、過度の期待は禁物だとわかっていた。それでも三浦が清家に興味を抱いてくれたのは間違いない。店から去っていく三浦を祈るように見つめながら、私は拳を握りしめた。

それから告示日までの時間はあっという間に過ぎていった。そして礼拝直後の発表を受け、運命のスピーチ順が校内の掲示板に貼り出された。

抽選は教頭立ち会いのもと、生徒会の役員で行われたと聞いている。しかし、どういう細工をしたかは知らないけれど、私には三浦が何かしてくれたとしか思えなかった。きっと最大限のお膳立てをした上で、我々の挑戦を見届けたいと思ってくれたに違いない。

清家に与えられたのは、希望していた最後から二番目。しかも直前が加地であるという、これ以上ないものだった。

8

清家がチャペルのステージに上がってもまだ、直前に行われた加地昭宏のスピーチの余韻は消えなかった。

加地は変わった。少なくともそれまでの彼の人間性を知る者には、痛いほどそれが伝わってくる演説だった。

加地が熱を抑えて訴えたのは、これまでの傲慢な生き方への反省だった。自らの家庭環境を少しずつ明かしながら、ずっと苛立ちながら生きてきたこと、その不満を周囲に発散していたことなどをあけすけに話し、生まれ変わりたいと期待して入学した福音でも結局同じことを繰り返したと懺悔するように口にした。

二年生で埋め尽くされたチャペルは静まり返っていた。加地を推す者たちでさえ怪訝そうに口をつぐんでいる。

とくに困惑した様子を見せていたのは、舞台袖にいた結城光彦だ。入学以来、かたくなに加地のそばから離れなかった結城はこの突然の懺悔をどんな心境で聞いたのだろう。

「こんなどうしようもない僕を信頼し、守《も》り立ててくれる仲間がいました。彼らの期待に応えたい気持ちの一方で、こんな〝ニセモノ〟の僕を守り立ててくれる仲間たちに対してまで苛立っていた気がします。学校はずっと息苦しい場所でした。とんでもなく失礼なことを言っているのはわかってるんですけど、たぶん、それは僕の近くにいるみんなも同じだったと思うから。先にそれを謝っておきたくて。本当にごめん」

そう言って加地は頭を下げた。中にはそれをスピーチ用のポーズと捉えた人間もいるかもしれないが、私はそう感じなかった。結城も同じだったに違いない。

加地は舞台袖に一度も目を向けることなく話し続ける。こんな自分を変えてくれたみんなに恩返しをしたくて、この学校のために働きたいという論調は、これまでの候補者たちも展開してきたもので、さして説得力のあるものとは思えなかった。

しかし、加地のスピーチはある種の迫力を伴って、聞く者の胸に迫ってきた。集中力を切らす生徒はほとんどいなかったし、むしろ静寂は深みを増していった。

僕に一票を投じてほしい、僕を信じてもらいたい。最後にそう熱っぽく口にしたあと、加地は熱を冷ますように天を仰ぎ、再び視線を前に向けた。その表情はとても穏やかで、本当に人間そのものが変わったかのようだった。

「最後に、これは極めて個人的な話ですが、僕以外に、僕に〝ニセモノ〟という目を向けてきた人間がこの学校に一人だけいます。僕は彼に自分の選挙活動に協力してほしいと思っていましたが、彼は違う人間を担ぐことを決めていました。彼が見初めたその人はきっと〝ホンモノ〟なのだと思います。これはニセモノとホンモノの戦いです。そんなふうに思ったとき、僕は絶対に負けられないと腹を決めました。あの傲慢だった人間をそんなふうに思わせてくれた彼に、いまは心から感謝しています」

加地がようやくはにかんでペコリと頭を下げたとき、一部の生徒からは笑いが起き、心を打たれた生徒からは拍手が湧いた。

私はふぅっと息を吐いた。完璧なスピーチだったとは思わない。加地自身が変わったことに私はとうに気づいていたし、その意味では想定内だったともいえる。

でも、想定していた中では、もっともよく出来たものだった。それを証拠に、加地に向けられた拍手は鳴り止まない。

あまりにも単純な〝ニセモノ〟と〝ホンモノ〟の二元論は、単純であるからこそ、みんなの心にきちんと届いた。いったいどこに自分を〝ホンモノ〟と思う高校生がいるというのか。学校に少しの息苦しさも感じていない生徒などいるはずがない。

我々が苦しい立場に追い込まれたのは、一方的に〝ホンモノ〟と指されたのが、直後の清家であるとみんなが気づいていることだ。同じクラスから二人が出馬するという異例の出来事は、とうにみんなの関心を集めている。

「ありがとうございました。ただいまの演説は二年一組、加地昭宏くんでした。続きまして二年一組、清家一郎くん。よろしくお願いいたします」

三浦はマイクのスイッチを切りながら、私に目を向けてくる。その顔には、ハッキリと「大丈夫なのか？」と書いてある。加地の直後という順番は間違いなく裏目に出たが、私は自分に言い聞かせるようにうなずいた。

スピーチの前に候補者と応援者が言葉を交わすことはない。反対側の舞台袖から出てきた清家の表情は、ひとまず落ち着いている。チャペルに来るまではさすがに緊張していたようだが、袖では萎縮することなく、戻ってきた加地をねぎらう笑みまで浮かべている。

ざわめきの中でマイクの前に立っても、清家は落ち着き払ったままだった。ニコニコと笑みを絶やさずに、二つの原稿をステージの卓に広げる。そして、ゆっくりと父親からもらったオメガの腕時計に目を落としたとき、私は異変に気がついた。いくら待っても、清家がこちらを向かないのだ。

私は二つのパターンの原稿を用意していた。会場の空気を見てどちらを読むか決めるまでが私の仕事、私のジェスチャーを見ることからが清家の仕事と、前夜しつこく伝えておいた。加地のスピーチの反応が良かった以上、しかも〝ホンモノ〟などと名指しされてしまった以上、一方の原稿を読むことは得策じゃない。

それなのに、清家は一向にこちらを見ようとしない。表情はこれ以上なく落ち着いて見えるのに、かたくなに顔を上げようとしないのだ。

腕時計を見つめ続ける姿にイヤな予感しか抱けなかった。見ろ、見ろ、見ろ……と念じる私を嘲笑《あざわら》うように、清家は結局こちらを一瞥もしないまま、澄んだ表情を聴衆に向けた。

みんながざわついている間は絶対に話をしないこと。ざわめきが消えた瞬間に話し始めること。それも何度も伝えてきたことだ。

その意味において、顔を上げるタイミングは完璧だった。しかし、チャペルに集まった生徒たちの注目を一身に浴び、出てきた第一声は私の期待したものではなかった。

「僕のお父さんは政治家でした——」

居合わせた全員が息をのみ込んだように、静寂が一つ深まった。

私は一人うんざりと息を吐き、まっすぐ前を向く清家を睨みつけながら、静かにチャペルをあとにした。

スピーカーを通じて、清家のスピーチが学校全体に流れている。私は冷静に演説の良し悪しをジャッジしたくて、誰もいない二年一組の教室に戻ると、イスに腰かけ、テレビのチャンネルを校内放送に合わせた。

画面越しにも、清家は落ち着き払って見える。私を見なかったのがわざとだったとでもいうふうな凛とした佇まいだ。

「父と話したことはもちろん、会ったこともありません。物心がついても、家族の誰かを傷つけることになるのではないかと、父の存在について尋ねることもしませんでした。でも、小学校の低学年の頃だったと思います。ある日、突然母から父のことを告げられました。宇和海の美しい凪《なぎ》を見ながら、母は父のことを明かした上で、何度も謝ってくれました。さびしい思いをさせてごめんねと。それでも母は、絶対に父の悪口を言いませんでした。それどころか、とても尊敬していると語ってくれたのです。そのときからです。決して勉強ができたわけではなく、リーダーシップを取れるわけでもなかった僕が、ハッキリと自分も政治家になりたいと思うようになりました。福音に入ることも、そこで生徒会長を目指すことも、いつか父を追って政治家になるための大切な目標でした。こんなこと、この場で話すことではないとわかっています。ですが、最初にすべてをさらけ出さなければ生徒会長という大役は引き受けられないと思いました。最初から僕を応援してくれていた二人のクラスメイトにもこのことは明かしたことがありません。こんなところで突然ごめんなさい。まずは二人に謝ります。ごめんなさい」

右を向いたり、左を向いたり、思わずといった感じで手を動かしてみたり……。話自体にも抑揚をつけながら、たまにわざと間を置いて、みんなの注目を集めた次の言葉にこそ細心の注意を払って……。清家のスピーチの出来は、贔屓目《ひいきめ》なしに他のどの候補者よりも素晴らしかった。

清家は原稿に目を落とそうともしない。私は暗記を強いていない。ムリに覚えようとしてたどたどしくなるくらいなら、思いを込めて原稿を読み上げた方がずっといい。何度もそう伝えていたし、清家も安堵していたはずだった。

それなのに、清家は原稿に目を落とさない。視線はチャペルにいる生徒か、まれにカメラを向くだけだ。しかし一文字も間違えることなく、つっかえることさえなく、見事に台本をなぞっていく。

そう、清家は本当に完璧に台本を暗記していた。それは言葉だけでなく、原稿の合間に記しておいた（ここ強く！）（ここは柔らかく）（5秒くらい間を空ける）（あえてたどたどしく）（少しだけはにかみながら）といった私の指示まで、プログラムをインプットされたコンピューターのように忠実に実行していくのである。

「まずは二人に謝ります。ごめんなさい」

そう口にして、やはり（5秒ほど頭を下げる）という指示をきちんと実践したあと、清家の表情は変わっていた。

その顔を見るだけで、きっと生徒たちは話が切り替わると判断したに違いない。むろん、それも私の指示だった。

（希望にあふれた表情を。含み笑いより一つ強い笑顔）

清家の手もとの原稿にはそんな文言が記されている。なんて抽象的なことをと我ながら呆れていたが、他に思い浮かぶ言葉は見つからなかった。

そんな私の実力不足を、清家がカバーしてくれた。それはまさに含み笑いより一つ強い、希望に満ちあふれた表情だった。

一年半のつき合いの中で、はじめて目にする清家の顔だ。

「未来の話をさせてください――」

そう力強く言い切って、清家は再び語り出した。取り上げたのは〈春吉〉で知り合った福音学園ＯＢたちのことだ。

まず友人の光一のことと、その実家で勉強させてもらっているということを手短に説明し、清家はみんなの興味を引いたまま少しずつ早口になっていく。

「先輩たちの愛校心は、正直、現役生の僕らの目には行きすぎのようにも見えます。でも、それは必然なのだと、東京から帰省していたある三十代のOBがおっしゃっていました。『みんな現役のときは学校なんて嫌いだったたに決まってる。でも、歳を重ねて、自分を守ってくれるものがどんどん減っていく中で、人は過去の何かにすがりつきたくなるものなんだ』と、おっしゃっていたのです」

そこで水で口を湿らせて、清家は首を横に振りながら続ける。

「たぶん、いまの僕たちにはわかりにくいことなんだと思います。でも、その方はこんなことも言っていました。『地方の進学校のプライドなのか、福音って意外と横のつながりが弱い』『都会の学校はOBのネットワークがうまく確立されている』『業界や年齢に関係なく、お互いに強く信頼し合っている場面を傍から見ていると、すごくうらやましくなる』『自分だって負けないくらいいい学校を出ているのに』――」

清家はモノマネをしているわけではない。そもそも山本さんという福音OBの大蔵官僚と会っているのは私だけで、清家はその場にもいなかった。にもかかわらず、まるで清家に山本さんが乗り移っているかのようだった。

困惑するみんなの気持ちはよくわかるというふうにうなずき、清家は語る。

「いまの僕たちには想像しにくい未来だとわかっています。でも『いつか必ず愛校心は芽生えるもの』という先輩の言葉を信じるなら、僕たちは最初からそれを利用してみませんか？　福音学園の二年生95期生と、三年生94期、そして一年生96期から始められることがあると思うんです。そしてそれは、まだ大学受験や就職活動で成功と失敗の線引きがハッキリと区分されていないいまのうちにすべきことだとも思っています。いまこそネットワークを作ってしまうべきだと思うんです」

たった一年の生徒会長在任期間中のことではなく、向こう十年、二十年の何かを担保する話をさせたい。

そんな思いから練った原稿だった。〈春吉〉で散々当てられた愛校心を利用すると打ち明けたとき、光一からはわかりにくいと反対されたが、それでも私はこだわった。よく聞くようなこぢんまりとした公約ではなく、たとえ大言壮語と思われたとしても、大きな未来の話を清家に語らせたかった。

私が期待した以上に生徒たちは反応してくれた。もちろん、それは清家のスピーチ力があってのものだ。

しばらくの沈黙のあと、清家はうつむきながら「僕が生徒会長になれたら……」と、思わずというふうに口にし、我に返ったように顔を上げた。すべて私の指示通りに。いや、私が望んでいたよりもはるかに毅然と。

「たまたまここで出会えた三学年のために、未来の自分たちのために何ができるのか、僕は考え続けます。男ばっかりの、これだけ個性的な面々の集まった福音にあって、その作業がいかに面倒くさいかは火を見るよりもあきらかです。でも、約束は守ります。

それは僕自身のためでもあります。これだけの実力者たちが団結してくれるとしたら、それはいつかの政治家・清家一郎にとって最高のうしろ盾になると思うから。つまりは打算です」

かすかな笑い声と、拍手の音が、じわじわとチャペルを包んでいく。清家は照れくさそうに鼻先をかきながら、ふぅっと肩で息を吐いた。

そしてあらためてみんなに顔を向けてからは、清家の独壇場だった。話を政治家だった父親のことに戻し、虚と実を織り交ぜながら若かりし父が見たであろう夢を語り、自分が政治家になった暁には……と、うっとりするような未来を口にする。

清家の願いが、一つ一つみんなの胸を打っていく。画面に映る生徒の背中は微塵も動かず、清家の姿に見入っている。

「すごいな。ここまでやるって知っとったんか？」

突然そんな声が聞こえたとき、私はあわてて目もとを拭った。いつからいたのだろう。振り向くと、一色が意地悪そうに微笑んでいた。

「なんや、お前。泣いとるんか」

「泣いてないですよ」

「まぁ、いいんやけど。お前らがいろいろやっとったから、それなりなんやろうとは思っとったけど、さすがに驚いた。やっぱり血なのか、これ。才能よな。どこからがアドリブなんや」

一色は本当に感心したように口をすぼめる。勘違いするのもムリはない。逡巡《しゅんじゅん》したり、高揚して声が上ずったり、言葉に詰まったり、気を鎮めようと呼吸してみたり……。そのすべてがまさか私の指示通りであるなんて、誰が想像できるというのか。

清家はあまりにも完璧だった。完璧に仮面をかぶり続けた。普段の頼りない笑い顔と、まれに見せる激昂《げきこう》する姿。ずっと得体が知れないと思っていた。その正体を見極めたいと担ぎ上げた生徒会長選だったのに、いま壇上に立つ清家の姿を目の当たりにして、私はさらに混乱する。

一色の言う通り、これは「血」の為せる業なのか。たしかに政治家というものは、本性をひた隠し、世間に対して仮面をかぶり続けるものなのかもしれない。一流とされる政治家たちの多くが、きっとその本性を悟らせないよう努めているのは想像に難くない。でも、清家のは少し違う気がする。そもそも本性が存在しないというか、どうしようもなく空っぽに見えて仕方がない。

私の想像を超えて、私の指示通りに振る舞う同級生の姿は、感動や、驚きといったものを凌駕《りょうが》し、圧倒的な不気味さを伴って私の心に迫ってくる。涙の理由を判別できない。自分がどうして泣いているのか、喜怒哀楽のどれにも当てはまらずに混乱する。

「圧勝やな」

何も答えない私から目を逸らし、一色は苦笑しながら話題を変えた。

「こんなところで父親のことを明かしてしもてええんか。俺はこいつの父親のことなんて知らんけど、いつか清家が本当に政治家になる日が来るとしたら、それって結構なスキャンダルになるんやないんか？」

「なれると思いますか？」と、私は思わず尋ね返した。

「うん？」

「先生は清家が本当に政治家になれるって思いますか？」

「正直、昨日までやったらノーや」

「今日だったら？」

「さぁな。なるだけくらいならなれるんかもな。国会議員となると知らんけど、俺はもっとしょうもないスピーチした人間が政治家になっていったのを山ほど見てきたわけやから。当然、信頼の置けるブレーンは必要なんやと思うけど」

その言葉は、まっすぐ私に向けられていた。一色の期待に応えようとしたわけではなかったけれど、私は覚悟を持ってうなずいた。

「あいつが仮に政治家になれたとしても、父親のことがスキャンダルになるくらいの大物になれるかっていうのは、またべつの問題ですよね。もし、清家がきちんと出世していって、本当にスキャンダルになる気配があるんだったら、何か先手を打ちますよ」

「先手？」

「はい。このスピーチをうまく利用する方法を考えます。いまは想像もつかないですけど、それくらいの時間はあるでしょう」

満足そうにする一色に、私は素直に頭を下げた。

「あの、先生。ありがとうございました。三浦さんのこと」

「三浦のこと？　なんの話や？」

「しらばっくれなくても大丈夫です。僕たちの話を聞いてやってくれって、三浦さんに言ってくれたの先生なんですよね？」

一色は不思議そうに私の目を見つめていたが、諦めたように息を漏らし、おもむろにテレビを指さした。

「ラストやぞ。終わったらチャペルに戻れよ」

一色のうしろ姿を見届けてから、私は画面に映る清家と向き合った。政治家の演説を山のように見てきた成果だろう。まるでオーケストラの指揮者のように大きく手を動かし、額に汗をかきながら、清家のスピーチはいよいよ佳境に入っていく。

私が違和感を抱いたのは、そのときだった。ここまでは私の求めたものを、私の期待以上にこなしてきた清家にある異変が起きたのだ。

私は一つのことを何度も清家に伝えていた。

「絶対に泣かないように。どれだけ感極まっても、涙を流したらそこで終わり。たかだか高校の生徒会長選だ。引いてしまう者は一気に引く」

そう口を酸っぱくして伝えてきたし、清家も理解していたはずだった。それなのに、清家はぽろぽろと涙を流している。そのことに気がついていないとでもいうふうに、目もとを拭おうともしない。

私にはそれが清家の素とは思えなかった。昂《たか》ぶって涙を流すような人間ならば、きっと私はこんなふうに清家を脅威に感じない。

たとえば入学式の日や、大切な腕時計を加地に奪われたときに垣間見せた、激昂する姿とはあきらかに違う。これまで意のままに動く姿を見続けてきたから穿《うが》ち過ぎなのかもしれないが、私にはどうしてもこれが清家の本質とは思えなかった。

もっと言うなら、私はこの涙に自分以外の誰かの強い意思を感じた。そして私の見立てとは裏腹に、清家の涙はこの場において間違いなく有効だった。熱い言葉と、激しい感情がきちんと折り合っている。それが会場全体の空気を作り、テレビの画面越しにも、チャペルの熱気が伝わってくるようだ。

このとき、私の胸に芽生えたのは不思議な嫉妬心だった。自分以外の誰かが清家を飼い慣らそうとしている。そんな疑念に捕らわれかけたが、次に芽生えたのは「それが誰か」というものではなく、「絶対に負けない」という衝動だった。もし本当にそんな人間がいるのだとしたら、その者をも自分がコントロールしてみせる。

大きく振り上げた腕をゆっくりと下ろし、清家は静かにスピーチを締めくくった。

「いまの僕には、まだこの国の未来について何か言う資格はありません。でも、ここにいるみんなの明るい将来を思い描く権利はあります。そして、これだけ優秀な人間たちが目的を一つにするのなら、それはいつかこの国のためになるという確信もあります。

僕はここにいる一人も逃そうと思いません。将来、みなさんが福音のOBとして誇れる土壌を、これからの一年かけて僕に作らせてください。将来、ここにいるみんなで笑いましょう。百年近い歴史がある学校でもっとも結びついた三学年になりましょう。以上です。二年一組、清家一郎でした。最後までありがとうございました！」

清家はこれまでの誰よりも深く、長く、頭を下げ続けている。誰からも見えないその表情がどのようなものなのか、私には想像できなかった。達成感から晴れ晴れとしていても不思議じゃないし、不敵な笑みが浮かんでいたとしても驚かない。

そのうちパラパラと拍手が鳴った。画面に映る生徒が一人、二人、三人……。思わずといった感じで立ち上がり、清家に向けて拍手を送る。

当然、それも私の仕込んだ者たちだ。どれだけ素晴らしいスピーチであったとしても、アメリカじゃあるまいし、スタンディングオベーションなど起きえない。ましてや斜《しゃ》にかまえがちな高校生だ。味方である彼らにさえも「ハマってないと判断したら、立たないでもらいたい」と伝えておいた。

その意味では、少なくとも仕込んでいた五人の仲間には清家の言葉は届いたようだ。あとはどれだけの人間がこのサクラに乗ってくれるか。

清家に抱いた不安を一瞬忘れ、来い、来い……と、私は祈るように画面を凝視した。そこに映る清家はまだ頭を下げ続けている。拍手の音は少しずつ大きくなっていった。それはスピーカーからのみならず、私のいる二年一組の教室を包み込むように聞こえてくる。階上の三年生、階下の一年生の教室でも、それぞれ拍手が鳴っているのだ。ここでもなるべく盛り上げてもらいたいと、光一が少なくない数のサクラを仕込んでいた。

　持ち時間は優に過ぎているはずなのに、司会の三浦も打ち切らないでくれた。一向に頭を上げようとしない清家に根負けしたように、一人、また一人と、サクラではない生徒たちも立ち上がる。

「勝負ありだ」

　そんな言葉が独りでに漏れた。私と光一が牽引してきたのだ。当然だ、と思う一方で、そんな小賢《こざか》しい手段を用いなくても清家は圧勝したのではないか。そんな疑問も芽生えた。

　この会長選が、清家一郎が政治家になるための第一歩なのは間違いなかった。最後まで仮面を剝ぎ取れず、ますますその本質は計り知れなくなったが、約束は約束だ。

　いつか政治家になりたいんだ――。

　そう口にしたまま寝入ってしまった清家の言葉を受け、光一はこう言っていた。

「お前が清家のブレーンになればええ」

　ようやく上げた清家の顔には、これ以上なく澄んだ笑みが浮かんでいた。

　絶対に負けないという先ほどの思いが再び巡る。

　きっと長いつき合いになることを確信して、私は唇を嚙みしめた。

第二部

1

【悲願】より

東京での大学生活は、惨憺《さんたん》たるものだった。福音《ふくいん》学園の生徒会長としての毎日があまりにも充実していたことが大きかったのだと思う。

東京という街にも、大学という場所にも、僕は大きな期待を抱いていた。しかし、上京して一ヶ月が過ぎ、二ヶ月が経っても、東京も、大学も、僕に近づいてきてはくれなかった。

高校の友人たちと離ればなれになったことがひどく応《こた》えた。父の跡を継いで料理人になるつもりだった佐々木光一は、当初、進学せずに修業の道に進もうとしていた。それを「いかなる職業に就こうとも最後に必要なのは人脈」と説得し、時間をかけて気持ちを進学に導いていったのは鈴木俊哉だった。佐々木は残り数ヶ月の猛烈な追い込みの甲斐あって、地元・愛媛の国立大学に進むことが決まった。佐々木はここでも持ち前の明るさと要領の良さを発揮して、のちに僕のうしろ盾となってくれる友人たちと次々と出会うことになる。

一方の鈴木は、我々に勉強している姿をほとんど見せることなく、難なく東大に現役で合格してみせた。

むろん、陰では努力していたはずで「難なく」というのは彼に失礼だろう。それでも、そう言いたくなるほど、鈴木は涼しい顔をしたまま受験期間を迎えていたし、合格を勝ち取ったときも顔色一つ変えなかった。

この頃、鈴木はその後の進路について明言していなかった。ただ一度だけ「どうせ俺の親は刑事事件の被告だし、いろいろ制限されるんだろう」と言っていた。その諦めの表情はいまも僕の心に残っている。

愛媛大の佐々木と、東大の鈴木、そして早稲田に行くことになった僕たち三人の距離は、物理的なそれ以上に遠くなった。僕自身が強く望んだからだ。母と離れるこのタイミングで、二人からも一度距離を置いてみたかった。上京を機にしっかりと自立し、自分自身を俯瞰《ふかん》してみたいと願ったのだ。

そうして二人と離れたことによって、僕はいかに自分が彼らに頼っていたかを思い知った。周囲に理解者のいない生活は、僕に自分を客観視する時間を与えてくれることもなく、ひたすら寂寥《せきりょう》を呼び起こしただけだった。

期待していた弁論系のサークルを早々にやめ、家庭教師のアルバイトも長続きせず、一年生の頃は実家からの仕送りをやりくりしながら本ばかり読んでいた。

とはいえ、それは高校生の頃のような将来を見据えた体系的な読書ではなく、ただ惰性で文字を追いかけるだけの、血や肉にならないものばかりだ。

仕送りしてくれる母に申し訳ないという気持ちを抱きつつ、僕は奮起できなかった。そのうち大学にもあまり顔を出さなくなり、することといえば図書館で本を読んでいるか、なけなしの金を握りしめて二本立ての名画座に通うかのいずれかだ。〝彼女〟と出会ったのもまた、飯田橋にある古い映画館だった。

ここでは仮に「美恵子《みえこ》」とする。アイドルでもなんでもない、一介の政治家の初恋に誰が興味を持つのかと自戒する気持ちはもちろんあるが、いまの清家一郎を語る上で彼女と過ごした時期を無視することはできない。お許しいただけたらと思う。

その日、二本目の上映が終わったとき、美恵子は三つ空いた横の席で、一人しゃくり上げていた。そして立ち上がろうとした僕を、彼女は懸命に呼び止めた。

「あの、ごめんなさい。ティッシュか何か持ってませんか？」

あいにくティッシュは持っておらず、僕はカバンにあったハンカチを美恵子に渡した。真っ白なハンカチに躊躇《ちゅうちょ》する素振りも見せず、美恵子は目もとを拭い、しまいには鼻までかんだ。

係の人に出ていくよう促されるまで、僕は辛抱強く彼女の泣き止むのを待った。「そんなに良かったですか？　いまの映画」という僕の質問にようやくハッとした仕草を見せて、美恵子は涙で濡れたハンカチを広げた。

「ごめんなさい。私、あの……。汚しちゃって。ちゃんと洗って返します」

「すごい。そんなセリフはじめて聞きました」

「え？」

「そんな映画みたいなセリフ、はじめて聞きました」

目を見合わせて笑い合って、二人で並んで外に出たときには、街は暗くなっていた。神楽坂から冷たい風が吹き下ろし、乾いた空気にネオンがまばゆく映えていた。

たったいま観たばかりの映画の話をしながら、僕たちは目についた喫茶店に入った。そこでお互いがこれまでに観てきた映画について二時間ほど話しても飽き足らず、安さが売りの居酒屋に場所を移した。僕たちがお互いのことについて触れたのは、そのときがはじめてだった。

美恵子は僕と同い年の、法政大学の一年生だった。愛媛県のとなり香川県の出身で、映画の脚本家を目指して上京し、大学の授業と並行して映画館でのアルバイトと、脚本家の養成スクールに通っていると言っていた。

「どうりで。だからあんなに感受性が豊かなんだ」

嫌味を言ったつもりはない。映画を観てあれほど号泣していた理由がわかった気がして、素直な気持ちを口にした。

　美恵子はムキになったように言い訳した。

「客観的に観ようとはしてるんです。でも、いい映画に限って没入しちゃって。絶対にいまの私には書けないセリフに出会うたびに、自分の才能のなさを突きつけられる気がするんです」

「まだ大学生でそこまで思う必要ない気がするけど」

「私はもう大学生だっていうふうに思っています」

「どういう意味？」

「私たちもう十九歳ですよ。あまりサブカルっぽいことを言いたくないですけど、若くして死んでる人たちがいっぱいいるじゃないですか。ジム・モリソンに、ジャニス・ジョプリン、ジミヘン、バスキアだって二十七歳で死んでるんです。あの人たちもまだ十九歳ってのんびりしていたんですかね。みんな自分が生きた証を残したくて、焦ってたんじゃないですかね。私たちだって、あと八年しか残されてないかもしれないじゃないですか」

　当時の大学生の中にはある種の憧れを抱きながら、「二十七歳で死んだ天才たち」の話を口にする者がいた。夭折《ようせつ》したから過大評価されているかもしれないという視点を忘れ、無批判に彼らをもて囃《はや》す風潮を僕はあまり好きになれなかった。

　しかし、彼女の言った「あと八年」という言葉は、なぜか不思議な焦りを伴って、僕の胸に突き刺さった。きっとふがいない毎日を過ごしていたからだろう。

「清家さんは将来何になるつもりなんですか？」

二杯目のグラスに口をつけ、自分の話は終わりというふうに首を振った美恵子を、僕はしばらく見つめていた。「なりたい」ではなく「なる」という強い言葉に、再びハッとした気持ちにさせられた。

このとき脳裏を巡ったのは、愛媛を離れる直前に鈴木にかけられた言葉だった。

「これからはお前が政治家になりたいって表明することで、得することは一つもない。誰が敵かわからないし、足を引っ張ろうとする奴も出てくる。本当に政界に打って出ようというときまでは、お前の胸に留めておけ。とくに過去については うかつに話すな」

その言葉通り、上京してからの期間で、誰かに身の上を話したことはなかった。そもそも話せる友だちと巡り会っていなかったし、濁った日々を生きる中で、政治家という夢すらずいぶんと曖昧《あいまい》なものになっていた。

でも、僕は美恵子に聞いてほしかった。僕が人生で抱いたたった一つの夢を、その夢に一歩を踏み出した高校時代のことを、そこで出会った仲間たちのことを、そして自堕落にしか生きられない現状を、包み隠さず知り会ったばかりの女性に明かしたかった。

出生や父のことまで含め、僕はあけすけにさらけ出した。そのすべてを彼女が信じたかはわからない。すべてを話し終えると、美恵子は興味を失ったように料理の皿に箸を伸ばした。

「いいじゃないですか、政治家」

とっくに冷めている唐揚げを頬張りながら、美恵子は表情をほころばせた。

「私、はじめて会った気がします。いや、小さい頃はいたのかな。総理大臣になりたいっていう子っていましたよね。でも、大人になっても公言している人っていなくないですか？」

「それはどうだろう」

「私の周りにはいませんよ。政治家の人って、みんなどんな大学時代を過ごしてたんですかね」

「わからない。僕みたいにダラダラ過ごしていた人はいないだろうけど」

「私が言ったみたいには思えませんか？」

「何？」

「残された時間があと八年しかないっていうふうに考えても、いまのようにのんびり構えていられますか？　清家さんも二十七歳になるまでに自分が生きていた証明を残したいっていうふうに思えたら、がんばることができるんじゃないかなって」

私はそう思うようにしているんです。美恵子ははにかんで、静かに話を締めくくった。

その言葉が僕のやる気に火をつけてくれた……という単純な話ではなかったけれど、何かきっかけがあったとすれば、あの夜しか考えられない。

この日を境に、僕は二十七歳という年齢を本当に意識するようになった。いい意味で焦りを感じるようになったのだ。二十七歳ではじめての選挙に出馬し、議員バッジをつけたのはきっと偶然じゃなかっただろう。

目に映る景色から、少しずつモヤが取り払われていった。しばらくして恋人という関係になった美恵子は、元来のんびり屋の僕の尻をことあるごとに叩いてくれたし、やる気を引き出してくれた。いまも政策や人間関係に行き詰まりそうになるたびに、もう三十年近く前に聞いた彼女の言葉がよみがえる。

〈道半ば〉連載時は、福音学園時代まででこの章を閉じている。しかし、モラトリアム期ともいえるこの大学一年生の頃のことを書かないのはフェアではないと思い直し、書籍化のこのタイミングで筆を加えさせてもらうことにした。

二年生になってからは毎日大学に通ったし、体系立てて本を読み、久しぶりに胸を張って鈴木俊哉とも再会した。そのすべてが、いまもきっとどこかでたくましく生きているはずの彼女のおかげだったと記しておきたい。

僕にとっての「悲願」はまだ遠い先だ。それは承知した上で、やはり二十七歳での初出馬の興奮は、特別なものだった。

2

東京での生活をスタートさせてしばらくして、私はあえて清家から距離を置いた。一人暮らしを始めた私自身も新しい環境に慣れるのに精いっぱいだったこともあるが、それ以上に母と離れて暮らす清家に自立してほしいと願ってのことだった。

本人にもそう伝えていたし、納得もしていたはずだ。それなのに清家はかまわず電話をかけてきた。それもくだらない内容ばかりで、東京の地理がわからない、大学で友だちができない、水道の水がまずい、サークルが楽しくない、高校時代が懐かしい……。私も当然同じ悩みを抱えているとでもいうふうに、昼も夜もなく電話をかけてきては不満をまくし立てる。

私は苛立ちを隠さなかったが、清家には伝わらなかった。たまに連絡を無視すると、今度は決まって光一から『どうなっとるんや？』と問い合わせがやって来る。そんなことを飽きもせずに半年以上繰り返していた。

それが一年生の冬休みが明けた頃だったろうか。清家からの連絡がピタリと途絶えた。そして皮肉なもので、清家からの連絡が来なくなった頃と前後して、私は再び清家についてよく考えるようになった。清家の父、和田島芳孝が派手な女性スキャンダルを引き起こし、メディアの集中砲火を浴びていたことも無関係ではないだろう。

ハッキリ言って、和田島は醜態をさらし続けた。「スピーチの帝王」や「政界のホープ」、そして「次期首相」といった数々の評判がウソのように、対応は後手、後手に回り、カメラの前でバタバタしていた。

記者会見の席で目が泳ぎ、額を必死に拭う和田島に、私はたしかに清家の姿を見て取った。これまでの和田島からは嗅ぎとることのできなかった意志薄弱な匂いが、つまりは清家一郎とよく似た気配が、スキャンダルに巻き込まれてはじめて漂ってきたのである。

清家から久しぶりに電話があったのは、一連の報道がようやく落ち着き、和田島がなんとか政治生命を延命させた頃だった。上京からちょうど一年が経とうとしていた、二年生の春のことだ。

和田島の一連のスキャンダル報道に清家も感じることがあったのだろう。そう信じて指定された歌舞伎町の喫茶店に出向いていって、私は落胆せずにはいられなかった。満面に笑みを浮かべる清家のとなりに、寄り添うように知らない女がいたからだ。

第一印象は「田舎くさい女」だった。見たことのないワンポイントがついたパーカーに、ホワイトジーンズ、汚れたスニーカーという地味な格好に、振りまいている香水の匂いはあきらかに不釣り合いだ。

女が何者なのか、妙に誇らしげな清家の表情を見るまでもなかった。

「俊哉くん。久しぶり。今日は来てくれてありがとう。先に紹介させてもらうね」

私は女を見ようとしなかったし、女も同じだった。清家は私たちの不穏な空気に気づかない。

「三好《みよし》美和子《みわこ》さん。香川県の出身で、法政の二年生。僕たちと同い年、今年二十歳だよ」

「ふーん、そう」

「そう、ってなんだよ。つれないなぁ。どういうことか聞いてくれよ」

「どういうことって何が？」

「いやぁ、それは、まぁ——」

照れくさそうにする清家を気遣ったのか、女は無言でトイレに立った。ふて腐れたような態度に不快さは感じなかった。誰にでも媚《こ》びを売るような、もっと男好きのするタイプの女である方が心はささくれ立っていたかもしれない。

そう、気に入らないのは清家の方で、女に対してではなかったはずだ。ハッキリとどうでもいいと思っていた。

「実はつき合ってるんだよね」

清家はポツリと口にした。そのもったいをつけたような言い方に、私は思わず笑ってしまった。

「良かったじゃん」

「ホントに？　そう思ってくれる？」

「うん。どこで知り合ったの？」と、まったく興味はなかったけれど、沈黙を埋めるためだけに質問した。清家は少しやりづらそうに眉をひそめた。

「つき合ってから二ヶ月くらいだよ。雑誌で知り合ったんだ」

「雑誌？」

「うん。まぁ、恋人募集みたいなコーナー」

これにはさすがに面食らって、咄嗟《とっさ》に言葉が出てこなかった。清家は弁解するように続ける。

「あ、でもそんな変な雑誌じゃないよ。共通の趣味を持つ人たちが集まるようなやつ。東京に来てから僕は映画のことを話せる友だちがいなかったから、しばらく手紙でやり取りして、観たい映画に誘ってみたんだ。彼女って、ああ見えて脚本家志望でさ。貪欲に自分の夢を追いかけていて、僕、尊敬してる。がんばってる人ってカッコいいよね」

尋ねてもいないことを、清家は楽しそうにまくし立てる。

「ふーん。脚本家になりたいんだ」と、突き放すように言ってみても、むしろよくぞ聞いてくれたという感じで胸を張った。

「すごくがんばってるよ。いつか僕の話を書きたいんだって」

「お前の話?」

「そう言ってた」

「お前の何を書くんだよ」

「いや、だからそれは……」

「だから?」

「もちろん、お父さまとのことに決まってるじゃないですか。生き別れた実の父親が現役の官房長官だなんて、それだけで充分ドラマチックだと思いません? しかも、息子はその父を追うように同じ大学、同じ学部に進学して、政治家になろうとしているんです。憧れからか、それとも復讐のためか。考えただけでもワクワクしますよ」

ハンカチで手を拭きながら戻ってきた美和子が答える。その軽薄な口ぶりは異様なくらい鼻につく。美和子を相手にせず、私は清家に話し続けた。

「ええと、それは何？　お前のお母さんも知ってることなの？」

清家の顔にようやく暗い影が差す。

「お母さんには近々言おうと思ってる」

「何を？」

「だから、ちゃんと美和子を紹介して、二人のことを話そうと思ってる。わかってくれるよ」

「ホントにわかってくれると思うのか？　親父さんのこと、そんなにうかつに話すことをあのお母さんが許してくれると思うのか？」

「許してくれる」

「本当に？」

「うん」

「いや、ちょっと待ってくださいよ。許すとか、許さないとか、さっきから二人とも何を言ってるんですか？　大学生の子どもに向かって——」

「ああ、ごめん。君はちょっと黙っててもらえるかな。いまは俺たちが話してる」

話に割り込もうとしてきた美和子に、私はあえてきつい言い方をした。「なっ」と言ったまま頬を紅潮させた女を見て、私は大人げなく溜飲を下げる。

その私に向けて、清家がすごむように言ってきた。

「ちょっと待ってよ、俊哉くん。いくらなんでもその言い方は失礼なんじゃない？　謝ってよ」

「はぁ？　謝るって……」

「いいから美和子ちゃんに謝って！」

高校時代、清家は一度だけ他校の女の子に告白されたことがある。そのとき、清家はひどく取り乱した。勇気を振り絞ったはずの一つ下の女の子に対して「僕にはまだ恋愛がわからない」と言ったあと、覚悟を決めたように顔を上げ、こんなふうに続けたのだ。

「それに、きっとお母さんが許してくれないと思うから」

清家にとって美和子が初恋の相手であるのは間違いない。その恋に夢中になってしまうのも、状況が見えなくなる気持ちも理解はできたが、私は清家の強い眼差しにこそ失望した。

高校時代にも何度かしか見たことのない表情だ。普段、主体性のまったくない清家が時折見せる昂《たか》ぶりに、かつての私は得体の知れないすごみを感じた。

しかし、この程度のことだったらしい。つまりは依存の対象が、母親や私からぽっと出のこの女に移ったということなのだろう。

震える清家の肩に、美和子が同情するように手を乗せる。私は笑ってしまった。くだらないという思いを抱く反面、自分の中のある感情に気づいてしまったからだ。私はたしかに目の前の女に嫉妬していた。

清家には所有欲を駆り立てるという不思議な特性がある。それは政治家として大きな武器になると確信していた一方で、そこに自主性が加わればさらに飛躍できるとも信じていた。でも、結局はそれだって私の独りよがりでしかなかったようだ。

清家はポケットからハンカチを取り出し、目もとを拭った。その折り目正しい、染み一つない白いハンカチに、私はようやく母親の影を見る。

あの人は最近東京に来たのだろうか?

清家から報告を受けたら、あの人はどんな反応を見せるのだろう?

目の前でイチャイチャしている二人に鼻白む気持ちを抱きながら、私は大切な人を猛烈に裏切っている気持ちにさせられた。

清家からの連絡が再び途切れた。つい電話で愚痴ってしまった光一も笑いながら『でも、まぁ仕方ないんじゃないの。本人がやる気ないんだったら、外野がいくら張り切ったって仕方ないやん』と言っていた。そのあっけらかんとした物言いから、私は光一の大学生活も充実しているのだろうと察した。

しばらくの間は煮え切らない思いが胸にあったが、それを払拭《ふっしょく》するように私は目の前のことに打ち込んだ。いつか役に立つと思って入った弁論系のサークル活動に、そこで出会った先輩に影響を受けて始めた語学の勉強。前後してできた恋人とのデート。

そうして新しい何かと向き合う中で、私は自分自身のある性質に気がついた。何をしていても楽しくないのだ。勉強するのは苦じゃないし、誰かとしのぎを削るのも嫌いじゃない。でも、そんなことは数ヶ月で飽きてしまう。受験勉強をしていたときにも、東大に合格したときにも感じたことだ。何に熱中し、何を成し遂げようとも、結局は清家のために動いていたときほど熱くなれない。私は自分のためにはがんばれない。

理由はきっといくつかある。その一つを、私は前触れもなくサークルの友人によって突きつけられた。

「鈴木くんって本当に公務員志望なの？　起業家とか弁護士とか目指したらいいのに」

無言で首をひねった私に、友人は悪意もなさそうに続けた。

「親が刑事事件の被告人である人生ってしんどいんでしょう？　鈴木くんは何も悪いことしていないのに。そもそも公務員試験って家庭環境問われないのかな。僕だったら親を恨むよ」

むろん私から彼に家庭の事情を明かした覚えはない。どういう経緯で知ったのか定かじゃないが、彼の悪びれない態度を見れば、すでに仲間内に広まっていることなのだろう。

いずれにしても彼の軽薄な同情は、私に「犯罪者の息子」であることを突きつけてきた。自分の野望に執着し、それを包み隠そうともせず、結果、周囲に利用され続けた父の生き方を私は否定しなければならなかった。

そう、私は自分の人生から一線を引いていたいのだ。金や野心に囚われることなく、自分自身を制御しきり、可能な限り物事を俯瞰していたい。そのためには自分以外の誰かのために働くことが一番だ。

きっと私は自分のためにはがんばれない。でも、だからといって、支える相手が清家である必要はない。

私はなんとか自分自身と折り合いをつけようとしていた。

二年生の夏休みを目前に控えたある日、アパートの電話が鳴ったとき、私はなぜかピンと来た。

緊張を押し殺して、受話器を取った。子どものようなか弱い声で、清家の母親は切り出した。

『俊哉くん？　ごめんね。私……、あの、清家浩子《ひろこ》です』

「はい、わかります。ごぶさたしています」

『ごめんね。いきなり電話なんて、おかしいよね。本当にごめんなさい。でも、どうしても相談したいことがあって』

「いえ、べつに。僕は大丈夫です」

私は必死に胸の昂ぶりを抑え込んだ。文字としてではなく、はじめて聞いた「清家浩子」という名前が、ひどく艶《なま》めかしく感じられる。

母親の「相談したいこと」とは、もちろん清家のことだった。驚いたことに、母親はすでに清家のマンションで同居していた。『ごめんなさい』という言葉から始まって、東京での清家の生活をずっと心配していたのだと、懺悔《ざんげ》するように打ち明けた。

「べつに謝られることじゃないですけど」

そう応じた私に、母親は自嘲するように笑った。でも、声は沈んだままだ。その理由も手に取るように理解できる。

「ひょっとして恋人のことですか？」

『え？』

「実は僕も一度だけ会ったんです。なんかあまりいい感じがしなくて」

母親に迎合するつもりはなかった。素直な気持ちを明かしただけだ。それでも、この言葉が彼女の救いになるのはわかっていた。

『ありがとうね。過保護かとも思ったけど、やっぱり俊哉くんに電話して良かった』

そうしぼり出すようにつぶやいて、母親はようやく本題を切り出した。

『あの女の子、ほとんど毎日家にいる』

「お母さんがいるのに？」

『気にする様子なんてない。当たり前のように昼近くまで寝ているし、ご飯も食べている。一郎くんが学校に行っていて、あの子だけ家にいるということもある』

「それは……」

ひどいですね、という言葉はのどの奥で消え入った。母はかまわず続ける。

『ねぇ、俊哉くん。愛南町で一郎くんを政治家にしてくれるっていう約束したの覚えてる？』

「それは覚えてますけど」

『助けてほしい。あの子の相談に乗ってあげてほしい』

「でも、清家がそれを望んでませんよ。僕も、ちょっと距離を置こうかと思っていて」

『それは困るわ』

「困るって言われても」

『近々うちに来てもらえない？』

「それも清家が望まないと思います」

『何言ってるの。望むに決まってるじゃない。喜ぶに決まってる』

「そんなことないですよ」

『大丈夫よ、大丈夫。とりあえず私の相談を聞いてほしい』

「それくらいなら、まぁ……」

私がそう口にしたことがよほど嬉しかったのか。母親は最後まで「大丈夫」と繰り返して、安堵したような息を吐いた。

震える指でチャイムを鳴らすと、清家の母はエプロン姿で出迎えてくれた。

「うわぁ、俊哉くん。久しぶりね。元気にしてた？」

潑剌《はつらつ》とした声が耳を打つ。部屋に清家がいる気配はない。

「一郎くん、学校に行ってる。もうすぐ帰ってくるからお茶でも飲んでて」

新宿、夏目坂にある清家のマンションを訪ねるのは上京した頃以来だ。あの頃、広いだけで殺風景だった部屋がホテルのように洗練されている。あの日はまだなかったダイニングテーブルに腰を下ろし、私は出された温かい紅茶に口をつけた。

その姿を清家の母親が嬉しそうに見つめてくる。私は視線を振り払うように「それで、相談ってなんですか？」と、先に触れた。

母親は弱々しく首をひねる。

「ごめんね。私にはもうよくわからなくて。あの子の将来にとって、いま何をするのが正しいことなのかアドバイスしてあげられないの。なんとか夢を叶えさせてあげたいのに、最近は反抗的な態度を取られたりして。こんなとき父親がいてくれたらいいんだけど」

助けてあげたいとは思った。でも、当の清家にその気がない以上、うかつに安請け合いもできなかった。

ほんの少しの間、私たちの視線は絡み合った。母親は瞳でいろんなことを問いかけてきたし、私も逃げずに受け止めた。

我に返ったように瞬きをして、先に視線を逸《そ》らしたのは母親の方だ。

「そもそもどうして俊哉くんはあの子を助けようとしてくれるの？」

「友だちの夢に手を貸したいと思うのっておかしいですか？」

「おかしいとは思わない。でも、不思議。俊哉くんにも将来やりたいことはあるんでしょ？」

「僕にはありませんよ」

「そのうち出てくるわ」

「いえ、それは絶対にないんです」

私は語気を強めて言い切った。テーブルの上に、いつか太股に触れられた母親の左手が置かれている。勇気を振り絞って握ろうと思えば、拒絶されることはない気がした。息子の友人に電話をかけてくることより、よほど自然なことではないだろうか。

紡ぐべき言葉を必死に探す顔をして、母親は力なく口を開く。

「あの子が何かになりたいって言うことなんて、他になかったから。でも、私にはどうしてあげていいのかわからない」

そのすがるような声を聞いて、私は思わず苦笑する。もし本気で息子のために何かしてあげたいのなら、この母親ならいくらでも方法があるはずだ。

そんなことを思ったとき、これまで抱いたことのない疑問が脳裏を過《よ》ぎった。なぜ、いままで何も思わなかったのだろう。その方が不思議なくらいだ。

この人は和田島芳孝と完全に縁が切れているのだろうか——？

「いや、あの……」と、考えがまとまらないまま口を開きかけたとき、母親の左手がゆっくりと私の手に伸びてきた。

愛南町の夜以来、ずっと憧れていた冷たい手。不意に声が途切れる。思考が止まる。胸の中にあったモヤモヤが消えていく。細くて冷たい指が、気づけば私の指に絡められている。必死に抑え込んできた欲望が腹の下で一気に膨れあがる。

もう何年もこんな日が来るのを期待していた。しかし、唇を嚙みしめ、覚悟を決めて顔を上げようとしたそのとき、玄関から「ただいまー」という屈託のない声が聞こえてきた。

母親はあわてることなく、右手で私の手の甲を優しく叩いてから、名残惜しそうに手を離した。

咄嗟に芽生えた嫌悪感を抑えて玄関に顔を向けると、「喜ぶに決まってる」という母親の言葉を証明するように、清家が満面に笑みを浮かべていた。

「え、なんで？　俊哉くん？　うわぁ、なんでだよ。嬉しいな！」

少し肉をつけただろうか。髪の毛は短く刈られ、白いシャツも清潔そうで、ずいぶんあか抜けたように見える。

「俊哉くん、来てくれてありがとう。本当に嬉しいよ」

「いや、あの、清家。こないだはごめん」

「こないだって？」

「いや、彼女のこと」

「さぁ、そんなこと忘れたよ！」

清家の母が直前の出来事などなかったかのように破顔する。

「あとで美和子ちゃんも来るんでしょ？　揃ったらみんなで食事にしましょう。俊哉くん、ゆっくりしていってね」

母親がキッチンに立ち、私と清家はソファに腰を下ろした。久しぶりの再会だというのにテレビゲームをしようと誘ってくる清家にも、楽しそうに振る舞っている母親にも、私は戸惑う気持ちを隠せない。

だから一時間ほどしてチャイムが鳴って、清家の表情が明るく弾けるのを見たとき、私は安堵したくらいだった。

「美和子ちゃん、来たみたいね」

母親は私を一瞥してから玄関へ向かった。

「いらっしゃい。美和子ちゃん、お腹減ってるでしょ？　いま俊哉くんが来ているの。会ったことあるんでしょう？」

聞こえてくるのは母親の声ばかりで、あとに続くボソボソとした低い声はほとんど聞き取ることができなかった。

母親に続き、美和子がリビングに入ってくる。その瞳にはたしかな敵愾心《てきがいしん》が含まれていた。挨拶もせず、しばらく見つめ合っていた私たちの時間を砕くように、母親が手を叩く。

「さぁさぁ、ご飯にしましょう」

食卓に並んだ料理をつまんでいる間も、母親が一人で話していた。美和子への不満などいっさい感じさせない、あまりに見事な振る舞い。むしろ母親の方が息子の恋人にすり寄ろうとしているようだ。そんな母の姿に、清家は何も感じないのだろうか。

途中から私も気を遣って、清家に積極的に話しかけた。

「そういえば俺、こないだ武智さんと会ったよ」

「武智さんって、まさか福音の?」

「うん、武智和宏さん。民和党の。大学のサークルの先輩がつながってて、大人数だったけど会えたんだ」

「へぇ、すごい。どんな人だった?」

「高校時代は生徒会長のブレーンだったって聞いてたからさ。クールな人っていうイメージだったけど、テレビで見たまんま。すごく豪快で、まさに政治家っていう感じだった」

「そうなんだ」

「俺が福音の生徒会の出身ですっていう話をしたらすごく喜んでた。〈春吉〉のことも知ってたみたいだし、お前のことを話したときも『じゃあ今度松山でメシ食おう』って言ってたよ」

「ホントに？　あの武智さんが？　僕のなんの話をしたの？」

「生徒会長選で将来政治家になるって宣言した人間がいるって。そんなカッコいいヤツがいるのかって。そいつが本当に政治家になったら、福音出身者で派閥を作ろうって張り切ってた」

清家の頬がじんわりと赤く染まっていく。私の用意していた土産話を、母親も素直に喜んでくれた。

美和子はほとんど口を開かなかったが、缶ビールが二本、三本と空いていくにしたがい、表情が意地悪そうに歪んでいった。酒癖が良くないという話はすでに母親から聞いている。

会話の一瞬の隙をつくように、美和子は笑い声を上げた。

「でも、なんか一郎くんは違うことをやってみたいそうですよ。政治家以外にも興味あることがあるって」

穏やかな水面に滴《しずく》が落ちて、波紋が広がった。「ちょっと美和子ちゃん。いまはやめて」と、清家が目じりを下げたまま首を振る。

美和子はつまらなそうに鼻を鳴らした。

「なんで？　映画関係の仕事もおもしろそうって言ってなかった？」

「それはそうだけど。べつにいまじゃなくたって――」

「じゃあ、いつならいいの？　みんながいる前で聞いてもらった方が良くない？」

美和子はバッグからシガレットケースを取り出すと、母親に向けて「すみません。吸っていいですか？」と尋ねた。

母親がカウンターから持ってきた灰皿を取って、美和子は似合わない煙をくゆらせる。

「そうだ。私、鈴木さんに謝りたいってずっと思ってたんです。大学生の息子のことに母親が首を突っ込むのはおかしいっていう先日の話。あれ、いまなら私にもわかります。特殊な親子関係ですよね。二人を観察しているとおもしろくて」

酒だけのせいなのだろうか。タバコの煙より、太い笑い声が気に障る。何より軽んじすぎだと思った。そして、この母親は絶対に軽んじてはならないタイプだとも思った。

「私、いつか二人のことを書いてみようって思うんです。シチュエーションは変えるかもしれないですけど、お父さまのことも含めて。おもしろいものになるという確信があります。私にとってこの母子は宝の山、脚本のアイディアの宝庫です」

気づくと、私は一人で笑う美和子の方を案じていた。清家でもなく、母親でもない。憎々しく思うべき女のことを心配している自分自身を不思議に思った。

その日以来、母親からたびたび電話がかかってきた。そのたびに手の甲に彼女の指先の冷たさがよみがえり、私は当然のように再び母子のレールの上に乗せられていた。

とりあえず美和子のことは後回しにして、清家の生活を軌道に乗せるということで、私と母親の考えは一致した。

私はまた清家と積極的につき合うようになり、いろいろなところに連れ回した。東大のサークル部屋にもよく来させたし、先輩から声をかけられれば代議士のパーティーにも足を運んだ。政治家関連のアルバイトがあれば行かせたし、三年生の清家の授業カリキュラムも私が組んだ。力のある教授とつながりを持たせるためだ。

武智和宏さんのところにも清家とともに顔を出した。はじめて会ったとき、名刺と一緒にかけられた「いつでも連絡してこい。福音の話で盛り上がろうぜ」という言葉は、当然社交辞令と思っていた。

しかし、武智さんにそのつもりはなかったようだ。秘書を通じて議員会館に招いてもらったとき、応接スペースに入ってくるなり武智さんはいきなり怒声を上げた。

「連絡してくるのが遅い！　政治の世界はスピード感が命だぞ。お前らが福音の後輩じゃなかったら俺は会ってないからな」

顔はいたずらっぽく緩んでいたが、私は迫力にたじろいだ。緊張を押し殺して、私は武智和宏という政治家を観察した。酒の席でも隙は感じさせなかったが、議員会館という砦《とりで》での振る舞いはもっと威厳に満ちている。

反面、福音時代の後輩だったという公設第一秘書の藤田《ふじた》則永《のりなが》さんは、冷静そのものだった。武智さんがおもしろい話をすれば声を殺して笑い、質問を振られれば的確な答えを口にする。すべての政治家と秘書がうまくいっているわけではないだろうが、少なくともこの二人の関係は正しいのだろうと想像がついた。

わずか二十分の時間だったが、勉強になることばかりだったし、驚くことも多かった。しかし私が何よりも驚愕《きょうがく》したのは、清家の態度だった。

「それで、お前が福音の生徒会長だったヤツか？」

私への説教が一通り終わったあと、武智さんは不意に清家に話を振った。清家は大きくうなずいた。

「はい、清家一郎です。すみません、武智先生。僕、名刺を持っていなくて」

「はっ！　学生の分際で名刺持ってるようなヤツの方が信頼できねぇよ」

「良かったです。僕も学生の分際で名刺を持っている人間を信用していないので」

武智さんは豪快に吹き出した。冷静な藤田さんも釣られるように笑っている。むろん、すべて私が仕込んだことだ。意識の高い学生から名刺を渡された武智さんが「こんなんで何かやった気になってんだろうな」と、藤田さんに小声で言っているのを聞いていた。

武智和宏という政治家を研究し、仕込んだのが私自身でありながら、それでも気持ちが昂ぶってしまうのは、久しぶりに仮面をかぶった清家のすごみに触れたからだ。

一週間ほど時間をかけて、私は武智さんに関する多くのことを清家に伝えた。想定される質問のパターンも八つほどにまとめ、回答例も頭に叩き込ませた。清家も見誤ることなく見事に質問を捌《さば》いていった。

会話が停滞したときに繰り出すべきこちらからの質問も悪くなかった。

「武智先生はいつ頃から政治家を目指されたのですか？」

「先生が大学時代にやっていたことは？」

「僕がいますべきことはなんでしょう？」

二人の楽しそうなやり取りを見ていたら、私は既視感に襲われた。高校時代の生徒会長選挙時のことだ。普段の人間性を絶対に見抜かれることのない、完璧な演技。

途中からは本当に安心して見ていられた。与えられた二十分のやり取りの中で、肝を冷やしたのは一度だけだ。

早速「清家」と呼びつけにする武智さんは、藤田さんから時間であることを告げられると、唐突に難しい顔で腕を組んだ。

「なーんだかなぁ。なんか清家って誰かに似てる気がするんだよなぁ。お前の親父さんって何している人？　地元は愛南町って言ったっけ？」

これだけは想定していない質問だった。ニコニコと笑みを浮かべたまま、清家は硬直してしまっている。

仕方なく私がその質問に答えた。

「清家が生まれたときにはもう亡くなっていたそうです。愛南町は、母方の実家です」

武智さんは私が答えたことをいぶかしむことなく、「それは悪いこと聞いたな」と申し訳なさそうに肩をすくめた。

その一度を除けば、申し分のない顔合わせが実現できたと思う。我々が応接室を出ようとする間際、武智さんはさらに思ってもみないことを言ってきた。

「おい、清家。お前、本当に政治家になるつもりか？」

「はい。なりたいです」

「鈴木は？　お前に清家を支えるつもりがあるのか？」

「はい。清家に失望するまでは」

武智さんは「ふっ」と鼻を鳴らし、「失望しても支えてやれ。それくらいで見切ってたら、俺なんて何度藤田に見捨てられてるかわからねぇぞ」と微笑《ほほえ》んだ。

少し考える素振りを見せたあと、武智さんは最後に小刻みにうなずいた。

「二人とも、これからうちの事務所に顔を出せ。帝王学みたいな大層なもんじゃねぇけど、可能な限りいろんなものを見せてやる。今度、藤田から連絡させる」

部屋を出た直後、私は清家の背中を思いきり叩いた。むろん称賛の思いを込めてだったが、清家には伝わらない。不快そうに顔をしかめ「痛いよ、俊哉くん。なんだよ、急に」などと言ってくる。その察しの悪さがやけに心地良かった。

エレベーターに向かう途中で、背後から「ちょっと、鈴木くん」と声をかけられた。振り返ると、秘書の藤田さんが手に紙袋を二つ持って走ってきた。

「これ、先生から。君らには嬉しくないかもしれないけれど、うつぼ屋の坊っちゃん団子。良かったら食べて」

そう言って強引に紙袋を私に押しつけ、藤田さんは清家を一瞥して小声で言った。

「いいね、彼」

「本当ですか？　藤田さんにそう言ってもらえると――」

「彼、目がまったく笑ってないでしょ？　熱くなっていても、そんなの〝フリ〟でしかないじゃん。なんか周りにどうにかしてやりたいって思わせる力がありそうだし、君が彼に肩入れする気持ちはよくわかる」

「あの、それってどういう……」

「僕も武智に同じことを感じてたから。あの人、ああ見えて誰よりも疑い深くて、人を信頼してないって気づいていた？　とにかく繊細で、打たれ弱くて、傷つきやすい。高校時代なんてわりとそのままの見られ方をしてたんだけど、どこかで自分にそれを隠す能力が備わってるって気づいたんだろうね。僕が先生に魅せられたのはその頃だった」

藤田さんは「バイトの件は今度また電話する」と私の肩を叩き、きびすを返そうとして、思い出したようにつけ足した。

「そういえばうちのバカ親父も逮捕された経験があるんだよね。その話も今度しよう」

3

まだまだ私の期待するところには達していないが、清家はずいぶん変わったと思う。

もともとこちらの「やれ」ということに対しては従順な人間だし、福音、早稲田と入るくらいなのだから地頭だって悪くない。

何より藤田さんの言うように、清家には周囲の人間に「どうにかしてやりたい」と思わせる特性がある。かつて私はそれを「所有欲を駆り立てる」と思ったことがあったが、あながち間違ってはいなかったようだ。

それを証明してくれたのは藤田さんだった。学生時代の武智さんのエピソードから、今後の選挙の展望に至るまで、様々なことを私たちに教えてくれた。

とくに清家に言いきかせていたことがある。

「本当に政治家になろうと思うなら、いまのうちから身の回りはキレイにしておかなきゃいけないよ。過去の女性に足を引っ張られるなんてザラにある。たとえいま恋人がいるとしても、うかつに心を開いちゃいけないからね」

なぜ藤田さんはここまで清家に目をかけてくれるのか。その理由を、私は二人きりのときに聞かされた。場所は学生が絶対に足を踏み入れることのない銀座のバー。藤田さんはどこか難しそうな表情を浮かべてこう言った。

「もちろん、彼にある種の能力があることは認めるよ。周囲の力を引き出せる人間って、将来的に爆発的なカリスマ性を発揮したりするものだしね。でも、だからこそ僕は彼をこわいと感じる部分がある。というか、僕はまだ清家くんをどう捉えていいかわかっていない。無意識に恩を売っておいた方が得だと判断しているだけかもしれない」

「どういう意味ですか？」

「彼の目が苦手なんだ。ひどく不気味で」

「不気味？」

「前にも言ったけど、優秀な政治家というものは往々にして瞳に感情が宿っていないものだ。でも、清家くんの場合、自分の気持ちを悟らせまいとしているようには感じない。いっそ心なんてないって言われた方がしっくり来る。うちの先生とは少し違う」

藤田さんは自分で言って笑ったが、私は笑えなかった。これまで誰にも指摘されることのなかった清家の本質を言い当てていると思った。

藤田さんは少しだけ逡巡する仕草を見せたあと、さらに驚くべきことをつけ加えた。

「僕は清家くんが敵なのか、味方なのかもうまく判断できないんだ。もし彼がいつか首尾良く政治家になれたとしたら、先生の力になってくれるという予感がある。その一方で、寝首をかかれるのは案外こういうタイプなんじゃないかって思ったりもする。考えすぎだけど、そういう疑念が拭えない。実は僕がこんなふうに感じるのって、清家くんで二人目なんだよね」

「そうなんですか？　一人目は？」と尋ねたときには、私の胸は高鳴っていた。質問しておきながら、私にはその答えが想像できた。

藤田さんは真剣な表情を取り戻す。

「はじめて清家くんが事務所に来たとき、うちの先生が変なこと言ってたの覚えてる？

清家くんを『誰かに似てる』って言ってたの」

「覚えてます」

「あれさ、僕もまったく同じように感じてたんだ。彼が部屋に入ってきたとき、正直ギョッとしたくらいだった」

「どなたですか？」

「和田島先生だよ」

藤田さんは毅然と言い放った。

「和田島芳孝先生。うちの先生の派閥の親分。知ってるよね」

「あの、はい……。もちろん知ってますけど、似てますか？」

「顔が似てるとは思わない。性格だって違うだろう。ただ、どうしてもあの目がね」

「和田島先生も同じ目をしているってことですか？」

「僕はそう感じる。あの人こそ何を考えているかわからない。うちの先生は信頼してるけど、いつか簡単に見切られるんじゃないかって、僕はずっとこわいと思っていた。だから和田島先生の女性スキャンダルはホッとしたくらいだったんだ。この人も誰かの子なんだって思えたし、武智も火消しで恩を売ることができたからね。意外にも派閥の結束も強まった」

酒のせいか、いつもよりリラックスした様子を見せる藤田さんに、私もようやく緊張をとくことができた。

「言うまでもないことですけど、清家が先生の敵になるわけありませんよ」

「そう？」

「たしかに何を考えているかわからないところはありますけど、僕が見張ってますから。それに藤田さんが清家を和田島先生に似ていると思った理由も説明できます」

「何？」

「考えようによっては、和田島先生は清家にとって師匠と言える人だからです。福音の生徒会長選、藤田さんも経験されてますよね？　あいつが出馬するとき、僕は繰り返し和田島先生の演説の映像を見せたんです。しゃべり方から、身振り、表情まで全部マネさせました。あいつに似たところがあるんだとしたら、そのせいだと思います」

私もまた酒のせいで気が緩んでいたのかもしれない。それは「目が似ている」の説明ではなかったはずだが、藤田さんは納得したように微笑んだ。

武智さんからつかの間離れ、二人でのむときの藤田さんは穏やかな表情を浮かべていた。口数が多く、政策や政局の動き、ときには秘書の心得に至るまで様々なことを教えてくれた。

「この世界、本当に誰が敵かわからないからね。味方のフリして足を引っ張る人間なんてごまんといる。それよりタチが悪いのは、足を引っ張っているという自覚のないまま味方面をする連中だ。いつも脇は締めておくこと。先生はこの仕事を本気でまっとうするために、友だちも恋人も見極めようとしてきたよ」

心に響く言葉だった。しかし、それをどう嚙み砕こうとも、清家には伝わらない。美和子と別れることはおろか、脇を締める様子もない。人前で平気でいちゃつくことにいい加減しびれを切らして、厳しく詰め寄ったことがある。

清家は心外だというふうに口をすぼめた。

「何か問題ある？　僕、美和子ちゃんのことは信頼してるよ。俊哉くんやお母さんと同じように彼女を信頼している。藤田さんの言う通り、僕だってきちんと見極めてるから大丈夫だよ」

清家に開き直っている様子はなく、だからこそ私は辟易《へきえき》し、清家の中で占める美和子の割合が以前より増していることに焦りも抱いた。

清家に所有欲を駆り立てる特性があるように、美和子という女には相手を気持ち良くさせる特有の力がある。「あなたは大丈夫」という無責任な肯定は、清家に無用な依存心を抱かせるだけで何かを生み出せるとは思えない。

一度それとなく美和子に注意したこともある。

「もう少し清家の将来のことを考えてやってくれないか」

清家の自宅マンションで、私と美和子の二人きりという特殊な状況だった。主たちのいない部屋で、美和子はうんざりした様子を隠そうともせず、逆に挑発的に尋ねてきた。

「私、不思議なんです。あのお母さんって、どうして鈴木さんがこんなふうに関わることを許してるんですかね？」

「は？」

「私を嫌うのと同じように、鈴木さんを煙たがっていてもおかしくないと思うんです。男とか女とか関係なく、あの母親は自分以外に息子をコントロールしようとする人間を許さないと思うんですよ」

「ごめん、何が言いたいかわからない」

「ハハハ。だから――」と意地悪そうに笑って、美和子は呆れたように首をかしげた。

「つまり、あの母親は鈴木さんのこともコントロールできているんだろうなってことですよ。あの母親と鈴木さんって絶対に何かありましたよね？　何かっていうか、大人の関係？」

その軽薄な笑顔に虫酸《むしず》が走る思いがした。清家の母親に対して一筋縄でいかない憧れはきっとある。淡い期待を抱いたことも一度や二度ではない。そんな自分の感情を無垢なものだと開き直るつもりはないけれど、心の奥を覗かれたという焦りは生じなかった。

「美和子ちゃんは清家を政治家にさせたいと思わないの？」

私はなんとなく話題を変えた。美和子は拍子抜けという仕草を隠そうとしない。

「べつに。なれるならなればいいと思ってますよ。それが彼の本当にやりたいことなら。私、あの人から一度もそんな話を聞いたことがないんです。おばあちゃんがどうだとか、お母さんがこうだとか、高校時代の友だちがああだとかっていう話は聞いてきたんですけど、そこに彼自身がいたことが一度もない。むしろ私が映画の話をしたときに、目を輝かせて『いいなぁ、そんな仕事。おもしろそう』って言ったときの彼の方がずっと生っぽかった気がします」

「なんですか？」

「パートナーがそんな人間でいいわけ？」

「そんな中身のない人間とつき合ってたって楽しくないでしょう？」

「楽しいですよ」

「ホントに？」

「はい。むしろ、だからこそ楽しいんじゃないですかね。血の裏づけと人を引きつける力のある人間が、中身が空っぽのまま存在しているなんて、そんな奇跡的なことあります？　しかも、その人は一〇〇パーセント私に依存してくれているんです。完全に自分色に染められるんです。楽しくないわけないじゃないですか。そこは鈴木さんも同じでしょう？」

　自分に酔いしれたように言い放った直後、美和子は首をひねった。

「ああ、でもすみません。ちょっと違うのかも。さっきの言葉は訂正します」

「さっきの？」

「政治家にさせたくないのかっていう質問。あれ、私がちゃんと仕向けるから大丈夫です」

「はぁ？」

「もう彼には鈴木さんもお母さんも必要ないんですよ。私がきっちりそのへんのこと引き継ぎます。必要ないですよ、二人とも」

全身の血が逆流するのを自覚した。カッとなり、美和子を罵倒したくなる衝動に駆られたものの、それを止める人が現れた。

いつからそこにいたのだろう。美和子の不快な笑い声をかき消すように、リビングの戸のそばにいた清家の母がいつも以上に快活な声を上げた。

「あ、二人とも来てたんだ。一郎くん、今日は遅くなるって言ってたでしょう。どうしよう、三人で先にご飯にする？」

「あ、いや、結構でーす。私これからバイトなので。お二人でどうぞ」と、美和子はイヤミっぽく口にして、そそくさと立ち上がった。

空気の重さを感じ、私もあとを追おうかと思ったが、清家の母は例の目で見つめてきた。「行かないで」と訴えているのか、「逃げるな」と命じているのかはわからなかったが、いずれにしても私は射抜かれたように身動きを取ることができなかった。

清家の母と男女の間柄になったのは、その夜だった。緊張したのは最初だけだ。私はあっという間に性の快楽に引きずり込まれた。これまでに経験が少なかった分、過去や他者と比較することはできないけれど、こんなにも頭の中が真っ白になるものなのかと驚いた。

直前の美和子の言葉が過ぎることもなく、私はひたすら女性の身体に溺れた。どれくらい時間が過ぎたのかも、何度果てたのかもわからない。ただ、暗がりの中で時折目に入った母親は、冷たいと感じさせる表情で私を上から見下ろしていて、それを見ていられなくて私は何度も目を閉じた。

事を終えると、清家の母はすぐに服をまとった。私の方はまだ欲情をすべて吐き出せた気がしなかったが、母親は両手で私の右手を包み込み、これが本題というふうに切り出した。

「俊哉くんに協力してほしいことがある」

行為を経たからといって親しげな雰囲気を漂わせるわけでも、呼び名を変えてくるわけでもない。私もまた「はい」と、懸命に平静を装った。

遮光カーテンの隙間から月の光が差し、母親の肌の白さが際立っている。

「あの女と一郎を引き離してほしい」

空気の鋭さが一段増した。母親の口から「一郎くん」ではなく「一郎」と聞いたのは、きっとこれがはじめてだ。

「このままじゃあの子はダメになる。これ以上黙っていられない」

「わかりました」

「やり方は俊哉くんに任せる。逆に私はどうしたらいい？」

「お母さんは普通に振る舞っていればいいです。それこそ二人とも動いたら、清家だって意地になるでしょうから。あいつをフォローしてやってください」

「そう言ってもらえると嬉しいわ。本当にありがとうね、俊哉くん。頼りにしてる。ああ、それから——」と、そこで一度言葉を切って、母親は私の手を優しく握った。

「これから二人のときは浩子って呼んで」

「え？　でも、それは……」

「いいから。私も俊哉って呼ぶわ。二人きりのときだけね。それと、これから会うときは場所を変えましょう。基本的には私の方から連絡する。一郎くんもいるかもしれないから、あなたからはなるべく連絡してこないで。いい？」

「わかりました」

「頼りにしているわね、俊哉」

何かを刻みつけるように、母親は私の頬にキスしてきた。これが愛だの恋だのではないことはわかっていたが、胸の昂ぶりは抑えられなかった。

「うん、わかった」

そう答えたとき、大雨の愛南町で向き合った夜から、いや、はじめて松山城でその姿を見かけた日から始まっていた私たちの不適切な関係が決定づけられたのだ。

彼女を裏切れないという思いが強かった。もう逃げることはできなかったし、先延ばしすることもできなかった。どんなに鬱陶《うっとう》しがられようとも、私はこれまで以上にしつこく清家に関わった。藤田さんに頼んで事務所での作業を増やしてもらい、清家との時間を確保するために私自身も恋人に別れを告げた。

浩子と会うのはいつも新宿のシティホテルだった。広いとはいえないシングルルームで顔を見合わせながら、私たちはたくさん話をした。もちろん大半は清家にまつわることだったが、私にとっては何をしているよりも豊かな時間だった。

清家から美和子を引き離すことばかり考えていた大学三年生のゴールデンウィーク、私と清家は武智さんに声をかけられ、愛媛の経済団体が主催する講演会に同行した。

高校を卒業して以来はじめて訪れた松山は何も変わっていなかった。あいかわらず高い建物が少なく、そのため空が高く見える。

光一ら愛媛に残っている友人たちも温かく迎えてくれたが、私たちに感慨に耽《ふけ》っているヒマはなかった。後援会長を筆頭に挨拶しなければならない人はたくさんいたし、講演会の準備にも追われていた。

武智さんも、藤田さんも、我々が学生だからという理由で甘えを許すタイプではない。人の名前を覚えるのにも必死だった。それでも政治のダイナミズムを間近に見られているという実感があって、ポケットに忍ばせておいたメモ帳は瞬く間に文字で埋まった。

さすがに地元で武智和宏の知名度は抜群らしく、会場のコミュニティセンターは開始一時間前には超満員に膨れあがった。

その中には光一の両親の姿があったし、一色ら福音の教師の顔も見えた。びっしり埋まった五百ほどの客席を、前方の扉付近から見回し、私は思わず息をのんだ。中ほどの座席に美和子が悪びれもせず座っているのだ。

講演前に清家を問い詰める時間はなかった。いざ始まってからも胸には怒りとモヤモヤが入り乱れ、そのせいで武智さんの演説に集中することができなかった。

最後方の通路でボンヤリとしているところに、藤田さんが声をかけてきた。

「どうしたの？　全然メモ取ってないじゃん」

「あ、いえ、そんなつもりはないんですけど」

「何かあったよね？　さっき会場見渡しているとき、変な顔してたもん」

武智さんがわざと愛媛を腐すようなことを言って、会場全体に大きな笑い声が起きた。私はゆっくりと藤田さんを見返る。気づいたときには心の内を吐露していた。

「実は清家のことで相談があるんです」

「清家くん？」

「清家のっていうか、あいつの恋人のことなんですけど」

そうかつなことを明かすべきではないと、これまで誰にも相談したことはなかった。その私がたがが外れたように話していた。

雑誌の友だち募集での二人の出会いには眉根を寄せ、美和子の自己顕示欲を伝えたときには辟易したように息を漏らし、その恋人が会場に来ていると口にしたときには、さすがの藤田さんも目を見開いた。

「ちょっと外に出ようか」

藤田さんは背後の扉を指さした。ふと目を向けた壇上から、武智さんがこちらを見下ろしている気がした。

変わらず大きな笑いを取りながらも、武智さん自身の目はまったく笑っていない。その鋭い視線から逃げるように、私は藤田さんを追いかけた。


会場を出たところで、藤田さんは「それは困ったね。わかった。ちょっと僕もなんとかしてみるよ」と言ってくれた。

藤田さんの考えを知ったのはその夜のことだった。貸し切りにした打ち上げ会場の〈春吉〉には、入れ替わり立ち替わり武智さんの支持者が訪ねてきた。知事や地銀の頭取をはじめ、中には私や清家がここで知り合いになった人も少なくなく、彼らと挨拶を交わすたびに武智さんたちは感心したように声を漏らした。

それまで点と点でつながっていた人たちが線で結ばれていく。不思議な感覚だった。武智さんは光一の如才のなさもおもしろがってくれ、「清家なんかより光一くんの方がずっと代議士に向いてるんじゃないか」などと口にしては、同席した人たちを笑わせた。

夜はゆっくりと更けていき、支持者が一人、また一人と去っていった。そして最後に後援会長が「それでは先生、今度は東京で一席設けさせてください」と親しげに言って、帰路についた瞬間、それまで武智さんの顔に張りついていた笑みがすっと消え、地鳴りのようなため息の音が響いた。

「ああ、さすがにクタクタだ」

朝一番で松山に着いてからぶっ通しで誰かと会い続けてきたのだ。ようやく藤田さんと我々二人だけとなり、武智さんが弱音を吐きたくなる気持ちも理解できた。

武智さんと藤田さんは二人で日本酒をのみ交わしながら、今日の反省と、明日以降のスケジュールの確認を行っている。

その間、清家はちらちらと時計を見やっていた。当然、褒められた態度ではなく、注意しようと思った矢先、清家は何やら藤田さんに耳打ちした。

藤田さんが小さくうなずくのを確認して、清家は席を離れた。今度は藤田さんが武智さんに耳打ちする。

「先生、おつかれのところ恐縮ですが」

「いいよ。お前の頼みだ。べつに気を遣う相手じゃないしな」

「恐れ入ります」

果たして二分後、座敷に戻ってきた清家のとなりに、美和子が立っていた。私は目の前がちらついて仕方がなかった。頭に血がのぼり、思わず前のめりになった私をいなすように藤田さんが口を開いた。

「僕が清家くんにここに呼ぶように言ったんだ。もちろん先生に許可も取っている」

それでも、大人の職場に恋人を呼ぶという常識外れを私は許すことができなかった。さすがの美和子も表情を強ばらせていたし、清家にもいつもの快活さは見られない。二人とも決して私を見ようとしない。

空気の悪さを感じ取り、武智さんが呼びかけた。

「突っ立ってないで早く座れ。清家の恋人なんだって？　名前はなんて言うんだ？」

「み、三好美和子です」

「美和子さんか。わざわざ東京から来てくれたんだってな。ありがとう。いいから本当に部屋に入りなさい。落ち着かない」

終始おろおろしている清家より先に、美和子の方が覚悟を決めた。

「お疲れのところ申し訳ございません。突然のことだったのでたいしたものは用意できなかったのですが、これ、みなさんで召し上がってください」

「学生が変な気を遣うな。なんだ？」

「坊っちゃん団子です。愛媛が地元の先生にお渡しするものではないと思うのですが」

かすかに頬を赤らめた美和子を見つめ、武智さんは思いきり吹き出した。

「それを言うなら、愛媛が地元の議員にたいしたものじゃないなんて言うな。松山の誇りだ。こんなにうまいものはない」

武智さんは豪快に笑ったが、我々の中に釣られる者はいなかった。安堵しているのは美和子だけだ。武智さんに勧められるまま酒に口をつける。いつも以上にペースが速い。

口数も次第に多くなっていった。酒にのまれるのはいつものことだ。そのうち美和子はしらけきったみんなの顔にもおかまいなしに、聞かれてもいないことを語り始めた。私がこれまでに何度も聞かされてきた内容だ。

「私も一郎くんも惰性で長生きしたいなんて思ってないんです。生きた証を残せたなら、私たちはパッと散りたい。そんな話を二人でよくしています」

「清家さん」という呼び名がいつの間にか「一郎くん」に変わり、美和子はジャニス・ジョプリンだの、ジミ・ヘンドリックスだのと、ネット上にいくらでも転がっているようなサブカル話を自慢げにまくし立てた。

「そうかぁ。二十七歳なぁ。俺は何をしてたかな。とりあえず惰性で生きていた身としては耳の痛い話だ」

武智さんが冗談で返してくれたおかげで、そこまで悪い空気にならないで済んだ。それでも一時間ほどが過ぎた頃、気を良くして、あいかわらず「二十七歳で死ぬこと」について話し続ける美和子に向けて、藤田さんが「美和子さんは遅いからそろそろ帰りなさい。清家くん、ホテルまで送って差しあげて」と、上手に切り出した。

美和子は不満そうにしながらも席を立ったが、最後に武智にしなだれかかりながら口にした。

「私が一郎くんを立派な政治家にしてみせます。彼にはその裏づけが充分あるはずなので。きっといい政治家になるはずです」

まさか和田島芳孝のことを明かすつもりではないかと私は肝を冷やしたが、美和子はさすがにそこには触れなかった。

早く追い返したかったのだろう。武智さんも「裏づけ」について尋ねないでくれた。

「そうか。期待してるぞ」

「はい。がんばります」

「気をつけて帰りなさい」

美和子と清家に、藤田さんも「じゃあ、私もそこまで」と連れだって出ていき、二人きりになった〈春吉〉の座敷で、武智さんはしみじみとつぶやいた。

「とんでもない女だったな。ドッと疲れが来た」

「お疲れのところ申し訳ありませんでした」と頭を垂れた私に、武智さんは「べつにお前が謝ることじゃない」と優しく微笑んでくれた。

そして自分の首を入念に揉《も》みほぐしながら、テーブルに目を落とし、「これ、食え」と、美和子の持ってきた土産を差し出した。

「はい。ちょうだいします」

私は素直に坊っちゃん団子に手を伸ばす。すでに腹はいっぱいだったし、そもそも甘いものは得意じゃない。それでも、武智さんに何かを命じられたら絶対に断らないと決めている。

武智さんもそんな私の気持ちを見抜いていた。

「お前はいい秘書になるよ。望むなら代議士にだってなれるだろう」

「とんでもありません。僕なんて――」

「どうしてだ？　親父さんのことか？　まぁ、それがプラスに働くことはないだろうけど、言うほどマイナスにもならないだろう。藤田の父親のときとは時代も違う。本人の資質と努力次第だ」

武智さんはたまに理想論的なことを口にする。政治家などという仕事をしていながら、どちらかといえばロマンチックな方だろう。

私は武智さんのこの手の話が嫌いじゃない。世間が思うほど政界に陰謀論などないという話も、結局は優秀な人間が出世する世界だという話も、なんとなく信じてみたいと思わされる。

普段喫煙の習慣はないが、武智さんは光一の置いていったタバコに手を伸ばした。

「あの手のタイプの女を妻にもらう人間は意外と多いんだ」

おいしそうに煙をくゆらせながら、武智さんはしみじみとつぶやいた。

「すみません。なんでしょう？」

「お前には受け入れがたい話かもしれないけど、ああいう政治家のかみさんというのは結構いるもんだし、意外とうまく回っていたりもする。ただ、みんな必ずどこかの段階で頭打ちになるんだよな。夫が成功すると、どういうわけか妻の方が増長して、この成功は自分のおかげだと思い込むようになる。すると、途端にプロデューサーみたいな顔し始めて、旦那の権利とかを主張するようになったりする。で、それをおもしろく思わない夫がチヤホヤしてくれる若い女に走るんだ。これはもう見事にそういうふうにできている」

武智さんは意地悪そうに目を細めた。私も釣られて頬を緩めかけたが、それを制するように武智さんは続けた。

「別れさせた方がいいからな」

「え？」

「お前が清家を本当に政治家にしようと思うなら、あの女は引き離しておいた方がいい。俺に清家を成功させる義理はないし、お前や藤田ほど可能性を感じてるわけじゃないけどさ。でも、お前らがそう見立てるなら間違いないんだろうと思ってる。その上で助言することがあるんだとしたら、あの女はやめておいた方がいい」

紫煙が糸を引いている。そして武智さんが続けた言葉は、とても意外なものだった。

「見た目は色っぽいし、男にとって気持ちのいいことばかり言ってくれるもんな。清家は苦しむことになるだろうな」

そう言って楽しそうに笑う姿を見ながら、へぇ、そんなふうに見えるんだと、私は武智さんの美和子への思わぬ評価に驚かされた。

この日以降、私はなりふりかまわず清家に美和子と別れるよう伝えた。本当にあの手、この手だったと思う。武智さんの名前を出したのも一度や二度じゃなかったし、浩子が悲しむという話も何度もした。「絶対にお前の将来のためにならない」という強い言葉をかけるたびに、清家はムッとした表情を見せていた。

美和子も同じように裏でいろいろな話をしていたようだ。見えない相手と綱引きをしているようだった。自分にとって大切な両者に腕を引っ張られ、清家が次第に追い込まれていくのも見て取れたが、その気持ちが少しずつ美和子の方に寄っていくのも理解できた。

私が本当に焦りを募らせたのは大学三年生の夏休みが明ける頃。いつものように美和子と別れるよう伝え、清家からいつもより強く「ちょっと変だよ、俊哉くん。束縛しすぎだって。なんでそんなに僕のことにムキになるんだよ」とやり返されたとき、一瞬、私は浩子とのことを指摘されているのかと動揺した。

清家の真意まではわからなかったが、背後の美和子が勘ぐっているのは間違いない。責めるべきは清家自身の依存体質であって、美和子ではないのかもしれない。実際、他人の恋愛に首を突っ込む筋合いはないという気持ちは私にもある。でも、もういいやと放棄したくなるたびに、浩子の顔がちらつくのだ。

「わかったよ。お前がそう言うならそうなのかもな」

清家が苛立たしげな表情を浮かべると、私はいつも一歩引く構えを見せた。そうすれば清家は必ず不安そうな仕草を見せるのだが、このときばかりはそういう素振りを見せなかったし、むしろさらに疑いの眼差しを向けてきた。

美和子と一対一で向き合わなければならなかった。決着をつけなければならなかったし、それが清家のためにも、自分のためにもなるという確信があった。

私は美和子に何を伝えるべきなのか。いきり立つ清家の顔を見つめながら、秘書としての最初の大きな試練だと捉えていた。

教えられていたポケベルを鳴らすと、電話をかけてきた美和子はちょうど帰省しているところだった。なるべく早く会いたいと伝えたが、もうしばらくは実家で過ごす予定だという。

二人で会いたいという頼みには二つ返事でオーケーしたが、清家には内緒にしておいてもらいたいという願いははね除けられた。

『イヤですよ。会うときはちゃんと伝えてから会います。恋人の友だちと二人きりで会おうとしてるんですよ。ちゃんと報告するのが普通ですよね。っていうか、なんでそんなに私たちを別れさせたいんですか？　一郎くんが幸せならそれで良くないですか？　おかしいですよ』

いつも通りのイヤミをぶつけられても、私は食い下がった。

「逆に聞くけど、美和子ちゃんはなんでそんなに清家に執着するの？　君から清家への熱なんて感じないんだけど」

いつか似たような質問をしたとき、美和子は「自分色に染められるから」と言っていた。武智さんたちに向けて「私が立派な政治家にしてみせる」と宣言していた。でも、私にはやっぱりその熱が感じられない。一人の人間を依存させることに夢中なだけで、清家を何者かにしようとしているようには思えない。

「ひょっとしてお金のためだったりする？」

無意識のまま口をついていた。言った直後から得策ではないと後悔したが、たしかな静寂が受話器を伝った。

美和子はすぐに取り繕ったような笑い声を上げた。

『どういう意味ですか？』

「だから、清家とつき合うことでお金を得ようとしているんじゃないのかなって」

和田島のことで脅そうとしているのか、あるいは手切れ金か。実際に口にしてみるとしっくり来るのが気持ち悪かった。

美和子はふぅっと小さな息を漏らした。

『そうですね。たしかにある意味ではそうなのかもしれないです。お金のためって言えるのかもしれませんね』

私に口を挟ませまいとするように、美和子は矢継ぎ早に続ける。

『私、いま群馬の実家で、テレビ局主催のコンクールに出すシナリオを書いてるんです。もちろん、一郎くんから聞いたエピソードを元にして。タイトルは「最後に笑うマトリってもいられるかヨーシカ』

「マトリョーシカ？」

『ええ、ロシアの細工人形です。誰が一郎人形の一番芯の部分で大笑いしていられるかっていう意味を込めました』

ご丁寧にも美和子は『その物語の本当の主人公は一郎くんではなく、あの母親です。もちろんモデルですけどね。鈴木さんのような人も出てきますよ』とつけ加えた。

九月の二週目に二人で会う約束をして、電話を切った。そのとき、はじめて私は美和子の口にした「群馬の実家」という言葉に違和感を抱いた。清家からも、本人からも故郷は香川だと聞いていた気がする。

でも、そんな疑問は「もうあとがない」という思いに簡単にかき消された。美和子にどれだけの筆力があるのか知らないし、簡単に受賞するとも思っていないが、こんなふうに清家の秘密を安売りされていいことなどあるわけがない。

私はじりじりとした気持ちで約束の日を待ちわびた。その間、浩子とはほとんど毎日顔を合わせていた。新しい報告を聞くために浩子が会いにきているのがわかり、プレッシャーを感じていたが、私は多くを語れなかった。彼女に失望され、見切られることがこわかった。

美和子ともポケベルでのやり取りを続けていたが、約束の二日前、彼女からの返信がぴたりと途切れた。

そして当日、苛立ちながら向かった待ち合わせ先の飯田橋の喫茶店に、何時間待っても美和子はやって来なかった。

この日のことを気にかけていた浩子から電話をもらったが、すっぽかされた旨を報告することしかできなかった。

『そう。仕方ないね。また何かあったら教えて』と口では優しく言うものの、その口調にはハッキリと落胆が含まれていた。

私のフラストレーションは最高潮に達していた。もう清家を問い詰めるしかなかったし、三人で会って、清家の目の前で美和子をやり込めようと決意した。しかし、結局そうすることも叶わなかった。

美和子との約束の日から三日後、それ以来はじめて顔を合わせた事務所で、目を血走らせた清家から問い詰められた。

「俊哉くん、君、美和子ちゃんに何をした？」

その鬼気迫る表情に、胸が大きく拍動した。「な、何をって、なんだよ？」と必死に返した私の胸ぐらまでつかみ、清家はつばを飛ばしながらまくし立てた。

「しらばっくれるな！　君たちが会おうとしていたことは聞いてたんだ。なんでその日から彼女から連絡が来ないんだよ。おかしいだろ！」

「いや、ちょっと待てよ。お前にも連絡行ってないのか？　俺、すっぽかされたんだ」

「ウソつくな！」

「ウソじゃない！　それで俺だってイライラして、今日お前に話を聞こうとしてたんだよ！」

私は清家の腕を払いのけ、逆に胸ぐらをつかみたくなる衝動を抑え込んだ。清家の荒々しい鼻息が顔に触れる。

「僕はもう君の言うことを何も信用できない」

「なんでだよ」

「当たり前だろ！　自分の好きな人を散々傷つけられて、別れろ、別れろって、もう頭が変になりそうだったよ。なんでそんなに僕の人生に干渉するんだよ！」

ついには涙を流し始めた清家に、私は必死に気持ちをコントロールした。いっそ浩子とのことを明かしてやろうかと思った。何もかもぶちまけて、それが理由だと吐き捨ててやろうかという気持ちも芽生えたが、それは一瞬のことだった。

大きく息を吸い込んで、諭すように私は言った。

「同じ夢を見ていたいからに決まってるだろ。福音の生徒会長選でお前のスピーチを聞いたとき、俺はそう決めたんだ。お前にも言ったよな？　お前にとってあの約束はそんな小さなものだったのか。俺はその程度の存在か」

清家は私を睨み続けていた。その眼差しに怯む気持ちはたしかにあった。何より気がかりだったのは、美和子の行方だ。このタイミングで美和子が清家と連絡を取ろうとしない理由は何なのだろう。

一瞬、最悪の考えが脳裏を過ぎった。まるで浩子のアリバイを探ろうとするかのように、彼女と会っていた日を頭の中で確認する。

その悪い予感を断ち切るように、私は毅然と言い切った。

「とにかく俺は何も知らない。心配だったら捜せばいい。お前の友だちとして、必要なら俺も手を貸してやる」

驚いたことに、清家は美和子のことをほとんど知らなかった。知っているのはポケベルの番号くらいで、共通の友人も一人もいないとのことだった。

かつて手紙のやり取りをしていたアパートはもぬけの殻だった。さらに衝撃だったのは、本人から聞いていた法政大学の文学部日本文学科に「三好美和子」という人間の籍がなさそうだということだ。いくつもの伝手《つて》をたどって調べてみたものの、結局大学に彼女らしき存在を見つけることはできなかった。

何もかもわからなかった。三好美和子の正体も、あれほど清家に執着していた彼女がどこに消えたのかも、私には見当もつかなかった。

美和子からの連絡がないまま月日が過ぎ、清家は目に見えて落ち込んでいた。結果的に二人を引き離すことに成功はしたものの、浩子も浮かない顔をしていたし、私もまた一つ気がかりなことが残っていた。

浩子から「一郎くんと話し合ってみる」と言われたのも、私がホッと息を吐けたのも、季節を一つ越えた冬のはじめのことだった。

美和子から聞いていた関東テレビのシナリオコンクールの受賞作がまったく違う作品だと知ったとき、私はこれでようやく彼女の呪縛から解放されたのではないかと考えた。清家から『話がしたい』という電話をもらったのは、その直後のことだ。浩子とどんな話をしたのだろう。久しぶりにすっきりとした表情を見せる清家は、真っ先にこれまでの非礼を詫びた上でこう言った。

「二十七歳までに僕を政治家にしてほしい。もう甘いことは言わない。お母さんからも俊哉くんを悲しませるなって怒られた。きっとどこかで見てくれている美和子ちゃんのためにも、今度こそちゃんとやりたいんだ。だから頼む、俊哉くん。僕をよろしくお願いします」

清家の言葉はとても真摯《しんし》で、瞳も濁っていなかった。とはいえ清家が私を疑っているのはわかっていたし、それを浩子がコントロールしてくれているのも理解していた。

だからその数ヶ月後、清家が所属する大学の西島君弘《にしじまきみひろ》ゼミの卒論のテーマに、「エリック・ヤン・ハヌッセン」を、アドルフ・ヒトラーの演説指南役であり、ナチスの占星術師として知られた人間を選んだことを知ったときも、将来のことを考えれば脇が甘いと呆れはしたが、たいした衝撃は受けなかった。

ヒトラーになれるものならなればいいのだ。私をハヌッセンと捉えるならば、いくらでもそう振る舞ってやる。こちらがヒトラーを操り人形にしてやるだけだ。そんな気持ちが芽生えた程度だ。

ハヌッセンに対する、ひいては私に対する批判的な論文を書いたこと以外、清家が反旗を翻《ひるがえ》してくるようなことはなかった。

それはいくつもの幸運が重なり、本当に二十七歳で衆議院選に初当選したときも、それ以降も一緒だった。清家は常に私に忠実であり続けたし、忠実であることを対外的にひた隠し、党内では私の指示のもと有力者たちを籠絡《ろうらく》し、着実に出世していった。

福音のチャペルで出会った日から、私たちの関係で変わったことといえば、私の言葉遣いが「二十七歳」を境に敬語になったことくらいだ。

仲間を騙し、社会を騙し、きっと自分自身をも騙しながら、私たちはいまもきちんと共犯関係を続けている。

第三部

1

悶々とした気持ちを抱えたまま、オフィスに戻った。出迎えてくれる上司はいない。活気のない文化部で、道上香苗《みちうえかなえ》はため息を一つこぼす。

昔の新聞社は鉄火場《てっかば》のようだった。古いOBたちはうっとりした口調で言う。編集局に溢れかえる記者たちに、飛び交う罵声、立ち込めるタバコの煙と、鳴り響く電話のベル、通信社の速報音……。古い映画などで見るそのすべてが、香苗が入社した頃の『東都新聞』にはすでになかった。

空いているデスクに腰を下ろすと、香苗はカバンから論文を取り出した。何度も読み返し、四隅の丸くなった紙の束をじっと見つめる。その横にもらったばかりの名刺を置いて、なんとなくタブレットを起動させた。

この名前も何度検索したことだろう。

〈エリック・ヤン・ハヌッセン〉


1889年6月、ウィーン生まれ。1933年3月没。父のジークフリートは旅芸人、母のアントニエ・ユリエは裕福な毛皮商の娘。ともにユダヤ人。

第一次世界大戦に従軍中に奇術パフォーマンスを披露するようになり、のちに知り合うアドルフ・ヒトラーお抱えの預言者、演説指南役として活躍する。

ヒトラーの右腕的存在として知られ、とくに演説時における大きなジェスチャーなどはハヌッセンの指示によるものと言われている。

ナチ党政権が樹立した暁には「オカルト省」を設立、自らが大臣に就任し、国を操ろうとしたが、一連の動向に不安を抱いたヒトラーによって妻とともに暗殺された。

享年43。その生涯はいまも多くの謎に包まれている。


いったいどんな顔をして画面とにらめっこしていたのだろう。

「おい……。だから、おい。道上！」という声に気づき、あわてて振り返ると、先輩の山中尊志《やまなかたかし》が立っていた。

「ああ、山中さん。おつかれさまです」

「山中さんって、お前な……。俺、さっきからずっと呼びかけてたんだけど」

「ごめんなさい。気づきませんでした」

「俺、お前のそういうところすごく苦手だわ。天才っぽくてウンザリする」

どう答えていいかわからないことを口にしながら、山中はタブレットを覗き込んできた。

「何これ？　ハヌッセン？」

「知ってますか？」

「全然。誰なの？　砲丸投げの選手とか？」

香苗は聞くだけ無駄だったかと呆れたが、山中の方は気にする素振りを見せなかった。

論文の脇に置いた名刺に手を伸ばして、山中は「あっ」と声を漏らす。

「そういえば、今日だったよな？　清家のインタビュー。どうだった？」

「とりあえず、こなしてきましたよ。山中さんに教わった通り、必要以上にへりくだりましたし、『先生』って呼んだりしてみましたけど、『馬鹿にしたニュアンスを感じるから嫌いだ』って言われました」

「へぇ、そっちのタイプなんだ。それはそれで面倒くさいんだよな。いっそ『先生』って呼ばれて気持ち良くなってくれる人の方が楽なんだ」

本当に面倒くさそうに頭をかいた山中は、香苗より二つ年上の三十四歳。東京の社会部から政治部を経て文化部記者となったという変わり種だ。香苗が一年前に大阪から異動して以来、何かと可愛がってくれている。

清家一郎の名刺を興味深そうに見つめながら、山中は仕切り直しというふうに尋ねてきた。

「それで？　どうだったの、清家先生は」

「だから――」

「いや、それはインタビューの出来だろ？　そうじゃなくて、道上香苗という天才記者は、清家一郎という政治家をどう見たのか聞いてるの」

山中は人を食ったような笑みを浮かべる。この笑顔のせいで、どれだけの取材対象者が言わなくていいことを口にしてきたことだろう。山中こそ腕のいい新聞記者だ。

かつての『東都新聞』は八百万部を超える売り上げを誇っていた。そんな時代においては当然新聞社も学生の就職人気が高かったが、部数は年々低迷し、競合他社の多くが業務転換を余儀なくされている現在ではすっかり存在感がうすれている。

だからこそこの時代の新聞社を選び取る人間を、香苗は信頼している。山中はその象徴的な一人だ。無類の酒好きで、議論好き。新聞社を舞台とした古い映画や本を愛していて、話についていけない記者仲間を罵倒する。

その先輩からの「清家一郎という政治家をどう見たか」という質問に、香苗は一瞬言葉に詰まったが、最後は渋々とうなずいた。

「本当のことを言ってもいいんですか？」

「もちろん」

「私はニセモノだと思いました」

「ニセモノ？」

予想に反して、山中は嬉しそうな顔をする。香苗はかまわず続けた。

「たしかに人当たりはいいですし、挨拶一つとっても抜かりはないんです。山中さんに言われたチェックポイント、議員会館でいろいろ観察してきましたよ」

「バカな若手のフリをしてか？」

「フリかどうかはともかく、右も左もわからないという顔はしておきました」

香苗は日中のことに思いを馳せる。真っ先に脳裏に浮かんだのは、テーブルの上にぽつんと置かれてあった不気味なマトリョーシカ人形だ。おちょくったような顔をした人形の中で、違う人形が自らの存在をアピールするかのように小さな音を立てていた。

「本当に見事でしたよ。名刺はカードケースから取り出しましたし、私の目を見て、笑顔を絶やすこともありませんでした。上から目線と感じさせることもありませんでしたしね。それなのにきちんとプレッシャーをかけられているとも感じました」

「だけど、ニセモノだと思うんだ？」

「だから、それは私の一方的な見立てです」

「お前の一方的な見立てこそ重要だろ」

山中は語気を強めて言う。

「きちんとしていた。プレッシャーも感じ続けた。そう捉えたお前が、じゃあなんで清家一郎をニセモノだと感じたのか。そこをあぶり出すのが記者の仕事じゃねぇか」

山中の言うことはもっともだ。もっとも過ぎて腹が立つ。決めつけた物言いも、「お前」という呼び方も、あまりにも前時代的でやり返そうと思えばいくらでもできるだろうが、香苗が言い返したことはほとんどない。つまりは同じ穴の狢《むじな》なのだ。古いジャーナリズムへの憧れは香苗にもある。

少しの間、考えた。口をついて出たのは、山中の疑問に対する答えではなかったはずだ。

「山中さんは、政治の世界でニセモノがあそこまで出世することって可能だと思いますか？」

「俺はあり得ないと思うね。〝ニセモノ〟の定義はわからないけど、何かしらの天賦《てんぷ》の才を持ち合わせた人間が集まった業界だとは思ってる」

「まぁ、そうですよね。それに対しては同感です。じゃあ、少し質問を変えます。清家一郎が完全なる操り人形だったとしたらどうですか？」

「操り人形？」

「ええ。彼の背後に超優秀なブレーンがいて、清家自身はこちらの想像を絶するくらいのがらんどうで、ただ誰かの指示に従っているだけだということはありえませんか？」

「ないだろうな」

「なぜ？」

「そういう陰謀論めいた話は嫌いじゃないけど、この国の政治家って意外と真っ当じゃん。俺たちが想像するような謀略なんてほとんどない。そういうものがなさすぎたから、世界の流れに取り残された」

「でも、歴史的に傀儡《かいらい》政権は存在したわけですよね？」

「それはそうかもしれないけど。いや、だからどうしてお前はそう思ったのか教えろよ。俺はお前が清家をニセモノだと思った理由に興味があるって言ってるの」

苛立つ山中をじっと見つめ、香苗は小さくうなずいた。

「一つは本当に直感です。清家さんと話していて気持ち悪さを拭えませんでした。そこに彼の心がないというか、出来のいいＡＩと向き合っているような気分でした」

「ＡＩ？」

「私、昔から映像で見る清家一郎に変な感じがしてたんです。その時々によって人間性が変わるっていうか。清家というキャラクターが幻影に見える瞬間があったんです」

「ふーん、それで？　他には？」

お前の見立てこそ重要などと語りながら、山中は香苗の直感に関心を示さない。香苗は仕方なく手もとの紙を指さした。

「この論文です」

「論文？」

「はい。エリック・ヤン・ハヌッセン。おそらく清家が大学の卒論で書いたもの。ずっとこれが引っかかっています」

「なんで？　そもそもどういう人なの？　このハヌッセンって」

「いろんな肩書きがあったようですけど、ヒトラーを操っていたことでもっとも知られているみたいですね。少なくとも、この卒論はそういう論調で批判的に書かれています」

　しげしげと首をかしげた山中の目が、ゆっくりと原稿に落とされる。

「つまり、清家の近くにそういう天才的なブレーンがいるっていうこと？」

「わかりません」

「大学時代から？」

「だから、わかりませんって。わかりませんけど、ただ……」

「ただ、なんだよ？　それはめちゃくちゃ興味深いよ。隠さず教えろ」

　再び目を向けてきた山中の視線はたしかに鋭かった。香苗はぼやけていた考えが次第に整理されていくのを自覚する。

「それが関係あるかは知りませんけど、いま清家の政策秘書を務めているのは、地元の高校時代の友人です。鈴木俊哉という名前で、東大から通産省というルートでキャリアを積んだ人なんですけど、清家さんが初当選した二十七歳で彼も秘書に鞍替えしています」

「それはお前が調べたことなの？」

「いえ、全部『悲願』にありました」

「は？　つまり隠されていたことではない？」

「そうですね。べつにおかしな点はありません。『政策に限らず、生きる上で困難な場面に直面したとき、僕は必ず鈴木を頼った。高校の入学式で鈴木俊哉と出会えたことが、僕の人生の最大の僥倖《ぎょうこう》だ』とありました」

しつこく読み込んだ『悲願』の、とくに重要だと線を引いた箇所を暗唱する。山中は失望を隠さない。

「だとしたら、仮に清家にハヌッセンがいたとしても、その鈴木って人間じゃないってことだよな？　そもそも卒論のテーマなんかにするかよ。清家が自分にとってのキーパーソンだと思うなら隠しておくはずだ。というか、そのブレーンがこんなものを書かせるもんか」

まさに香苗の抱くモヤモヤの正体がそれだった。なぜ、清家がハヌッセンを卒論のテーマに選び、かつ批判的に書いたのか。どう想像を巡らせてみても納得のいく答えには至らない。

山中は腕時計に目を落とし、「とりあえずその話はまた今度」と、面倒くさそうに口にした。

祖父、父と二代にわたって『東都新聞』の記者だったことで、幼い頃から記者という仕事はとても身近だった。

しかし、彼らがともに政治記者であったにもかかわらず、香苗はその世界をずっと遠くに感じていた。それどころか、盆や正月に顔を合わせるたびに、二人が深刻そうな表情で政治について話しているのが苦手だった。

とくに普段は優しい祖父が口にする政権への批判には耳を塞ぎたくなった。大の大人を豹変させる政治という世界を、香苗は不気味なものと捉えていた。

その頃から香苗が憧れを抱いていたのは、文化部の記者だった。大好きな祖父の家の本棚にあった古い日本文学の数々。香苗が生粋のミステリーファンになったのは、他ならぬ祖父の影響だった。

そのうち、日曜日の『東都新聞』に読書面というものがあることを知り、毎週それを楽しみにするようになった。

松本清張の『砂の器』について知ったのは、中学二年生のときだ。日曜日の文化面に当時あった「政治家の本棚」というコーナーに登場していたのが、その頃はまだ一年生議員の清家一郎だった。

ひ弱なところを感じさせながらも、清家はこんなことを語っていた。

『高校一年生のとき、僕にこの本の存在を教えてくれたのは、二人の悪友でした。彼らが教えてくれるのだからと、何気なく手に取ったものでしたが、とても惹かれたんですよね』

それから作品の内容や、とくに差別に苦しめられたハンセン病の患者についてくわしく語ったあと、清家はこんな言葉でインタビューを締めくくっていた。

『こんなふうに僕たちの知らないところで、いまもいわれなき差別に苦しんでいる人たちはたくさんいると思うんです。僕はそんな人たちにきちんと寄り添っていられる政治家であり続けたいと思っています』

あのページが印象に残っているのは、その締めの言葉があったからだ。気弱そうな風貌もあいまって、清家一郎は香苗の記憶に刻まれた。

調べてみると、清家は香苗より十五歳年上の、当時二十九歳だった。その二年前の二十七歳で出馬したきっかけは、大学在学中から師事していた武智和宏が急死したこと。地元の松山に遊説のため帰っているときに自動車事故に巻き込まれ、不慮の死を遂げた武智の地盤を引き継ぐ形で、清家は初当選を果たしている。

香苗はまったく知らなかったが、その選挙戦における清家の演説はかなりのものだったと言われている。まるで武智が野党陣営に殺されたとでもいうような印象を与えつつ、涙ながらに弔い合戦を訴えたらしい。

もともと保守地盤で、与党・民和党が圧倒的な強さを誇る土地柄だったとはいえ、このときの清家の圧勝劇はいまも語り草となっているそうだ。

その後、香苗は中学、高校と人並みの青春時代を過ごし、清家は党内で出世していった。たまにニュース動画やウェブのファッション特集などですっかりあか抜けた姿を目にすることはあったとしても、文化面ではじめて見たときのような昂《たか》ぶりは感じず、この頃の印象はその他大勢いる若手政治家の一人という程度だった。

次に香苗が清家一郎を意識したのは、東都新聞に入社して三年目のとき。その頃の清家は外務副大臣という要職に就き、こじれにこじれていた東アジア諸国との関係改善に尽力していた。

ネットには当時から愛国主義的な書き込みが目も当てられないほど溢れていた。中韓との関係改善に向けて動いていた頃の清家一郎に対する誹謗中傷は、ノンポリを自任する香苗でさえ目を覆いたくなるほどだった。

その声が本人に届いていなかったとは思えない。しかし、それまではどちらかというと自己主張せず、世論に対しても柔軟な姿勢だったはずの清家が、この時期だけはなぜか目の色を変えて世論に立ち向かっていた。

「いつか歴史が証明してくれると思っています。両国との関係修復によって誰か一人でも救われる人がいるなら、自分のしていることに意味はあるのだと信じています」

とはいえ、地方支局で過ごす若手記者にとって、永田町はあまりにも遠く、清家もすでに大物になっていた。何よりも文化部記者になることを必死にアピールしていた香苗にとって、清家は特別な興味を抱く対象ではなかった。

「希望部署に配属されやすい」という先輩社員の話を真に受け、入社時に〈全国転勤あり〉を希望。高松支局から記者生活をスタートさせ、和歌山支局、大阪社会部とキャリアを積み、一年前に晴れて文化部異動の内示を受けて、生まれ育った東京に戻ってきた。

これもまた希望した通り読書面を担当させてもらえることになり、紙面幅も、読者数も、何もかも小さい頃に憧れたものとは違っていたが、この一年間は純粋に仕事が楽しかった。

大半が上から降ってくるものだったとはいえ、久しぶりにたくさんの本に触れられた。清家の著《あらわ》した『悲願』もまた、そういう流れで手に取った本だった。いつもと一つだけ違ったのは、文化部の上司からではなく、なぜか政治部の部長から直々に「文化面で取り上げてほしい」と頼まれたものだったことだ。

「どうしても断れない案件でね。しかも、先方から道上さんでっていうご指名なんだ。申し訳ないけど頼まれてほしい」

「指名？　どなたからですか？」

「いやいや、それは聞かないでよ」

「いや、気になりますよ。清家さん本人ということはないですよね？」

ポカンと開いた政治部長の口が、そうではないということを物語っていた。

「いやいや、それはね……。ま、貸しを一つ作ったと思ってさ。なんとか読書面で紹介してやってくれ」

ほとんどはじめて言葉を交わした政治部長は、親しげに肩に手を置いてきた。そんな貸し借りの話なんてしなくても、やれと言われたことは東都新聞社の社員としてきちんとやる。父たちとは違い、香苗には組織に対する期待もなければ、それに付随するロマンチックな反発心も持ち合わせていない。

それに『悲願』は掛け値なくおもしろい本だった。愛南町で過ごした幼少期についてはあまり綴られていなかったが、きっちりページを割《さ》くようになった高校の生徒会くらいからエンジンがかかり、いまをときめく独身代議士の初恋や、清家という政治家にとっての「二十七歳」の意味などは、読んでいて胸が弾んだほどだ。

もちろん、清家が月刊誌の連載〈道半ば〉の中で、実父・和田島芳孝との関係を明かしたことは話題になっていたので知っていた。でも、活字として読むそのエピソードは香苗が勝手に抱いていたイメージとは少し違った。

清家は和田島への憧れを懇々《こんこん》と綴っていた。『政治家として、もし自分が達成感を抱ける日が来るのだとしたら、父と同じ官房長官に辿り着けたときかもしれない。いや、ひょっとしたら父の至れなかった総理大臣という場所に辿り着いたときだろうか』という一文は、めずらしく隙だらけの文章で、だからこそうかつにも香苗は涙をこぼしそうなほど感動した。

最初から最後まで飽きずに読めた。その最中は違和感など抱かなかった。正体不明の引っかかりを覚えたのは、すべてを読み終え、いざインタビューの質問を練ろうとしたときだ。脳裏を過《よ》ぎったのは、もう二十年近くも前、新聞で『砂の器』について語っていたときの清家の写真だ。

どうしてこんな古い記憶がよみがえるのかわからなかった。昔から気になったことは突き止めなくてはいられない性分だ。

違和感の正体が知りたくて、もう一度『悲願』を頭から読み返してみると、最初に読んだときには気づかなかった発見が一つあった。

それが新たなしこりとなって、なかなか質問を考えられないでいると、そのタイミングを見計らっていたかのように今度は香苗宛てに匿名の封書が送られてきた。

無機質な白い封筒から出てきたのは、百枚を優に超す紙の束だ。表紙には明朝体の文字でタイトルらしき文字が綴られていた。

『エリック・ヤン・ハヌッセン　ヒトラーに愛され、もっとも警戒された男』

筆者の名前は記されておらず、パラパラとめくっただけではこれが何かわからなかった。最初はすでに書籍化されている本の原稿なのかと思い、検索にかけてみたが、タイトルも、中の文章も引っかからない。

腰を据えて論文に目を通して、大学生が書いた卒論だろうと見当はついた。しかも、将来政治家を目指そうとしている何者かによるものだ。

このときには、この論文が清家のものではないかという予感があった。直前に『悲願』を読んでいたからに違いない。

文体はまったく異なるのだ。卒論の方の文章は実直で、清家特有のケレン味がない。逆に言えば『悲願』の方にはケレン味がありすぎて、選挙演説や普段のインタビューのときと同様、どこか演技がかったところを感じさせる。

それこそが香苗が『悲願』に抱いた違和感だった。香苗がこれまで意識した多くの場面で、清家の言葉はとてもストレートなものだった。『砂の器』について語っているときも、日中交渉に当たっているときもひたむきさが滲み出ていて、だからこそ見ていて心を打たれたのだ。香苗にはこの差出人不明の論文こそ、清家本人の文章であると言われる方がしっくり来る。

先に読んでいた『悲願』に妙な一節があった。雑誌連載中には書かれておらず、書籍化の際に加筆された大学一、二年生時のモラトリアム期。仮名で〝美恵子〟という当時の恋人について記された箇所だけ、あきらかに他とは文体が違っていた。とても素直な筆致だった。

かすかな引っかかりを覚えたくらいで、一読しただけではわからなかった。再読してその箇所に引っかかり、匿名で送られてきたハヌッセンの論文を読んで確信した。

いくつもの「？」をノートに書き出していく。

・『悲願』から受ける印象と、自分の見てきた清家一郎の印象の違い。
・『悲願』の中に文体の違う箇所がある。

・その文体と、論文の文体が酷似。
・この論文は清家一郎が書いたもの？
・清家がハヌッセンを卒論のテーマにした理由。
・清家にとってのハヌッセンが近くにいる？
・清家が信頼し、もっとも警戒する人間とは誰なのか。

そこまですらすらとペンを動かし、自分の書いた乱雑な文字をじっと見つめ、香苗は最後に大切なことを書き足した。

・この論文は、誰が、なんのために私に送ってきたのか？

メモとにらめっこしていても埒《らち》は明かなかった。まずは清家に直接インタビューすることだ。自分の目でしっかりと清家を見て、自分の頭で彼の人間性を判断したい。政治部からの受け仕事ということも忘れていた。こんなふうにインタビューを楽しみに思うなんていつ以来だろう。

香苗はその日が来るのを本当に心待ちにしていた。

議員会館での清家のインタビューから三日が過ぎた。

そもそも自分が抱いた違和感を記事にしてやろうという気持ちはなかったが、政治部、文化部の両部長からそれぞれ圧力を受けた結果、見事に当たり障りのない記事が仕上がった。もし清家に「こう見られたい自分の姿」というものがあるのだとしたら、香苗もそれに加担したことになる。

無性に誰かとのみたい気分だった。どうせ無視されるだろうと思いながら『山中さん、どこにいます?』というメッセージを送信すると、意外にもすぐに返事が来た。

『ちょうど良かった。俺もお前に話があるんだ。どこにいる?』

最初のメッセージから三十分後には、もう山中と落ち合っていた。場所は山中の行きつけだという歌舞伎町のスペイン料理店〈カナリオ〉だ。

オーダーした飲み物と前菜が届き、顔見知りらしき外国人に愛想を振りまいたところで、山中は早速切り出した。

「ずっと伝えようと思ってたんだけど、俺、会社辞めることにした」

「は?」

「出版社を作る。自分でも本を出して、自分の食い扶持《ぶち》は自分で稼ごうってずっと考えてた。一人、一緒に働いてくれる人間が欲しいんだ。もちろん、お前が書く本は俺が責任持って編集する。お前も自分の食い扶持を自分で稼げよ。あ、でも安心していいぞ。いまと同じくらいの給料は支払える。元が安月給だから楽勝だ」

しばらくして、ようやく一緒に独立しようと誘われているのだと悟ったときには、何かを感じるより先に胸が高鳴った。

だからこそ、香苗は聞いてみたかった。

「どうして私なんですか？」

山中は顔色を変えることなく「三つある」と口にする。

「三つも？」

「一つはお前が俺と同じくらい、いまの会社に対して愛社精神があること」

「愛社精神」

「そうだろ？　俺、お前ほどあの組織に期待を寄せていて、正しく絶望しているヤツを知らないもん。俺たちの会社にも同じ愛を注いでくれ」

香苗が自分の会社に入社するかのような前提で語る山中に、言いたいことも、質問したいことも山のようにあったが、ひとまずその気持ちを封印した。

「二つ目」

「お前も俺と同じように、恋愛よりも仕事っていう古いタイプだと思うからかな。そういうヤツって結局信用できるじゃん」

あっけらかんと失礼なことを言う山中にムッとする気持ちはあったが、やはり表明しようとはしなかった。

「最後。三つ目の理由を教えてください」

山中は不意に真顔になった。

「純粋にお前の書く清家一郎の物語を読みたいからだ。こないだの話を聞いて以来、俺も気になっちゃって、エリック・ヤン・ハヌッセンについて調べてみた。お前の言っていた目線で過去の清家のスピーチ動画とか見ていたら、俺まで気持ち悪く思えてきたよ。どうせ今回のインタビューでストレス溜まってるんだろ？　うちの社員としてお前に一年くれてやる。思う存分、清家一郎の正体を暴くっていうのはどうだ？」

一気に甘い気持ちに充たされかけた。そういえば、山中が結構な資産家の息子だという話をどこかで聞いた覚えがある。

そんなことをボンヤリと考えていた香苗に、山中が突然一枚の名刺を渡してきた。

「入社祝いだ。とりあえず会ってこい」

「これは？」

「わかるだろ？」

香苗はこくりとうなずいた。『悲願』の中にたびたび出てきた名前が記されている。

「西島君弘先生。清家が卒論を提出したゼミの教授だ。とっくに大学は退職されているけど、いまも執筆活動をされているらしい。興味あるなら会ってこい」

すでに香苗が入社する前提で話している山中が憎らしかった。

しかし、何か言い返してやろうと思った次の瞬間には、香苗の心は清家一郎と対峙することに奪われていた。

なだらかな丘の斜面に沿うようにキャベツ畑が広がり、その先に太平洋が見渡せる。海からの風に吹かれながら、香苗は「よし」と声に出して覚悟を決める。

早稲田から神奈川県の新設大学に移り、そこで定年まで過ごしたあと、清家一郎のゼミの担当教授、西島君弘は三浦半島の古い家屋に一人で住んでいるという。「難しい人らしい」と、山中から聞かされていたので、出迎えてくれた西島のこざっぱりした身なりに香苗は不意を突かれる思いがした。

「どうかされましたか？　不思議そうな顔で」

自ら栽培しているというミントのお茶を淹《い》れながら、通されたリビングで西島は飄々《ひょうひょう》と尋ねてきた。七十六歳になるはずだが、まだ活力に充ちている。自宅の中もきちんと整頓されていた。

「いえ、男性のお一人暮らしとうかがっていましたので。素敵なお住まいで驚きました」

「畑仕事とインテリアが目下の趣味です。どちらも妻の生き甲斐でした。生前に一緒にやれていたら良かったのですが。この本も大半は妻が遺していったものなんです」

「そうなんですね。すごい蔵書だと思ってました」と、独り言のように言いながら、香苗はリビングの壁二面を埋め尽くした膨大な本に目を移した。

部屋に案内されたときから探している。でも、基本的には古い本が多そうで、パッと見ただけでは『悲願』がある気配はない。

「それで今日は？　清家くんの話ですよね？」

お茶をテーブルに置きながら、西島は古い革製のソファに腰を下ろす。

「彼が僕のゼミにいたのは二十年以上前のことですからね。たいしたことを話せるかはわかりません。清家くんの何を知りたいんですか？」

「特定のことではありません。どのような大学時代を過ごされていたのか、純粋に知りたいと思いまして。あの、録音よろしいですか？」と尋ねながら、香苗はノートを広げた。とくに年輩の人間を相手にするとき、デジタルよりもアナログの方が喜ばれるのを知っている。

西島は「どうぞ」と目を細めて、いきなり聞きたかったことから話し始めた。

「本当のことを言うと、ほとんど印象にないんです。こう見えて、僕のゼミはわりと人気があって、毎年少なくない数の学生が入ってきましたし、清家くんはそういう子たちの一人という感じでした。話もあまりしなかったんじゃないかな。あの頃の僕の目には、引っ込み思案で、ナイーブな子としか見えていなかったはずです。つまり、一般的な学生そのものです」

「先生は清家さんが将来このような政治家になることを想像できましたか？」

「まったくですね」

「ですが、清家さんの著書には、高校時代には政治家への志があったと記されています。西島先生が出会われているのはそのあとですよね」

「それは僕にはわかりません」

「ちなみに先生は『悲願』をお読みになりましたか？」

「いえ、読んでませんよ」

「なぜですか？」

「とくに理由はありません。しいて言えば、目が悪くなったからかな。最近はめっきり小さな文字が読めなくなりました」

西島は煙《けむ》に巻くようにくすりと笑う。香苗は気づかれぬ程度に姿勢を正した。

「先生についての記述もありました」

「らしいですね。それは知人から聞いています」

「生涯の恩師、と記されてました。だとしたら、ちょっと不思議なんです」

「不思議？　なんです？」と、西島ははじめて興味深そうな顔をした。しかし、香苗が次の質問を切り出すと、拍子抜けという様子を隠そうとしなかった。

「生涯の恩師とまで記されているのに、先生と過ごしたはずの時間についてほとんど綴られていないんです。もっと言うと、清家さんが先生に提出した卒業論文についての記述がいっさいありません。なぜだと思われますか？」

「うーん、それは不思議なことなんですかね。べつに何を書くかは書き手の判断一つです。短くない人生について書こうと思うなら、すべてを書いてはいられないんじゃないですか。たかが卒論です」

「本当に『たかが卒論』なのでしょうか。政治家としての清家一郎にとっては、高校時代の生徒会長選挙と同じように重要な出来事だったのではないかと私は考えています。先生は彼の卒論のテーマは覚えてらっしゃいますか？」

「ええ、それはハッキリと。エリック・ヤン・ハヌッセン」

「その通りです。私、その論文を最近読ませていただいたんです」

そう言いながら、香苗は何者かから送られてきた論文をテーブルに置いた。西島はそれを手に取ろうともせず、呆れたように肩をすくめる。

「記者さんというのは昔からこういう労力を惜しまない」

「論文を読んでいくつか驚いたことがありました。その一つは、ヒトラーに肩入れする匂いを感じたことです。もちろん、それはハヌッセンを批判するためであったと思うのですが、先生がこの論文をどう読まれたのか興味があります」

西島の瞳にかすかに色が差した気がした。聞けばなんでも答えてくれる。少なくとも、香苗への警戒心はなさそうだ。

西島は小さな息を一つ漏らした。

「悪くいえば凡庸というイメージだった清家くんの印象が変わったのは、まさに面接で卒論のテーマを話し合ったときでした。それまでの内気な雰囲気が一変して、しつこく私にテーマをプレゼンしてきたんです」

「どんな？」

「フランスのヴィシー政権や、チリのピノチェトについて書いてみたいって。つまりは権力の二重構造についてですね。私のゼミはそもそも東アジア情勢を扱うところだったので、専門とは違ったのですが、おもしろいと思いました。なので、たしか私から実質的に日本の支配下にあった南京政府の汪兆銘《おうちょうめい》政権などについて話したんです。エリック・ヤン・ハヌッセンについても、そういう流れから私が話したことでした」

「ハヌッセンは先生のご指導だったと」

「指導などという大それたものではありません。彼はそれまでハヌッセンの存在について知らなかったはずですよ。私からいくつかエピソードを披露して、そのあと彼が海外の資料に積極的に当たっていたように思います。そもそも日本語の文献の少ない人物ですから」

香苗はそう語る西島を注意深く観察した。口調は淡々としていたが、いまの清家からは一線を引きたがっているようにも感じられる。

「清家さんはなぜ二重権力のようなものに興味を抱いたのでしょうか」

「さぁ。何か言っていたかもしれませんが、記憶には」

「彼はその頃から政治家になりたいと話していましたか」

「それも覚えていませんね。ひょっとしたら言っていたかもしれませんが、そういう学生も少なくなかったもので。ただ、鮮明に記憶に残っていることが一つあります」

「なんでしょう？」

「あなたと同じです。私も清家くんがヒトラーに肩入れしすぎていると感じました。そのことをしつこく指摘しましたし、何度か書き直しも命じたはずです」

「つまり、清家一郎はアドルフ・ヒトラーに憧れていた？」

「いやいや、そういう切り口が記者さんを喜ばせるのはわかりますが、残念ながらそういうことではないと思います」

西島は申し訳なさそうに微笑《ほほえ》んだ。

「あなた自身が先ほどおっしゃっていた通りです。彼があの論文を書き上げた原動力は、ヒトラーに対する憧れからなどではなく、ハヌッセンに対する批判からだったと思います。ヒトラーに食い込み、国家を掌握しようとしたハヌッセンという人物に対して、彼は鋭い刃《やいば》を向けていました」

「なぜ清家さんはハヌッセンをそれほど批判的に見ていたのでしょう」

香苗はペンを止め、すがるように西島を見つめた。古い本の匂いが鼻先をかすめる。正直にいえば、答えなど出てこないと思っていた。しかし、西島は当然のように口にした。

「清家くんのそばにやけに世話焼きの子がいましたね」

「え、なんですか？　世話焼き？」

「ええ、たしか他の大学の子だったと思います。なかなか優秀な子でした。とくに印象に残っています。先ほどのあなたの質問、『将来、清家くんが政治家になるのを想像できたか』という問いに答えるとしたら、『あの子が清家くんを支えるとしたら』という感じでしょうか」

「その彼はどういう人だったのでしょう?」

声が上ずるのを懸命に堪《こら》える。西島はこれまでで一番長く沈黙し、しばらくすると嬉しそうにミントティーに口をつけた。

「僕には嫉妬こそが世界を狂わせるという持論があります。嫉妬が束縛を生んで、その束縛が憎しみを生み、憎しみが戦争を生むのだと若い頃から考えていました」

期待した答えとは違っていたが、香苗は次の言葉をじっと待った。西島は飄々とした表情を崩さない。

「その意味では、あの子はとても嫉妬深いように僕の目には見えました。清家くんに対する執着心が強く、自分が掌握しなきゃ気が済まないというふうに見えたんです」

「執着心」

「先に言っておきますけど、特別なエピソードがあるわけではないですからね。何度か参加した飲み会や普段の振る舞いから、そんなふうに感じただけです」

「清家さんがその彼を意識して、卒論にハヌッセンを選んだという見方はできますか?」

「いやぁ、それはどうなんでしょう。そこまではわかりません」

「そうですか」

声が沈んだ。西島は立ち上がると、大きな窓に歩み寄った。そのうしろ姿を見つめていて、香苗ははじめて部屋に西日が差し込んでいることに気がついた。

「あの友人はいまも清家くんのそばに?」

そうつぶやいて、西島はおもむろに振り返る。香苗は咄嗟《とっさ》に首をかしげた。

「さぁ、私にはわかりません」

「ハハハ。それはウソですよ」

「ウソ? どういう意味でしょう?」

「気づいていませんか? 僕は一度も〝あの子〟の性別を特定していません。男子だなんて一言も口にしていないのに、あなたは一貫して〝彼〟と言い切っています」

「ですが、それは清家さん自身が男性だから――」

「本当に? むしろ世話焼きという話の文脈的に、女性と考える方がしっくり来る気がするのですが。あなたは〝彼〟が誰かを知っている。少なくとも頭に浮かんだ人はいる」

そう断言しながらも、西島はそれ以上の追及をしてこなかった。窓辺から再びソファに歩み寄り、「そういえば」と、何かを思い出したように独りごちた。

「当時、清家くんにはそれこそ恋人がいたはずですよ」

「恋人?」

「ええ。ゼミの学生たちがウワサしていたのを覚えています。当時は『意外にも……』という雰囲気でしたので、いまの清家議員の印象とは違うのかもしれませんね」

自分で言って楽しそうに笑い、西島ははじめてテーブルの上の卒論を手に取った。しばらく無言でペラペラとめくっていって、再び最初のページに戻る。そんなことを何度か繰り返して、最後は表紙を見つめたまま怪訝《けげん》そうにつぶやいた。

「なるほど。これなら仕方がない」

言葉の意味がわからなかった。西島も自分が口にしたことに驚いたように目を瞬かせる。そして、慎重を期すように尋ねてきた。

「この論文はどこで手に入れたものですか？」

「なんですか。急に」

先ほどは尋ねられなかったことを突然聞かれ、面食らう。西島は香苗を凝視した。

「いえ、実はあの論文を読んで、清家くんがヒトラーに肩入れしていると読み取るなんてたいしたものだと思っていたんです。しかし、これならば納得です。これは私が通した論文ではありません」

釈然としない香苗の前に、西島は論文を差し出してきた。

「それこそヒトラーに肩入れしすぎという理由で、彼に突き返したバージョンです」

「えっ……？」

「手もとに現物がないので正確なことは言えませんが、間違いありません。こんなもの、いったいどこで？」

「いいえ、それが私にもよくわからないんです」と応じながら、香苗はなんとなく手もとのノートに目を落とした。

インタビューの最中に書き込んだ言葉が乱雑にメモされている。『引っ込み思案』『凡庸なイメージ』『卒論のテーマで一変』『権力の二重構造』『ハヌッセン、批判的』『清家の近くに世話焼きの友人』『恋人？』『仲間たちの意外な反応』『執着心』……。

その一つ一つの単語を呆然と見直したあと、香苗はそこに『ボツになった論文』『この論文の出所』、そして最後に『清家の秘書＝エリック・ヤン・ハヌッセン』と書き足した。

西島はそれ以上突っ込んではこなかった。

「今日は終わりにしましょう。少し疲れました。何かわかったらまた教えてください。私も興味がありますので」

2

選挙には中毒性がある。そう繰り返し言っていた武智和宏さんが在職中に交通事故で亡くなった。この悲劇がなければ、清家一郎は二十七歳で当選していない。

いまからもう二十年も前のことだ。そのさらに一年前、二十六歳のときに私は彼と人生をともにすべく、それまで勤めていた通商産業省を辞した。

役所の仕事は、想像していたよりははるかにやりがいがあった。あらためて自分の人生を考えたとき、このまま役人として行政のダイナミズムに身を置き続けるのも悪くないと思っていた。

しかし、心のどこかには常に清家とともに過ごしていく未来図があった。その頃には愛媛と東京を行き来していたが、まだかろうじて恋人のような関係を保っていた清家の母、浩子とのことも大きかった。

「一郎くんに連絡を取ってもらいたい」

ある夜、浩子から唐突に頼まれた。大学を出てからも武智さんの事務所で私設秘書として働いていた清家が、いよいよ本腰を入れて次の選挙を見据え始めたのだという。

「本人にその気はあるの？」

ああ、ついにこの日が来たか……という思いは、どちらかというと私に憂鬱な気持ちをもたらした。

浩子の声は弾んでいた。

「ええ。自分から俊哉に連絡を取ってみようと思うって言ってたわ」

「じゃあ、それを待った方がいいんじゃない？」

「ううん。できればあなたからかけてあげて。絶対に喜ぶし、意気に感じるはずだから」

私は小さく首をひねった。清家という人間に「意気」という言葉は馴染まない。そんな私の気持ちを察したように、浩子はゆっくりと手に触れてきた。

「あの子、変わったわ。大人になったんだと思う。本気で政治家を目指そうとしているし、俊哉の力を借りたいって自分から言い出したのよ」

どうするかは俺自身が会ってから決める。そう宣言するように口にしたが、自分に断る術などないこともわかっていた。浩子から清家にまつわる面倒を頼まれるのは、いつも激しい情事のあとと決まっている。

数日後、私はなんとなくというふうを装って清家に連絡を入れた。清家は『やっぱり俊哉くんはすごいな。僕の気持ちを見透かしているみたいだ』と、感心したような声を上げた。

さらにその数日後に顔を合わせた清家は、たしかに精悍さを増していた。それぞれの近況について、武智さんや秘書の藤田さんのこと、最近の松山のことなど、話題は尽きることがなかった。大学生の頃とは異なり、清家は自分の言葉で語っていると思えたし、その一つ一つの考えに私はハッキリと彼の成長を認めた。

とくに印象に残ったやり取りがある。もちろん二人の関係を秘密にしている清家に対し、私は「お母さんは？　まだ一緒に住んでるの？」と質問した。

清家は毅然と首を振った。

「いや、基本的には愛媛で暮らしているよ。僕が高校生の頃に住んでいた道後のマンションにいる。いつまでも頼ってばかりもいられないからさ。帰ってもらった」

そう嚙みしめるようにつぶやいて、清家は私を鋭く見つめた。

「俊哉くん。僕、次の選挙に立とうと思ってる。ここだけの話、武智先生からも確約をもらっている。二十七歳という目標には及ばないかもしれないけど、機は熟してると思うんだ。どんなに遅くとも衆院の任期が満了する二十九歳のときには選挙に出る」

まだ「二十七歳」などと言っている清家に、幻滅することはなかった。美和子の名前が出てくることはなかったし、過去ではなく、未来を見据えていることも頼もしかった。何よりも一つ一つの言葉が力強く、私は呆気《あっけ》に取られたくらいだった。

武智さんが言うからといって信頼はできない。あくまでも「口約束」と警戒しなければならない。そんなことを考えている時点で、私は清家を支えることを決めていたのだろう。

そんなことを知る由もない清家は、深々と頭を下げてきた。

「もちろん、俊哉くんには俊哉くんの人生があるのはわかっている。高校生の頃の約束をいまさら持ち出すつもりはない。その上で、僕は君にお願いしたい。武智先生と藤田さんを間近で見ていて痛感するんだ。成功する政治家にはおしなべて信頼できるブレーンがいる。僕は君を頼りたい。時間はまだある。考えてもらえないだろうか」

私は咄嗟に何か言うことができなかった。かつての恋人、三好美和子が姿を消したことも、清家が私に反旗を翻《ひるがえ》すような卒論を書いたことも、胸の中でしこりとなっていたはずだ。

それなのに、私は目頭《めがしら》を熱くしていた。こんなふうに誰かの言葉に感動するのはいつ以来のことだろう……とボンヤリと考えて、苦笑した。高校の生徒会長選、清家の演説を聞いて以来なのだ。

清家は「待ってるよ。時間はまだある」と言っていたが、私が決断するのにそれほど時間は要さなかった。

役所には優秀な人間はごまんといる。反面、絶対に必要な人間など一人もいない。父親のことでどうせ出世が叶わないのならば、私は自分の信じた生き方をしてみたい。

上司からは通り一遍の慰留《いりゅう》しかされなかったし、同僚からは「なんで秘書になんて」と、冷たい視線を投げかけられた。たしかに私設秘書として雇ってくれた武智事務所の給料は目を覆いたくなるほど安かったが、それも清家が議員になるまでの辛抱だ。

国会議員は三人まで秘書の給与を国費で賄《まかな》える。その中の「政策担当秘書」は、その他の「公設第一秘書」「公設第二秘書」とは異なり、国家資格を要し、その分の給与も保証されている。年に一度のその試験は難関とされている。例年三百人ほどが応募し、二十名ほどしか合格できない狭き門だ。

しかし、いくつかある免除条件のうち、すでに国家公務員I種試験をパスしている私は試験を受ける必要がない。つまり清家が議員バッジをつけるとき、私も「国会議員政策担当秘書」を名乗ることができるのだ。

いや、たとえ一介の私設秘書であったとしても、武智事務所にいた頃を「辛抱」とするのは語弊がある。仕事のやりがいは、駆け出しに過ぎなかった役所時代の比ではなかった。

私が何よりも嬉しかったのは、三年前に設けられた政策担当秘書となっていた藤田さんの清家への評価だ。藤田さんもまた「大学を卒業した頃くらいからかな。清家くん、かなり変わった。武智先生が強く党に推しているのも本当だ。安心していい」と、太鼓判を押してくれた。ずっと警戒していたが、藤田さんが微笑んだこのときだけは胸のつかえがすっと取れた。

清家を鍛えてくれていたのと同じように、藤田さんは私に目をかけてくれた。他にも事務所に出入りしている若い人間はたくさんいたが、食事に連れ出してくれるのは私ばかりだった。

その「一報」が飛び込んできたのもまた、藤田さんと二人でのんでいるときだった。その日のことを、九月九日という日付とともに私は生涯忘れることができないだろう。

そもそもおかしな一日だった。いかなる出張でも藤田さんを伴うはずの武智さんが、松山での遊説に東京から誰も連れていかず、仕事後も一人でのみに出かけたというのである。

「プライベートでトラブルがあってね。でも、大丈夫。もう決着はついているから。たまには一人で羽を伸ばすのもいいだろう」

理由を尋ねた私に、藤田さんは言葉を濁した。どれほど酒をのんでいても、うかつなことは口にしない人ではあるが、このときの言葉はなぜか少し気になった。

明日は休みだからと、いつもより遅い零時過ぎにお開きになった。藤田さんの携帯が鳴ったのは、会計を済ませた直後のことだ。

日中はうんざりするほど電話の鳴る仕事ではあるが、夜が更けるとそうでもない。めずらしい時間帯の連絡に藤田さんはさっと表情を強《こわ》ばらせ、「愛媛からだ。なんだろう」と独りごちた。

正式に党からの公認を受けたときでも、届け出をしたときでもなく、清家一郎の選挙活動はこの瞬間から始まったと私は捉えている。

ホテルに帰る途中に武智さんが自動車の多重事故に巻き込まれた。その一報から、運び込まれた病院で息を引き取ったという連絡を受けるまで、二時間もなかったはずだ。

衆院の小選挙区に欠員が出た場合の補欠選挙は、四十日以内に投票が行われると決まっている。武智さんが九月九日に亡くなって、実際に補選の行われた十月十二日まで一ヶ月ほどしかなかったのだ。

いつか……と思っていたその日が、いきなり目の前に横たわった。それは想像していた以上の濁流で、私は渦の中で必死にもがきながら次々に降りかかってくる難事に向き合った。あの一ヶ月のことを思い出そうとしても、必ず景色に霞《かすみ》がかかる。

それでも突然選挙戦に叩き込まれたことは、様々な点で政治家としての清家にとって良かったと思っている。いや、武智さんという大きなうしろ盾を失ったこと以外は、良かったことばかりだったと言っていいだろう。

まだ二十七歳の頼りない新人を、周囲の人たちは懸命にバックアップしてくれた。地元では党の愛媛県連や武智さんの後援会がフォローしてくれたし、自然発生的に清家の後援会も立ち上がった。

ここで音頭を取ってくれたのは、私たちの親友である佐々木光一だ。地元の愛媛大学を卒業し、二年間京都の料亭で修業したあと、光一は実家の〈春吉《しゅんきち》〉で父とともに店を守《も》り立てていた。

「思っていたよりも全然早かったわ」

そんなふうにおどけながら、光一は本当によくやってくれた。真っ先に引っ張り出してきたのは、我々が在学中に作成した福音《ふくいん》のOB名簿だ。地元に残っている当時の友人や後輩と連携し、光一は次々と組織をまとめていった。

こちらから電話代を支払うこともできなかったし、客商売をしている以上、特定の政党、政治家に肩入れしている姿を見せるのも得策とは思えなかった。

「ありがたいんだけどムリはするなよ」

あまりの熱の入れように私の方が気が引け、そう伝えたことがある。光一は瞳孔をかすかに開きながら、「ふざけんな」と声を張った。

「高校時代の友だちが、いままさにあの頃の夢を叶えようとしとるんや。ここでムリせんかったら俺は一生後悔するよ。そんなことで来なくなる客なんてこっちから願い下げや！」

選挙区における武智和宏の存在感は絶大なものだったし、その武智さんに心酔し、秘書として懸命に働いていた清家の経歴も、県内の有権者にはおおむね好意的に受け入れられた。

選挙まで一ヶ月ほどしかなかったということは、翻せば、武智さんを失った有権者の悲しみが癒えきっていないということでもあった。清家にはマイクを握るたびに「武智先生の無念を晴らすため」と訴えさせたし、その言葉は確実に市民の心を捉えたはずだ。

私は来る日も来る日もスピーチ原稿を練っていた。このときも誰より力になってくれたのは藤田さんだ。

大切な代議士であり、数十年連れ添った無二の親友を亡くしたにもかかわらず、藤田さんはついに私たちの前で涙を流すことはなかった。それどころか、落ち込む私や清家の尻を叩き、「悲しんでいたら票が入ると思うなら悲しんでいればいい。そうじゃないなら、チャンスが来たと思って前を向け」と、ことあるごとに言ってくれた。

政界が魑魅魍魎《ちみもうりよう》の世界であるのは間違いないが、選挙戦に限っていえば、水面下で現金が飛び交うようなわかりやすいやり取りはほとんどないと断言できる。少なくとも表に立つ候補者は体育会系よろしく、どれだけ額に汗することができるかがすべてであり、青春映画の主人公のようながむしゃらな気持ちで立ち向かっている。

一ヶ月程度の期間だったからこそ踏ん張れたのかもしれない。この間に清家は、そしておそらくは私も劇的な成長を遂げたはずだ。机上《きじよう》の空論より、実地がすべて。武智さんに散々言われ続けてきたことを、私たちは身をもって体験した。

選挙活動のハイライトは、やはり選挙戦最終日の街頭演説だった。このときにはすでに勝利は確定的だった。都市部での取りこぼしはあり得なかったし、無作為の電話での調査で割り出した集票力の弱そうな地域へのケアも万全だった。そのあたりは藤田さんの指示に従った。

夕方五時、大街道《おおかいどう》の入り口には立錐《りっすい》の余地もないほど多くの人たちが集まってくれた。高校時代に〈春吉〉で知り合った地元紙の記者に書いてもらった生徒会長選のエピソードの効果もあり、清家の「言葉」に対する注目度は抜群だった。

選挙カーの上に立ち、秋にもかかわらず選挙戦で真っ黒に日焼けした清家は、充足感にあふれていた。

その第一声をどうしようか、私はずっと考えていた。本音をいうと「僕の父親は政治家でした――」から始められないかとも思っていた。

生徒会長選挙のときに清家が発した最初の言葉だ。元官房長官であり、いまも党の重鎮として存在感を示す和田島芳孝との関係を明かすことは、政治家としての清家の一番のカードになる。

むろん、部外者である何者かに一方的に暴《あば》かれてしまえば、一転ジョーカーに化けるのもわかっていた。だからこそ、私はその切りどころを探っていたし、ことがことだけに藤田さんにも相談できなかった。

最後の最後まで、政界に打って出ようというこのタイミングがもっとも効果的なのではないかという思いを払拭《ふっしょく》しきれなかった。しかし、私はいくつかの理由からそれを封印することに決めた。

一つは、あえてここでカードを切らなくても清家の当選が固かったこと。もう一つは、急転直下でこれ以上ない応援演説が決まったことだ。

最初の挨拶を終えた清家から紹介を受けて、颯爽《さっそう》と選挙カーに上ったのは、他ならぬ清家の実父、和田島芳孝だった。

「みなさん！　今日は我が民和党のホープ、清家一郎くんのためにお集まりいただいて本当にありがとうございます！　私、和田島芳孝、七年ぶりに松山に戻ってまいりました。あいかわらずいい街ですね。独特の文化の香りが残っていて、いつ来ても心が落ち着きます。しかし同時に、私は前回ほどこの街に来て心が浮き立っていないのも感じております。私に清家くんという未来ある政治家を引き合わせてくれた盟友、武智和宏くんがこの場にいないからです」

女性スキャンダルを起こし、官房長官の座を退いて以来、メディアへの露出はめっきり減ったが、いまも和田島の人気は絶大だ。とくに愛媛では武智和宏が所属していた派閥の領袖《りょうしゅう》として、抜群の知名度を誇っている。

七十歳。さすがに見た目に老いを感じたが、スピーチ力はあいかわらずだった。どこまでも謙虚に、しかし声には張りがあって、一気に聴衆の関心を引きつけた。

この応援を実現してくれたのは藤田さんだった。直前に二人ははじめて顔を合わせた。和田島は清家にまるで気づいていなかったし、清家のつけたオメガを見ようともしなかった。

清家はそれに落胆していなかった。それどころか爛々《らんらん》と目を輝かせて、和田島の演説に聴き入っている。ずっと憧れていた父と、自分が青春時代を過ごした街で、こうして大衆を見下ろしているのだ。絶対に態度に出さないようにと口を酸っぱくして伝えておいたが、清家が充足感を抱いてしまうのも仕方がない。

父親の方は何も感じていないのだろうか。かつて愛した女性との間にできた子だ。何かを感じ取ったりはしないのだろうか。

そんなことをふと思ったとき、私は我に返った。浩子はどこにいるのだろうと思ったのだ。あわてて周囲を見渡そうとした私に、声をかけてくる人がいた。

「やっぱり似てるよね」

清家と和田島を見上げていた藤田さんが、私に目を向けてくる。

「あの二人、やっぱりよく似てる」

私は何も答えられなかったし、藤田さんもそれ以上突っ込んではこなかった。和田島の応援演説がフィナーレを迎えていた。

「それでは、大変お待たせいたしました。亡くなった武智くんに代わり、私からお願いさせていただきます。これから愛媛が誇ることになるであろう清家一郎くんを、何とぞみなさまで盛り上げてやってください！　何とぞ、何とぞよろしくお願いいたします！」

深く腰を折り曲げた和田島と清家に、万雷《ばんらい》の拍手が降り注ぐ。しばらく二人は頭を下げ続けていたが、先に和田島の方が顔を上げ、追うように清家が笑みを見せた。

二人はがっちりと握手を交わし、マイクが和田島から清家に手渡された。空はあかね色に染まっている。両サイドからライトに照らされ、清家の額の汗までくっきり見える。

マイクを手にしたまま、清家はざわめきが消えるのをじっと待った。焦って話し出すようなことはない。それだけの心の強さは高校時代に証明しているし、第一声の重要性を誰よりも熟知している。

拍手が徐々に鳴り止んだ。反比例するように清家への注目が増している。いつでも始められる気がしたが、清家は切り出さない。聴衆一人ひとりの顔を確認するように、右、左、前、上方……、周囲を見渡している。

清家は最後に向かいのビルの窓に目を向けた。まるで何かに導かれるように、車の往来まで止まっていた。

不意に立ち込めた一瞬の静寂を切り裂くように、清家はマイクを通じて声を張った。

「ようやくこの場所に辿り着けました。いまの僕の率直な思いです。不遜に思われたら申し訳ございません。しかし、ずっとこの場所から地元の景色を見てみたいと願っていました――」

藤田さんの力を借りて練りに練ったスピーチを、清家は淀みなく口にする。一気に熱を帯びた周囲の空気を感じながら、私は清家が最後に見た方に目を向けた。

案の定、ビルの上階の窓から浩子が見下ろしていた。口もとを手で覆い、表情まではうかがえなかったが、身体はぴくりとも動かない。

かつての恋人と、その男との間に生まれた子どもが、同じ舞台の上に立っているのだ。充足感を得ているのか。それとも、まったく違う何かを感じているのか。

清家の言葉に聴衆がどっと沸いた。

私は彼女から目を離せないまま、どうしてそんな遠くから眺めているのだろう……と、他人事のように思っていた。


武智さんの事故死によって、突然放り込まれた選挙戦。モヤのかかっていた記憶がようやく鮮明になるのは、その選挙が終わった頃からだ。

選挙結果は圧巻の一語に尽きた。次点の候補者に十五万票以上もの差をつけて勝利したことに加え、投票率そのものが七〇%を超える高い数値だったことも特筆に値する。

武智さんが使っていた衆議院第一議員会館の議員事務室にあらかた荷物を運び終えると、清家はボランティアスタッフを一度捌《は》けさせた。

「俊哉くん、乾杯しよう」

窓辺に立った清家が嬉しそうに手招きする。そばのデスクにミニサイズの缶ビールが置かれてある。

出会った頃と変わりない頼りなさ。私たちの関係も変わっていない。清家はあいかわらず私の判断に頼りきりで、ときにそれは顔色をうかがっていると見えるほどだ。

それでも、私たちは晴れてプロになったのだ。いつまでもかつての関係を引きずっているわけにはいかなかった。

「ケジメとして、俺は今日からお前を『先生』って呼ぶよ。敬語も使うようにする」

「いいよ、そんなの。照れくさいし、やめてよ」

「俺たちだけの問題じゃないんだ。本当は選挙前に言わなきゃいけないことだったんだけど、これまでの関係とはいまこの瞬間に決別だ」

私はデスクのビールを二本取り、一本を清家に渡した。

「というわけで、先生。本当におめでとうございます」

「ちょっと俊哉くん」

「鈴木と呼んでいただかなければ困ります。周囲に示しがつきません」

私はわざとおどけてみせた。そうしなければ、私自身もまだ照れくさかった。清家は困惑したように眉を八の字にしたが、それ以上のことは言わなかった。二人で肩を並べて九階の窓辺に立ち、ビールを口にしながら首相官邸を見下ろした。

「ようやくスタート地点です。いつかあの場所に辿り着きましょう」

私の冗談に、清家はもう笑おうとしなかった。

「まずはお父さんの場所を目指すよ。僕は官房長官を目指す。それともう一つ、それだけはあの人たちのために為し遂げなければいけないことがある」

「あの人たち？　なんのことでしょう？」

「それはまたいつか。そのときは俊哉くん……、じゃなくて、鈴木の力を借りなきゃならないはずだから」

　照れくさそうにする清家に釣られて、私も思わず笑ってしまった。そのとき、床に置かれたえんじ色の風呂敷が目に入った。

「それは？」

　残ったビールを一息にのみ干して、私は尋ねる。清家もビールを空にした。

「お母さんから渡されたんだ。愛南町の書家が書いてくれたって。おばあちゃんと仲が良かった人らしい。執務室に飾ろうと思って」

　清家が取り出した色紙には『生者必滅会者定離《しょうじゃひつめつえしゃじょうり》』の言葉が認《したた》められていた。私も清家もその意味をよく知っている。高校の授業で一緒に習った覚えがある。

「やっぱりこの世界は出会いと別れを繰り返すものなのかな。心を鬼にしなきゃいけないときもあるんだろう。早速もう古いものと決別していかなきゃいけない局面だし」

「決別？　なんのことだ？」と、早くも敬語を忘れた私を咎《とが》めることなく、清家は淡々と言葉を紡《つむ》いだ。

「この間の話、あれやっぱり僕は認められない」

　言葉に詰まった私を上目遣いに見るだけで、清家は返事を求めてこない。

「鈴木が僕たちの関係を改めるというのなら、僕からも求めたいことがある。今後、もし僕たちの間で意見が食い違うことがあるとしたら、そのときは僕に従ってほしい。もちろん君の意見も尊重はする。今後も鈴木を頼るだろうし、君は僕の友だちだ。だけど、だからこそ、最後のジャッジは僕に委《ゆだ》ねてもらいたい」

その意味ではこれが最初だね。そう独り言のように口にして、清家は笑い声を上げた。

「藤田さんは採用しない。僕のブレーンはあくまで君だ。大丈夫。あの人は有能だから働き口なんていくらでも見つかるさ」

本人に直接頼まれたわけではなかったが、藤田さんが我々と働きたがっているのはあきらかだった。いや、そもそもそうすることが当たり前という気配をうかがわせていた。

私も採用すべきと思っていた。その方が確実に事務所は回る。駆け出しの議員にとって、ベテラン秘書はそれだけで戦力だ。藤田さんが政策秘書に就いてくれるのなら、自分は第一秘書に回ってもかまわないと思っていた。

清家は私の意見を聞こうともせずに、金縁の額に入った色紙を大切そうに抱えた。

「悪いけど、彼には鈴木から伝えておいて。もちろん、敵に回して得があるとは思っていないから。いい関係は継続しておこう」

清家が応接室に消えていくのを確認して、私は呆然と背後を振り返った。眼下の首相官邸が太陽に燦々《さんさん》と照らされている。

手に汗が滲んでいた。政治家、清家一郎の輝かしい行く末なのか。

十月のこの日の空は、皮肉なほど青く澄んでいた。

3

山中から「愛社精神」について褒められたことなど忘れ去り、西島君弘元教授にインタビューした三ヶ月後、道上香苗はなんの躊躇《ためら》いもなく十年近く勤めた東都新聞社を退社した。

清家一郎を一冊の本にまとめたい。

西島邸のある三浦から戻っても興奮を抑えられなかった香苗は、その日のうちに山中を呼び出し、詰め寄るように質問した。

「本当に給料くれるんですよね？　会社辞めますよ？　責任取ってくれるんですね？」

まるで結婚を迫っているかのような言い分に、山中は弱ったように微笑んだ。

「そんなにおもしろかったのか？　西島先生」

「興味深い話は聞けました」

「どんな話だ」と前のめりになった山中に、香苗はノートを広げて見せた。西島が抱いていた清家の印象について、そのそばにいたという鈴木俊哉の見立てについて、清家の恋人の存在について、送られてきた卒論が完成稿ではなかったという事実について……。

早口で説明した香苗を一瞥《いちべつ》して、山中も興奮したようにまくし立てた。

「どうする？　本当に金が必要なら先に渡すぞ」

「さすがに立て替えられるくらいは持っています」

「この卒論、出所はどこだ？　お前の見立ては？」

「まったくわかりません」

「狙いはなんだよ？」

「それもわかりません。清家の味方からなのか、敵からなのかも。ただ、これを送ってきた人にとっては利のあることなのだと思いますけど」

あまりにも当たり前のことを言っている自覚はあった。山中はそこに触れてこない。

「これからどうする？」

「とりあえず若い頃の清家を知っている人に当たってみます」

「鈴木俊哉か？」

「いえ、鈴木さんにはもう少し周りを固めてから当たるつもりです。あの、そのことなんですけど、山中さん――」

西島邸から戻る電車の中で、ある仮説が脳裏を過ぎった。山中にぶつけてみる価値はあるだろう。

「この卒論を鈴木さんが書いてるということはあり得ないですよね？」

「どういう意味だよ。清家の卒論を鈴木が書いた？」

「ヒトラーとハヌッセンがまだ蜜月だった時代、演説原稿はほとんどハヌッセンが書いていたという話があるんです。鈴木をハヌッセンと仮定するならと思いまして」

「なんのためだよ？」

「すみません。まったくわかりません。まさか自分の存在を知らしめたいということでもないとは思うんですけど」

　我ながら自信がなくて、次第に声が小さくなった。それでも、その時々によって清家の文体に乱れが生じることが引っかかると素直に伝えた。

　山中は野太い息を吐き出した。

「もう会社に辞表出していいぞ」

「え？」

「次は誰に当たる？」

「いや、あの……。そうですね、簡単には見つからないと思いますが、清家の当時の恋人を探そうと思っています。あともう一人、会ってみたい人がいます。武智和宏の政策担当秘書だった藤田則永という人が存命なようなんです。その人なら、若い頃の二人について何か知っているはずですし、会うのもそう難しくないんじゃないかと」

　山中の顔から笑みが消えた。手帳にメモを取りながら「当たれる人間には全部当たれ。お前が清家をニセモノだと思うなら、その証拠を取ってこい。お前が清家の正体を暴いてやれ」と、けしかけるように言ってくる。

　ああ、やっぱり山中は古いタイプの記者なのだ……と思いながら、身体はしっかり火《ほ》照《て》っていた。

「そうですね。ありがとうございます」

そう答えたときには、香苗は辞表の提出時期について思いを巡らせていた。


清家一郎の大学時代の恋人の消息を辿ること。まずはそこからと思っていたところで、香苗はいきなりつまずいた。

恋人のその後については、清家の当時の友人を頼るつもりでいた。清家のゼミの担当教授だった西島君弘が、いまも連絡を取っている二人の教え子の連絡先を快く教えてくれた。

二人ともとても協力的だった。しかし、最初に会った男性の方は恋人の存在さえ知らなかったし、佐伯絵美《さえきえみ》という女性の方も「清家くんから紹介されたことはありましたけど、別れたあとの彼女がどうしているかは知りません」と、申し訳なさそうに口にした。

よほど落胆した顔をしていたのだろう。ため息を吐いた香苗を見て、佐伯はいろいろと思い出そうとしてくれた。

「ちなみに彼女の名前ってご存じですか？」

「いえ、実はそれもまだ」

「たしか清家くんは『ミワコちゃん』って呼んでいたと思いますよ。で、私は『ミヨシさん』って呼んでいました」

「ミヨシミワコ？」

「ええ。何回か三人で会ったことがありますし、一時期、私も彼女と連絡を取っていたことがある気がします。キレイな女性でした。いつも清家くんをリードしていて、強い人なんだろうと感じたのも覚えています」

香苗は佐伯に許可を取って、手持ちのタブレットでその名前を検索にかけた。しかし、三好美和子、三芳美和子、美吉美和子、三好実和子といくつものパターンを試してみたが、捗々《はかばか》しい結果は得られない。

「清家さんは他のご友人たちにも彼女を会わせているのでしょうか」

「それはなかったと思います。私はゼミ生の中では彼と仲のいい方だったので。ああ、でも一人だけ。高校時代の友人に会わせたっていう話はしていましたね」

「高校時代？　ひょっとして鈴木俊哉さんですか？」

「わぁ、なつかしい名前。彼はいま何をしているんですか？」

「いえ、それは存じませんが」と、思わず言葉を濁した香苗を気にする素振りは見せず、佐伯は目を細める。

「そうですね。もちろん鈴木さんにも会わせていると思いますが、私が聞いたのは違います。たしか愛媛の大学に通っている人でした」

「だとしたら、佐々木光一さん？」

「うーん、そんな人だった気がしますけど、自信はありません」

「その方なら清家さんの後援会長をされていますよ。松山で和食屋をされています」

香苗は自分で言いながら、一度松山の街を自分の目で見なければと思い、ノートに『松山』と書き留めた。

その後も佐伯は自分の感じていた清家の印象や、いまの成功についてなど、いろいろなことを語ってくれたが、参考になることはそうなかった。

「あとは香川県の出身ということくらいでしょうか。なんかすみません。私、力になれてませんよね」と頭を垂れた佐伯に、香苗は「とんでもありません」と手を振り、作ったばかりの〈ライター〉の肩書きの入った名刺を渡した。

「もし何か思い出したことがあったらご連絡ください。どんな些細なことでも結構です。いまの清家さんを書くに当たって、当時の出来事は必須だと思うんです。可能ならば、ミヨシミワコさんからもお話をうかがえないかと思っています」


早々に暗礁に乗り上げた恋人のラインを後回しにして、香苗は藤田に当たることにした。武智和宏の政策担当秘書をしていた藤田則永が存命であることは当時の秘書仲間から聞いている。しかし、そう教えてくれた彼は「でも、二年くらい前から施設に入ってるって聞いてるよ。手紙のやり取りもなくなっちゃったしね」と言っていた。

果たして訪ねていった八王子のケアハウスのホールで、香苗は落胆した。介護士に車椅子を押されて現れた藤田は、七十四歳という実際の年齢よりも老けて見えた。

「それでは、藤田さん。何かあったら呼んでくださいね」

諭すように言った女性スタッフの声にも反応しない。「突然、連絡させていただき申し訳ございません。本日はありがとうございます」と、礼を言った香苗に対しても返事はない。意思の疎通が図れているとも思えなかった。

深いシワが刻み込まれ、真っ白な髪の毛が目もとまで伸びている。腰が折れ曲がり、そのせいで目の色まではわからなかった。

「本日は清家一郎議員についてうかがいたくてまいりました。道上香苗と申します。先日まで東都新聞に在籍しておりました」

老人に話しかけるルールでもあるかのように、香苗もゆっくりと語りかける。藤田の言葉を静かに待った。どういう第一声がその口から出てくるのか、まったく想像ができなかった。

香苗の声が聞こえていないかのように、藤田は窓の外に目を向けた。しばらくするとようやく小さくうなずいて、吸い寄せられるようにテーブルの名刺に目を落とした。

「いつかこんな日が来るんじゃないかと思ってましたよ」

その見た目とは裏腹に、藤田の声は妙に瑞々《みずみず》しかった。

「どういう意味でしょう？」と、香苗は逸《はや》る気持ちを懸命に抑え込んだ。藤田はつまらなそうに鼻で笑う。

「清家くんの活躍する姿を見てるとね。やっぱり思うことはありますから」

藤田は目の前のお茶に口をつけ、太い息を吐き出した。そして長い前髪を鬱陶《うっとう》しそうにかき上げたとき、唐突に表情に生気が宿ったような気がした。

「それで？　私に清家くんのどんな話を？」

香苗は姿勢を正して用意していた質問を切り出した。しかし、その一つ一つがまったく核心を突いていないことを、藤田は態度で突きつけてきた。

藤田の表情にみるみると失望の色が広がっていく。挽回しよう、取り返そう。そう思うたびに質問が上滑りしていくのが自分でもわかった。

そのうち藤田は窓の方に視線を戻した。本当は順を追って本題に迫っていきたかったが、そんな悠長なことは言っていられない。そもそも何がこのインタビューの本題なのか、すでに見誤っている気がしてならなかった。藤田の中にあるかもしれない「話したがっていること」を、その金脈を早く掘り当てなければならなかった。

それまでの流れを無視して、香苗は思い切ってぶつけてみた。

「藤田さんはエリック・ヤン・ハヌッセンという人物をご存じですか？」

「さぁ、知りませんね」

「一時期、ヒトラーを操っていたとされているユダヤ人のメンタリストです。私は清家一郎という政治家の背後にもそういう存在がいるのではないかと思っています」

「ほう。誰です？」

「それはまだわかりませんが」

「あなたは誰だと見立てているんですか？　清家くんにとってのハヌッセンをあなたは誰だとお思いですか？」

香苗はやっと何かに触れたという手応えを得た。藤田の態度によるものではない。藤田の口にした質問が「どうして清家にハヌッセンがいると思ったか」ではなく、「誰をハヌッセンだと思うか」だったからだ。藤田の中に思い当たる人物がいるのだろう。

香苗はノートにあった名前を力強く丸で囲み、ゆっくりと顔を上げた。

「鈴木俊哉さんですよね？」

「え、俊哉くん？」と、藤田はあきらかに拍子抜けした。

「違いますか？」

香苗はすがるように質問を重ねたが、藤田の表情が再び落胆で塗りつぶされていく。しばしの沈黙のあと、藤田は退屈そうに洟《はな》をすすった。

「俊哉くんは、どうでしょう。そんなタマではない気がしますが」

「どういう意味でしょう」

「私はそのハヌッセンという人物を知りませんが、もしあなたのおっしゃるとおりその人物がヒトラーを操っていたのだとしたら、ヒトラーはその人物に一目置いていたはずですよね。少なくとも信頼はしていたと思うんです」

「つまり、清家は鈴木を信頼していなかったと？」と、興奮して敬称を省《はぶ》いてしまったが、藤田は咎めようとしなかった。

「少なくとも彼らが武智の事務所にいた頃は」

「では、清家は鈴木さんをどう捉えていたんですか？」

「どうなんでしょうかね。友だちと捉えていたとは思えないし、同志というふうに見ていた気もしない。自分の野望のために便利に使っていたという節もなかったかな。となると、なんでしょうね。案外、何も感じていなかったのかもしれません」

「何も感じていない？」

「清家くんという人は政治家として絶対的に必要な特性を兼ね備えています。他人に心の内を探らせないんです。その天賦の才がある彼が俊哉くんをどう見ていたのか、私には見当もつきません。そういえば彼の父親が和田島先生だったというニュースを見たとき、驚くよりも先に腑に落ちたのを覚えています。和田島先生もまったく心の読めない人でしたから」

　藤田は三年前に肝臓ガンで亡くなった和田島芳孝の名前を出した。その点について突っ込むのを後回しにして、香苗は進める。

「すみません。では、清家さんが信頼している人間とは誰なんですか？」

「さぁ、私にはわかりません」

「それなら質問を変えます。仮に清家にハヌッセンがいるのだとしたら、藤田さんは誰だと思われますか？」

「だから、わかりませんよ。私に言えるのは、仮にそんな人間がいるのだとしても、俊哉くんではないということだけです。俊哉くんは優秀だし、野心家で、たしかに清家くんをコントロールしようとしていたかもしれません。でも、残念だけど役者が違う。というよりも、立っているステージが違うんです。見ている景色が全然違うというか」

頭はフル回転していたが、次の言葉は出てこなかった。藤田もそれを求めず「当時感じていたことではないんですよ。いまになって思うことです」と、淡々とした口調で続けた。

二人の間に静寂が立ち込めた。話が一段落してしまったことを肌で感じる。藤田は「これ以上話すことはない」と息づかいで伝えてくる。

香苗は仕方なくノートを閉じて、沈黙を断ち切るためだけに言葉を紡いだ。

「藤田さんは政治の世界に未練はなかったのですか？」

清家の『悲願』には、藤田が武智和宏の事故死をきっかけに政界から退いたという記述があった。

「ありませんね。あの世界で生きようと思うには、私は少し優しすぎた気がします。仕えたいと思う先生もいなくなったわけですしね」

「武智先生は不運でしたね」

「不運……だったんですかね」

「違うんですか？」

「さぁ、私には」

藤田は小さく首をひねる。やはりそれ以上は話したくないという雰囲気だったが、今度は簡単に引き下がろうと思わない。

「教えていただけませんか。どういう意味でしょう？」

「本当に深い意味はありません」

「お願いします、藤田さん。何かおっしゃりたいことがあるんですよね？」

真っ暗闇の中で、やみくもに腕を振り回している気分だった。自分がいま清家の何に触れようとしているのかさえわからない。

それでも、食らいつくしか方法はなかった。藤田はしばらく首を振っていたが、辛抱強く次の言葉を待ち続けた香苗に何かを感じてくれたのだろう。「どのみちもう手遅れですけどね」とつぶやきながら、最後は諦めたように息を漏らした。

「普通、交通事故で得する人っていないですよね？」

「え？」

「関わった人すべてが不幸になるものだと私は思っているんです。しかし、武智が巻き込まれたあの事故では、例外的にとても得をした人間がおりました。もちろん警察の調べでは怪しいところは出てきませんでしたが、私にはそれを鵜呑《うの》みにすることができません。いや、たとえ一％でも事故以外の可能性があるのだとしたら、亡くなった武智のために私だけでも疑い続けてあげたいと思うんです」

「あの、ごめんなさい。つまり、清家さんがあの事故にかかわっていたということですか？」

香苗は息をのんだ。藤田は目もとをほころばせたまま首をひねる。

「あるいは、ハヌッセン的な誰かとか」

「誰なんですか」

「わかりませんよ」

「じゃあ、藤田さんは誰だと思ってるんですか」

「だから、私にはわかりません。ただ――」

思わずというふうに言い放った藤田を、香苗は凝視する。ひたすら懇願するだけだった。

「ただ、なんでしょうか？」

ふと我に返り、声をしぼり出した香苗から目を逸《そ》らして、藤田はうんざりしたように首を揉《も》んだ。いつの間にか、ホールに他の人はいなくなっている。まるでこの瞬間を演出するかのように、静けさが二人を包んでいる。

藤田の表情から笑みが消えた。香苗は再び藤田の言葉をじっと待つ。次の言葉を聞けるまでの時間が、ひどく長く感じられた。

「そうですね。その人物があの事故にかかわっているとは言いません。でも、武智が事故の直前に会っていた人間については知っています」

藤田は香苗の相づちを求めない。

「武智の名誉にもかかわることなのである程度までしかお話ししませんが、武智は直前まである女性と不倫関係にありました。先に奥さまの方が不貞行為に及び、なかば自暴自棄だった時期にその女と知り合ったのです。傍目《はため》にも彼女にすがっているのはわかりましたが、ある意味では彼女のおかげで立ち直れた面もありましたし、強く注意はしませんでした」

香苗は話についていけなかった。聞きたかったのは事故と清家の関連性であって、そんな痴情のことではない。

「別れ話がもつれたとか、そういうことですか？」

「いえ、ずいぶんキレイに終わらせていましたよ」

「だったら――」

「そうなんです。やっぱり彼女は無関係なのかもしれませんね。アリバイもきちんとあったようですし」

香苗は発すべき言葉を見つけることができなかった。藤田は力なく首を振る。

「何より仮にあの事故の真相が私の見立て通りだとしても、動機がわからないんです」

「動機？」

「周囲にはまだ隠していましたが、武智は政界を引退するつもりでしたから。そのあとは清家くんに地盤を継がせる準備もしていたんです。ならば、あのタイミングでわざわざ葬《ほうむ》る必要はない。まさかあの女が本気で武智さんを愛していたとも思えませんし」

「ちょ、ちょっと待ってください。誰なんですか、その女って」

「すみません。私の口からこれ以上のことは言えません」

「お願いします」

「ムリです」

二人ともよほど熱くなっていたのだろう。ケアハウスのスタッフが「藤田さん、大丈夫？」と顔を覗かせた。

藤田は苦笑しながら手を振った。そしてスタッフがいなくなるのを確認してから、「ここではじいさん扱いです」と、恨めしそうに口にする。香苗もしみじみ同意した。頭は冴えているし、古い記憶も鮮明だ。最初に抱いた藤田の印象と、すでに一八〇度変わっている。

だからこそ、その口からどうしても見立てを聞きたかったが、藤田はかたくなだった。

「私から誰かを言うことはできません。ただ、おそらくはいまも清家くんの近くにいる人物だと思います」

「清家さんの？」

「ええ、おそらく。ああ、でも、そうですね。私は道上さんに一つ謝らなければいけません」

そこで小さく息を吸って、藤田は本当に頭を下げた。

「先ほどあなたは『政治の世界に未練はないか』と尋ねられましたよね。そして、私は

『ありません』と答えました。でも、あれはウソです。本当はあの世界にしがみつこうと必死でした。もっと言うと、一介の私設秘書でもいいので、清家くんの事務所で雇ってもらえないかと考えていました。内部に留まって、自分の疑念を確認しようと思っていたのです」

「でも、そうはされなかった?」と、香苗はおずおずと口を開く。藤田はからりと微笑んだ。

「いえいえ、断られたんですよ。それを告げてきたのは俊哉くんでした。彼は最後まで自分の考えだって言い張りましたが、あれはウソでしょう。俊哉くんにはもう少し人間的な心がありますから」

「つまり、藤田さんを切ったのは清家自身だったということですか? 何かが露呈することを恐れて?」

「あるいは、それもハヌッセン的な誰かの差し金なのかも」

「だからそれは誰なんですか!」

続けて問うても、藤田の顔色は変わらない。

「だから私の口からは言えませんよ。老兵が波風を立てるのは野暮なことです。証拠もありません」

頭に血がのぼった香苗をいなすように、藤田は腕時計に目を落とした。

「エリック・ヤン・ハヌッセン。覚えておきますね。あなたの仕事が素晴らしい成果を上げられることを心から期待しています」

悶々とした気持ちが胸に残った。でも、大切な何かに触れたという感覚はあった。それは歴史的な支持率を集める内閣の、若き官房長官の誕生の秘密にまつわるものだ。

藤田が口にした〝彼女〟が誰か。いろいろと想像を巡らせてみるが、しっくり来る答えは浮かばない。試しに当時の新聞や雑誌を洗ってみても、事故そのものの記事はヒットするが、武智の不貞を暴くようなものは一つもなかった。

きっと成果は少ないだろうが、とりあえず松山という街を見てみよう。山中にはじめて藤田とのことを報告したのは、そう決めてからだった。

神保町の築五十年を超えるビルにかまえた新オフィスで、はじめ、山中は興味深そうに香苗の話を聞いていた。

しかし爛々と輝いていた瞳は、徐々に灰色に塗り替えられていった。途中で口を挟むようなことはなかったが、すべてを伝え終えるとこれ見よがしにため息を吐いた。

「その藤田っていうじいさんは本当に信用できるのか？」

不満があるときのいつもの口調だ。今度は香苗がため息を漏らす。

「できると思いますが」

「老人が面白おかしく昔話を膨らませているだけじゃないのか。昔、俺は一線級で働いてたっていうじいさんにありがちだろ。記者が鵜呑みにして痛い目見た話もごまんとある」

「藤田則永は優秀な政策秘書だったと現役の政治家秘書からも聞いています」

「昔は、だろう」

「彼の言っていることに矛盾はありません」

「ペテンの話っていうのは往々にしてそういうもんだ」

「なんでそんなに頭ごなしに否定するんですか」

「話がおもしろすぎるからだよ。そもそも誰なんだよ。清家のそばにいて、武智の愛人で、事故を装った女っていうのはよ」

「だからそれは——」

「その女はなんで武智に手をかけた？　武智は清家に選挙区を譲って、政界から退くって約束してたんだろ？　殺す理由がないじゃないか」

そのことは藤田自身も「動機がわからない」と言っていた。口ごもった香苗に気を良くしたように、山中はさらにまくしたてる。

「おい、道上。教えろよ。清家が二十七歳で当選しなきゃいけない理由でもあるのかって聞いてるんだ」

「え、二十七歳？」

「は？　なんだよ、その反応」

「あ、いえ。すみません、なんでもありません」

香苗は一瞬、混乱した。わりと最近〝二十七歳〟というキーワードに触れた覚えがある。いつだったか……と考えて、すぐに『悲願』にあった描写だと思い出した。それが「二十七歳までに政治家になりたい」という内容だったこともよみがえる。

次の瞬間、山中の存在を忘れかけ、香苗は目を見開いた。さらに思考が深くなる。そんな動機があり得るだろうか？　清家一郎を二十七歳までに政治家にさせる。そのために、引退を約束している人間を殺すことなんてあり得るか。

清家に「二十七歳」の意味を教えたのは、大学時代の恋人とあった。つまり、それは佐伯絵美が教えてくれた「ミヨシミワコ」だ。

彼女が武智の愛人だったということか。清家をリードしようとしていた「ミワコ」が、恋人の夢を叶えるためにその恩人を葬った？

いや、もし〝女〟が「ミワコ」なのだとすれば、清家が『悲願』に恋人とのエピソードを綴ることにはリスクが伴う。女がハヌッセンなら絶対に書かせはしないだろう。しかし、恋人や「二十七歳」については単行本刊行時に加筆されたものなのだ。雑誌連載中に記述がなかったことに何らかの意味があるのだろうか。

いや、でも、いや、でも……と、仮説と否定が堂々巡りを繰り返す。あまりに自問自答しすぎていて、山中の「おい……。だから、道上！」という声に、しばらく気づけなかった。

「え、私？」

ようやく現実に引き戻された香苗を見つめ、山中は呆れたように肩をすくめる。

「べつに松山に行くのは反対しない。佐々木光一から古い話を聞いてくるのもありだろう。でもな、道上。文化部上がりのお前にはわからないかもしれないけど、特ダネの魔力に取り込まれるなよ」

「わかってますよ。政界に陰謀は渦巻いていないんですよね」

「この国の政界にはな」と言う山中に、香苗は素直にうなずいた。これを「特ダネの魔力」というならきっとそうだ。自分がすでに甘い何かに捕らわれているという自覚はある。

　オフィスの窓を開け放つと、冷たい風が吹き込んできた。赤みがかった西の空を見つめながら、香苗は自分の頬を何度か叩いた。

『悲願』にはしきりに「息の吸いやすい街」という描写があった。松山はたしかに高いビルが少なく、古い建物や商店街が残ってはいたものの、決して空気の澄んだ街とは思えなかった。

　朝から続いている雨のせいもあるのだろう。はじめて足を踏み入れる土地の印象はその日の天候に左右されるという持論が香苗にはある。つまり心持ち次第で本質を見誤るということだ。自分の見る目を過信しない。自分の考えを信用し過ぎない。記者として香苗がいつも心がけていることの一つである。

ホテルのフロントに荷物を預けて、大街道という大きな商店街をほっつき歩き、昼食をとってから、松山城のふもとにある福音学園に向かった。清家一郎と鈴木俊哉、彼らの恩師ともいえる武智和宏、また藤田則永の母校でもある。

これもまた『悲願』に記述があった。玄関にいた教員に約束の件を伝え、待っている間、目に入ったのは歴代の生徒会長の名が記されたパネルだ。

ざっと百人を下らないその数が、そのまま名門校の歴史を物語っている。中には香苗でも知っている名前も混ざっていた。清家自身も書いていたが、新たにパネルを飾られた者は誇らしい気持ちになるに違いない。

「やぁ、お待たせしました」

笑顔で出迎えてくれたのは、二年前から福音学園の学園長を務めているという一色清彦《いっしききよひこ》だ。

『悲願』から受けた印象とは異なり、一色は好々爺《こうこうや》そのものといった風貌だった。そしてこれまで会ってきた西島や藤田とは違い、圧倒的な清家のシンパだった。

「やっぱり傑物《けつぶつ》でしたよ。私は四十年以上この学校で教師をしておりますが、彼ほど印象に残っている生徒はおりません」

そんな言葉から始まり、一色の口から出てくるのは清家への美辞麗句《びじれいく》ばかりだった。中にはあきらかに『悲願』にあるエピソードを復唱しているものもあり、呆れるのを通り越して不気味に思う瞬間もあったくらいだ。

一色の話で参考になると思ったことは一つしかない。清家の地元、南予《なんよ》地方の愛南町の話題になったとき、思い出したように口にしたことがある。

「そういえば彼が在学中におばあさんが亡くなったんじゃなかったかな」

「おばあさま？」

「ええ、母方のね。相当のおばあちゃん子だったらしいですよ。政治家を目指したのも、そもそもはそのおばあさんがきっかけだったと聞いています」

香苗は無意識に首をひねった。清家が政治家を目指したきっかけが祖母だった。そんなエピソード、これまで聞いたことがない。

そもそも『悲願』では愛南町での幼少期についてはほとんど触れられていなかった。祖母のことなど皆無だったはずだ。まったく気にも留めていなかったが、もし本当に清家が政治家を目指すきっかけがその人にあったのだとしたら、なぜ触れようとしなかったのだろう。

『悲願』で卒論について記されていなかったのと同質の疑問だ。そんなことを思ったとき、香苗はもう一人これまで想像も巡らさなかった人物がいることに気がついた。

なんとなく一色に見られることを恐れ、ノートを隠しながら、香苗は『愛南町』と『祖母』、そして『清家の母親？』と書き記す。

自分の綴った文字をじっと見つめた。まるで文字そのものに意志が宿ったかのように、熱を帯びて見えた気がした。

学校をあとにすると、予定していた道後温泉に立ち寄ることはやめ、大街道のカフェで『悲願』を読み返すことにした。

あらためてページをめくってみて、先ほどの疑念はさらに強まった。やはり祖母に関しての記述はない。「政治家を目指したきっかけ」に関しては、母から父である和田島芳孝のことを聞いたからということになっている。

その母のことも、母子二人で生きてきた苦労のエピソードにはそれなりの分量が割かれていたが、母親自身に関する描写は「若い頃に銀座でホステスをしていた」という程度だ。

試しに「清家一郎」「母親」や、プラスして「銀座」や「和田島」などとキーワードを加えながら検索にかけてみるが、めぼしい結果は得られない。いくつかは「魔性の女」といったニュアンスの書き込みを見つけたが、それらの日付はすべて〈道半ば〉の連載以降のもので、過去を知っている者によるものではなさそうだ。

一度ホテルに戻り、清家の母親にアクセスする方法を考えた。しかし、簡単には浮かばない。

ならば彼らが過ごした愛南町の景色を見てみようと、パソコンでルートを調べてみるが、こちらも想像していたよりもずっと遠いことが判明する。明日の朝イチで移動しても、帰りの飛行機には間に合いそうにない。

あっという間に二十時が近づいた。松山出張最大の目玉は、清家たちの高校時代の溜まり場だったという〈春吉〉を訪ねることだ。当時街中にあった店は、数年前に道後に移転しているという。彼らがいた頃の雰囲気を感じ取れないのは残念だったが、可能ならば営業時間後に佐々木光一から話を聞けないかと、あえて遅い時間に予約を入れた。

もちろん、清家の側近ともいえる佐々木からこちらが利する話を聞けるとは思っていない。いや、利するなどと考えている時点で予断が介在しているということだ。真《ま》っ新《さら》な気持ちで過去の話を聞くべきだ。

そんな思いでホテルを出た。海外のレストランガイドにも取り上げられている〈春吉〉は、道後の一等地で堂々とした雰囲気をたたえていた。灯りが店先をボンヤリと照らしていて、いかにも名店という気配を漂わせている。だからだろうか。店の前で香苗はただならぬ緊張を覚えた。

小さな呼吸を繰り返して、檜《ひのき》でできた門をくぐろうとした。その間際、バッグの中のスマホが震えた。

メッセージの送信者の名前を見て、香苗は小さく息をのむ。清家の大学時代の同級生、佐伯絵美からコンタクトがあったのははじめてだ。

店先を離れ、香苗は心を静めてメッセージに目を落とした。

『先日はありがとうございました。まったくお役に立てなかったことが気がかりで、あのあと私なりにいろいろと調べてみました。ご報告したいことがございます。

くだんの清家くんの恋人の名前は三好美和子さんで間違いありません。お恥ずかしい話なのですが、当時、私は日記をつけており、実家に残っていた一冊に美和子さんとのことが書いてありました。

それを見て思い出したのですが、当時、美和子さんは脚本家を目指し、東銀座のシナリオ学校に通っていました。一九九二年の日記の記述に「傑作が書けたから関東テレビのシナリオコンクールに応募してみると言っていた」とあるのですが、さっき調べてみたところデビューした形跡はないようですね。ペンネームでご活躍されているのかもしれませんが。

ちなみに「最後に笑うマトリョーシカ」というタイトルで、政治モノと書いてあります。それって、やっぱりモデルは清家くんなんでしょうかね。だとしたら、彼女はいまの清家くんの活躍をどう見ているのでしょう』

佐伯のメッセージはそこで終わっていた。胸の昂ぶりを感じながら「マトリョーシカ?」と、香苗は独りごちる。真っ先に脳裏を過ぎったのは関東テレビに勤める大学時代の友人のことだった。

何をするにしても落ち着くべきだと、香苗はスマホをバッグにしまい、あらためて〈春吉〉の門をくぐった。

そして、ゆっくりと戸に手をかけた瞬間だった。直前まで胸にあった昂ぶりが一瞬にして吹き飛んだ。

香苗は唇を噛みしめる。衝撃の理由が自分でもわからない。〈春吉〉が想像していた以上に高級そうな雰囲気だったことに対してか、それとも「いらっしゃいませ」と優しい笑みを浮かべた店主に対してか。わからないまま、呆然と店先に突っ立っていた。

おそらく佐々木光一であろう店主が眉をひそめている。その様子を見て、一人の女が香苗に目を向けてきた。

着飾っているわけではないのにひどく色気のある女が、一人でカウンターの隅に座っている。

女はまっすぐ香苗を見据えた。佐々木のように微笑むわけでも、逆に怪訝そうにするわけでもない。

ただ作り物のようなグレーがかった瞳で香苗を見つめ、小さく肩で息を吐いた。

4

いまから七年前、ちょうど四十歳になった年。自身にとって五度目となる選挙戦を五度目の圧勝で終えた清家は、党内で順調に出世していった。

初当選からは十三年という年月が過ぎ、むろん学生時代のようにベタベタした間柄ではなくなっていたが、私たちはそれなりの関係を維持していた。重要な局面で清家は必ず私の判断を仰ごうとしたし、たとえ用事がなかったとしても月に一度は必ず二人でのみに出かけた。

　場所は決まって神楽坂の小料理屋だ。他の客から隔離された二階の個室で、その夜も清家は楽しそうに酒に口をつけていた。

「いや、先生。まずは報告していただけないでしょうか」

　敬語で話すことにも、「先生」と呼ぶことにもすっかり慣れた。佐々木光一ら、我々の過去を知る友人たちからはこの関係は不評だが、もはや普通に話す方が緊張する。

「報告ってなんだよ？」と、清家はグラスを手に本気でわからないという顔をした。私は目を見返しながら説明する。

「ですから、なぜあんな会見をしたのかわかりません。世論を舐めると痛い目に遭《あ》いますよ」

「舐めてなんてないよ。大丈夫だ。俺は何も間違ったことを言ってない」

「そういうことではなくて」

「だから、大丈夫だって言ってるだろう。そんなことより鈴木の方はどうなんだ。結婚の準備は進んでるのか？」

　清家は面倒くさそうに手を振った。こうなると話を合わせるしかなくなる。

「まぁ、そうですね。特別何をしているわけではありませんが、それなりに」

「そうか。いいよなぁ、結婚。俺もいつかするのかな」

「政治家は若い頃に結婚した方がいいって言いますからね。たしかに四十歳になられたいまから先生の妻を務められる方は大変でしょう」

「どうしてだ?」

「どうしてって、これだけ注目度の高い政治家の夫人に収まるのはキツいじゃないですか。並の覚悟じゃできませんよ」

「ふーん。そういうものか」と他人事のように口にする清家はあいかわらず頼りなく、そこだけを切り取れば学生時代と何も変わらない。しかし、当然のことではあるけれど、世間一般の清家一郎を見る目はあの頃とは劇的に違う。

それが顕著になったのは、外務副大臣に抜擢されたこの年の春からだ。清家の実力もさることながら、未曾有《みぞう》の低支持率に喘《あえ》ぐ内閣が、注目度の高い清家の名前で手っ取り早く人気を獲得しようとする手段でもあった。

だからこそ私は「泥船に乗るのは得策ではない」と主張したし、「いまはまだ前に出るときじゃないでしょう」と訴えた。

普段だったら、聞き入れてもらえる話だったと思う。少なくとも聞く耳くらいは持たれていたはずだ。

しかし、このとき清家は頑として受け入れなかった。

「これが他の副大臣だったら受けることはないと思う。でも、他ならぬ外務副大臣だ。断る手はない」

「他ならぬというのは、どういう意味でしょう?」

「そのままだよ。俺はずっと外交をしたかった。自分の専門は東アジアだとも思っている。この話を断ることはできない」

もちろん、私は清家が積極的に外交問題の勉強会に参加しているのを知っていた。外務省内に多くのチャンネルを持っているし、そもそも大学時代のゼミの教授も東アジア情勢の専門家だった。もっと遡《さかのぼ》れば、高校時代に〈春吉〉で議論が白熱したテーマの一つが日中問題だったのも覚えている。

しかし、私は清家がなぜそこまで東アジアについて、とくに日中関係について執着するのかを知らない。

いまさらながらの好奇心が胸をかすめた。だが「先生——」と言いかけた私を、清家はさっと手で制した。

「いつか鈴木に伝えたよな？　二人の間で意見の相違があったときは、俺の考えを優先してくれって。それが俺たちのルールだって」

言葉自体は覚えていたが、この十三年間に清家が〝ルール〟を持ち出してきたことはほとんどない。言いたいことも、尋ねたいことも山のようにあったが、久しぶりに向けられた鋭い眼差しにたじろぎそうになり、私はそれ以上口を開くことができなかった。

晴れて要職に就いて以降、清家の存在感は一段と増した。東アジア諸国との関係が大幅に悪化していたことに加え、本来、矢面《やおもて》に立つべき外務大臣が体調を崩していたことも影響している。

かねて希望していた外交の分野で、清家はたしかにいきいきと働いていた。そして清家が額に汗するたびに、毀誉褒貶《きよほうへん》の入り混じった社会の声は大きくなった。

とくによく耳に入ってきたのは、清家の活動が他国側を利しすぎているという声だ。ことにリベラル寄りの発言をする人間は、政治家に限らず、新聞記者も、評論家も、大学教授までも、ネット上などで激しい罵声を浴びせられていた。

その傾向が、労働力不足を補うために外国人を本格的に受け入れはじめた頃からより顕在化した。排外主義的な新しい層が出現し、その声はネットから実社会にまで広く浸透し、一気に世論を覆い尽くした。

賃金の安い外国人に日本人の雇用が奪われたことに加えて、在日外国人の犯罪が急激に増えたこと、それまで左派を支えていた世代が社会から大量に引退していったことも関係しているのだろう。革新系の政党がことごとく壊滅状態に追い込まれていき、代わって台頭してきたのは一般に保守とされている民和党よりはるかに右に寄った日本国民党だった。

高校生の頃、私たちは〈春吉〉で、近い将来「リベラル」や「保守」、「右」や「左」といった価値観は形骸化するだろうと話し合っていた。

その意味では、たしかに「近い将来」はやって来た。しかし、それは我々の予想もしない形としてだ。とくに政治の世界に生きる我々の目には、市民の社会思想はますます保守に一極化しているように見えてならない。当然、世論を何よりも気にする政治家の発言もそちらの側になびきがちだ。

そうした中で、清家はマイノリティに寄り添った発言を繰り返した。外国人参政権の付与や不法移民の保護、在日韓国・朝鮮人の権利問題、外国人の子どもの教育。それらは大抵道義的に正しかったし、支持基盤の盤石《ばんじゃく》な清家だからこそ発言できるものも多かった。

だから、当初は私もうるさいことを言わなかった。スピーチ原稿自体は私が書いていることに加え、清家もいろいろと相談してくれていたからだ。

それが外務副大臣に就任した頃から、清家はハンドリングが利かなくなった。用意した原稿を無視することがたびたび起き、ムキになったようにマイノリティ寄りの発言をするようになったのだ。

「俺はこのために政治家になったんだ。鈴木たちと『砂の器』を見ただろう。陽の当たらない人に光を当てようとしないで、何が政治家だ。大丈夫。俺たちは絶対に正しいことをしている。いつか歴史がそれを証明する」

そんな清家の言葉にはたしかに説得力があった。「もちろん、どんな逆風にさらされても私は先生を守ります」と前置きしながら、それでも私には清家に釘を刺しておく義務があった。

「でも、世論を見誤らないでください。たしかに先生には圧倒的な支持者がいますが、こんな時代です。そもそも愛媛は保守層の多い地域じゃないですか。歴史が証明したときには政治家じゃなかったなんて笑い話にもなりません」

その念押しに清家は「わかったよ」とうなずいていた。それなのに、その数ヶ月後に行われたアジア諸国への歴訪で、清家は失言とも受け止められかねない発言を繰り返した。私は日本に残っていたが、同行した外務省の職員に問い合わせてみると、彼も制御が利かない状態だと困惑しきっていた。

とくに問題視されたのは、最後に訪れた北京でのフォーラムにおける発言だ。慰安婦問題を取り上げていたこの会のスピーチで、清家は見事な英語を駆使してこんなことを語っていた。

「私が日本の政治家である間に、この問題に決着をつけたいと思っています。立つべきは、虐《しいた》げられた人の側です。皆さんの立場とすれば散々裏切られ続けてきた約束かもしれませんが、この清家一郎が自らの行動を以《もっ》て、みなさんに結果を示したいと思います」

ナショナリズム高揚の潮流は日本だけの話ではない。すでに慰安婦の孫世代が中心となって取り仕切られたフォーラムの会場は、万雷の拍手に包まれたという。

これが閣僚の発言であったら、もっと大きな問題になっていただろう。それでも、迎えに行った羽田空港には多くの記者が詰めかけていた。

「いつか歴史が証明してくれると思っています――」

糾弾《きゅうだん》するかのような右派メディアの記者からの質問に、清家は努めて冷静に答えていた。人前に立つ際は、いかなるときでも相手をのみ込むつもりで。それが清家のスピーチの原点だ。

「両国の関係修復によって誰か一人でも救われる人がいるなら、自分のしていることに意味はあるはずだと信じています。政治家として、いつでも弱い者の側に寄り添っていたい。それが私の信念です」

その様子を記者の陰から見守りながら、私は古い記憶に思いを馳せた。『砂の器』を見て号泣していた清家の姿だ。

あの日は、当然父と息子の絆の物語に涙を流しているのだろうと思っていた。しかし、なぜかそれがまったくの見当違いだったのではないかという気持ちが過ぎった。

高校一年生のあの夜以来、自分は一貫して清家一郎という人間を見誤り続けてきたのではないだろうか。

そんな不気味な思いが、じんわりと胸の奥底を侵食した。

5

「久しぶり」と手を振った香苗に、先に来て待っていた大学時代の同級生、廣原真紀子《ひろはらまきこ》は思いきり眉をつり上げた。

「久しぶり、じゃないよ。人に頼み事をしておいて遅れないでよ！」

約束の時間までまだ十分近くある。そういえば昔からせっかちな子だったと思いながら、香苗は素直に頭を下げた。

「ごめんね。ちょっと出がけにバタバタしちゃって」

「あんた、ホント昔から変わらないよね。自分の用があるときばっかり連絡してきてさ。こないだのサークルのOB会でもそんな話題になったんだよ」

「ごめん、ごめん」

「それで、最近どうなの？　起業したんでしょう？　大丈夫なの？　あんた自分で会社を経営するっていうタイプじゃなかったよね？」

真紀子はメニューを開きながら、次から次へと質問を投げかけてくる。ダンス系のサークルに所属していた大学時代は、とくに親しく口を利いたわけではない。二人の距離が飛躍的に縮まったのは、十人ほどいた同級生の中で香苗と真紀子だけがマスコミ業界を志望していたからだ。「こんな斜陽なマスコミとか、私たちも物好きだよね」という真紀子の言葉は、あれから十年が過ぎたいまでもよく覚えている。

結局、香苗が新聞、真紀子がテレビと、それぞれが望んだ業界への就職が決まった。真紀子が入社したのは民放最大手の関東テレビだ。久しぶりにかけた電話で報道から編成に異動していることを知らされた。

三年ぶりに真紀子に電話したのは、他でもない。清家一郎の大学時代の友人、佐伯絵美からのメッセージに「関東テレビ」の文言があったからだ。清家の当時の恋人が、関東テレビ主催のシナリオコンクールに作品を応募したという。

それだけの情報だったらことさら興奮することはなかったかもしれないが、佐伯のメッセージには続きがあった。そのシナリオが『最後に笑うマトリョーシカ』というタイトルで、テーマが政治だというのである。

もう二十五年以上も前のコンクールの応募作が残っているとも思えなかったし、たとえ残っていたとしても簡単にアクセスできるわけがない。それでも当たってみる価値はあるだろうと、真紀子に連絡を取ってみた。

シナリオがあったのか、なかったのか。持ち出すことができたのか、できなかったのか。それさえも電話では教えてくれないまま真紀子は香苗を呼び出し、再会してからも延々とサークルOBの近況を聞かされた。

「いや、あのさ、真紀子——」

落ち合って三十分ほどが過ぎ、いい加減しびれを切らした香苗を、真紀子は逆に辟易《へきえき》したように見つめてくる。

「ね？　私の話なんて興味ないっていう感じでしょ？」

「いや、そんなつもりはないんだけど」

「あったよ」

「へ？」

「古い時代だったのが幸いした。最近はデータでしか原稿を受けつけてないから逆にアクセスしづらいんだけど、当時は紙で送られてきてたから。でも、簡単じゃなかったんだからね。ドラマ班にいる同期に頭まで下げてさ」

一息に不満を言うと、真紀子はバッグから大きな無地の封筒を取り出した。香苗は無意識にテーブルに置かれたそれに手を伸ばす。真紀子は封筒の上の手を離そうとしない。

「ただ、これがあんたの言っていたものかはわからない」

ふっと現実に引き戻される気がした。

「どういう意味？」

「たしかにあんたの言っていた年に『最後に笑うマトリョーシカ』という応募作はあった。だけど、応募者の名前が違う。あんた、たしか『三好美和子』とか言ってたよね？」

「うん」

「だとしたら、これは違うのかも。全然違う名前が書かれてある」

「何それ？　よくわからないけど、ペンネームとかそういうのじゃないの？」

「ううん。ペンネームはペンネームでちゃんとあった。その上で、本名も記されてる」

「どういう意味よ」

「それを私が聞いてるんでしょう。あんたはこの作品の中身については知ってるの？」

「政治モノって聞いてるけど」

「ちなみに私は先に読ませてもらったんだけど、あんたがなんでこんなものに興味を持ったのかわからない。最終選考にも残らなかった作品だからそんなもんだろうと思ってたけど、ハッキリ言ってものすごく下手だったよ。書き手の自我をずっと押しつけられてるみたいで、とにかく不快だった。なんなの、これ」

真紀子はようやく封筒に置いていた手を離してくれた。香苗は友人の目をうかがうように見つめながら、慎重に封筒を自分のもとへ引き寄せる。

中から出てきた紙の束の表紙には『最後に笑うマトリョーシカ』の太い文字があり、そのとなりに「ペンネーム・劉《りゅう》浩子（本名・真《ま》中《なか》亜《あ》里《り》沙《さ》）」と印字されていた。

どちらの名前にも見覚えはなく、直前まで想像していた「三好美和子」とは相《あい》容れない。その横に記されていた「群馬県前橋市――」という住所も、佐伯から聞いていた「香川県」とまったく違った。

「見てもいい？」

原稿を手にしたまま尋ねた香苗に、真紀子は渋々というふうにうなずく。

「いくら古いものだからって、個人情報には違いないんだからね。コピーだから持っていっていいけど、絶対に慎重に扱って」

「わかってる。本当にありがとう」

「ねぇ、それ何なの？　本当にそれがあんたの探していたもの？　東都辞めてまで追っかけてるテーマがあるってことでしょう？　もしそれがビンゴで、香苗がやってるのがおもしろいことなら、私にも一枚嚙ませてよ」

不平不満の入り混じった真紀子の申し出は、ほとんど耳に届かなかった。パラパラと原稿をめくっていた手が、気づいたときには震えていた。

先頭に戻り、再び一枚目からめくっていく。シナリオの中に、ある人物の名前を見つけたときには、大きく目を見開いていた。

「ありがとう、真紀子。これ借りていく。絶対に迷惑はかけない」

そう口にしたときには、伝票を手に立っていた。

「はぁ？　何？　もう帰るの？」

「ごめんね、真紀子には必ず報告する。だから、いまは何も聞かないで。とりあえず絶対にまた連絡するから！」

ちょっと、あんた勝手すぎ！　という金切り声はきちんと耳に入っていたが、香苗は振り向こうと思わなかった。


大慌てで神保町のオフィスに戻り、シナリオのコピーを三部取った。そのうちの一部を山中に押しつけ、「十九時に〈カナリオ〉で！」と一方的に店の名前を告げて、香苗は再び急ぎ足でオフィスをあとにした。

新宿のカフェで『最後に笑うマトリョーシカ』と銘打たれたシナリオを繰り返し読み、読みながら調べ物をするなどして、香苗は約束の時間に遅れてしまった。

歌舞伎町にある行きつけのスペイン料理屋の個室で待っていた山中は、真紀子のように文句を口にしなかった。

「読んでもらえましたか？」

遅刻の件を謝罪さえしない香苗を、山中はそれでも咎《とが》めない。とはいえ、「読んだよ。なんだよ、これ」という口調はいつになく不満げだ。

香苗はかいつまんでシナリオについて説明した。山中の顔がみるみる歪んでいく。

「ちょっと待てよ。じゃあ、なんだ？　これは二十七年前に書かれたものだっていうのか？　最近じゃなくて？」

「はい。清家の大学時代の恋人が書いたものだと思われます。佐伯絵美さんという清家のゼミの友人から聞いた話と内容が合致しています」

「思われます、ってなんだよ。なんでそんな曖昧《あいまい》な言い方をするんだ？」

「名前が違うんです」

「名前？」

「佐伯さんからは『三好美和子』さんと聞いていました。でも、ここにはまったく違う名前が書かれています。先ほど佐伯さんにも確認しました。間違いなく、清家も当時『美和子ちゃん』と呼んでいたそうです」

「なんだよ、それ。でも、ここには『真中亜里沙』ってあるじゃねぇか。ペンネームも『リュウ』って読むのか？　全然違うぞ」

「はい。どういう理由で名前が違うのかわかりませんけど、その『三好美和子』さんが書いたのは間違いないと思うんです」

断言したくなる根拠は、もちろんシナリオの中身にある。真紀子が「ものすごく下手」と痛烈に断じたシナリオは、香苗にとっては衝撃の代物《しろもの》だった。

真紀子の前でさっと目を通したときには、すでに手は震えていた。二読目で「ハヌッセン」の名前を見つけたときには、声が漏れそうなのを必死に堪えた。

このシナリオはなんらかの〝真実〟だ。そんな予感は、新宿のカフェではじめて熟読したときに確信に変わった。いまはあまり見ないゴシック体で綴られていたのは、政治家になった清家一郎と、おそらくはその秘書を務める鈴木俊哉をイメージした、二人の若い男の物語だった。

とくに印象に残ったのは、秘書Bが代議士Aを懸命にコントロールしようとする場面。最初はうまく行っていたが、少しずつ代議士Aは秘書Bの上をいく。Aの妻Cが巧みにAを操り、ことごとくBを出し抜いていくのである。

真紀子の言っていた「書き手の自我みたいなもの」を、香苗もたしかに感じ取った。香苗には妻Cが作者である「三好美和子」、あるいは「真中亜里沙」とわかっているから鼻につくのかと思ったが、それを知らない真紀子も同様のことを感じたようだ。

とにかくこのCがいけ好かない。Bを含む他者を徹底して見下していて、登場してくる人物を自分より上か下かでしか判断しない。

いっそそれを偽悪的《ぎあくてき》に、たとえばCを徹底してヒールとして描くのならば救いはあったかもしれないが、作者が共感を得られると思っているのが目も当てられない。

そこから始まるCの回想、閉塞的な地方都市でいじめ抜かれた中学時代と、父親の暴力に母親の無関心、そして人生の大逆転を狙って高校卒業を機に上京するエピソードや、映画館でAと運命の出会いを果たすシーンなどは、最初の共感がなかっただけに読んでいて胸焼けを起こしそうなくらいだった。

構成も決して洗練されているとは思えず、目を見開かされるような表現もない。それでも、注目すべき描写はいくつかあった。

たとえば、代議士Aにとっての「エリック・ヤン・ハヌッセン」を気取りながら、物語の中で徹底的に道化の役割を担う秘書Bが、ハヌッセンと同じ四十三歳で大量の睡眠薬を服用して死を迎える場面。

物語上は自死として扱われているが、ここまでつき合ってきた者ならば誰だって理解できる。BはAによって葬られた。その理由は実在したハヌッセンと同じ。Bがブレーンを気取り、増長し、Aにとって目障《めざわ》りな人間となったからだ。

物語はAが東京郊外の実家に一人で帰るところでエンディングを迎える。そして、ここで唐突に新しいキャラクターが現れる。Aの母、Dだ。

エンディングの場面で、Aはイスに腰かけたDの胸にしなだれる。無言のAを思いきり抱きしめて、Dが諭《さと》すようにこう言う場面で物語は終わりを告げる。

「大丈夫だから。Aくんは間違っていないから。お母さんに任せておけば大丈夫だから」

このシナリオに触れたすべての人が眉をひそめ、首をかしげたことだろう。それまで散々引っ張られた妻Cがいつの間にかストーリーから消えていて、物語に決着をつけたのが前触れもなく登場してきた母Dなのだから。

あるいは、これを清家に照らし合わせて読まなければ、香苗も、おそらくは山中も興味を示さなかっただろう。

しかし、このシナリオは間違いなく清家の恋人が書いたものだ。清家を、鈴木を、そしておそらくは自分自身をモチーフとして、多分に自らの「社会への復讐」という願望を取り込みながら、未来を予見して書き上げた。そう想像するに難《かた》くない。しかし……。だとしたら、だ。物語のフィナーレは香苗の理解のはるかに上を行く。これが本当に未来を見据えて書かれたものだとしたら、三好美和子の願望をも超えて辿り着いたこのエンディングにはどんな意味があるのだろう。

じっと原稿の表紙を見つめていた山中が、しみじみと息を漏らした。

「これについてわかってることはあるのか？」

香苗はテーブルのメモに目を落とした。

「シナリオの作者が三好美和子なのか、真中亜里沙なのかはわかりませんが、記載されていた住所にはどちらの家もなさそうです。四年ほど前のデータですが」

「ええと、この群馬県前橋市に？」と尋ねながら、山中は住所の書かれたシナリオの表紙をペン先で叩く。

「はい。古い家は建っているみたいですけど、少なくともいまはそういう名前の人は住んでなさそうです」

「他は？」

「さっき東都新聞のデータベースを当たってみたんですけど、残念ながら『真中亜里沙』については何もヒットしませんでした。ただ、一つ……。山中さん、これどう思いますか？」

香苗はバッグからタブレットを取り出した。差し向けた画面を見つめる山中の頰がおもしろいように赤く染まる。

香苗が山中に見せたのは、とある小さなニュース記事だ。「三好美和子」でも「真中亜里沙」でも「劉浩子」でもそれらしい記事がヒットしない中で、香苗はなんとなくある名前を検索にかけた。

地方高校の野球部員や、詐欺事件の共犯者など、「鈴木俊哉」でヒットした記事は無数にあったが、そこに「清家」のワードを加えると一気に六件まで絞り込まれた。

その一つ一つに目を通した。最初の四件はすべて清家一郎の政策に関するもの、あるいは人となりを紹介した記事で、鈴木自身は通り一遍のコメントをしているに過ぎなかった。

思わず息をのんだのは、いまから五年ほど前の、四十行ほどのいわゆる「ベタ」と呼ばれる記事だ。初老の男性が薬の副作用によって運転中に眠ってしまい、引き起こした人身事故を伝えるものだった。

幸いにもスピードはさほど出ておらず、死者は出なかった。車にはねられ、都内の病院に運び込まれた四名もみな軽傷で済んだというが、その中の一人に「民和党・清家一郎議員の政策担当秘書」として「鈴木俊哉」の名前が出てくるのだ。

「どう思いますか、これ」

たかがベタ記事に香苗が衝撃を受けたのには理由がある。山中も自信なさげにうなずいた。

「どう思うも何も……。ほとんど同じじってことだよな？」

香苗は唇を嚙みしめる。そうなのだ。初老の男性が薬の副作用によってハンドル操作を誤り、歩道に乗り上げるという事故は、清家と鈴木にとっての恩師、武智和宏が死んだときと状況が酷似している。

「こんな偶然ってあり得るか？」

独り言のようにこぼした山中には答えず、香苗は逆に問いかける。

「もう一つ、気づくことはありませんか？」

「気づくこと？　なんだよ？」

「いや、それこそ偶然なのかもしれません。考えすぎだという気もしますし、山中さんの言っていた〝特ダネの魔力〟に搦《から》め取られているだけなのかもしれません」

「なんだよ。もったいぶらずに言え」

テーブルの上には、氷の溶けきったアイスコーヒーのグラスが二つ並んでいる。どれだけの時間、議論しているのかわからない。

香苗は冷静になろうと努めた。本当に偶然なのか、それともなんらかの意図があってのことなのか。もし後者なのだとしたら、その「意図」とは何なのか。

すべての可能性を排除しないと自分に言い聞かせて、香苗は慎重に切り出した。

「この記事、いまから五年前のものなんです」

「それが？」

「気づきませんか？　いまから五年前なんです。清家一郎が、そして鈴木俊哉が四十三歳だった年です。ハヌッセンがヒトラーに暗殺されたのも、それに『最後に笑うマトリョーシカ』の秘書Bが服薬自殺を装って代議士Aに殺されたのも同じ。四十三歳でした」

山中は口を開こうとしなかった。怒ったように再びペンでシナリオを叩き出す。貧乏揺すりのようなその音だけが、個室の中に規則的に響いている。

「これからどうする？」

しばらくの沈黙のあと、山中はようやく顔を上げた。

「私は前橋を訪ねてみようと思います。二十七年も前のことですから、空振りの可能性が高いと思いますけど。真中亜里沙を探してみます」

「わかった。何かありそうなら何日でも張りついていていいぞ。その費用はちゃんと出す。俺がやっておくことは何かあるか？　しばらくはそっちの取材につき合うよ」

自分はいま、記者としてもっとも楽しい時間を過ごしている。そんな実感があるからこそ、本当はすべて一人で手がけたい。

でも、やるべきことはあふれてくる。そして本音をいえば、少しこわい。自分が何に触れようとしているのかがまだわからず、山中の申し出はありがたかった。

「ありがとうございます。そうしたら、本人には当たらずに鈴木俊哉の人となりを探ってもらっていいですか？　五年前の事故がどういうものだったのかもくわしく知れたら嬉しいです」

「他には？」

「そうですね。もし可能なら清家の母親についても知りたいです。ちなみに過去の東都の記事には何もありませんでした。『悲願』には少しだけ書かれていますが、分量はかなり少ないです」

「そうだったな。清家の母親か。これも空振りの可能性が高そうな気がするけど」

山中は苦々しく笑ってから、気を取り直すように自分の頬を軽く張った。

「いや、お前の記念すべき初仕事なんだ。文句を言わずに手伝うよ」

「初仕事ってなんですか。これまで散々仕事してきましたよ」

「記者の仕事ってのは自分の想像を超えたものを追いかけることなんだよ。その意味では、東都でのお前の仕事は仕事じゃない。全部レールの上でのことだった」

「なんですか、それ。じゃあ、山中さんにとっての仕事ってどれだったんですか？」

「もちろん、俺にとってもこれが初仕事だ」

山中は真顔で言い放って、香苗の目を覗き込んだ。

「こうなったらとことん〝特ダネの魔力〟に取り憑《つ》かれてみるか。最悪、できたばかりの零細出版社がつぶれるだけのことだ。命まで取られるわけじゃない。いいな、道上。必ずモノにしろ。最初の社長命令だ」

山中の言葉はいつになく熱っぽかった。香苗の心もたしかに震えたが、次の瞬間、空腹を告げる間抜けな腹の音が個室の中に響き渡った。


一週間後、香苗は前橋駅で電車を降りた。清家の取材を始めて、東都新聞を辞め、季節が二つ過ぎた。梅雨がもう目前だ。空には重い雲がたれ込め、雨を降らすタイミングを見計らっているようだ。

シナリオにあった「真中亜里沙」の自宅へは、バスを二本乗り継がなければならない。コストはなるべく抑えたかったが、香苗は駅前でレンタカーを借りることにした。周辺を回ってみたかったし、場合によっては車で待機する必要もあるだろう。

目的地には五十分ほどで到着した。重い雲のせいもあるだろう。ネットである程度わかってはいたが、到着した街は香苗の想像を超えてうす暗い雰囲気だった。

広い空き地に車を停め、扉を開けた瞬間、湿り気を帯びた空気が全身にまとわりついた。それはまさに『最後に笑うマトリョーシカ』の中で妻Cが語っていた「暗い水の底にいるような息苦しさ」というセリフ通りで、香苗はこの街に「真中亜里沙」が存在していたことを確信する。

東京ではほとんど見かけなくなった昭和を感じさせる山間《やまあい》の集落に、人が歩いている気配はない。目当ての家には『西川礼子《にしかわれいこ》』の表札がかかっていた。期待していた「真中」でも「三好」でもないことに落胆しつつ、しかし築数十年は経っているであろう木造の平屋建てもまたシナリオの描写そのままで、手のひらに汗が滲む。

チャイムを押すべきかどうか逡巡した。もちろん、アポなど取っていない。いつかは当たらなければならない家だが、攻め方一つで藪蛇《やぶへび》になる可能性は大いにある。

外にいるとは思えない静寂の中、香苗はふと背後に視線を感じた。吸い寄せられるように振り返ると、五十歳くらいだろうか、汚れた作業着姿の男が立っていた。

香苗があわててお辞儀をすると、男も申し訳程度に頭を下げた。その顔にはあきらかに不審の色が滲んでいる。

「あの、すみません。このへんに『真中さん』という方のお宅はございませんか？」

「え、真中？」

男はさらに怪訝そうに眉をひそめた。形容しがたい緊張感が立ち込める。香苗は懸命にそれをはね除けた。

「はい。私、東京からまいりました道上と申します。ライターをしております。実はいま『真中亜里沙』さんという女性を探しておりまして、その方の――」

「ちょ、ちょっと待ってよ。真中亜里沙？」

「ご存じですか？」

「ご存じも何も、同級生だよ。小学校から高校までずっと一緒だったけど、もう何十年前になるのかな、高校を途中でやめて、家出したんだ。そのことを知ったのだって数年後だった気がするし、そのあとのことなんてわからないけど」

そう口にしながら、男は「西川」の表札のかかった家を一瞥した。

「真中さんのご自宅はこちらだったんですか？」

「うん？　ああ、そうだね」

「いつ頃、引っ越されたのでしょう？」

「いや、引っ越してなんてないよ」

「だって、いまは『西川』さんって――」

「十年くらい前にお父さんとお母さんが離婚したんだ。離婚して、お父さんの方が出ていったって聞いた。そこから何度か再婚して、いまは西川なんだろうね。もともと何しているのかよくわからない家だったけど、それ以来、お母さんの姿を見ることもめっきりなくなった。夜になると電気がついたりしてるから、いるのはいるんだろうけど、車もないし、どうやって生活してるんだろうね」

ため息を一つこぼして、男ははじめて香苗に同情の眼差しを向けてきた。

「ここの人、たぶん何も話さないよ。それでも訪ねようと思うなら夜の方がいいと思う」

「夜ですか？」

「うん。宅配便の受け取りなんかは全部夜にしてるみたいだから」

「そうですか。ありがとうございます。あの、もう一ついいですか?」

話を打ち切ろうとした男に、香苗はなんとか食い下がった。

「卒業アルバムを見せていただくことはできませんか? 小学校のでも、中学校のでも。真中さんの顔を見てみたいんです」

「卒アルかぁ。どこかにあったかなぁ」と言ったまま口ごもり、男は少しすると諦めたように口をすぼめた。

「ちなみにあんたの足は?」

「え? ああ、車です」

「どこに停めてるの? 広場?」

「そうです」

「わかった。もしも見つかったら届けに行くよ。その前にあの家に行くなら気をつけてね。危害を加えられるようなことはないと思うけど、変わり者には違いないから」

男は優しく微笑んだ。きっと安心させようとしてくれたその言葉は、香苗の身体を強ばらせるのに充分すぎる力があった。


空が暗くなるにつれ、緊張感は高まっていった。二十分ほど車を走らせ、目についたコンビニで弁当と水を買ってくるが、のどを通らない。

時計は十九時を示そうとしていた。そろそろ家を訪ねてみようと水に口をつけたとき、いきなり車の窓がノックされた。水を吹き出しそうになるほどビックリして、振り向くと、タバコをくわえた昼間の男が立っていた。

あわてて窓を開けると、男はニカッと微笑んだ。

「持ってきたよ、卒アル」

「え、見つかりましたか！」

「うん。小学校のときのやつだけどね。とりあえず入れてもらっていい？」

男が助手席を指さした。知らない男を車に招き入れる嫌悪感を、圧倒的な嬉しさが上回る。

「いやぁ、探すのに苦労したよ。俺自身も見たの十数年ぶり。懐かしかったなぁ」

男はシートに腰を下ろすと、早速あるページを開いた。

「ほら、これが真中亜里沙だよ」

想像していた通りの雰囲気だった。長い前髪が鬱陶しそうで、メガネ越しに見える瞳はひどく不満げで、自信のなさをうかがわせる。佐伯絵美が言うようにたしかに顔立ちはキレイだが、そこに目が行かないほど陰気くささが気になった。

香苗はしばらく真中亜里沙の写真を見つめていた。が、しばらくするとある違和感が胸の奥を貫いた。

「え……？」という声が独りでに漏れる。男がこちらを見るのに気づいたが、視線はアルバムに釘付けになったままだ。

「真中亜里沙」の写真のとなりに、見覚えのある名前が記されているのだ。散々メモに書いてきた「三好美和子」の名前が、突然自分の前に現れた。

「あ、あの、この子は？」

香苗が指さした写真の少女、三好美和子はかなりの美形だった。とても自然に笑えていて、小学生でありながらかすかな色気まで漂わせている。

香苗の小学校にもこういうタイプの女子はいた。先生たちには気づかれにくい、女子たちの陰のリーダー。その先入観が目を曇らせているだけかもしれないが、「三好美和子」の笑顔もどことなく意地悪そうなものに見える。

「うん？　ああ、三好か」という男の声に変化はない。

「まぁ、目立つ女子だったよ。そいつとも小学校から高校まで一緒だったな」

「彼女と真中亜里沙さんは親しかったのですか？」

「え、なんで？」

「すみません。ちょっと気になることがありまして」

真中亜里沙は実生活において「三好美和子」の名を騙《かた》っていた。恋人である清家に対しても、その友人の佐伯絵美に対しても。その理由は定かじゃないが、少なくともこれで『最後に笑うマトリョーシカ』が清家をモチーフとしていることがほぼ間違いなくなった。そんな思いが、自然と香苗の気持ちを逸らせた。

男が弱々しく肩をすくめる。

「いや、親しかったことなんてなかったよ。むしろ三好たちのグループが中心になって、真中をいじめてたんじゃなかったかな」

なんとなくそんな予感があったから驚きはなかった。男は何かを思い出したように「あ、でも――」と続ける。

「たしかにそうなる前は仲が良かった気はするな。小学校三、四年の頃だったかな。いつも二人で一緒にいたのを覚えてる」

「そうなんですか？　二人はなぜ仲違《なかたが》いを？」

「ごめん。それはわからない。でも、女子ってそういうのあるでしょ？　昨日まで仲良かったくせに、ある日、突然っていうやつ」

そう言ったところで男は前のめりになり、表情を輝かせながら話題を変えた。

「ねぇ、そんなことよりこれってなんの取材？　真中が何かやらかしたの？　あいつっていま何してるの？　事件か何か？」

アルバムを探してもらって申し訳ないという気持ちはあったものの、さすがに真中が現官房長官のかつての恋人だったなどと答えられない。

「すみません。いまはまだ何も言えないんです。ただ、この取材は必ずモノにしたいと思っています。本になった暁《あかつき》には必ず送らせていただきます」

そんなことでは引き下がってくれないかと思っていたが、男は思いのほかあっさりとうなずいてくれた。

香苗はもう一つ質問した。

「あの、劉浩子さんという名前には聞き覚えありませんか？」

こちらの方も期待感があったけれど、男は「リュウ？　ううん、知らない。中国人？」と、首をひねった。


男が去って五分ほどして、香苗は腰を上げた。陽の出ている時間帯でも陰鬱《いんうつ》な雰囲気を感じさせたが、夜の闇に包まれた西川家はその比ではない。

呼び鈴を鳴らし、しばらくして戸を開けたのは大柄な女だった。背が高いわけではない。でも、上下別々のスウェットに身を包んだ女の身体は、長年にわたる不摂生《ふせっせい》を瞬時に思わせた。

息をのんだのは女も同じのようだった。睨《にら》むように香苗を一瞥すると、すぐに目を逸らし、何も言わずに引き戸を閉めようとする。

そこに咄嗟に足を入れた。「怪しい者ではありません！」という言葉を、おそらく人生ではじめて使った。

女は無言を貫いたまま、ねじ込んだ香苗の足を自分の足で押し出そうとしてきた。力の差は歴然としていて、いまにも戸を閉められてしまいそうになる。ここで閉じられたら二度と会えないという予感があって、必死に戸に腕を入れた。

「お願いします。少しだけ話を聞かせてください！　東京から来ました、道上と申します！　お願いですので娘さんの……、亜里沙さんの話を聞かせてください！」

不意に戸を引く力が緩む。女はふぅふぅと鼻を鳴らしながら、上目遣いに香苗を見た。警戒心は消えてなく、むしろいまにも飛びかかってこられそうな気配を感じる。

それでも、女が「亜里沙」という名前に反応したのは間違いない。香苗は同様に乱されていた呼吸を整えながら、冷静になれと自分自身に言い聞かせる。

「娘さん……なんですよね？　真中亜里沙さん」

「なんの用だ？」と、はじめて聞いた女の声は、イメージとは裏腹に透き通っていた。

「東京でライターをしている道上と申します」

香苗の差し出した名刺を、女は見ようともしない。

「そんなのはどうでもいい。亜里沙がどうした！」

「あまり大きな声を出さないでください。ご近所の手前もありますので」

香苗はわざとらしく背後を振り返る。女に気にする様子はなかったが、最後は諦めたように香苗を家に入れてくれた。

家の中は外よりも一段と湿気っぽかった。それなのにこたつが出しっ放しになっていて、古いテレビの前にぺちゃんこの布団が敷かれている。床に虫が這っているのも視界に入った。

ゴミの隙間におそるおそる腰を下ろす。お茶など出てこないが、この家で出されるものに口をつけられる気がしなくて安堵《あんど》する。

ようやくこたつ越しに向き合った。表札に記されていた名前を思い出しながら、香苗は慎重に切り出した。

「すみません、西川さん。いま亜里沙さんはどちらにいらっしゃいますか？」

西川礼子の眉間《みけん》にシワが寄る。

「どういうこと？　亜里沙に何かあったわけじゃないの？」

「はい？」

「違うの？　私はてっきりあの子が何かしでかしたんじゃないかって」

少しずつ声が小さくなっていく。元来、気の弱い人なのだろう。そう確信させるほど、つかの間見せた西川の表情は弱々しいものだった。

「どういう意味でしょう？　私はいまから約二十七年前に亜里沙さんが書いたと思われるシナリオを見つけただけです。それについて亜里沙さんからお話が聞きたくて、無礼を承知で今日は来させていただきました」

香苗は変に駆け引きをせず、こたつの上にシナリオのコピーを置いた。その表紙に目を落とした西川の表情がさらに曇る。

「劉浩子？」

「ご存じですか？」

「そういうわけじゃないけど」

そう口にする西川に、ウソを吐《つ》いている様子はない。それでも、直前までの攻撃的な空気は消えている。

「申し訳ないけど何も答えることはないわ。私も知らないの。あの子と最後に会ったのは、それこそいまから二十七年くらい前だった」

「え？」

「あの子がここを出ていったのは十七歳のとき。この家であったことをあなたに話すつもりはないけど、とにかくあの子は家出した。それから数年は音信不通だったのに、あるときひょっこり帰ってきて。あの子、おかしなことを言ったのよ」

「おかしなこと？　なんですか？」

「私、見つけちゃったかも、って。うまく行けば私たちは人生を逆転できるって。だから協力してほしいって」

「協力？」と、思わず繰り返した香苗に、西川は卑下するように微笑んだ。

「つまらないことよ。お金を貸してって。いまだけは何も言わず、私に協力してくれって」

「すみません。その『見つけちゃったもの』とは？」

「さぁ、それは」

「聞かれてないんですか？」

「もちろん聞いたけど、あの子はかたくなに言わなかった。でも、適当なことを言っているわけじゃないのはわかったわ」

「なぜですか？」

「実の娘だからよ。あの子は私にそっくりだった。だからよくわかった。あの子は何か見つけたの。食らいつけば絶対に大金に化けるはずの何かを」

香苗は無意識のままこたつの上のシナリオに目を落とした。この母親が娘からそんな話を聞いている以上、これを読ませるのは得策ではない。西川にもそんな気はなさそうだ。

「なぜ亜里沙さんと二十七年も会ってないのですか？」と質問を変えた香苗に、西川は退屈そうに鼻を鳴らした。

「だって連絡がないんだもん。こっちから連絡しようがないじゃない」

「東京のご自宅を訪ねたりは？」

「そんなものなかったわ。どこに住んでいたのかもよく知らない。友だちの家を転々としているって話だったけど、どうせ男のとこだったんでしょう」

「あの、亜里沙さんは東京で何を？　大学に通っていたという話を聞いたのですが」

「あの子が大学？　何をバカなこと言ってるの。高校だって中退しているのに」

「では、捜索願などは？」

「出したわ。連絡がなくなって何年も経ったあとだけど」

「それまでは心配じゃなかったんですか？」

「べつに」

「どうして？」

「だって、強い子だもの。絶対にどこかでたくましく生きている。そこが私とは決定的に違うとこ。失踪なんてしないし、自殺なんてあり得ない。亜里沙は図太いし、強い子よ。絶対に自分から投げ出すようなことはしない。でも――」

思わずというふうに口にして、西川は自分の言葉に驚いたように目を見開いた。香苗は慎重に先を促す。

「でも、なんですか?」

香苗の問いかけに小さく息をのみ込んで、西川は二度、三度とうなずいた。

「自分より圧倒的に強い者を前にすると信じられないくらいバタバタする。相手の力を見誤るところがある。小さい頃からそうだった。自分より強い相手が現れたときの亜里沙は、かわいそうになるくらい脆《もろ》かった」

必死にペンを走らせたメモに目を落としたとき、西川が「ねぇ、私そろそろご飯にしたいんだけど」と声を上げた。

香苗は謝罪して、最後の質問を切り出した。

「あの、あの、すみません。お母さまは三好美和子さんという亜里沙さんの同級生を覚えてらっしゃいますか?」

「覚えてるに決まってるわ」と、西川は拍子抜けするほど簡単に答える。

「何度も家に乗り込んでいったもの。亜里沙をいじめてた女でしょう? 母親もいけ好かないヤツだった」

「そうなんですね。では、三好さんと亜里沙さんは仲がいいわけではなかった？」

「いいわけないじゃない。いじめられてたんだから。だから亜里沙の考えがちっともわからなかったのよ。どういうつもりなのか、私にはさっぱりわからない」

西川は汚らわしいものでも見るようにシナリオの表紙を見つめ、思ってもみないことをつけ足した。

「で、誰なの？　その浩子って」

「え？」

「どうせそれもあの子にとって特別な人間なんでしょう？　またいじめられてたのか、憧れてたのかは知らないけど」

そう吐き捨てるように言って、西川は立ち上がった。荷物でごった返す隣室の電気をつけ、何やら探し始める。

そして「ああ、あった。これだ、これだ」と、足音を立てて戻ってきて、黄ばんだファイルをこたつの上に放り投げた。

「見てみな」

激しく埃《ほこり》が舞っている。それを不快に感じない。香苗は呆然とうなずきながらファイルを取った。中から出てきたのは手書きの原稿の束だった。

「これは？」

「私はそんなものを書いてたことさえ知らなかった。ずっとあとに部屋の整理をしていたら、そういうものがいくつも出てきたのよ。〈ペンネーム〉っていう字を見落としていたから、はじめはあいつが書いたものかと思ったわ。でも、違う。それは間違いなく亜里沙の字よ」

今度は西川の言う意味が理解できた。手書きと印字の違いはあるが、表紙の体裁が完全に一致している。

香苗はあらためて紙の束を凝視した。その一枚目には『夕日の香り』というタイトルらしき言葉と〈ペンネーム〉の文字があって、そして「三好美和子」という名前がしっかりと綴られているのである。

「この家にいた頃にこっそり書いてたんだろう。本名の方がよっぽど華やかでカワイイのに。自分の人生をぶち壊した女の名前をペンネームに使うなんて、ホントに悪趣味」

「あの、これお預かりすることはできませんか？」

「いいわよ、そんなもの。勝手に持って帰ればいい」

「ありがとうございます。必ずお返ししますので」

「そのかわり劉浩子をいますぐに探して」

「え？」

「私はいまも亜里沙がどこかで図太く生きていると思っている。でも、もしあの子からの連絡が途絶えたことに何か理由があるんだとしたら、その女が関係してるに決まってる。亜里沙にとって特別な女のはずよ。『金の生《な》る木』も同じ。絶対にその女が関係してる」

その後、香苗は西川とどんなやり取りをしたか覚えていない。気づいたときには、しつこいくらい礼を言って、家の戸を閉めていた。

久しぶりに深く息が吸い込めた。湿気っぽいと思っていたはずの夜の空気が、夏の高原のようにさわやかに感じられる。

逃げるように車に駆け込み、飲みかけだった水に口をつけた。山中に報告しようとスマートフォンを取り出して、我に返る。着信が二件、メッセージが四通届いている。すべて山中からのものだった。

一つずつメッセージを開封するにつれ、胸が拍動した。山中の興奮もメッセージの行間に滲み出ていた。

『清家の母親を知っている銀座の元ホステスを見つけた。彼女は「悲願」も読んでいて、すぐに昔の知り合いだとピンと来たらしい』

『古い写真を借りられたから添付しておく』

『ちなみに当時の源氏名は〝朱里《あかり》〟で、本名は〝劉浩子〟というらしい。記憶もずいぶん鮮明だったし、おそらく間違いないだろう』

山中はシナリオのペンネームとの合致には気がついていないらしい。香苗がそのことに意識が行ったのも、しばらくしてのことだった。

視線は添付された写真に釘付けになっていた。四人並んだキレイなホステスの、どれが「劉浩子」か、香苗にはすぐ見当がついた。

血の巡りが一気に早まる。

いまからほんの数ヶ月前、香苗は「劉浩子」と会っている。

場所は道後。清家と鈴木の福音学園時代の同級生、佐々木光一が営む〈春吉〉のカウンターだ。

あの日、香苗と入れ替わるようにして店を出ていった年齢不詳の美しい女がいた。

それこそが清家一郎の母親、劉浩子だったのだ。

6

道上香苗があの卒論をどこで手に入れたのか。

彼女がどうしてあれほどハヌッセンに執着していたのか。

清家に道上のインタビューを受けさせてからの半年間、私は小さな不安をずっと抱え続けていた。

そもそも道上のインタビューを受けることになったのは、旧知の『東都新聞』の政治部長、高畑孝治《たかはたこうじ》に頼み込まれたからだ。

「鈴木くんさ。うちの文化部からどうしても『悲願』の著者インタビューをしたいって懇願されちゃったんだよね。政治部案件じゃないから突っ込んだ質問はないと思うし、ちょっと頼まれてやってくれないかな」

高畑は私や清家と同じ、今年四十八歳になる政治記者だ。東都新聞社での初任地が松山だったという縁があり、政治部に配属された頃からずっと清家に注目していた。

新聞というメディア自体にまだ力があったこともあり、私も目いっぱい高畑を利用した。もちろん、その分だけ彼が必要としている情報を流してきたつもりだ。政治家とマスコミの古い関係を体現する持ちつ持たれつの形だったが、私と高畑は仕事を離れても気が合った。

仕事終わりに二人でのみに出かけたことは数知れず、プライベートでゴルフや釣りに行ったことも少なくない。

私の結婚式では乾杯の挨拶もお願いした。私に友人が少ないということもあったが、それ以前に私と七つ年下の妻、由紀《ゆき》とをつないでくれたのが高畑だったのだ。当時、由紀は『東都新聞』のライバル紙『新日本新聞』の文化部記者として働いていた。

そういった経緯もあり、高畑とは親しくつき合っている。家に食事に来ることもあれば、逆に向こうの自宅に由紀と二人で招かれることもある。私抜きで由紀と連絡を取り合うこともあるようだ。

そんな高畑から内幸町のプレスセンターで久しぶりに頼み事をされたのだった。

「いいよ。代議士のスケジュールは押さえておく。貸し一だからな」

文化部のインタビューなど拍子抜けするような内容ではあったが、私は二つ返事でオーケーした。「わかってるよ」と、いつものように私の肩を叩きながら、高畑がなんとなくやりづらそうな笑みを浮かべたのが印象的だった。

それから一ヶ月後に『東都新聞』文化部の著者インタビューが行われた。同じ日に清家の官房長官就任の記事が同紙の一面を飾ったのはまったくの偶然だ。文化部のインタビューは数週間前に決まっていたし、高畑からは前日に確認の電話が入ってきた。

道上は一人で議員会館にやって来た。濃いメイクと、整った目鼻立ち。白いシャツにジャケット、パンツスーツといういまどきの記者にはめずらしいコンサバティブな格好も、すっと高い身長によく似合っていた。同席するものと思っていた高畑はおろか、上司やカメラマンも帯同していなかった。

よほど優秀な記者なのかと思ったが、見た目とは裏腹に道上はずいぶん頼りなかった。応接室に入った瞬間に空気を作り上げた清家にのまれているのが見て取れた。

高畑の言う通り「突っ込んだ質問」はなさそうと判断し、私は応接室の扉を閉めた。執務室に戻り、清家の官房長官就任の特ダネを打った『東都新聞』を一瞥して、一人で窓から首相官邸を見下ろした。

清家の口から直接「首相」や「総理」といった願望を聞いた記憶はない。だが本人が望む、望まざるとに関係なく、目指せる位置に辿り着いたのは間違いない。この日の官邸は手を伸ばせば届くかのようだった。

記者との向き合い方のみならず、政治家としての清家の振る舞いはあいかわらず完璧だ。高校時代に出会い、最初に受けた衝撃を私はいまだに忘れていない。心というものが存在しないかのような、空っぽに見えたあの日の印象は変わらない。

　私はいまもきっと清家という人間をつかみきれていない。あるときは十五歳のときと変わらない純粋さで人と接し、あるときは四十八歳の有力政治家として振る舞っている。

そう、清家の本質は「振る舞い」という点にこそある。もちろん、振る舞わせているのは私自身だ。高校の生徒会長選のスピーチ以来、私は自分が誰よりも清家を輝かせられると自負してきたし、清家も私だけを信頼している。ささいな諍《いさか》いがあったとしても、ずっとそう信じていたはずだった。しかし……。

　その自信が不意に揺らいだのは、いまから五年前。他党を含めた秘書仲間との会合を終え、自宅の最寄り駅から国道沿いの歩道を歩いていた私に向けて、一台の車が突っ込んできた。

　むろん「私に向けて」というのは語弊がある。ドライバーの初老の男性と面識などあるはずもなく、本人の供述通り、体内からは通常量以上の抗精神病薬も検出された。

　警察は早々に「事故」ということで捜査を終えたが、車が突っ込んできた瞬間、私にはドライバーの顔に覚悟が宿っているように見えてならなかった。「居眠りをしていた」という捜査報告とは裏腹に、衝突する直前に一瞬見えた彼の目は見開かれていた気がしてならないのだ。

　とはいえ、その面識のない男性はおろか、誰かから恨みを買っている覚えはない。担当医師はしきりに「幸運だった。当たり所が悪ければ命にかかわっていた」と言っていたが、はじめのうちは大事《おおごと》とも捉えていなかった。

幸いにも軽傷で済み、入院した病院で久しぶりの惰眠《だみん》を貪《むさぼ》っていたくらいだ。胸の中にかすかな違和感が芽生えたのは、仕事の合間を縫って清家が病室を訪ねてきたときだった。

「本当に大丈夫なのか？」と、他にスタッフのいない個室で、清家は興奮したように声を上ずらせた。

「いや、先生。やめてください。病院の方もいるんですから」

照れ笑いを浮かべた私に、清家もようやく安堵したように微笑んだ。そして、抱えていた花束を床頭台《しょうとうだい》に置いて、何度かうなずきながらポツリと続けた。

「ケガがたいしたことなくて本当に良かった。しばらく休んでていいからな。事務所のことは他のスタッフに任せておけばいいから」

「ご心配いただきありがとうございます。そんな大げさにしないでください」

「いいんだよ。坂本《さかもと》だって成長してきてるし。とにかくいまは休んでくれ。俺はもう二度と事故で大切な人を失いたくないんだ」

「失う？」

「事故の連絡を受けたとき、真っ先に武智先生のことが胸を過ぎったよ」

あらためて目尻を下げた清家に、他意はなかったように思う。本当に安心しているようにしか見えなかった。

しかし、このとき私はたしかに不安に搦め取られた。清家が病室を去ってしばらくして、胸に残っていたのはハッキリとした恐怖だった。

自分の事故との類似性にようやく気づいた。すでに記憶も薄れかかっていた十六年前の武智さんの事故が、いきなり不気味なものとして目の前に横たわった。

他に人のいない病室で、手のひらにじっとりと汗が滲んでいた。清家が私を消さなければならない理由などあるのだろうか。

たとえば大学時代、恋人だった三好美和子が忽然《こつぜん》と姿を消したとき、私が一方的に引き離したのだと決めつけ、清家から恨みを買ったのは間違いない。

とはいえ、それだってもうずいぶん昔の出来事だ。最初の選挙戦を皮切りにいくつもの修羅場《しゅらば》に直面し、互いに思惑はあったとしてもともに乗り越えてきた中で、まさかいまだにあの頃のことを根に持たれているとは思えない。

何より清家一郎という政治家にとって、政策担当秘書としての私は欠かせない存在であるはずなのだ。そんなふうに自分に言い聞かせていなければ、どうしても不安を拭うことができなかった。

私は吸い寄せられるように枕もとのタブレットに手を伸ばした。そしてある人物の名前を検索にかけたとき、「えっ」と声を漏らしていた。

〈エリック・ヤン・ハヌッセン。享年43〉

まるでそこだけ違う色で綴られたように目に飛び込んできた〈享年43〉の文字に、私は何を感じただろう。

武智さんの死によって、二十七歳で代議士になったことを筆頭に、清家は間違いなく多くの恩恵を得た。それとよく似た状況の自動車事故に遭ったことも、自分が当時四十三歳を迎えたことも、単なる偶然で片づけていいのだろうか。

むろん、清家が武智さんを葬るような危険を冒すはずもないし、万が一そうだとしても、私を葬ることで得られる利など一つもない。

頭では考え過ぎとわかっていた。それでも、警戒心は解けなかった。表面上はそれまでと変わらず振る舞いながら、あの日からの五年間、私は意識して清家と距離を置いてきた。

少し俯瞰《ふかん》してみても、清家という政治家の印象に変化はなかった。あいかわらずつかみどころがない一方で、こちらの要求には忠実に応じてくれる。ひとたび人前に立てば硬軟織り交ぜて見事なスピーチを披露し、自分にとって必要ないと思う人間は容赦なく排除する。十年勤めてくれた私設秘書とも、数年つき合った恋人とも呆気なく関係を清算した。どちらも告げたのは私だった。

それを苦とも感じなかった。初当選の頃、武智さんの秘書を務めていた藤田さんに清家の事務所に採用しない旨を伝えたときは、ひどく動揺したことを覚えている。私もまた長年にわたって政治の世界に身を置いてきたことで、心が鈍くなっているのだろう。

いまもスピーチ原稿は書いているし、求められれば自分の考えを伝えはしている。しかし、事故に遭う前のように強く主張することはなく、基本的には清家の考えに従った。この五年間で揉めた案件は『悲願』を巡ってのことだけだ。

出版社から「月刊誌で〈道半ば〉の連載を」という依頼を受けたとき、私はいまこそ清家が和田島芳孝の実子であることを明かすタイミングではないかと考えた。向こう数年内に清家が党のさらなる要職に、かねて念願だった官房長官に就く可能性も決して低くないと思っていた中で、清家贔屓《びいき》の世論をより強固なものに仕上げたいと思っていた時期だった。

そのために世間に提供すべきは「物語」だという確信があった。清家の出自はこちらが握っている重要なカードであり、いまこそそれを切るときではないかと考えたのだ。

そういった思惑はあえて明かさず、私は「やるべきだと思います」と清家に伝えた。清家は是とも非ともつかない表情を浮かべ、ただ「俺は文章なんて書けないよ。鈴木が書いてくれるならいいんじゃない？」と、他人事のように言ってきた。

最初からその腹づもりでいたから、了承し、出版社にもすぐに引き受ける旨を伝えた。清家が唐突に「やっぱりある程度俺が書いてみてもいいかな。もちろんエピソードの取捨や清書は鈴木に任せるから」と言ってきたのは、そのあとだ。

そのときは「仕事が減っていい」という程度のことしか感じなかった。とくに話し合ったわけでもなかったが、清家は見事にオメガの腕時計を切り口に和田島芳孝について触れてきたし、私もまた細心の注意を払って清家のメモ書きを文章に認《したた》めた。

世間の共感を呼び起こすことだけを念頭に、清家が挙げてきたテーマはほとんど採用したつもりだ。

意図を持って外したエピソードは一つしかない。大学時代の恋人、三好美和子との三文小説のようなエピソードだけはどう考えてもプラスに働くはずがなく、バッサリ切り捨てた。

そのことに清家が文句を言ってくることはなかった。当然、そんな学生時代の恋愛エピソードなどなくても〈道半ば〉は大きな反響を呼び起こしたし、出版社にはなかば強引に連載期間を延長させた。もちろん、政界の情勢を見極めてのことだった。

連載が終了し、いざ書籍に……という話を持ちかけた頃には、目論《もくろ》み通り、政局は焦《き》な臭《くさ》くなっていた。清家が意外なことを言い出したのは、私が出版のタイミングを考え始めていた時期のことだ。

「担当の編集者を紹介してもらってもいいかな。ちょっと自分のこと整理してみたくて。改稿も自分でしたいんだ」

やはり思わぬ提案ではあったものの、連載時に箇条書き程度とはいえ清家自身が書いたことはたしかにプラスに働いた。

「できた原稿は推敲《すいこう》させていただきますよ」

「もちろん」

「でしたら、かまいません。くれぐれも慎重にお願いいたします」

そうして清家が一ヶ月ほどかけて完成させた原稿に目を通して、私は頭に血が上った。あれほど「慎重に」と伝えていたのに、私が〈道半ば〉で採用しなかった三好美和子とのエピソードをさらに肉付けして書いてきたのである。

「これは掲載しないって決めましたよね？」

「あのときはね」と、平然と言い放つ清家に私はさらに気色《けしき》ばんだ。

「どんな得があると言うんですか？」

「得？」

「議員の過去の恋愛話を自伝に盛り込んで、誰が得するのかって聞いてるんです！」

とくに東アジア諸国との外交問題を巡って、これまで私と清家が言い争いになったことは何度かある。

でも、それらはすべて政策についてのことだったし、事故に遭ってからの四年間に限っていえば、やり合ったことは一度もない。こんなふうに感情的になったのも久しぶりだ。

声を荒らげた私を、清家は呆れたように見つめていた。胸がとくんと音を立てる。その嘲笑するような表情は、かつて目にしたことのない種類のものだった。

「俺は自分が得するために自伝を出版するつもりなんてないよ」と、清家は呆れたように肩をすくめた。

「いまさら当てつけのつもりですか?」

「うん?」

「あの頃、美和子さんとの交際に反対した私に対する当てつけですかって聞いてるんです」

清家は驚いたように一瞬目を見張ったが、すぐに面倒くさそうに自分の肩を揉んだ。そして眉を下げながら言い放った。

「そんなつもりは微塵もない。ただ、実際にあったことをなかったものにするのが気持ち悪いと思うだけだ。本当に他意はない」


あの日の清家の表情はいまでも胸に残っている。道上のインタビューが行われている応接室のドアをボンヤリと見つめながら、私は壁際に設置された本棚に歩み寄った。

その上段のもっとも目立つ場所に、買い取った三十冊ほどの『悲願』が並べられている。本などとうに売れなくなったこの時代において、『悲願』は圧倒的な共感をもって有権者に受け入れられた。

手に取った『悲願』をパラパラとめくり、大学時代のページで手を止める。最後は「もし意見がぶつかったときは俺の方を採用してくれ」という一言に押し切られて、三好美和子とのエピソードが加筆された。「美恵子」と仮名にさせたのは私のせめてもの意地だった。そのときも清家は小馬鹿にしたような笑みを口もとに浮かべ、私の心をざらつかせた。

応接室はしんと静まり返っていた。心配することは何もなかった。道上という若い記者と、いまの清家とでは役者が違う。まさか押し込まれることなどあり得ないと思ったが、その静けさが少しだけ気になった。

取材時間が残り十分ほどであるのを確認して、私はノックをせずに応接室の戸を開いた。清家が「大丈夫だ」というふうに目で合図を送ってくる。それを見て、私は離れた席で持ち込んだ資料に目を落とした。

「それが例の腕時計ですね？」という質問を皮切りに、道上と清家はしばらく和田島芳孝からもらった古いオメガについて話していた。

とくに鋭い突っ込みもなく、淡々と時間は流れていった。私が思わず目を見開いたのは、道上に「そろそろ――」と告げようとしたときだ。

「あと一つだけ質問させてください」と口にし、道上は前触れもなくこんな質問を切り出した。

「卒業論文について教えていただけますか？」

部屋の空気が張りつめる。「え、論文？」と言葉に詰まった清家も、道上もなぜか私を見つめてきた。

二人の視線に気づいてはいたが、顔を上げることはできなかった。どんな表情を見せるのが正解なのか、瞬時に判断がつかなかった。

空気が変わったのを味方につけて、道上はさらに思ってもみないことを言ってきた。まさかこの場で、軽んじていた記者の口から「ハヌッセン」の名前が出てくるなど夢にも思っていなかった。

さすがの清家も言葉を失っているようだ。ひとしきりハヌッセンについて語ったあと、道上はとどめとばかりにカバンから紙の束を取り出した。清家の卒業論文だ。

私は動揺して、無意識にテーブルの上のマトリョーシカ人形に手を伸ばそうとした。武智さんの事務所に置かれてあって、彼の死後、秘書だった藤田さんにお願いしてもらったものだ。二人でロシアへ外遊したときに購入したものと聞いている。

そのマトリョーシカ人形から、カタカタという乾いた音が聞こえた。私は我に返り、あわてて腕時計に目を落とした。そして笑みを浮かべながら口を開いた。

「すみません、道上さん。そろそろお時間なので」

「いや、ですが――」と、なんとか食い下がろうとしてきた道上に、私は申し訳ないというふうに首を振った。

「すみません。そもそも『悲願』の内容とはかけ離れたことですし、卒論の件を本に盛り込まなかったことにとくに意味はありません。こちらから語るべきことはないんですよ」

清家は口を挟まず、私をじっと見ていた。その清家と私に交互に目をやって、道上も諦めたように頭を垂れた。

「わかりました。では、本日のインタビューはここまでとさせていただきます」

「記事ができたら確認させていただけますか？」

「もちろんです。鈴木さんにご連絡させていただきます」

そう口にして、道上は最後に自分を奮い立たせるように顔を上げた。

「あらためて清家さんにインタビューを申し込ませていただくかもしれません。そのときはどうぞよろしくお願いいたします」

もちろん受けるつもりはなかったが、私は「そのときはまたご連絡ください」と満面に笑みを浮かべてみせた。

まず清家が応接室から出ていって、私はノートやボイスレコーダーをカバンにしまう道上を見守った。

その間、卒論らしき紙の束がずっと視界の隅に映っていた。手に取りたい欲求に抗《あらが》えず、私は小さな息を一つこぼす。

「すみません、道上さん。これ、見せてもらってもいいですか？」

「ええ、どうぞご覧になってください」とうなずいた道上に、こちらを観察している様子はない。

しかし、パラパラと紙をめくっていって、私はあることに気づいた。道上がハヌッセンについて触れたときと比較にならないほどの衝撃を受けた。

道上が異変に気づいて尋ねてくる。

「何か？」

「え……？　ああ、いや、ずいぶん懐かしいものを持っているなと思いまして。あの、これはどちらで？」

「あ、すみません。それは……」

「まぁ、そうですよね。こちらこそすみません。野暮なことを聞きました」

「鈴木さんは清家さんの卒論を読まれたことはありますか？」と口にする道上に、先ほどの鋭さは見られない。この論文が特別なものであることには気がついていないようだ。

「ええ、清家とは学生時代からの友人なので。たしか卒論のこともいろいろと相談を受けていたと思います」

私はなんとか平静を取り繕った。道上はしばらく私の目を覗き込んでいたが、それ以上の攻め手はなかったらしい。「またご連絡させていただきます」と諦めたように頭を下げて、紙の束をカバンにしまい、名残惜しそうに部屋を出ていった。

かすかに香水の匂いが残っているのに気がついた。私は深い海から戻ってきたように、大きく息を吸い込んだ。

道上が持ち込んできたのは、清家が大学に提出した卒論ではなかった。その前段階の、担当教授によって書き直しを命じられたバージョンだ。

私はそれを学生時代には読んでいない。はじめて目を通したのは二十七歳のとき、初当選を果たした清家が夏目坂のマンションから議員宿舎に引っ越した日だ。その手伝いをしていて、偶然見つけたものだった。

ハッキリ言って、優れた論文とは思わなかった。主語のわからない文章が散見されて、いわゆる「て、に、を、は」の使い方も正しくない。推敲が足りていないのはあきらかで、資料の少なさのせいか「だろう」や「と思われる」といった言葉があふれている。

しかし、この論文の本当の問題点はそこではない。あまりにも清家がヒトラーに肩入れしすぎていることだ。もっと言うなら、ヒトラーの「不安」や「孤独」に寄り添いすぎていた。

パラパラと論文をめくっていた私に、やはり引っ越しの手伝いのために愛媛から上京していた浩子が声をかけてきた。

「どうしたの、俊哉くん。その卒論がどうかした？」

清家の出馬が正式に決まった頃、スキャンダルになることを恐れてということを名目に、私の方から「二人きりで会うのはもうやめよう」と告げていたのだ。

もちろん、それはさびしく、心が引き裂かれそうなことではあったけれど、それ以上に私が感じていたのは圧倒的な解放感だった。

ずっと浩子に執着し、これ以上の人はいないと信じていた。しかし、いざ関係を解消し、孤独で悶《もだ》えそうな数ヶ月を過ごしたあとに心に訪れたのは、予想をはるかに超えた平穏だった。

まるで長年の束縛から解き放たれたかのようだった。いや、実際に私は「浩子のためになりたい」という思いに何年も縛られていたのだと思う。

私は自分がいかに清家にとって有益な人間かということを常に浩子にアピールしていた気がする。自分の存在価値を訴え続け、それでも少しずつ彼女の心が離れていくのを感じていて、強烈な焦りに雁字《がんじ》搦《がら》めになっていた頃、幸運にも清家の衆院選出馬が決定したのだ。

そう、あれはまさに幸運なタイミングだった。「清家の夢の邪魔をしないため」というこれ以上ない理由を得たことで、私は胸を張って浩子と離れることを選択できた。醜態をさらさないで済んだのだ。

浩子と顔を合わすのは、その言葉を交わした日以来だった。他の人間を交えたとしても会うことはなかったし、清家が初当選を決めたときも連絡さえ取ろうとしなかった。

引っ越しで多くのスタッフが出入りする中、軽やかな佇《たたず》まいはあいかわらずで、同じ空間にいるだけでずっと胸が昂ぶっていたはずなのに、浩子の声が自分に向けられた瞬間、私はすっと冷静さを取り戻した。

「これって提出したものと違いますよね」

見つけた卒論を握りしめながら、そばにいる清家や他の事務所スタッフの手前、とくに言葉遣いには注意した。

浩子に周囲を気にする様子は見られない。

「あ、なんか教授にボツにされたものがあるって言ってたかもね。それがどうしたの?」

「いや……。これ、どうしようかと思って」

「とりあえず論文なんかは全部松山に送りましょう。大丈夫。私がやっておくわ」

「そうですか。じゃあ」と論文を手渡しながら、私は浩子の顔に見惚れていた。清家は浩子が二十四歳のときの子だ。五十歳を超え、本人は「もうおばあちゃんね」と自嘲するように言っているが、肌のハリのおかげか、髪の毛の美しさのためだろうか、まだ三十代にも見えるくらいだ。

浩子は私と過ごした数年のことも、別れた夜のこともなかったかのように首をかしげた。

「どうしたの、俊哉くん」

「いや、お母さんはこれで完全に愛媛に戻るんですよね」と、私はあえて「お母さん」と強調した。

議員になってまで母子が一緒に住むとは思わなかったが、この母と、この子が完全に離れて暮らすというイメージも抱きづらかった。

むろん高校時代にも、大学に入ってからの一時期も、二人が離れたことはあった。しかしその都度《つど》、私の目には母子の絆が強まっているように見えていた。ただの子離れ、親離れというのとは少し違う。二人の間には第三者が絶対に立ち入ることのできない秘密が間違いなく横たわっている。

和田島芳孝の件はその一つだろう。高校時代、清家は「一人で抱えているのがつらかった」とこぼしていた。はじめて私と光一に父親の件を打ち明けたとき、心から安堵した様子を見せていた清家の姿は深く印象に刻まれている。しかし、清家と浩子が共有しているのはもっと大きな秘密であるという気がしてならない。

たとえば母子が過去に誰かを殺していたというような突拍子もない話の方が、よほどしっくりくるほどだ。

「ええ、私の最後の仕事はあの子に議員バッジをつけること。それが終わったら、私は完全に愛媛に引っ込むわ」

そう流れるように口にして、浩子は不意に上目遣いに私を見つめた。長くつき合ってきたからよくわかる。何か大切なことを打ち明けるとき、あるいは頼み事をしてくるときに決まって浮かべる表情だ。

しかし、何かが切り出されるという予感を裏切り、浩子はさっと視線を逸らした。そして浮かべたのは、かつて見たことがないような弱々しい表情だった。

「一郎くんのこと、頼んだわね。あなたがあの子の夢を叶えてあげて、俊哉くん」

以来、思い出すことすらなかったたいわくつきの論文を、初対面の若い記者が突然持ち込んできたのだ。

その日からしばらく、私はどうにか道上から話を聞けないかと思っていたが、なかなかチャンスが見つからなかった。

せめて原稿に不備があれば、それを足がかりに……と考えていたが、確認を求められた掲載前のインタビュー記事は見事に当たり障りのないものだった。インタビューで一瞬見せた鋭さは見る影もなく、私は拍子抜けしながらもオーケーを出すしかなかった。

道上がどこでボツになった論文のコピーを手に入れたのか。浩子としか考えようがなかったが、私にそれを確認する術《すべ》はない。あの引っ越しの日を最後に、浩子とは一度も会っていない。彼女は七十一歳ということになる。その姿をイメージすることは難しい。

会ってみたいという気持ちはいまでもある。

もちろん、それが以前と同じ感情から来るものとは思っていない。それを直視することすら不安だったし、同じ理由から清家に話を聞こうとも思わなかった。二人がどれくらいの頻度で会っているのか、どんな話をしているのか、もう何年も清家の口から出てきていない。

思ってもみないところから自分を批判するかのような論文が出てきたからか、それとも久しぶりに浩子のことを考えていたからだろうか。道上のインタビューが行われて以来、何かが起きそうな予感がずっとつきまとっていた。

それでも表面上は何も起きず、あっという間に半年の月日が過ぎた。晴れて官房長官に就任してからも、清家はうまくこなしている。意地悪なメディアから揚げ足取りのような報道が連日にわたって出ているが、圧倒的な支持率を前にそれらは無力だった。もともと周囲の声を気にするタイプではなかったが、ここに来て清家はさらに自信をつけたと思う。

私に判断を求めることもめっきり減った。最近は地元からの推薦を受けて事務所に入ってきた十歳下の福音《ふくいん》の後輩、坂本一紀《かずのり》を重宝している。私もそれに異論はない。むしろなんとかモノになるようにと、私自身が坂本を育て上げた。

東都新聞の高畑から久しぶりに電話が来たのは、そんなある日のことだった。電話口でわざとらしく咳払いして、高畑は『ちょっと一人になれるか？』と尋ねてきた。

事務所を出て、国会議事堂を見下ろせる議員会館九階の廊下の端に場所を移す。高畑の用件を聞く前に、私の方から切り出した。

「答えにくい質問かもしれないけど、できれば教えてもらいたい。いつかうちの先生がお前のとこのインタビューを受けただろ？　あれの経緯が知りたいんだ」

『なんだよ、藪《やぶ》から棒に。インタビュー？』

「文化部の著者インタビューだよ。清家が『悲願』を出版したときの。あれってやっぱり文化部の方から企画が上がってきたのか？」

『ああ、あれのことか。いや、あれはそうだな――』

高畑は言葉に詰まって、少しするとやりづらそうに息を吐いた。何かあるのだという予感が確信に変わる。

『すまん、鈴木。今夜って空いてないか？　俺から連絡しておいてあれなんだけど、やっぱり電話で話す内容じゃなくてな。お前の質問の答えも同じだ』

いつになく神妙な声色が気になった。本当はすぐにでもその答えを聞きたかったが、電話口の高畑に何かを明かす気配はない。

西日に染められた国会議事堂を視界に捉える。「ああ、わかった」と答えながら、私も深く呼吸した。

指定されたのはいかにも新聞記者が好みそうな古い銀座のバーだった。二十時を回ったところで落ち合うと、挨拶もそこそこに私の方から切り出した。

「わざわざ出向いたんだ。インタビューの経緯を教えてくれ」

モヤモヤを吐き出すように尋ねたが、高畑はすぐに答えようとしない。オーダーしたビールでのどを湿らすと、唐突に周囲の様子を見渡した。

「その前に俺の用件を話させてもらえるか」

「なんだよ？」

「お前、個人的に羽生《はぶ》さんと面識ってあったのか？」

「羽生さんって、何？　総理のこと？」

「当たり前だろ。お前が清家さんの秘書になる前に面識があったか知りたいんだ。羽生さんについて何か覚えていることがあったら教えてくれ」

高畑に冗談を言っている様子はない。それでもあまりに意味がわからず、私はつい笑ってしまった。

今年で六十五歳になる民和党総裁、羽生雅文《まさふみ》は、叩き上げの政治家として知られている。地元・富山の国立大学に進学したが、不況の煽《あお》りを受けた家庭の事情から中退を余儀なくされ、上京。フリーターとしていくつもの職を転々とする中、当時勤めていた新宿のバーで民和党の代議士と知り合い、秘書として政界に飛び込んだ。

政治のイロハも知らなかったが、羽生は持ち前の人当たりの良さと抜群の気遣いで次々と人脈を築いていく。そして三十四歳のときに縁もゆかりもなかった徳島の選挙区から出馬すると、見事に当選。二世議員が叩かれていた時流にもうまく乗り、羽生は徹底して「地盤のなさ」をアピールして、人気を博した。

清家とは同じ政策グループに属し、また同じ四国の選挙区ということもあって、一年生議員の頃からずいぶん可愛がってもらってきた。

穏やかな保守を自任する羽生と、リベラル思考の清家とでは政治思想は異なったが、代議士となって二十年の間、たくさんの先輩議員や仲間たちと袂《たもと》を分かっていく中で、清家はしがみつくように羽生と行動をともにし続けた。

むろん、それはひとえに羽生の出世をにらんでのことだ。私は羽生の政治家としての「大学も卒業していない出の悪さ」を危惧し、首相の芽はないと訴え続けたが、清家は頑としてうなずこうとしなかった。

「これだけ軟弱な政治家が多い中で、羽生さんの馬力は絶対に武器になる。俺は羽生さんにベットする」

こうと決めたときの清家はテコでも動かない。そして、結果としてこのことは清家の見立てが正しかった。

民和党内でライバルたちが少しずつ脱落、失脚していく中で、羽生は大きなスキャンダルに見舞われることもなく、持ち前の明るさで次々と難局を乗り切っていった。そして、ついに三年前に総裁の座についたのだ。

その羽生と、私が個人的につながっているかと高畑は問うてくる。秘書になる前の面識について尋ねてくる。

あるわけがない。議員会館で二、三度声をかけられたことがあったかもしれないが、それだって羽生が総理になる前のことだ。私はおろか、清家だって議員になるまでは面識などなかっただろう。

「ないよ、そんなもの」

そう答えた私の心の内を探るように、高畑は無言で見つめてくる。ハッキリ言って、不快だった。本題を明かす前に質問をぶつけてくるのは、記者という人種特有のやり方だ。

そんな私の気持ちを悟ったように、高畑は苦笑しながら視線を逸らす。握っていたグラスに口をつけ、何かを確認するように小刻みにうなずいた。

「いまさらだが羽生がＢＧ株事件にかかわっていたという話が出てきたよ」

「はぁ?」

「お前、事件については覚えてるのか?」

「いや、お前な——」

そんなもの覚えているに決まっている。私の人生を一変させた出来事だ。あのときに抱いた政治家に対する憤りから、私はこの生き方を選択した。清家というタレントを操ることで、政界で生きることを選んだのだ。

「当たり前だろう。どういう情報だよ」

「言った通りだよ。まだ政治家になる前の羽生雅文が、不動産業を営む鈴木耕介《こうすけ》の自宅に出入りしていたっていう話がある」

「いや、ちょっと待てよ」

「言うまでもないよな? お前の親父さんだ」

いまから十年前、妹一人に看取られ、父はひっそりと他界した。私はそのことをほとんど誰にも明かさなかった。それこそBG株事件のことで迷惑がかかるといけないからと、清家にさえ事後報告で済ませたくらいだ。身内ばかりのさびしい葬儀に、高畑は私の友人という立場で焼香に来てくれた。

だからといって、私から父の過去を高畑に話した覚えはない。

「うちの親父があの事件の首謀者にされたことを知ってたのか」

「された、ってどういう意味だ? まるで誰かの罪をかぶったっていう言い方だな」と、高畑は挑発的に目を細める。

「話を変えるなよ。お前は俺の親父を知ってたのかって聞いてるんだ」

「知らないよ。事件そのものについては覚えてたけど、正直、葬儀のときは名前を見てもピンと来なかった。最近、あらためてBG株事件について調べてビックリしたよ。十年前に遺影で見たのと同じ人が出てきたからな」

そこで一回言葉を切って、高畑は真顔を取り戻した。

「お前は羽生のことを知らなかったのか？　いつか言ってたよな。東京にいられなくなった理由があって、福音に行くしかなかったって。事件が起きた年からすると符合するんだ。お前が中学生のときに親父さんが逮捕されている。お前は家に出入りしていた人間を覚えてるんじゃないのか？　羽生のことを知ってたんじゃないのか？」

「知らないよ」とムキになって即答して、私はなんとか冷静さを取り戻そうとした。

「たとえ知ってたとしてもお前に言う必要はない。いまの俺の立場にあって、それを公表することに意味はない」

高畑はつまらなそうに鼻を鳴らす。たとえ呆れられたとしても、実際私は知らなかった。あの頃の自宅にはたくさんの大人たちが出入りしていたし、政治家といえどもその一人一人を覚えているなどあり得ない。

もちろん記憶に残っている人間は何人かいる。民和党の高柳好雄はその一人だ。当時は若手議員の有力株という触れ込みを多くの人から聞いていたが、BG株事件にかかわっていたというウワサが根強く尾を引き、次の選挙で呆気なく落選した。いまは政界で話題に出ることもいっさいない。

そんな凡庸な政治家が、つまりは〝ニセモノ〟に過ぎなかった人間が、父を表舞台から葬ったのだ。縁もゆかりもなかった松山の高校に入学させられて以来、父とはほとんど口をきかなかった。会っても挨拶を交わす程度で、恨んでいるはずの政治家の秘書という仕事に就いたことにも最後まで何も言ってこなかった。そうして互いに距離をつかみあぐねているうちに父は心筋梗塞を発症し、呆気なく逝ったのだ。

かかわることを拒んだ以上、私に何かを思う権利はないのかもしれない。しかし、冷たい雨が屋根を打つうら寂しい葬儀場で、私が抱いたのは強烈な怒りだった。

高柳が政界でのし上がっていてくれたら、いっそ〝ホンモノ〟であったなら、あんなに怒ることはなかったのかもしれない。結局は父が得体の知れない者たちにただ利用され、骨の髄までしゃぶり尽くされた末に簡単に見切られたことが、私には許せなかったのだ。

高柳に限らず、政界にはそうした胡散《うさん》臭い人間がごまんといる。胡散臭いだけならまだしも、ハッキリと実力不足の人間も少なくない。私自身が秘書という身分でこの世界に足を踏み入れ、何より驚いたことだった。

偉大なカリスマ性も、たしかな政治思想も、抜きんでた政策立案能力もさして必要ない。しいて言うなら、選挙のための地盤と金、運、そして秘書や官僚をはじめとする優秀なブレーンさえついていれば、政治家などそれなりに務まってしまう。しっかりと「有能であること」を演じ続けられるのなら、ある程度までは出世だってできるはずだ。それが、どこまでか……と自問したところで、清家の顔がボンヤリと浮かんだ。

古い記憶が次々と脳裏をかすめ、気づいたときにはグラスの酒はなくなっていた。

「高柳のことは知ってたか？」と、高畑は仕切り直しというふうに尋ねてくる。

「あの人のことはよく覚えてる」

「その高柳が羽生をあの事件に引き込んだんだと」

「知らないよ」

「和田島芳孝の名前も挙がっている」

「はぁ？」と、私は今度こそ間抜けな声を上げてしまった。高畑は気にする素振りを見せず、「和田島も事件にかかわっていたという話がある」と、丁寧な口調で言い直す。

いまにものみこまれてしまいそうな数秒の静寂を、私は必死に振り払った。

「それは絶対にあり得ない。まだ議員になる前の羽生さんならともかく、あの頃の和田島芳孝はもう有名な政治家だったんだ。俺が覚えてないはずがない」

「警戒して家に来なかっただけかもしれないぞ」

「それもない。あの頃の浮かれた親父だったら、自慢げに俺に話してきたはずだ。いずれにしても、何を聞かれたところで俺からは何も出てこないぞ。俺は本当にあの事件のことなんて知らないんだ」

「そうか。それは残念だ。特ダネを持ち帰れるかと思ったんだけど」

高畑は冗談めかして口にしたが、顔は笑っていなかった。それでも、それ以上深く突っ込んでくることはなく、淡々とした調子で話題を変えた。

「最近はどうなんだよ、夫婦仲は」

「べつに。変わりないよ」

「あんまり心配かけてやるなよ。由紀ちゃん、たまにメールを送ってくるとあいかわらずお前のことばかりだぞ」

「知らないって」

「由紀ちゃんなんだよ。さっきのお前の質問の答え」

「何？」

「うちの文化部で清家さんをインタビューしてくれないかって、まだうちにいた道上を指名してまで言ってきたのは由紀ちゃんだ。はじめはお前の指示なのかと思ってたんだけど、鈴木には絶対に黙っていてくれとか言われてさ。さっぱり意味がわからなかったし、断ろうとも思ったんだけど、あまりにも真剣な顔をしてたから。一応、頼んでみるって答えちゃって。あの記事が彼女の期待に添えたのかはわからないけど」

「い、いや、ちょっと待ってくれよ。なんだよ、それ」

「何が？」

「なんで由紀が俺に黙って清家のインタビューなんて頼むんだよ」

「さぁな。俺もしつこく問い質《ただ》したけど、それは聞かないでほしいって。もちろん、お前に関係してのことなんだろうけど」

「俺？」

「それはそうだろう。他に何が考えられる？　っていうか、そんなこと自分で聞けよ。お前ら二人とも俺を間に挟むなよ」

そう不敵に笑った高畑の目が、あらぬ方を向いていた。視線の先を振り返って、辟易する。高畑が呼んでいたのだろう。入り口の扉の前で、由紀がすっと背を伸ばして立っている。

「というわけで、今日の会計は任せるわ」

由紀と入れ替わるように立ち去ろうとした高畑を、私はあわてて引き留めた。

「高畑、悪い。最後に教えてくれ。道上さんはもう東都にいないのか？　お前、さっき『まだうちにいた』って言ってたよな？」

「ああ、うん。三ヶ月くらい前に辞めてるよ」

「辞めた？」

「同じ文化部の山中っていう先輩記者と一緒にな。二人で出版社を立ち上げた」

「すまない。彼女に連絡を取る方法ってあるか？」

名刺にあったのが東都新聞のアドレスだったのを思い出しながら、私は尋ねる。一瞬、怪訝そうな表情を浮かべたあと、高畑はいたずらっぽく微笑んだ。

「ああ、それはワケない。念のため向こうに確認を取ってみるから、少し待ってもらえるか。言っておくけど、これで俺の方が貸し一だからな」

時計の針は二十二時を指していた。高畑が去ったあとのバーに別種の緊張が立ち込める。「おつかれさまです」という由紀の声は緊張で震えていた。

二十七歳のときに離れたあとも、浩子の存在は常に私の胸にあった。そもそもモテるタイプでもなければ、自分から女性を誘うわけでもない。何人かとつき合いはしたが、それらはすべて恋愛とも呼べないもので、いい年をしながら自然消滅のようなことを繰り返した。

高畑が連れてくるという形で由紀と知り合ったのは、四十歳を間近に控えた頃だ。好きな本の話や、最近見た映画のことなど、文化部の記者らしく由紀は楽しそうに話していたが、酒が進むにつれて様子がおかしくなっていった。途中から清家の批判を始めたのだ。

酒の席ではそういう人間も少なくなく、普段なら聞き流すが、私はあえて受けて立った。「清家一郎という人はなぜかいつも演技をしているように見える」という批判が、不思議と心地よかったせいだ。

もし私たちに結婚した理由があるとしたら、この夜に本気でやり合ったことくらいだろう。ほとばしるような熱い思いも、感情をむき出しにするケンカもしないまま、結婚生活もまた淡々と続いた。

由紀はあまり自己主張しなかったし、私も必要以上の話をしなかった。お互いが本気で自分自身をさらけ出したのは、おそらく一度しかないはずだ。

五年前に事故に遭い、入院していた病院から帰宅した夜、私は降って湧いた恐怖心を打ち払いたい一心でめずらしく自宅で痛飲した。

本当は一人にしておいてほしかったが、由紀はそっととなりに座ってきた。軽傷とはいえ、退院したばかりの身だ。妻が心配するのも理解はできたものの、私は煩《わずら》わしくて仕方がなかった。

だから……と思ったわけではない。しかしこの夜、私は由紀に古い話をはじめてした。このとき胸にあったのはなぜか破壊的な衝動だった。

清家との出会いや福音時代のことを話したのは記憶にある。だが、その先のことは覚えていない。気づいたときには由紀は目を赤く潤ませ、出会った日をはるかにしのぐ激しさで、私に「絶対におかしいです。清家さんも、その母親という人も、周囲にいる人たちみんなおかしい！」と詰め寄ってきた。そしてその日以来、由紀はことあるごとに「できれば仕事を変えてほしい」と言うようになった。

妻と二人でのむのは、おそらく五年前のあの夜以来だ。率直にいえば、勝手な行動をしていたことに対して腹を立てていた。

何から切り出すべきだろうか、私はグラスを見つめたまま黙っていた。その無言の圧力に根負けしたように、由紀の方から語り出した。

「まだ私が『新日本』にいた頃、道上さんとは二、三度食事をしたことがあります。彼女は覚えてないかもしれないですけど、いい記者でした。長いものには絶対に巻かれないという気概を感じたんです。清家さんを冷静に見極めてくれるのは彼女しかいないと思いました」

懺悔《ざんげ》するかのような重いしゃべり方が私の神経を逆なでする。それでも他人の気持ちを悟ることのできる賢い女だ。「なんで？」という質問の正しい意味を、由紀は敏感に察した。

「うちに清家さんの論文が送られてきたからです」

「何？」

「あのインタビューの三ヶ月くらい前でした。俊哉さん宛てでしたが、差出人の名前がなかったので、私が開封させてもらいました」

まるで我々の間にそんなルールがあるかのように、由紀は平然と口にする。髪の毛を思いきり引っ張られたかのように目の前が揺れた。ずっと気になっていた論文のことを突然妻から切り出され、咄嗟に何を感じればいいかわからなかった。

「読んですぐに大学の卒論だとわかりました。内容についても理解しました。あの自動車事故がなかったら気づかなかったかもしれないですけど、酔った俊哉さんが言っていたことと気持ち悪いくらい酷似していたので。私、本当に吐き気がしました」

「俺、あのとき酔って何をしゃべってた？」

「殺されるって言ってました」

「はぁ？　誰に？」

「清家さんの母親に殺されるって。俊哉さん、たしかにそう言ってました」

私たちの間に重い静寂が立ち込める。由紀がウソを吐いているとは思えない。でも、だとすれば、私はなぜそんなことを言ったのだろう。

たしかにハヌッセンが葬られたのと同じ年齢であることに思うことはあった。一瞬、恐怖も芽生えかけたが、しかし浩子に殺されるなんて考えなかった。無意識に出た言葉なのか。それとも潜在意識の中でそんな不安を抱いていたのか。考えても答えなど出てこない。

たくさんの疑問、弁解、不安な気持ちを押しのけるようにして、口をついたのは「すまなかった」という謝罪の言葉だった。

私の目をじっと見つめたあと、由紀は何かをあきらめたように力なく首を振った。

「差出人の名前はありませんでしたが、松山の消印がありました。俊哉さんの話を聞く限り、そんなミスを犯す女のはずがありません。なんらかの目的があって、自分の存在を知らしめようとしたのだと思います。だったら、私は女の思いもつかない方法を採ろうと考えました。でも、いまの『新日本』は政権にべったりで、何かあっても動くはずがありません。それならと、道上さんに……。だって学生時代のこととはいえ、現役閣僚が過去にヒトラーに心酔していたなんて大問題じゃないですか。たしかに勝手なことをしたと反省しています。ただ、女の狙いが俊哉さんを動揺させることかもしれなかった以上、直接あなたに伝えようとは思いませんでした。道上さんに送ったのはコピーです。もちろん原本は私が保管しています」

そこまで流れるように口にすると、言い残しはないかというふうに目を瞬かせ、由紀は肩の荷を下ろすように息を漏らした。

私は何も答えられなかった。由紀は論文の送り主を浩子と決めつけているが、それを咎《とが》めようとも思わない。申し訳ないという思いばかりが、あとから、あとから溢れてくる。

「やっぱり清家さんから離れようという気持ちはありませんか？」

由紀は引き絞るようにつぶやいた。もう何度も懇願されてきたことだ。これまでと状況は違っている。やはり申し訳ない気持ちに胸を締めつけられそうになりながら、しかし答えは変わらなかった。

「大丈夫。事故はもう五年も前のことなんだ。あれから変わったことは起きていない。もちろん清家の母親とは連絡を取っていない。そもそもなんであの人に殺されるなんて言ったのかもわからない。酔っ払ってただけだよ」

「どうしてそこまで清家さんに固執するんですか？」

「固執？」

「はい。やっぱりそれもお母さまが理由なんですか？」

私は思わず苦笑した。本当に自然とこぼれた笑みだった。ボンヤリと宙に目を向ける。なぜか胸のつかえがすっと取れた。由紀に心の内をさらそうと思うのは、きっとこれが二回目だ。

「たしかにそういう時期はあったと思う。でも、そんなのは一時のことだった。途中からまったく違うモチベーションで清家のそばにいたよ」

「なんですか？」

「あいつを官房長官にしたかった」

由紀は不意を打たれたように目を見張ったが、負けじと「だったら、もう――」と続けようとした。

その言葉を、私はゆっくりと手で制した。

「いまはあいつを総理にしたい。この国のトップに立つ友だちの姿を見てみたい。ひょっとしたらそれは自分自身のためでしかないのかもしれないけど、いずれにしても清家にその才能はあると思っている。由紀の言うところの『いつも演技している人間』がトップに立ったらおもしろいと思わないか？　俺がそれを演出するんだ」

政治家に利用され、大好きだった父が社会的に抹殺された。私自身の政治家になる夢も奪い取られ、捨て鉢に過ごしていた松山の地で、清家一郎という天才と出会った。

清家の人生に乗ることはとても自然な流れだった。その過程で浩子と出会い、翻弄され、執着し、清家の未来のためにという建前を用意して決別した。「盛者必衰《じようしやひつすい》」の言葉の通り、たくさんの実力者たちが簡単に脱落していくのを横目に、私と清家は笑顔で脇を締めながら切り捨てる側に回ってきた。

友人も作らず、恋愛もせず、ようやくできた家庭すら顧《かえり》みようとせず。結局、私の人生には清家一郎という人間以上に魅せられたものがなかったのだと思う。清家を指した「友だち」という言葉は、自分でも意外なものだった。それはとても面《おも》はゆくも、それ以上ふさわしいものがあるとも思えない。

少しの間沈黙したあと、由紀は「まったくおもしろいと思いません」と、真っ向から私の言葉を否定した。

「もし清家さんに本当に心がなくて、俊哉さんがあの人を操っているのだとしたら、そのときは私が命がけで止めますよ。そんな浅薄《せんぱく》な高校生たちの実験みたいなもので、国を動かされたらたまったもんじゃありません」

言葉自体は強かったが、由紀も私に釣られるように苦笑した。二人で本当に久しぶりに笑い合った。夜が更けるまで言葉を交わし、酒をのみながら、私が胸に抱いていたのは「早く清家とも腹を割って話したい」という極めて純粋な思いだった。

ずっと思い描いていた官房長官の、次の夢。清家にとっての「悲願」の先だ。友だちが名実ともに父親を乗り越える瞬間に立ち会いたい。

清家も瞳を輝かせることだろう。早く私の思いを伝えたくて、このときの私の胸は間違いなく弾んでいた。

さすがに前夜のような浮かれた気持ちではなかったものの、翌朝、目を覚ましたときも昂ぶりは残っていた。

早く清家と二人で今後の話がしたかった。そして、その機会は呆気なく訪れた。しかし、それは私の望んでいた形とはまったく違った。

事務所に顔を出し、業務をこなすまではいつも通りの一日だった。しかし、私には頭痛のタネが一つあった。高畑が言っていた「BG株事件」に関することだ。

清家に報告する前に、後輩秘書の坂本に事情を説明し、善後策を話し合っておいた方がいいだろう。

そんなことを思いながら、後輩のスケジュールを確認しようとしたとき、事務所の女性スタッフが血相を変えて一枚の用紙を届けにきた。

それに目を通した瞬間、私は絶句した。甘く見ていたつもりはない。しかし、仮に表面化するにしても『東都新聞』が記事にするのだと思っていたし、そのときは高畑から事前に連絡を受けるものと考えていた。

女性スタッフ宛てのメールは、清家が『悲願』を出版した版元から送られてきたという。中身は近日発売される週刊誌の早刷りだ。

その見出しはこうだった。

『羽生総理が絶対に頭の上がらない二人の〝息子〟清家官房長官、大抜擢の舞台裏』

目の前が一気に霞《かす》んで見えた。回らない頭で目を通した記事には、私の名前までしっかりと記されている。清家と私、二人の父親に「BG株事件」で借りのある羽生が、これまでずっと我々の面倒を見てきたなどと綴られている。センセーショナルに書き立てられているのは、清家よりもむしろ私の方だった。

デタラメだと主張する間もなく、一気に嵐の中に叩き込まれた。事務所の電話も、携帯電話も鳴り止まない。入っていたスケジュールをすべてキャンセルし、清家も坂本とともに早々に事務所に戻ってきた。

スタッフ全員で今後の対応を協議している合間に、私は顔見知りの羽生総理の側近秘書と連絡を取り合った。その間も各所からの電話は鳴り続け、中には高畑からのものもあったが取ることはできなかった。

ようやく清家と二人きりになれたのは、議員会館から見える首相官邸が西日に赤く染まり始めた頃だ。

一人になった清家に呼ばれ、議員スペースのドアをノックする。中から「入ってくれ」という乾いた声が聞こえてきた。

私は平静を装って「失礼します」と入室した。窓辺に立っていた清家が振り返る。

「なんか大変なことになっちゃったな」

清家は「大変さ」をまったく感じさせない様子で口にする。私は場違いにも感心した。出世する政治家に必要な特性を一つだけ挙げろと言われたら、地盤や金でなく、カリスマ性や政策立案能力でもなくて、私は「体力」と答えるだろう。どんなに大変な状況に叩き込まれたときも、清家は疲れた様子を絶対に見せない。たとえ私の前であったとしても、それこそ機械や人形のようにいつも同じ笑みをたたえている。

「どうかしたか？」

「あ、いえ……。お疲れじゃないですか？」

「疲れたよ。疲れたに決まってるだろ。ただでさえクタクタだっていうのに、なんでいまさらお父さんたちのことで俺たちが手を焼かなくちゃいけないんだ。イヤになるよな」

いつもの「父」や「親父」ではない、「お父さん」という言葉の響きがとても甘ったるく感じられた。

「また難局だな。乗り越えられるか」という言葉とは裏腹に、清家はどこか楽しそうだ。

「間違いなく。仮に総理になんらかの思惑があったとしても、我々に落ち度はありません。先生の傷にはさせません」

「世間はそう見ないだろう」

「そのときは潔白を証明すればいいだけです」

「鈴木の原稿でか」

「先生のスピーチで、ですよ」

清家は大げさに肩を揺すると、一度秘書スペースに顔を出し、誰も入ってこないようスタッフに告げた。そしてあらためて事務机に腰を下ろし、天井を仰ぐと、今度は思ってもみないことを言ってきた。

「僕をここまで引っ張ってくれてありがとうね、俊哉くん」

その言い方にも、このタイミングでの話の中身にも、私はついていけない。

「なんのことでしょう」

「官房長官。ずっと僕の夢だったろう。まさに僕の悲願だった。俊哉くんには本当に感謝してるんだ。この立場になると、なかなか二人の時間も取れないからさ。どこかのタイミングであらためて伝えておきたいと思ってたんだよね。本当にありがとう」

清家が政治家に、私がその秘書になってからの二十年が消えた気がした。言葉に詰まる私にかまわず、清家は思い出話をし始める。ときに友人である光一の、恩師である武智や藤田の、そして父である和田島芳孝のモノマネを織り交ぜながら悠長に語られるのは、『悲願』のダイジェスト版のような話だった。

身振り手振りを交えながら変幻自在に誰かを演じる清家を前に、私はたじろぐことしかできなかった。何も反応できないし、清家も私の言葉など求めていない。たとえいま私がこの場から立ち去ったとしても、一人で話し続けているのではないかと思うような不気味さだ。

いまここにいる清家は誰で、この入れ物の中にはどんな心があるのだろう？

そんな大それた疑問がふと胸をかすめたとき、ある仮定が脳裏を過ぎった。私がそうさせていたのと同じように、もし出会った頃の清家が誰かの指示ですでに「振る舞って」いたのだとしたら？

そんなことはありえないと自分の考えを否定しながら、いくつもの〝もし〟が次々と頭をかすめていく。

もし、私より早く清家の特性に気づいていた人間がいたとしたら？

もし、清家とその人間との間に官房長官以上の「悲願」があったとしたら？

もし、その人間によって私も利用されていたのだとしたら？

もし、いま目の前にいる清家が私ではない誰かの手のひらの上にいるのだとしたら？

たとえ傀儡《かいらい》であったとしても、政治家という仕事が務まってしまうことを私は誰よりも知っている。

でも、私以外にそんなことをできる者がいるのだろうか。たとえば大学時代、私にとってはつまらないとしか思えなかった恋愛をしたときでさえ、清家はコントロールが利《き》かなくなった。人一人の人生をコントロールするというのは、あの意固地さまでも飼い慣らさなければいけないということだ。

ＬＥＤライトに照らされた清家の顔が、妙にキラキラして見えた。でも、その瞳に光は宿っていない。人間の心とは、そもそもどういうものなのだろう――？

「どうしたの、俊哉くん」

「い、いえ、べつに……」とようやく我に返ったとき、私はあることに気がついた。いつもは応接室にあるはずのマトリョーシカ人形が、なぜか執務室のデスクに置かれている。

優しく微笑む少年のような人形が外側にあって、それを開くと老人の、青年の、そして女の笑っている人形が入っている。一見するだけならどこにでもありそうな古いロシア人形だが、このマトリョーシカにはさらに仕掛けが一つある。

私は無意識に人形を手に取った。すると、いつかと同じように中からカタカタという音が聞こえてきた。

吸い寄せられるように一体、また一体と開いていく。四体目の女性の人形にゆっくりと手をかけて、私はふうっと息を吐いた。最後の一体こそが、このマトリョーシカの胆だった。一定の比率で小さくなっていく他の人形とは異なり、最後の一体だけは親指程度の大きさに突然サイズダウンする。

そこに描かれているのは、外側の一番大きな人形と同じ少年の顔だ。しかし、最後の一体も笑ってはいるものの、外側の人形と笑顔の種類がまったく違う。眉間のあたりに陰を作り、上目遣いで、その一体だけがなぜか不気味な笑みを浮かべているのだ。

猛烈に見てはいけないものを見てしまったような気持ちになって、私はあわてて人形を組み立て直した。

「話はそれだけだよ」

そんな声が頭上から降ってくる。私はおずおずと顔を上げた。清家が優しく笑っている。

「ここまで来られたのは間違いなく君のおかげだ。この先何があったとしても、僕はそのことを忘れない」

五年前に事故に遭ったときと似た恐怖がなぜか胸を侵食した。手が小刻みに震え出し、持っていた人形が音を立てる。

それはまるで人形たちの笑い声だった。

耳を塞ぎたくなる衝動に耐えながら、私は自分の目の前にいる人間が誰なのか、懸命に考えていた。


後輩秘書の坂本から呼び出しを受けたのは、その翌日だった。ちょうど出勤の準備をしていた時間帯。自宅近くの古い喫茶店を指定されたときには、私は用件を悟っていた気がする。

「鈴木さんにはしばらく謹慎していただきます」

そう口にする坂本に同情している様子は見られない。かつての私がそうだった。心を痛めたところで決定事項に変わりはない。

同じように、宣告された側がジタバタすることにも意味はない。ただ、一つだけ気になることがあった。

私は胸の鼓動を封じ込め、坂本に尋ねた。

「お前も縛られているのか？」

「なんのことでしょう」

「お前も誰かに翻弄されているのかと聞いてるんだ」

坂本は本当に意味がわからないというふうに首をかしげ、忙《せわ》しなく席を立った。

「またこちらから連絡させていただきます。すみませんが、私はこれで。これから議員の囲み取材があるんです」

「囲み？　聞いてないぞ」

「ええ、話していませんでしたから。BG株事件について先生自らが語ります。先に布石を打っておきたいとのことでしたので、私が準備しておきました」

坂本はそう説明すると、店の隅に設置された古くさい液晶テレビに目を向け「良かったら、ここで見ていったらどうですか」と言ってきた。

余計なお世話だ、という苛立ちは感じたが、坂本の去ったあとの喫茶店に私は本当に一人で残った。

不思議と腹が減って仕方がなかった。朝食のメニューをもらい、目についた料理を片っ端から注文する。周囲の客が怪訝そうな視線をぶつけてきた。やけくそになっていたことは否定しないが、涙などこぼれない。それどころか私は笑っていた。

父と同じように使い捨てにされた自分の滑稽《こっけい》さに対してか、それとも清家という業《ごう》から解き放たれた安堵感からくるものか。

何がおかしいのかはわからなかったが、私はたしかに笑っていた。そして、ハッキリと自分の敗北を理解していた。もちろん、負けた相手は一人だけだ。最後の最後で清家を「友だち」と認めてしまった、私がきっと甘かったのだ。

注文した料理をあらかた胃に詰め込んだ頃、テレビの画面が切り替わった。「ここぞという場面で着てください」と、官房長官に就任したときに私がプレゼントした黒いスーツにわざわざ身を包んで、清家が覚悟を秘めたような顔をしてカメラの前に立っている。

知らない番号から着信があったのは、そのときだ。邪魔をするなとは思わない。むしろ私は自分がこの電話を引き寄せたのだとすら思っていた。

『大変ごぶさたしております』

相手の女は丁寧に名乗ったあと、単刀直入に用件を切り出した。

『いきなりですが、いま私はある女性について調べています。つきましては――』

「浩子のことですね」

水を打ったような静けさが電話から伝う。私はナプキンで口もとを拭いながら、より強い声で言い直した。

「清家一郎の母親のことではないですか？　それならばお話しする用意があります。僕にできることなら協力します」

画面の清家は母によく似た目を真っ赤に潤ませていた。

私の耳を撫でたのは、道上香苗の覚悟を決めたような強い吐息の音だった。

第四部

1

青色の、その先の黒まで見通せてしまいそうな空を見ていると、いまでも二十一年前のあの日のことがよみがえる。

秋の風がさわやかな十月。

一人息子の清家一郎のまっさらなスーツにえんじ色のバッジをつけたのは、自分だった。あの日、赤坂のホテルの窓から見上げた秋の空は今日よりもさらに澄み渡り、一郎の明るい未来をたしかに予見させるものだった。

「そろそろ休憩にしようか？」

夫の小松政重《こまつまさしげ》が尋ねてくる。

収穫したトマトを機械的に詰めていた手を止め、まぶしそうに空を見上げる政重の顔は真っ黒に日焼けしている。

そこだけを切り取れば、彼が病気を抱えているのがウソのようだ。

「そうですね。もういい時間。ひとまずここまでにしときましょう」

小松浩子は自然と笑い、夫を支えようとした。

それを政重が遮る。

「いつまでも病人扱いするものじゃない」

「実際に大病を患ったじゃないですか」

「大丈夫。もう自分の足で歩けるから。これもリハビリの一環だよ」

裏手にある家庭菜園用の畑から、政重のペースに合わせて自宅へ戻る。開けっ放しにしていたリビングの窓を急いで閉めて、顔を扇《あお》ぎながらエアコンのスイッチを入れたところで、浩子は政重に声をかけた。

「先にシャワーを浴びられますよね？」

「うん、そうしようかな」

「私、昨日ちょっとスーパーに忘れ物をしてしまったのでこのあと取りにいってきます」

「何を忘れた？」

「買い物したもの一式ですよ。日用品なので腐るものではないんですけど」と伝えると、ダイニングチェアに腰かけた政重は「君はホントにおっちょこちょいだな」と、おかしそうに肩を揺らした。

政重の着替えを用意して、二階に上がる。手早く着替えを済まし、化粧を直して、出がけに浩子は浴室の政重に声をかけた。

「ヘルパーさん、二時には来てくれることになっています」

「ああ、大丈夫だ。気をつけて行ってきなさい」という声を確認して、浩子は脱衣所の鏡に映る自分の姿を一瞥する。

七十二歳になった自分の姿。四つ年上の政重と結婚して、もう四年が過ぎようとしている。若い頃にイメージしていた「七十代」のイメージとは異なるが、連日の畑仕事のせいもあり、さすがに肌の衰えを感じる。

外に出た瞬間、熱風が全身に吹きつけた。セミの鳴き声はうるさいほどで、目に映るすべての光景が陽炎《かげろう》で揺れている。

例年よりもずいぶん長かった梅雨をようやく抜け、やって来たのはこちらもいつもよりずっと暑い夏だった。

小さい頃からあまり得意な季節ではなかった。七十年も生きてくれば、当然たくさんの夏の記憶がある。一番の思い出ってなんだろう？

中古で購入した軽自動車のエアコンをかけ、車内が冷えるのを外で待っている間、そんなことをボンヤリと考えた。

山のような苦い記憶を押しのけるようにして、まだ幼かった頃の一郎と二人で行った海水浴のイメージが胸をかすめる。

砂浜で無邪気に遊んでいた一郎の表情をよく覚えている。手をつないで海に浸かったときの笑い声も鮮明に記憶に残っている。しかし、そのときの自分の気持ちは思い出せない。かけがえのない一人息子がはしゃぐ姿を見つめながら、自分はあのとき何を感じていたのだろう。

ようやく車内の暑さが落ち着いて、浩子は車に乗り込んだ。バックミラーを何度も確認しながら、向かった先は政重に伝えたスーパーではなく、愛南町に一軒しかないチェーンのファミリーレストランだ。

駐車場に車を置くと、浩子は予想通りうしろをついてきたレンタカーに近づき、その窓をノックした。運転席に座った女の顔に緊張が走る。遠目に見るよりずっと若い。まだ三十歳そこそこといったところだろう。

見覚えのない女は覚悟を決めたように車から下りてきた。並んでみて、背の高さに驚いた。なんの変哲もない白いシャツに、どこか懐かしい雰囲気のフレアパンツ。華やかな印象を与えるメイク。本人は存在感を消しているつもりかもしれないが、いよいよ人口二万人を割り込みそうな田舎町では洗練された空気を隠せていない。

昔からあか抜けた女が好きだった。浩子は自然と笑っていた。

「こんにちは。私に用があるのよね？」

女の顔がさらに硬直し、もはや引きつっているようにも見える。せっかくのキレイな顔が台無しだ。

浩子は女のプレッシャーを解きほぐすように微笑んでみせた。

「とりあえず中に入りましょうか。冷たいものでも飲みましょう」

なんとなく女の正体はわかった。普段ほとんど車の通らない農道に、昨日も見慣れない車が停まっていた。

そのときからすでに違和感を抱いていた。昨日と同じ車が同じ場所に停まっていれば、誰だっておかしいと思うに決まっている。

女の方にも身を隠すつもりはなかったのかもしれない。むしろ存在をアピールしながら、話しかけるチャンスをうかがっていたと考える方が自然だ。

浩子は小さく息を吐いた。それが合図となったように、女は「失礼なマネをしてすみませんでした。東京でライターをしています、道上と申します」と、頭を下げてくる。

差し出された名刺には〈ライター〉〈道上香苗〉と印字されていた。

「私、あなたの名前を知っているわ」

アイスコーヒーをほとんど一息に飲み干して、道上は隠し立てすることなく口を開く。

「昨年まで『東都新聞』で文化部の記者をしておりました。そのとき、清家先生にインタビューさせていただいたことがあります」

「ああ、それで見たことがあったのか」と浩子は素直に納得し、一方で落胆もした。たしか『悲願』を出版したときに、一郎が唯一受けたインタビューだ。久しぶりの取材記事を楽しみに新聞に目を通したのに、内容はわざわざ取材するまでもないことばかりだったのを覚えている。

道上は思ってもみないことを言ってきた。

「ちなみに私も小松さんをお見かけしたことがあります」

政重と結婚し、長く住んだ道後のマンションを引き払い、愛南町に戻ってからも、ほとんど近所づきあいはしていない。「小松」と呼ばれることにいまもまったく慣れていない。

「そうなの？　どこで？」

「〈春吉〉のカウンターです」

「へぇ、いつかしら？　私は記憶にないわ」

「今年の春先です。私が店に入ってすぐに小松さんはお帰りになられましたし、そのときは私も小松さんが清家先生のお母さまだということを知りませんでしたので、記憶にないのは当然だと思います」

そう口にする道上の瞳にはある種の覚悟が滲んでいる。浩子がいま小松姓であることを調べていたり、〈春吉〉で見かけたことを覚えていたりと、記事を読んで受けた印象を改める必要がありそうだ。

浩子は温かい紅茶に口をつけた。

「それで？　今日は私にどんなご用？」

「質問させていただきたいことがたくさんあります。正直、こんなうるさい場所で尋ねていいのかということばかりです」

道上に釣られるように浩子も店内を見渡した。夏休み中だからだろう。平日の昼時だというのに、たしかに子連れの主婦たちのにぎやかな声が聞こえている。このテーブルの周辺だけ、厳密に言えば道上の放つ空気だけが店の雰囲気に馴染んでいない。

「私はべつにかまわないわ。聞きたいことって？」

この時点ではまだ道上の実力を低く見積もっていた。だから、その口からあまりにも久しぶりの名前が出てきたとき、浩子は髪の毛を不意に引っ張られたかのような衝撃を覚えた。

「最初にお尋ねしたいのは清家嘉和《よしかず》さんについてです」

「えっ？」

道上はテーブルの上のノートを開こうともせず、震える声をしぼり出す。

「正確に言えば、清家嘉和さんの死因についてお尋ねしたいと思っています。事故死だったんですよね？　覚えてらっしゃいますか？　いまから四十五年前の自動車事故です」

四十五年前……と、頭の中で反芻《はんすう》する。次の瞬間、ふっと店内のにぎやかな声が耳に戻った気がした。

浩子は思わず苦笑した。いつかこんな日が来るだろうと思っていた。いや、来てほしいと願っていたのだ。

そんなことを思いながら、そっと道上から視線を逸らす。

「もちろん覚えているに決まってる。私の最初の夫だもの。忘れたことなんて一度もない。何も隠し立てするつもりはないけど、でも、そうね、たしかにちょっとここでするのにふさわしい話ではないかもしれない」

「あの、小松さん」

「浩子でいいわ」

「でも、それは……」

「どうせ裏ではそう呼んでいるんでしょう？　あなたは道上さんでいいわね？」

「あの、はい……」

「道上さん、どこか行きたい場所はある？」

「はい？」

「せっかく一郎のルーツを探っているんだもの。あの子の育った町で見てみたい景色があるんじゃないかと思って。どこでも案内するわ。それとももうあらかた見てきちゃったかしら？」

道上は呆気《あっけ》に取られた表情を浮かべていたが、しばらくすると腹をくくったように太い息を吐き出した。

睨むように浩子の目を見つめながら、口を開く。

「もちろん『悲願』に出てくる場所はあらかた回りました。その上で、浩子さんと行ってみたいと思うところが一つあります」

「そう。どこ?」

「外泊《そとどまり》の石垣です。幼い頃の一郎さんと一緒に見たという風景を、私と一緒に見ていただくことはできませんでしょうか」

ああ、この子はやっぱりよくわかっている。浩子は妙に感心した。

「ええ、いいわよ。もう私も十年以上行ってないところだし、久しぶりにあそこからの景色を見てみるのもいいかもしれないわね。ただ、ちょっと自宅で用があるから、そうね、夕方でもいいかしら?」

「夕方ですか?」

「いまヘルパーさんが来てるのよ。四年前に小松が脳卒中をやっちゃって、いまはだいぶ良くなっているんだけど、週に三回、派遣してもらってるの」

「そうなんですね」

「大丈夫よ。そんな心配しなくても。あなたが私にどんなイメージを持っているかはわからないけど、危害を加えるようなことはない」

「危害だなんて、そんな」

「それでも不安だっていうなら、うしろの彼も一緒に連れてきたらいいじゃない」

「彼?」

「うしろのシートの男の人。あなたの連れでしょう？　あの人の車が駐車場に入ってきたときからわかってたわ。あなたを心配した顔してるもの」

道上はおずおずと振り返る。男は視線に気づいたはずだが、何食わぬ顔をしてタブレットに目を落とし続けている。

「恋人？」

「いえ、上司です」と、道上は素直に打ち明けた。

「そうなんだ」

「あの、浩子さん――」と、思わずといったふうに声を張り、道上は食い入るように浩子の目を覗き込んだ。

「失礼なこともたくさんうかがうことになると思います。でも、ようやくここに辿り着いたんです。なので、お願いします」

道上はしばらく頭を下げていた。そんなことをする必要はない。もとより、なんでも話すつもりだ。

浩子は道上の肩に手を置いた。道上はなかなか顔を上げようとしなかった。

子どもたちの楽しそうな笑い声が聞こえていた。

道上には十六時過ぎに自宅に来てもらうよう告げ、帰宅すると、ヘルパーの田所礼子《たどころれいこ》がちょうど帰り支度をしていた。

「ごめんなさい、田所さん。帰るの遅くなってしまって」

「いいえ。毎日、本当に暑いですね」

「そうね。はい、これ。今月分」

「いつもありがとうございます」

田所は中身も確認せずに渡した封筒をバッグに入れた。

最初に派遣センターから田所を紹介されたとき、浩子はなんとなく不気味に思った。年齢は四十五歳だという。髪の毛の傷みや肌の質感から、それよりもはるかに上に見えた。

それなのに服装は妙に派手で、メイクが濃く、まぶたには不自然な手術痕が残っている。それらを非難するつもりはないけれど、ヘルパーという仕事から連想する雰囲気とはあきらかにかけ離れていた。

当初は何回か来てもらって、センターを通じて断ろうと思っていた。しかし、浩子はすぐにあることに気がついた。仕事ぶりはいたって真面目だし、余計な詮索をしてくるわけでもない。何よりも政重が気に入っている様子だったので、しばらく続けさせることにした。それからも特段変わったことが起こるでもなく、気づけば三年という月日が流れていた。

「田所さん、いつもありがとうね」

「いいえ、こちらこそ」

「これからもどうぞよろしくお願いします」

普段は挨拶する程度で、こんなやり取りを交わすことすらほとんどない。道上と対面したことで、少し気持ちが昂《たか》ぶっているのだろう。

突然のことに田所も驚いたようだ。しばらく呆気に取られたように浩子を見つめていたが、この機会を逃すまいとするように田所は肉付きのいい身体を揺らした。

「あの、奥さま、近くお話しするお時間をいただいてもよろしいでしょうか？」

「話？　ええ、いいわよ。お仕事のこと？」

「まぁ、はい。そうですね」

「わかりました。いまじゃなくていいのよね？　今日はこのあとちょっと予定があって」

安心したような笑みを浮かべて帰っていった田所を見届け、浩子はシャワーを浴びた。これから外泊《そとどまり》の急勾配を歩いて登る。汗をかくのはわかっていたが、どうしても身を清めておきたかった。

浴室から出て、寝室に上がり、シルクのローブを脱ぐと、化粧台の鏡に自分の全身が映し出された。線の細さは維持しているものの、さすがに以前の張りはない。メイクで隠すことはできたとしても頬にはシミがある。

化粧水をゆっくりと肌に染みこませ、オイルで蓋をする。冷房のよく効いた部屋で髪の毛を巻いているところに、政重がやって来た。

「また出かけるのか？」

　その顔に不安が滲んでいる。しなくてもいい心配をかけていることを申し訳なく思い、浩子は安心させるように微笑んだ。

「東京からお客さんがいらっしゃったので」

「東京？　いや、浩子——」と続けようとした政重を遮り、浩子は鏡越しにうなずいた。

「何かが起きようとしているんですかね。なんとなく、終わりが近いという気がします」

　政重は呆然と立ちすくんでいる。浩子は座ったままその手を取り、ゆっくりと自分の肩に置かせた。

　枯れきった老夫婦の姿が鏡の中に切り取られている。まさかこんな日が訪れるとは夢にも思っていなかった、穏やかな日常。ずいぶん遠いところへ来たものだなと、生まれ育った街に戻ってきて以来、感じることが多い。

「大丈夫ですよ。あるがままに、水が流れるように。私をそう説き伏せてくれたのは政重さんだったじゃないですか」

　諭すような浩子の言葉に、政重はそれ以上の追及をしてこなかった。しかし、思い詰めたような表情を崩すことなく、背後から浩子を強く抱きしめてくる。条件反射的に、浩子は胸いっぱいに息を吸い込んだ。午前中にたっぷり浴びた太陽の匂いがする。

　政重に抱きしめられたまま、鏡に映る自分に目を向ける。

いったい何を尋ねられるのだろう――？

そんな疑問を抱いてはじめて、浩子は道上が来るのを心待ちにしている自分に気づいた。

2

「それで？　どんな女だった？」

一度は退店したものの、他に行くあてもなく、結局戻ってきたファミリーレストランで、山中尊志は前のめりに尋ねてきた。

いつもだったらその勢いに吹き出していたかもしれないが、道上香苗は放心状態のまま首をひねる。

「ビックリするくらいキレイな人でした」

「そんなのは見ればわかったよ」

「でも、七十二歳なんて信じられましたか？　山中さんより若く見えるくらいですよ」

「お前、さすがにそれは言い過ぎだろう。俺、三十五だぞ？　というか、見た目のことはどうでもいいんだよ。話してみてどうだった？」

「正直よくわかりませんでした」

「はぁ？」

「なんか色気がすごすぎちゃって。ただ、なんとなくイメージとは違った気がします」

「どんなふうに？」

「よくわからないですけど、もう少し人間味のない人なんだと思ってました」

「そうじゃないのか？」

「どうなんですかね。とりあえずちゃんと会話はできましたし、打てば響くっていう感じもしました。鈴木俊哉から聞いていた印象とはちょっと違う気がします」

不服そうに口をすぼめる山中を見返しながら、香苗は清家一郎の前政策担当秘書、鈴木俊哉と会った日のことを思い出した。

勇気を振り絞って電話を鳴らしたのは、偶然にも鈴木が謹慎を言い渡された直後のことだった。

呼び出された五反田の喫茶店で、鈴木の口から語られたのは、香苗にとって宝の山ともいえるようなものばかりだった。

とくに印象に残っているのは「エリック・ヤン・ハヌッセン」についてのことだ。

「鈴木さんが清家さんにとってのハヌッセンだった。だから、ヒトラーがハヌッセンに対してそうなったように、清家さんも鈴木さんを恐れるようになった。私はそう見ていますが、その見立ては間違っていますか？」

自信を持って見立てを口にした香苗に、鈴木は弱々しく目を細めた。

「私自身も長らくそう思っていたんですけどね。どうなんでしょう。一つだけ言えるのは、清家一郎という人間にはまるで実体がないということです」

「どういう意味でしょうか？」

「政治家というものは……、いや、優秀な政治家というものはおしなべてペルソナを被っているものです。有権者からどれほど清廉潔白に、あるいは豪放磊落《らいらく》に見られていたとしても、それは結局そう見せたい自分を演じているだけのこと。被っている仮面をはがしてみたら、まったく違う顔が出てくるなんてことがザラにあります。本人が仮面を被っていることを忘れてしまうくらい、それはもうみんな見事にその役に徹しています」

なんとなく清家の事務所に置かれていた古いマトリョーシカ人形のことを思い出した。香苗の返事を待つことなく、鈴木は淡々と続けた。

「清家はその最たる例だと思います。あの入れ物にはそもそも心がありません。表情なんてなかったから、私があいつにふさわしい仮面を被せてやったんです。ハヌッセンがヒトラーを輝かせていたのと同じように、私が清家一郎を一番見映えがするよう仕立て上げた。ずっとそう信じていました」

「ある時期までは実際にそうだったのではないですか？」と、香苗は『最後に笑うマトリョーシカ』のストーリーを念頭に質問を重ねた。

鈴木は難しそうに首をひねった。

「どうでしょうね。ひょっとしたら私が清家を見つけたときには、あいつはすでに何枚も、何十枚も仮面を被っていたのかもしれません。その上に私が一枚足しただけなのかもしれないと、つい最近思うことがあったんです。何がホンモノのあいつなのか、いまは見誤っていた気がしてなりません。結局、私も有権者と同じようにあいつの外面《そとづら》しか見ていなかったんじゃないかと思うんです。そのことを少し悔しく思っています」

「ハヌッセンが鈴木さんでないのだとしたら、清家さんをコントロールしているのは誰なんでしょうか？」

「うーん、それは――」

「劉浩子ですよね？」

「え？」

「違いますか？　先ほどの電話でもそうおっしゃっていましたよね？　『清家一郎の母親についてなら話します』って」

「あ、いや、道上さん、ちょっと待ってください。そうじゃなくて、いま浩子さんはそう名乗っているんですか？」

「はい？」

「いや、その〝リュウ〟という名前に聞き覚えがなくて。そういう方とご縁があったのかと」

そう尋ねてくる鈴木の顔は真に迫っていた。鈴木は浩子の旧姓を知らない。『悲願』にも綴られていなかったこの件をどう捉えたらいいのか、瞬時に判断がつかなかった。

香苗から何も出てこないと踏んだのだろう。鈴木は諦めたように肩をすくめた。

「まぁ、そうですね。私も清家の背後にいるのは浩子なのだろうと思ってます」

鈴木の口にする「浩子」の響きが妙にねっとりとして聞こえた。

「動機は？」

「さぁ、なんでしょうね。息子の願いを、母親が叶えてやろうとするのは普通ですけどね。実際に私も若い頃はそうなのだろうと思っていました。でも、おそらく違います。そもそも清家に願いなんてありませんから」

「そうなんですか？」

「少なくとも、あいつ自身が政治家になることや、官房長官になることを願うよりも、そういう母親の願いのために振る舞っていたと考える方がしっくり来ます。ハヌッセンを喜ばせるために、ヒトラーはヒトラーを演じていた。清家が激しく自分の主張を押し通そうとしたのは、過去に二回……、いや、三回かな、いずれにせよ私ですらそれくらいしか見たことがありません」

「その三回とは？」という問いかけにも、鈴木は素直に答えてくれた。

「一度目は『悲願』にも綴られていた高校時代。父親の和田島芳孝先生からもらった腕時計をクラスメイトから取り返そうとしたときに見せた激しい感情。二度目は大学時代に恋人だった三好美和子に抱いた異常な執着心。そして三度目は、これは僕自身も少し困惑したのですが、外務副大臣を務めていた頃、極端な東アジア政策を打ち出そうとしたときも同じようにまったく聞く耳を持とうとしませんでした」

必死にペンを走らせている間に、次々と新たな疑問が湧いてきた。不意に何かをつかみかけそうな感覚も抱いたが、それが何なのか確認する前に、鈴木は先へ進んでしまう。

「そもそもハヌッセンは何を目論んでヒトラーに食い込んだんでしょうね。そういえば、清家の卒論にそんなことは書かれていなかったですよね」

「鈴木さんご自身のモチベーションはどういったものだったんですか？」

「私ですか？　私は……そうですね。意外とただの自己実現だったのかもしれません」

という一言から語られ始めた鈴木の、清家の、またはその母親である浩子の物語は、人間が人間の心をただ弄《もてあそ》ぼうとするような、香苗にしてみればおぞましいだけのものだった。

それを鈴木はどこかうっとりとした表情で話し続けた。福音《ふくいん》学園での清家一郎との出会い、その母親である浩子の第一印象、清家と結んだ約束、浩子に託された思い、松山の街の色、永田町の空の色……。

鈴木から見た『悲願』、あるいは『悲願』の裏面といった話だった。許可も取らずにテープを回し、相づちも打たずにひたすらメモをとり続けた。一番近くで清家一郎という人間を見てきた鈴木の言葉に、身体が震え続けていた。

いったいどれくらいの時間、鈴木は一人で語り続けていたであろう。友人の母親に対する密かな憧れと、恋心、そして肉体への沈溺《ちんでき》を通じて浮かび上がってきた浩子の姿は、香苗の見てきた清家一郎をさらに上回る不気味さと、人間とも思えない空虚さを纏《まと》っていた。その動機は不明だとしても、清家の背後に浩子がいることはもはや自明の理だと思えた。

店主に閉店を告げられてから、すでに十分ほど過ぎていた。

「近々、清家さんのお母さまを訪ねてみようと思っています。愛南町に行くつもりです」

久しぶりに開いた口はカラカラに渇いていた。

「彼女、愛南町に戻ったんですか」

「ご存じありませんでしたか？」

「もう本当に長い間、連絡も取っていませんから」

「良かったら鈴木さんも一緒に来られませんか？」

「私が？　いやぁ、それはもういいですよ」

「なぜですか？　この物語の終わりを見届ける義務が鈴木さんにはあると思うんです」

と、香苗が懇願するように言ったとき、喫茶店の店主があらためて閉店であることを伝えてきた。

緊張の糸が一気に緩んだのを感じた。

「物語の終わり……」

「はい。部外者ではありますが、私はその決着をつけにいく覚悟です」

「そうか、物語の終わりか。それって、つまりはどんな物語だったんでしょうね。案外、ダラダラと続いた青春の物語だったのかもしれませんね」

そうつぶやいた鈴木の目がうっすらと赤らんでいるように見えた。とても弱々しく、そして憐れだと香苗は感じた。

多分に自己顕示的な側面があったにせよ、三十年以上という時間と、労力、そして愛欲と忠誠とが入り乱れた心を目いっぱい注いできた母と子に、呆気なく切り捨てられた。どうあれ、鈴木は負けたのだ。

それを証明するように、鈴木は静かに言葉を連ねた。

「出会って間もなかった頃だったと思うんですが、『食い物にされるつもりはない』って思ったことがあったんですよね。清家に対して『お前の自己実現の道具にされるつもりはない』って。いい見立てをしてましたよね。三十年越しに証明されるなんて夢にも思っていなかったですけど」

目の前に座る中年男性にとっての今日という日の意味を、香苗はとっくに理解していた。今日をもって、鈴木俊哉は清家一郎の、その母である浩子の物語から退場した。そう、それはまるで三好美和子の書いた『最後に笑うマトリョーシカ』にあったように。

違うのは、とはいえ鈴木が生き長らえているということだ。シナリオにあった秘書Bは、代議士Aによって……。

そんなことを思ったときには、香苗は口を開いていた。

「また浮かび上がってきてください。やられたままじゃダメですからね」

生きてさえいるのなら、母子にやり返すチャンスはある。最後の最後で、鈴木が笑っていることもできるはずだ。そのチャンスを自分が与えられるかもしれない。

鈴木はうっすらと笑みを浮かべながら、ポツリと言った。

「何が虎の尾かわからないような女です。道上さんもくれぐれも気をつけてください」


「本当に一人で大丈夫か？　やっぱり俺も一緒についていこうか」

ファミリーレストランを出る直前まで、山中はしつこく言っていた。その提案を香苗はかたくなに拒んだ。浩子に義理立てしたいわけではなく、一対一の方が話を聞き出せるという確信があるだけだ。

いまは一人であることも、年齢も、女であることだって武器にする。幸いにも浩子の香苗への印象は悪くなかったと感じている。いや、そう思うことがすでに彼女の手のひらの上にいるということなのかと慎重にもなる。

愛媛に入ったときから感じていた不安も、恐怖も拭うことはできないけれど、それをはるかに優る好奇心が胸にあった。

率直にそんな気持ちを伝えると、山中はやりづらそうに鼻先を搔いた。

「俺はずいぶんいい記者を採用したもんだわ」

「それもかなりのお値打ち価格で」

「いいか、道上。極上の特ダネを取ってこい」

「それは命令ですか？」

「ああ、そうだな。二度目の社長命令だ」と調子良く口にして、山中はすぐに大真面目な表情を取り戻した。

「でも、その前に必ず無事で帰ってこい。お前が向き合う相手はバケモンだ。どれだけほだされそうになっても、そのことを絶対に忘れるなよ」

息子の夢のために邪魔な人間を消すことさえ厭《いと》わない。自らに注がれた献身さえ、冷徹に捨て去ることのできる女だ。

鈴木の言っていた「ペルソナ」という言葉が脳裏を過《よ》ぎる。香苗は無意識に自分の頬に触れながら、小さく「はい」と返事をした。


時計の針は十六時を指そうとしている。言われた時間より少し早かったが、香苗は浩子の自宅のチャイムを鳴らした。門前に表札はかかっていない。「清家」や「劉」はおろか、「小松」の文字も見当たらない。

華やかな浩子の印象に似つかわしくない、古びた日本家屋。清家と幼少期に過ごした家ではないというが、「雰囲気はよく似ている」と、ファミリーレストランで浩子は言っていた。

引き戸が音を立てて開いた。顔を出した浩子を目にして、香苗はあらためて息をのむ。

完璧なメイクを施し、白いノースリーブのワンピースに身を包んだ浩子は、圧巻とも思えるくらいだった。

「どうかした？」

透き通った浩子の声に、ふと現実に引き戻される。「いえ、これつまらないものですが」と、あらためて東京から持ってきたお菓子を手渡したとき、浩子の背後に男が立っているのに気がついた。

「主人よ」と、浩子が言う。もちろん知っている。愛南町入りして三日間、常に浩子に寄り添っていた男だ。

浩子とは違い、顔も腕も首もとも真っ黒に日焼けしていて、それなのに目に生気はなく、きちんと「老人」であることを感じさせる人だった。

「ライターの道上と申します」と、香苗はバッグから名刺を取り出した。それを受け取った男の瞳には、ハッキリと香苗に対する敵愾心《てきがいしん》が滲んでいた。

それを不快とは感じない。むしろ香苗は小松を不憫《ふびん》に思った。一見すれば冴えないだけのこの男にも、なんらかの利用価値があるのだろう。浩子はいったい何を目的に小松と一緒にいるのだろうか。

「くれぐれも気をつけて行ってくるんだよ」

その声が、浩子と自分のどちらに向けられているのか、香苗は一瞬考えた。

3

ここを訪れるのは何年ぶりだろう。

一郎と来たのが最後ではないはずだし、小松と来たことはない。

たしか一人でこの場所に立っていた記憶がある。今日と同じように灼熱の陽が降り注いでいたはずだ。

日傘を差し、波のない琥珀《こはく》色の海をじっと見つめて、ただ佇んでいたあの日の自分はいったい何を感じていたのだろう。

十数年前のあの日、自分が何を求めてこの場所にやってきたのか、浩子は覚えていない。

「本当にいいところですね」

高台の空き地に海からの風が吹き上げる。沖合に牡蠣を養殖するための無数の浮きが見えている。複雑な形状のリアス式海岸であることに加え、愛南町の海には七本もの川が山から流れ込んでいるのだという。

そこから運ばれた豊富な栄養を取り込み、膨れあがった愛南の牡蠣は絶品だ。はじめてそれを食べたという小松は大げさなくらい目を大きく見開いて、浩子は大笑いさせられた。

道上は手をひさしのように額のあたりに置いている。陽の下で肌はさらにみずみずしく、気づけば見惚れてしまいそうになる。

「そうね。一番好きな場所かもしれない」

「愛南町で、ですか？」

「ううん。人生で」

少なくとも、ある時期まではそうだった。母と将来について話し合ったとき、一郎に過去について明かしたとき、和田島芳孝が一度だけ愛南町を訪ねてきたときもここに連れてきたし、そしていまもまた……。人生の節目、節目で、浩子はこの場所に立っていた。

「気持ちいい風が吹いてるわね。こんなところでいい？」

「いいとは？」

「取材しにきたんでしょう？　こんな外でもいいのかなって」

道上が「ああ、はい。私はかまいません」と応じるのを確認して、浩子は近くの石垣の上に腰を下ろした。

「さてと、何から話そうか。嘉和さんのこと？　私の最初の夫の話からしたらいい？」

取材ではなく、これは会話だとアピールするように、道上はノートも開かなかった。

「もっと聞きづらいことから尋ねてもいいですか？」

「ええ、いいわよ。遠慮せずに聞いてちょうだい。私が答えたくないと思ったら、そのときはちゃんと伝えるから」

浩子が心にもないことを口にした瞬間、海風が不意に止んだ。道上は力強くうなずいた。

「わかりました。では、まずはお母さまのことから教えてください」

「母?」

胸が小さく拍動した。道上に興奮する様子は見られない。

「はい。劉英華《リウインファ》さんのことです。英華さんがどうして日本に住んでいたのか、どういう経緯で大連からこの国に来たのか。私はそこに浩子さんの人生のモチベーションが……、つまりは清家さんを政治家にするという力の源があったのではないかと思っています。キーマンは浩子さんにとってのお母さまであり、清家さんにとってのお祖母さまだった。その見立ては間違っていますか?」

浩子は素直に感心した。もう半世紀近く前に愛南町に一緒に連れてきたときには、母にも「清家」を名乗らせていたのだから。

一生誰にも明かすことはないと思っていた話だ。

この子と出会えて良かった。

いや、この子に見つけてもらって良かったのだ。

妙な感慨を抱いたとき、浩子は笑い声を上げていた。

「ありがとうね。道上さん」

不思議そうに首をかしげた道上からゆっくりと目を逸らし、浩子は大きく天を仰いだ。

4

何が正常で、何が異常かもわからない。

世界の善悪の基準がまだ何一つわからないという年齢で、浩子は自分を取り巻く不穏な空気を感じていた。

当時の名前は、劉浩麗《ハオリー》。中国、東北部の村に住んでいた三歳の頃まで名乗っていたものだ。

可憐な感じのする響きも、誕生日の春を連想させる「麗」の一語も気に入っていたという覚えがある。

でも、母と乗り合いトラックで大連の港へ向かったことも、そこから日本を目指したことも、御徒町《おかちまち》の親戚の家に身を寄せた日のことも、そこでまったく新しい生活をスタートさせたこともあまり記憶に残っていない。

自分がいる場面にきちんと色が伴うのは、まさに名前にまつわる出来事だ。ある朝、「今日からあなたは浩子という名前。みんなそう呼ぶ。お母さんも」と、前触れもなく母に言われ、それに猛烈に反発した日の光景はいまも脳裏に焼きついている。

母がなぜ浩子を改名しようとしたのか、説明は受けなかった。そもそもどうして中国での生活を捨てたのか、日本で生きようとしたのかも聞いていない。

母からすべてを包み隠さず明かされたのは、身を寄せていた親戚宅を離れ、巣鴨の1DKアパートに引っ越した頃だった。

近所の小学校への入学を間近に控えたある日の夕方、母は思い詰めた顔で「欸《アーイ》、浩麗──」と切り出した。

浩子という名前を与えられて以来「浩麗」と呼ばれたことはなかった。中国語で話しかけられたのもはじめてだったはずだ。

浩子はあっという間に日本語を身につけたが、母はなかなか上手くならなかった。戦時中に片言の日本語は話せるようになっていたが、日常生活の中で上達せず、浩子は友だちに母が挨拶するのを恥ずかしいと思っていた。「劉」という名字に違和感を抱いていなかった近所の子どもたちが、母の言葉にそろって怪訝《けげん》そうな顔をしたからだ。キレイな人で、その容姿や雰囲気だけなら自慢の母だったのに、おかしな日本語を使うのだけはどうしても居心地が悪かった。

小学校に入るまでは浩子もそれなりに中国語を話すことができたし、居候先の親戚たちと中国語で話す機会もあったが、母は浩子の前ではかたくなに日本語を使い続けた。それがきっと浩子のためなのだろうということは幼心にもわかっていた。

その母が久しぶりに中国語を使ったのだ。日本語で「あのね」といったニュアンスの「欸」のたった一語を口にしただけで、母は目に涙を浮かべたし、懐かしさからだろうか、浩子の胸にも何かが迫った。

そこからの母の告白をすべて理解できたわけではない。それでも母の表情、息づかい、言葉遣いに、体温から、その内容の重さは理解できた。

端的に言えば、浩子が望まれてできた子でなかったという話だ。そして、浩子の身体に流れる血の半分が日本人のものという話だった。

自分に父という存在がいないことについて母に尋ねたことは一度もない。触れてはいけないことなのだろうとわかっていたし、いつか母の方から話してくれるだろうという予感もあった。もっと言えば、中国に住んでいた頃の近所の人たちの、そして日本に来てからの親戚たちの、差別的とは言わないが遠慮がちな眼差しの理由もそこにあるのではと感じていた。

アパートの窓からずいぶんしみったれた西日が差し込んできていた。それに背を向け、切々と過去について告白する母の鬼気迫る姿は浩子の視線を捉えて離さなかった。

いつも優しい母の正体を見る気がした。途中から浩子がポロポロと涙をこぼしたのは、話の内容そのものより、見たことのない母の形相に恐怖を感じたからだった。

母もそのうち泣き始めた。強く抱きしめられ、日が暮れるまで二人で泣いた。

ほとんど中国語で語られた話の中で、強く印象に刻まれた言葉がある。

復仇《フーチヨウ》——。

日本語で「復讐」を意味するその単語は、しぼり出すように母が口にした「フーチョウ」という響きとともに、それから少しずつ中国語を忘れていっても浩子の胸に居残り続けた。

その復讐が何に対するものなのか、母自身もおそらくわかっていなかった。ひょっとしたら浩子の知らないところで、母を弄んだあげく捨てたという相手の旧日本兵を捜していたのかもしれないが、あまりにも現実味の乏しい話だ。

母の口にした「復仇」は、きっとただの道標だった。日本兵の子を宿し、故郷で生きていくことを許されなくなった母の、憎むべき男の住む国で生きることしかできなかった女の得た、たった一つの標石だ。

その日以来、母は父についてはあまり悪く言わなかった。それでも日本人の男というものについては、いつも口汚く罵《ののし》っていた。

浩子が小四に上がった頃、母は夜の仕事を始めた。具体的な仕事内容については聞いていないが、水商売であるのはなんとなくわかった。

小さい頃から料理は得意だったし、簡単なものくらいなら一人でも作れた。何より母が一生懸命生きようとしているのはわかったし、それがたった一人の肉親である自分のためだということも理解できた。基本的には二十三時頃までには帰宅してくれていたし、なんとかさみしいという気持ちに抗《あらが》えた。

そんな母が数ヶ月に一度、季節に一度といったペースで、ひどく酔っ払って帰ってくることがあった。その日は決まって午前様だ。

お酒をのんで帰ってくるだけなら我慢できたが、母はたびたび浩子を叩き起こした。そしていつかと同じように号泣しながら力いっぱい抱きしめられ、延々と中国語で何かをまくし立てられるのだ。

すでに中国語は日常から消えていて、母の言葉は単語、単語でしか理解することができなかった。

とくに強く耳に入ってきたのは「日本人《リーベンレン》」、そしてやはり「复仇」の二つの言葉だった。自覚的に浩子に何かをすり込もうとしたのではないと思う。現に、普段は日本語を使う母の口から「復讐」という言葉を聞いたことは一度もない。

それでも、母の口にする「复仇」は少しずつ、少しずつ浩子の体内に蓄積されていった。女手一つで育ててくれていること、外できっと苦労していること、優しい母であり続けてくれていること、何かを我慢してくれていること、母だけがどんなときでも味方であってくれたこと……。

そうした一つ一つのことに、浩子はいつしかうしろめたさを抱くようになっていった。

その理由は自分でもうまく認識することができなかった。御徒町から巣鴨に引っ越して、友人の一人もいない小学校に入学した当初は、やはり「劉」という名字をバカにしてくる子もいた。しかし、若い男の担任が懸命に守ってくれたこともあり、少なくとも表面上は何か言ってくる子はいなくなった。

中国出身ということでイヤな思いをしたのは、本当にそれくらいだ。日本語に苦労したこともない。

それどころか一人の時間はほとんど本を読んでいた。そのおかげで国語の成績は常に上位を維持していた。この頃は自分の戸籍がどうなっているのかなど考えたこともなかったし、当然そんな言葉も知らなかったが、浩子のアイデンティティは間違いなく日本の方にあったと思う。

母に対するうしろめたさの正体は、それだったのだろうか。自分だけが楽しく毎日を過ごさせてもらっていることからか。ひょっとしたら自分の身体を流れる血の半分が、母が「復讐」を誓う日本人のものであることから来ていたのかもしれない。

いずれにしても、母への申し訳なさは日一日と募っていった。それと比例するように、どんどん顔の作りが変わっていった。小さい頃は周囲から「お母さんによく似ている」と声をかけられることが多かったのに、高学年になった頃にはすっかり言われることがなくなった。

浩子が鏡を見て、ため息を吐くことが増えたのはこの時期だ。とくに母と違うのは、まさに周囲から「よく似ている」と言われていた目。そして、その目を男から褒められることが、逆に女から批判されることが極端に増えていった。そんなある日のことだった。

周囲の子がそろばんや習字に通う中、浩子は習い事というものをさせてもらったことがなかった。それが、六年生に上がった頃、自宅に家庭教師がやってきた。教えに来てくれたのは、母が勤めるスナックの常連客の息子という大学生の男だった。

しばらくは母の仕事が休みの土日のいずれかに教えに来るだけだった。それを平日にも来てもらいたいと言い出したのは浩子だったし、料金は据え置きでかまわないと申し出たのは高岸《たかぎし》というその男だった。

口裏を合わせたつもりはなかったが、ある意味では浩子と高岸は共犯だった。母は少しだけ怪訝そうな表情を浮かべたものの、最後は笑顔でうなずいた。

「わかった。家で一人で置いておくのも心配だし、浩子のことお願いね。その日はなるべく早く帰るようにするから」

六月から週末に加え、水曜日も高岸は家を訪ねてくるようになった。しばらくは真面目に勉強を教えるだけだった。週末と変わらず、母が家にいるときと同じように、何食わぬ顔で浩子に勉強を教えていた。

そんな高岸が浩子の目にはひどく滑稽に映った。週末と水曜日とでは顔つきが違うのだ。何を期待しているのか、母のいない日の高岸はあきらかに男の顔をしている。そこに恐怖など感じなかった。ただ笑いを堪えるのに必死だった。

その頃、学校でクラスの中心にいた男子二人が浩子を巡って取っ組み合いのケンカをするという出来事が起きていた。その二人の男子がそれぞれの手下を率いるような形で分裂し、そのまま男女関係なくクラスが真っ二つに割れるということがあったのだ。

五年生から繰り上がったクラスはそれまで仲が良かった。不満を持った女子たちは、なぜかケンカをした男子に対してではなく、浩子を目の敵にしてきた。

ハッキリ言って、浩子にはどうでもいいことだった。「また劉さん？」と、面と向かって言ってくる女子たちに対して、一部の男子が「べつに劉が悪いわけじゃないだろ」と言い返してくれた。それがまた彼女たちの不興を買ったが、それさえ気にならなかった。

男たちが勝手に夢中になる。もっと言えば、男たちがおかしくなる。そんな自分の特質にうすうす気づき始めていた。

きっと、たくさん読んできた本の影響も大きかった。図書館の『源氏物語』の現代語訳を少しずつ読み進めていきながら、浩子は性の芽が息吹《いぶ》くのを感じていた。大人たちがなぜ子どもに読書を勧めるのかわからない。こうして自我が芽生えることで、大人たちの洗脳が解けていく。いつか自分に子どもができても絶対に本など読ませない。そんなことまで考えた。

男の子たちが自分に夢中になるのは、この目のせいだという確信があった。低学年の頃から他の女子に言われていた「色目」を自覚的に使ってみたいという欲求が芽生え始めていた。

高岸をコントロールするのは簡単だった。ちょっと上目遣いで見てやれば、すぐに彼の声はうわずった。

わざとつまらなそうな素振りを見せれば、おもしろいようにジタバタした。高岸の恋愛経験など想像したこともなかったけれど、浩子の目には歴《れっき》とした大人の男だった。それがいとも呆気なく手のひらの上で転がるのだ。男なんてこんなものかと、拍子抜けすることばかりだった。

夏休みに入ったある日の夜。日中の暑さで頭がやられたかのように、家に来たときから高岸が興奮しているのは見て取れた。

だから、はじめはいつも以上によそよそしく振る舞った。一度も顔を見ず、ひたすら問題を解き続け、高岸の体温を少しでも感じればいなすように身体を離し、質問して、高岸は我に返ったように解説する。

外のセミの鳴き声と、鉛筆がノートを叩く音が延々と聞こえていた。一度でも目を見てしまえば何が起きるか明白な中、浩子はわざと高岸を上目遣いに見てやった。

案の定、高岸の手が浩子の胸に伸びてきた。さすがに少し身体が強ばったが、必死にそれを堪えた。高岸に気づかれないように息を整え、冷静に手を払いのける。そして「先に服を脱いでくれませんか」と口にした。そのときの高岸の間の抜けた顔を、しばらく忘れることができそうになかった。

「う、うん」と、高岸は素直にうなずいた。浩子の胸に伸びていた腕を引っ込め、あわてて服を脱ぎ始める。

生まれてはじめて見る男の裸体は、やはり間抜けだった。もちろん高岸の個人的な問題であると理解はしつつ、病的に白い肌も、浮き出た肋骨も、裏腹にそそり立った男性器まで、すべてバカバカしいものに見えてならなかった。

欲情した息を漏らしながら、素っ裸の高岸はあらためて浩子に腕を伸ばしてきた。それを今度は思いきり払いのけた。驚いた様子の高岸の顔がツボにハマり、たまらず吹き出しそうになるのを抑え込む。

行き場を失った高岸の腕は伸びたままになっていた。

「スキンは持ってるんですか？」

性についての知識なら、そのへんの中学生よりずっと正しく持っていたはずだ。

「え？　あ、ごめん。持ってきてない」

「なんで？」

「なんでって……」

「じゃあ、なんで裸なの？　まさか避妊しないでするつもり？」

「いや、ごめん……」

「やりたいなら買ってきて」

「え、いま？」

「当たり前でしょ？　イヤならしないよ？」

「あ、ううん。ごめん。たしかにそうだよね。気が利かなくてごめん」と早口に言うと、高岸は膨らんだ男性器を下着にしまい、服を着ると、あわてて部屋を出ていった。

アパートの外廊下から高岸の足音が消えた瞬間、ずっと我慢していた笑いが爆発した。

誰もいない部屋の中で、浩子は一人で笑い続けた。

性欲にとらわれた人間のなんて愚かなことだろう。途中から敬語を使わなくなったことに、高岸は気づいてさえいないはずだ。

ある意味では母が反面教師だった。母の気性が荒くなるのは、男の影がちらついているときと決まっている。

そのことに気づいた日から、母を少し憐れに思うようになった。男という生き物に痛い目を見せられ、男のせいで故郷を追われるという経験までしているのに、性懲りもなくまたつまらない男たちにのぼせている。たった一人の娘に一方的に重たいものを背負わせながら、目先の快楽にまだすがろうとする母を軽蔑さえしたくなる。

性欲に限らず、食欲も、睡眠欲も、恋愛や友情といった肯定されるべき感情まで、すべて自分で制御したいという欲求がいつしか芽生えた。

自分自身も、他人も、すべて私がコントロールしてみせる。思い通りに操るのだ。私は絶対に溺れない。私がすべてを支配する――。

高岸とのことはその手始めだ。男の命運は自分が握っている。一つだけ気をつけるべきは、絶対に舐めてかからないこと。どれだけ頭が足らなかったとしても、腕力の差は歴然だ。暴力性まで手なずけなければ痛い目を見るのは自分の方だ。

大汗をかいて走っている高岸を思い浮かべ、彼をどうしてやろうかと、浩子は笑いながら考えた。

5

中学時代の浩子には、不良の真似事をする同級生たちが本当に幼稚に見えた。彼ら、彼女らは、等しく他人に期待していた。友人や恋人、部活の仲間やクラスメイトのみならず、大人に対して反発するという行為さえ、浩子にはその大人への期待の裏返しとしか思えなかった。

浩子は自分にしか期待していない。夢中になるような男などいなかったし、あいかわらず友だちもいなかった。

名字から目をつけられ、妙に気に入られた中国系の女の先輩がいた。その人の紹介を受けて、中三の夏休みから錦糸町のクラブで働き始めた。

当時の自分からは想像もつかないような大金が懐に入ってきた。筋のいい常連客たちは何かというとお小遣いもくれた。それに対する見返りを求めてくるタイプかも次第に見極められるようになっていった。基本的にその見立てはそれほど間違っていなかったと思うし、まれに失敗したとしても、そうした経験を重ねていくことで人間性を見抜く目を養っていった。

学区ではそれなりに名の知れた高校を十七歳で辞めたときには、母にも内緒にしていた貯金の額が百万を超えていた。

高校中退の理由はいくつもあった。この頃、体調を崩しがちだった母の代わりに稼がなければいけないという大義名分がまずあり、浩子の実年齢を知っている、つまりは身元のしっかりしている常連客の一人が、銀座六丁目の小さなクラブを紹介してくれたことも大きかった。

国籍も曖昧《あいまい》な自分が真っ当な道で成功していけるという感覚は乏しかった。だからといって水商売の世界でのし上がっていくという気概もなかったが、まだ輝かしい何かに通じているという予感を抱くことはできた。いい加減、男を惑わす才能は確信できた。

高校を辞め、本格的に夜の世界で生きていくことを決めた日、浩子は貯めてきた百万を無言で母に差し出した。

長くつき合っていた男に捨てられ、働きに出ることもできないほど鬱《ふさ》いでいた時期だった。その母に、浩子は有無を言わさぬ口調で問いかけた。

「お母さんは、まだ復讐しようと思ってるの？」

「何？」

「いつか私に言ってたよね。復仇。この家に引っ越してきてすぐの頃。復仇はまだお母さんが生きる上での目的なのかなって」

浩子は心のどこかで祈っていた。何に対する復讐であるかなど関係ない。究極的にはウソでもいい。つまらない人生だと折り合いをつけるには十七歳は若すぎたし、目の前に広がる時間は茫漠《ぼうばく》としすぎていた。浩子にも生きる上での道標が欲しかった。百万はそのための金だった。

浩子が無造作に床に置いた札束を見て、母は少しだけ驚いた表情を浮かべたものの、すぐに呆れたように口をすぼめた。

顔色は青白い。でも、その瞳にはめずらしく生気が宿っている。お金の出所を聞くわけでもなく、母は訥々《とつとつ》と語り出した。

「あなたが父親についてどう思ってるか知らないけど、あれは間違いなく暴力だった。私は同意なんてしていない。私はあのセックスを認めていないし、あの男を許していない。黙って一人で帰国したことも許せない。あの人を表現するのにすごくしっくり来る中国語がある」

毎日顔を合わせているのに、なぜか久しぶりに母と言葉を交わす気がした。いつの間にこれほど日本語が達者になったのだろう。母の口から「同意」などという言葉が出てきたことに、浩子は面食らう思いがした。

浩子は思わず苦笑した。

「どうせ『日本鬼子《リーベングイズ》』でしょう？」

「なんであなたがそんな言葉知ってるのよ」

「わりと有名な言葉じゃない？　私、御徒町にいた頃には知ってたと思うんだけど」

「あら、イヤだ。誰に聞いたの？　大宗《たいそう》？　あの子、口悪いから」

「お母さんだよ」

「うん？」

「だから、お母さんが言ってたの。いつかベロベロに酔っ払って帰ってきて、日本鬼子って。誰のことを言ってたのか知らないけど」

母は一瞬だけキョトンとした表情を浮かべ、すぐに視線を逸らした。

「私がどうしてあなたを生もうと思ったか知ってる？」

「何よ、急に。そんなの知らないよ」

「どうしても味方が欲しかったから」

「は？」

「あの村には……、というか、日本兵の子を身ごもった私の人生に味方なんて一人もいなかったから。そういう人間が一人でいいから欲しかった」

そんなことを打ち明けられた夜、母とはじめて二人で酒をのみ、たくさん話し、そして久しぶりによく笑った。

このタイミングで一人暮らしをするという考えも頭にあったが、母と話しているうちにその思いは消えていった。この人と一緒に生きていく。自己実現などという浮ついた目標に微塵も興味はない。たとえ見え透いたものだとしても「母の願いを成就させる」という目的のために自分を奮い立たせる方がよほど性に合っている。

とりあえず貯めた百万を使い、母と上野の広いマンションに引っ越した。東京五輪を控えた高景気の真っ只中。仕事をすればするほど実入りはあったし、銀座という新しい舞台はまだ十七歳の浩子にとってはやはり刺激的だった。

しかし、たとえば「何歳までに自分の店を持つ」や「いついつまでにいくら貯める」といった具体的な目標がない分、モチベーションを維持するのは難しかった。わかりきっていたことではあったし、だから気が沈むようなことはなかったものの、日本人に対する、ひいては日本という国に対する「復仇」という目的はあまりに漠然としていた。

常に新しい何かを求めながら、ほぼ一年ごとに店を移った。六丁目から七丁目、そして八丁目と店を転々としていく中で、ママ自らのスカウトによって奥山《おくやま》ビルディング内の超高級クラブ〈花明かり〉に辿り着いたのは、浩子が二十歳のときだった。

著名人も多く訪れる店だった。大御所司会者にタレント、俳優、プロ野球選手に歌手……。浩子でも名前を知っている各界の大物が入れ替わり立ち替わりやって来て、店は連夜そうした人たちの社交場のような華やかさだった。

そうした中でとくにこの店を好んで使っていたのは、政界の面々だ。それまでの店に来ていた政治家とは格が違う。牧歌的な時代でもあった。与野党の重鎮が競うようにして店を訪ねてきては、目を見張るような値のボトルを次々と開けていく。

ママから店の名前にちなんだ「朱里」という源氏名をもらっていた浩子も、たびたびその恩恵に与《あずか》った。勘違いしたり、浮き足だったりするようなことはなかったものの、気を張っていなければすぐにでも濁流に巻き込まれそうな気配は感じていた。

店を移って一年ほど過ぎ、二十一歳の誕生日を間近に控えていた頃、出勤前のエレベーターでマリ子という先輩ホステスと一緒になった。

「すごいね、朱里ちゃん。またいいお客さん捕まえたね。誕生日は盛り上がるだろうね」

これまでの店では親しくなるホステスはほとんどおらず、それどころか敵視されることも少なくなかった。それなのに〈花明かり〉に移ってきてからは、ずば抜けて若い年齢のせいか、年上のホステスたちにずいぶん可愛がられていた。

マリ子はその筆頭だ。浩子が入店したときから「いい源氏名がもらえてうらやましい！」などと話しかけてきて、あまり気乗りはしなかったが、勤務終わりにのみに連れていかれることもよくあった。

「いいお客さんって、どなたのことですか？」

思い当たる節はなかった。それこそ毎日のように有名人がやって来て、二回目の来店から浩子を席につけてくれる人も少なくない。

マリ子はいたずらっぽく肩をすくめた。

「そんなの、あなた。和田島芳孝に決まってるじゃない」

「え、和田島さん？」

「何それ。しらばくれてるの？」

「いえ、そんな。和田島さんってあの人ですよね。民和党の……。最近よく土居《どい》先生たちと一緒にいらっしゃる」

「あ、ホントに知らないんだ？　あの人、いま若手の代議士ではダントツで注目されてる人なのよ。よく新聞にも出てくるもん」

「へぇ、そうなんですね。でも、べつに私のお客さんっていうわけじゃありませんよ」

「でも、朱里ちゃんに興味があるのは見てたらわかるじゃん。みんな話してるよ。また上客が朱里ちゃんを気に入ったって」

「いやいや、本当にそんな気がしないんですけど」

たしかに民和党の面々が店に来るとき、和田島に浩子がつくことは少なくない。でも、それはそれぞれの代議士にすでに指名のついたホステスがいるからのことであって、和田島が浩子を気に入っているというわけではないはずだ。

浩子より十五歳ほど上だろうか。それでも、ほとんどの場合で最年少の和田島の視線はいつも先輩議員たちに注がれている。気を遣って浩子の方から声をかけても、笑顔はそのままで実のある話は出てこない。口説いてくるようなことは絶対にないし、関心を持たれているという気もしない。

きっとマリ子が見誤っている。そう思いつつ、彼女だって〈花明かり〉に採用された歴戦のホステスだ。人を見る目には長《た》けているはずだ。

だからだろうか、和田島のことがなんとなく気になり始めた。すると数日後、和田島ははじめて一人で店を訪ねてきた。

先輩たちが色めき立つ中、和田島は本当に浩子を指名してきた。他のテーブルで接客に当たっていた浩子に、ママが「朱里ちゃん――」と声をかけてきた。そのとき、めずらしく優越感が胸に芽生えた。

そんな自分に気づいたからこそ気を引き締めた。「いらっしゃいませ。こんばんは、先生」とテーブルを移ったときは、まだ和田島の人間性など何一つ知らなかった。

「やぁ、こんばんは。ごめんね。突然来たりして。今日はめずらしく会合が早く終わったものだから、後援会の人たちを撒《ま》いてきたよ。前から一人で来てみたいと思ってたんだ」

「そうなんですね。それはおつかれさまでした。嬉しいです」

「よろしくね、朱里さん。出身は東京の二十三歳。今年の春に大学を卒業して、自分の夢を叶えるためにこの店で働くことを選んだ」

「え？」

「そうママから聞いたんだ。君に興味があったから」と、スカッと笑ったはずなのに、その目はちっとも笑っていない気がして不思議だった。

竹を割ったようなさっぱりとした性格で、明朗、物事をハッキリとしゃべる。そんな周囲の評価を疑う余地はなかったものの、浩子は何か引っかかった。

この日を境に、和田島はたびたび店を訪ねてきた。必ず浩子を席につけるし、たくさん話をしてくれる。

しかし、そこに中身がまるでない。いつも同じように政治家としてのあるべき姿を浩子に語るが、それはまるで街頭での選挙演説のようで、わざわざこんな話をしに来ているのかと不思議に思うほどだった。

一方で、和田島は浩子への好意もストレートに表明した。「朱里さんの考えは素晴らしいな。僕はこう見えて人を見る目はあるんだよ。君のような女性を妻にもらう人は幸せだ」などと平然と口にする。

そのくせ身体に触れてくることはおろか、外で会うことも求めてこない和田島に、浩子は純粋な興味から質問した。

「どうして私と結婚する人は幸せなんですか？」

和田島は質問の意味がわからないというふうに肩をすくめた。

「どうしてって、それは君がとても聡明だからだ。僕なら君をたくさん頼るだろうね。判断に困ることがあるたびに、君に意見を求めるだろう」

「それじゃ、私が国の政策に関与してしまうことになるじゃないですか」

「それの何がいけない？」

「はい？」

「いや、もちろん君の言っていることはよくわかる。わかるけど、わからない。何も君の意見をすべて採用しようというわけじゃない。僕にはたくさんの相談相手がいる。もちろんその人たちのことも信頼はしているけれど、妻ほど信頼に足る存在はない。その妻が君のような賢い人ならば、こんなに頼もしいことはない。そうだろう？」

和田島との会話は楽しかった。それは、世間一般で言うところの若い男女の会話の楽しさとは少し違い、和田島芳孝の人間性に対する興味から来るものだった。

最初は変わった人なのだろうという捉え方をしていた。どこか大仰なしゃべり口調も、到底自分の意見とは思えない政策論も、浩子への接し方も、究極的には決して好きそうではないお酒ののみ方まで、和田島の行動はすべてが機械仕掛けのようで、そこに彼自身の意思など微塵も反映されていないように見えるのだ。

それが一転、国会中継などでブラウン管に映し出される途端に、逞《たくま》しく見えるから不思議だった。

そんなことを自宅でふと思ったとき、ある一つの気づきに至った。

和田島は政治家を演じている。

もっと言えば、和田島芳孝という人間を演じている。

それもカメラの前に立つ他の政治家たちのように演じようとして演じているのではなく、和田島は演じていないと生きていけない。人生のどこかのタイミングで、ひょっとしたら生まれながらにして笑顔の仮面をかぶっている。

もちろん、そんなことあるはずがないと思った。しかし、万が一にもそんなことがあったとしたら、こんなにおもしろいことはないとも思った。

みんなはそれに気づいているのだろうか。もし和田島を思うままに操っている人間がいるのだとしたら、それは誰か。誰が和田島の一番そばにいるのだろうか。

これまでまったく気にならなかった疑問が、次々と胸をかすめた。テーブルに肘をつき、呆然とニュースを見ていた浩子の異変に、母が気づいた。

「何してるの、あんた。大丈夫？」

その声に不意に現実に引き戻される気がした。あわてて身体を起こし、目を瞬かせながら母を見つめた。

母は不気味そうな顔をして首をひねった。

「何よ？」

なぜか母から目を逸らすことができなかった。何かを取り繕うという考えも過ぎらず、なかば無意識のまま言っていた。

「私、見つけちゃったかもしれない」

「は？　何？　あんた、ホントに大丈夫？　見つけたって何を？」

「復仇」

「いや、ちょっと……」

「まだわからないけど、本当に見つけちゃったのかも、私」

自分が政治家となって、この国の舵取りに携わる。同じように夢物語ではあったけれど、自分が和田島をコントロールすることはまだ現実味のある話に思えた。

その後、母は浩子に「あまり変なことに首を突っ込まないでよ。私、いまでも充分幸せなんだから」と言ったという。

その声は浩子の耳に届かなかった。つまりは自分のためだったのだろう。和田島に近づいていった理由を一言で述べるのなら、自らの人生に飽きていたから。

それだけのことだった。


知れば知るほど、和田島という人間には実体がないように思えた。あまりの二人の距離の近さに、興味を持った〈花明かり〉のママから「どんな人？」と尋ねられたことがある。

そのとき、浩子は言葉に詰まった。しぼり出したのは「さっぱりしていて、明るい人。あと考え方がハッキリしている」といった、どこかで聞いた覚えのあることばかりで、こうして世間の評価は作られているのかとおかしくなった。

最初にホテルで落ち合ったのは、浩子からの誘いだった。このまま待っていても埒が明かないと、永田町から少し離れた新宿のホテルに部屋を取った。

仕事が終わったら先に部屋で待っている。鍵を渡した浩子を見つめ、和田島は不思議そうに口を開いた。

「いや、気持ちはありがたいけど、これは受け取れないよ。僕は代議士なんだ。クラブのホステスと一緒になることはできないんだ」

そのあまりに失礼な言い方は極めて和田島的な悪意のなさで、浩子はたまらず吹き出した。

「大丈夫ですよ。何があっても責任取れなんて言いませんから」

「でも、それって君に失礼なんじゃ――」

「大丈夫です。それに、私はただ先生とゆっくり話がしたいだけなんです。先生が考えているようなことにはなりません」

　幼い男の子をあやすように言って聞かせ、部屋の鍵を強引に握らせたとき、和田島は想像もできないほど安堵した表情を浮かべた。

　体調が悪いからといつもより早く店を出て、先にホテルに入り、ほどなくして和田島も部屋にやって来た。

　部屋に入るなり周囲をうかがい、おどおどしっぱなしの和田島は、浩子の作った水割りに口をつけてようやく小さな息を吐いた。

　それでも和田島はひどく不安そうだった。浩子には一つの見立てがあった。和田島の一番そばにいたのは彼の母親だったのではないだろうか。その母が息子である和田島の大きな才能に気づき、操って、ここまで出世させてきた。

　もう一つ思うのは、どこかの時期に、おそらくは和田島が一人で〈花明かり〉に通うようになった頃と前後して、なんらかの理由で和田島と母親は離れているのではないかということだ。

　和田島は隠し立てするでもなく早々に二つのことを認めた。

「去年の秋にお母さんを亡くしてね。以来、胸に穴が空いた感じがしてるんだ。僕にはお母さんがすべてだったから。僕を代議士にしたいというのもお母さんの夢だった。いまの僕はなんのためにこの仕事をしているのかもよくわからないよ」

胸の奥に眠っていた支配欲がたしかに疼《うず》いた。探していた大魚が目の前にいる。それも途方に暮れるような大海原にではなく、手を伸ばせばすくえてしまいそうな生《い》け簀《す》の中に。

いま何をすれば魚はエサに食いつくのだろう。簡単に想像することのできない和田島芳孝の頭の中を、必死に想像した。考えて、考えて、そして浩子は何も言わず和田島のとなりに腰を下ろし、慎重にその髪の毛を撫でてあげた。

和田島はぴくりと身体を震わせた。一瞬、嫌悪する仕草を見せたものの、ひたすら髪を撫で続けた浩子に根負けしたように、ゆっくりとその身を預けてきた。

「恥ずかしいんだけど、僕、まだ女性とつき合ったことがないんだ」

「どうして？」

「あんまり人を好きにならなかったし、女の人には気をつけなきゃいけないって、ずっと言われていて」

「お母さまに？」

「うん。僕は男子校の出身だし、うまく女性を見極めることができなくて。君がホステスなんかじゃなかったら良かったのに。そうしたら、つき合うことができたのに」

和田島の母親への興味が俄然湧いた。見事だと思った。これはもう作品だ。なんて弱々しく、頼りなく、そして従順なのだろう。世間が抱く政治家、和田島芳孝像とまったく違う人間性。

非の打ち所のない経歴だし、見た目だっていい方だ。きっと母親が選んだものなのだろう。スーツ姿は凛々しく、店にやって来ただけでみんなの目を惹く華もある。

そんな人が、まるで自分の意志など存在しないかのように空っぽなのだ。亡き母がそう仕立てた。むろん、自分がすべてハンドリングするために。母親はさぞ無念だったに違いない。最愛の息子の行く末を見届けることができなかったのだから。

「素敵なお母さまだったんだろうね」

我ながら自然な流れだった。途中から浩子が敬語を捨てていることに、和田島はきっと気づいていない。

浩子の身体にしなだれかかり、和田島の声はいまにも泣き出しそうなほどかすれていた。

「僕のそばにいてくれる？」

「もちろん」

「絶対に裏切らない？」

「裏切らない」

「そうか、ありがとう。僕も君を信じるよ」

「うん、ありがとう」と、浩子はささやくように礼を言った。和田島も本当に嬉しそうに目を細くした。

　そして直後に、耳を疑うようなことを口にした。

「僕も君を大事にする。もう政治家なんて辞めてしまおう」

「え、ごめん。なんて？」

「だから、君と生きていくことを僕は選ぶ」

　和田島は少年のように屈託のない笑みを浮かべていた。浩子は辟易《へきえき》する気持ちを押し殺す。和田島とつき合おうと思うなら、こういう愚かさまで飼い慣らさなければいけないのだ。

「それはダメ。あなたは絶対に政治家であり続けて」

　それじゃなんの意味もない。その一言を懸命に飲み込んで、浩子は和田島に訴えかける。和田島はいぶかしげに首をひねった。

「どうして？　それじゃ君と……」

「お母さまが悲しむからに決まっているでしょう」

　和田島にとってもっとも有効な言葉を考える。

「あなたにそんなことを言わせている時点で、私はお母さまに顔向けできない」

「でも、そうしたら僕たちはどうやって……」

「大丈夫。私がちゃんとコントロールしてあげるから」

「コントロール？」

「二人とも幸せになる方法を考える」

変に勘ぐられたくなくて、あわてて言い直した。一瞬、怪訝そうな顔をしたものの、和田島はすぐに安心したように息を漏らした。

いまにも口づけしてきそうな和田島をなんとか宥《なだ》めながら、浩子が切り出したのは自分の出生についてだった。

本音を言えば、たいした屈託はなかった。わかりやすい差別など受けなかったし、父の不在をさびしいと感じたこともない。ひょっとしたら自分でも気づかない間に、そうしたネガティブな感情までも制御していたのかもしれないけれど、それならそれできちんと自制できている自分自身を認めてあげたいという気持ちになる。

その自分が、まるでこの世の悲劇をすべて背負ったような話をしている。下敷きとなっているのは、幼い頃に聞いた母の告白、あのときの母の表情、その仕草だ。

気づいたときには、日本という国を徹底してこき下ろしていた。そうして和田島に伝えようとしたことは、残酷な過去をきちんと清算し、日本と中国の両国が、あるいは日本とアジアとが正しく向き合える関係になることを願っているという話だった。

「私の本名は劉浩子。かつての名前は劉浩麗。これまで誰にも明かしたことはない。あなたを信頼して伝えます。正体を知っても、あなたは私を大切にしてくれますか？」

自分の出自を話すのは大きな賭けだった。でも、その賭けは九分九厘勝てるという目算もあった。母の告白を聞いた浩子と同じように、いや、あの日の浩子よりもずっと大粒の涙を和田島が流していたからだ。

泣き続ける和田島の頭を撫でていた。話しているうちに気持ち良くなっている自分に気づいていたし、だからこそ迂闊《うかつ》なことは言うまいと気をつけた。

浩子は決して泣かなかった。しばらく一人で嗚咽《おえつ》を漏らした和田島は、自分に言い聞かせるようにつぶやいた。

「ありがとう。お母さんからは常に弱者の側に立つよう言われていた。僕の政治家としての使命を与えられた気がするよ」

そして、もう一つ。

「僕は君をなんて呼んだらいい？　浩子？　それとも浩麗？」

浩子は笑いそうになる。

「もちろん、浩子と呼んでください。浩麗なんて言われても、もう自分のことじゃないみたいですから」

「わかった」

「よろしくお願いします、和田島さん」

「その敬語、あんまり好きじゃないな」

頼りない声で言った和田島に、浩子は自分から口づけした。

「わかった。これからよろしくね、芳孝さん」

そのときに浮かべた和田島の顔はまるで拾われた子犬のようで、浩子ははじめて年上の男をカワイイと感じた。

絶対に周囲には知られないこと。外で会うときは細心の注意を払うこと。店にもあまり顔を出さないこと。

実際につき合い始めてからも、浩子はうまく和田島を転がし続けた。もとより和田島自身がそういう相手を探していたのだ。自分を統《す》べてくれていた母が死んだ。その母に代わる相手を探していた。

母性を求められるからといって決してイヤな気はしなかった。むしろ顔も知らぬ亡母から何かを引き継いだ気持ちだった。

和田島から母親の話をたくさん聞いた。そうして話を聞けば聞くほど、浮かび上がってくるのはあまりに濃密で、歪《いびつ》な母子関係だった。和田島が二歳のときに夫を亡くしたという母親は、再婚するでもなく、仕事をしながら、見事に和田島をコントロールしきったようだ。

さすがにそんな話は出てこなかったが、たとえ母が息子の性処理をしていたとしても不思議はない。そんなグロテスクな想像をしてしまうほど、和田島の過去に女の影はなかったし、そして性欲が強かった。

和田島を制御する上で、一番困惑したのがこの点だ。自分という人間に価値を持たせ続けるために、焦《じ》らし、焦らし、順を追わせたのが失敗だったのかもしれない。

他の男たちに通用したことが、和田島には通用しなかった。はじめは素直に従っていた。それがひとたび交わってからは歯止めが利かなくなった。

政治家に一番必要な資質は体力。そう言っていたのは数々の政治家を見てきた〈花明かり〉のママだ。それに照らし合わせるのならば、和田島は政治家の資質を十二分に備えていると言えるのだろう。

久しぶりに会ったときなど、ホテルの扉を開けた瞬間に鼻息が荒いのがわかったほどだ。すぐにでもセックスしたいという欲望を強引に抑えさせ、お酒をのませるくらいまでは仕切ることができる。

しかし、ひとたび服を脱ぎ、肌を合わせたらダメだった。「獣のよう」とは、まさに和田島のためにあるような比喩だった。

和田島は一晩で何度だって果てた。深夜にホテルにやって来て、寝ずに出ていくなんてザラだった。

その翌日に本会議があっても関係ない。寝てしまうことも絶対にない。浩子から「有権者はそういうところをよく見ている。次の日に響くようなら本会議中は絶対に会わない」と伝えたこともあったが、和田島は本当に意味がわからないという顔をした。

たしかに徹夜で部屋を出た日でも、テレビに抜き出された和田島に疲れている様子はいっさいなかった。他の議員がうつらうつらしている中、むしろいつも以上に溌剌《はつらつ》としていて、よっぽど浩子をぐったりさせた。

二人で会うのは月に二、三回程度だったとはいえ、深夜にまで及ぶ電話なども含めれば、体力的にはなかなか厳しいものがあった。

それでも浩子が和田島と離れることを選択しなかったのは、当然だが和田島の未来に大きな可能性を感じたからだ。

つき合い始めてわずか一年ほどの間に、和田島はめきめきと頭角を現していった。いや、それまでも若手有望格の筆頭だったのだから「さらに」という形容が正しいのだろう。容姿を取り上げ始めた女性誌のみならず、普段は政治家に手厳しい一般紙までもが要職に就いているわけでない和田島のインタビューを掲載するなどした。

地頭はいいし、事務処理能力が高いというベースもある。その上で難しい判断が必要なときは浩子を頼ってきたし、和田島はその意見を採用した。

人脈についても浩子が尽力した。だてに十年近く水商売をやっていない。とくに省庁とのチャンネル作りに浩子の人脈は役に立ったし、そこから派生して、財界やマスコミにも和田島は足場を作っていった。この点だけは亡き母より浩子の方が力になっただろう。

党内で和田島を抜擢する話があると店で耳にしたし、それに自惚《うぬぼ》れることなく、和田島は精力的に汗をかいていた。

原動力は浩子に認めてもらうためだった。そう断言したくなるのは、浩子と出会って以降の和田島が積極的に外交の会合や勉強会に顔を出すようになったからだ。一般的に外交は票につながらないと言われているが、選挙で圧倒的な得票数を勝ち取る和田島はどこ吹く風だった。

浩子自身も人生で類を見ない充実した日々を過ごしていた。脂の乗りきった政治家を間近で見ているのは純粋に楽しかったし、その男が自分を喜ばせるために遮二無二《しゃにむに》働いているのは気分の悪いものではなかった。しかし……。

好事魔多しだった。いや、その出来事を「魔」と表現するのが正しいのかはわからないが、当時の浩子には間違いなく衝撃的だった。

浩子が二十四歳、和田島が四十一歳の秋のことだ。お腹の中に小さな命が宿っていることが判明した。

むろん、思い当たる節はあった。和田島のセックスまで支配しきれなかったことを後悔する一方で、少しだけ気持ちが軽くなるのも自覚した。一人の政治家を操って、裏で国の舵取りに関与する。そんなワケのわからない長い夢からようやく覚めた気がしたのだ。土台、現実味のない話だった。

お腹の子は当然堕ろすつもりでいた。これがはじめてのことではなかったし、和田島に対して申し訳ないという気持ちも湧かなかった。

そもそも和田島に伝えるつもりさえなかったのだ。妊娠のことを伝えれば、あの男はきっと産もうと言うだろう。なんとか結婚しようとするだろうし、また政治家を辞めると言い出すかもしれない。

でも、それじゃダメなのだ。自分とお腹の子は和田島の足かせにしかならない。世論は、とくに女性の有権者は水商売上がりの女を絶対に許さないし、結婚前に妊娠した子どもを認めない。何よりも自分は彼がトップに立とうとする国の人間でさえないのだから。

生まれてはじめて自分の身体に流れる血を恨めしく思った。そんなことを感じたとき、浩子はようやく和田島に対するほのかな思いに気がついた。

だからこそ和田島との未来はこの瞬間に閉ざされた。会わないで済むのなら二度と会うまいと心に決め、このまま夜の世界からも足を洗おうとも考えた。貯めたお金で母と田舎にでも引っ込もうなどと思っていた。

体調を崩し、気も塞ぎ、病院に行くまでの数日間は仕事を休んだ。久しぶりに二人でゆっくり過ごした夕飯後、母が思ってもみないことを言ってきた。

「あんた、失恋したでしょう?」

思わぬ指摘に浩子は咄嗟に言い返すことができなかった。母は浩子の剝いたリンゴをつまみながら、淡々と続けた。

「こんないい女を捨てるなんてどれほどの男なんだろうね。あんた、キレイになったもんね」

胸に何かが迫った。もう何年も……、それこそ自分がすべてを支配すると心に誓った小学生のあの日から、泣きたくなる感情もすべて打ち払ってきたはずなのに。

その自分が、母のたった一言に涙をこぼしそうになっている。なんとかそれを引っ込めようと天井を仰ぎ、思いつくまま声を発した。

「ねぇ、お母さん。私を生んだこと後悔してる？」

「はぁ？　何、急に」

「だって、いつか言ってたでしょう？　味方が欲しかったって。自分はその役割を果たせているのかなって、私、全然いい子じゃなかったし、お母さんの――」

なんとか我慢しようと思ったがダメだった。すべて言い切ることができず、浩子はポロポロと涙をこぼした。

母は驚いた素振りを見せなかった。無言で浩子を見つめ続け、少しすると涙の理由を問うわけでもなく微笑んだ。

「当たり前じゃない。あんたがいい子だったか、悪い子だったかなんて関係ない。あんただけが家族で、あんただけが味方だった。当たり前」

「ホントに？」

「ホントも、ホント。ああ、でもね、ちょっとだけあんたに悪いなぁってことを考えたこともあったよ。大昔のことだけど」

「何？」

「あんたが男の子だったらどんなふうだったかなって、そんなふうに考えたことがあった」

「どうして？」

「なんでだろうね。たぶん、きっと何か違うんだろうって思ったんだ。自分の生活がうまくいかなくなるたびに、男の子がいたら何か違ったんじゃないかって」

後半の声はほとんど耳に入ってこなかった。

「いや、ちょっと待ってよ。男の子……？」と小声で繰り返し、浩子は無意識のまま自分のお腹に触れていた。お腹の子の性別なんて、これまで考えたことはない。

本当にそんなことが可能なのか？

真っ先に脳裏をかすめたのは、そんな疑問だ。

もし一人でこの子を生むという選択をしたら、どんな未来が待っているのだろう？

母と自分、二代で抱いてきた願いをこの子が叶えてくれる？

だとしたら、自分はこの子にまず何を与えてあげればいいのだろう？

いくつもの疑問が次々と胸を駆け巡った。よほどすごい顔をしていたに違いない。

「ちょっと浩子？　どうかした？」という母の声にも気づけなかった。

このとき頭の中にあったのは、写真すら見たことのない和田島芳孝の母親だ。ずっとイメージしていた和田島の母の姿を思い浮かべながら、考えた。

彼女ならこの子にまず何を与える？

この子にとって将来にわたって必要なもの。

考えて、考えて、そして見つけた。

ずっとあとになって、母から「あのときのあなたの顔、これまで見たことがないくらいこわかった」と伝えられた。

浩子は母の顔を睨むように見つめた。

でも、身体の奥底からいまにも笑いがあふれてきそうだったのを覚えている。

「名字だ——」

そう言い放った瞬間、今度こそ自分の、母と自分の輝かしい未来が切り拓《ひら》かれたという確信が全身を貫いた。

6

そういった打算が先にあって、清家嘉和に近づいたわけではない。清家はもともと銀座六丁目の店にいたときからの客だった。七丁目、そして八丁目の〈花明かり〉と、浩子が店を移るたびに一緒についてきてくれた常連客の一人だ。

知り合ったとき、清家はもう還暦間近という年齢だった。一度目の結婚は早々に失敗し、二人目の妻は早くに亡くしたらしく、子どももおらず、だから「俺は金だけはあるんだよ」と、何かというと言っていた。

取締役とはいえ名前も知らない中小企業勤めだったし、派手な〈花明かり〉の客たちに比べればステイタスは低かったかもしれない。しかし、本人が卑屈になるようなことはなく、浩子も好きな常連客の一人だった。

清家はいつも一人で店に来た。

「おい、朱里。お前、すごい店まで登り詰めたもんだな。さすがの俺も気後れするぞ」

他の常連客たちがいつまでも浩子を前の店の名で呼ぶ中、清家はいち早く「朱里」と呼んでくれるようになった。

そんな柔軟さも、浩子が清家にホッとできた理由の一つだ。

「そんなこと言わないでくださいよ。清家さんがいなかったらいまの私はいませんから」

「はんっ。心にもないこと言うんじゃねぇよ。お前もやっぱりあれか？　いつかは自分の店を持とうとかいう野心があるのか？」

「いいえ、そんなこと思ったことはありません。私、そういうのって本当にないんです」

「本当か？　なんだよ、せっかく出資してやろうと思ったのに」

「そのお気持ちだけで充分嬉しいです」

「そうしたら、あれだな。お前は俺と結婚でもして、老後の面倒を見るってのはありだな」

「えー。なんですか、それ」

「俺には身寄りがいないからよ。田舎に誰も住んでない大きな家があって、仕事辞めたらマンション引き払って、向こうに住むのもいいかなって思ってるんだ。一緒にどうだ？　どうせ俺なんてすぐに死ぬんだし、そうしたら遺産はまるまるお前のもんだぞ？」

　口調はいつも通り偽悪的ではあったものの、そのときの清家の表情はどこか真に迫ったものに見えた。

　たしかに清家が口にする故郷のこと、愛媛にある愛南町という街の話は、都会育ちの浩子には魅力的なものだった。

　しかし、住むとなったら話はべつだ。遺産などいらなかったし、田舎暮らしも考えられない。それ以上に母より年上の清家との結婚なんて想像することもできなかった。

　その後も、清家は何かというと浩子に「結婚しろよ」と迫ってきた。それはいつしか二人のお決まりのやり取りになっていって、浩子は断り方をその都度変えたし、清家の口調もどんどん冗談めかしたものになっていった。

　その清家から会社を辞める旨を伝えられたのは、浩子の妊娠が判明した直後のことだ。めずらしくふらっと店に来たかと思うと、いつになく優しい口調で「来年の春に本当に愛媛に戻ることに決めた。向こうで少しゆっくりするよ。もうお前とも会えないと思うとさびしいけどな」と言われたとき、妊娠のことで少し参っていたこともあって、胸を強く締めつけられた。

「今日はいつものあれは言ってくれないんですね」

「あん？」

「プロポーズ。今日がチャンスだったかもしれないのに」

お酒を作りながら冗談を口にした浩子を、清家は真顔で見つめていた。そして差し出したウイスキーをちびりと舐めて、引き絞るようにつぶやいた。

「お前とこんなバカ話することもなくなるんだよな」


そんなやり取りのあった日を最後に、清家はぴたりと店に来なくなった。浩子からも連絡はしなかった。これまで散々世話をしてくれた清家に対する、それこそが礼儀だという気持ちがどこかにあった。

その清家の会社に覚悟を秘めて電話をしたのは、彼が店に顔を出さなくなって二ヶ月ほどが過ぎた十二月の終わりだ。

昼間に清家と会うのははじめてだった。赤坂プリンスホテルのラウンジで落ち合った清家は、常に赤ら顔をしている夜とは違い、やはり精悍な顔つきをしていた。

「悪いな。なかなか顔出してやれなくて」

当然、営業のために訪れたと思ったのだろう。約束の時間に遅れて来た清家は、開口一番そう言った。

「とんでもありません。こちらこそお忙しいのにお時間をいただいて申し訳ないです。いかがですか？　お引っ越しのご準備は？」

「ああ、最近は毎週のように愛媛に帰ってるよ。とにかく荷物が多くてな。いまは向こうの片づけに追われてる」

店でのやり取りがウソのように、よそよそしい会話が続いた。いつも余裕にあふれた清家がちらちらと腕時計を気にしている。三十分だけという約束で時間を取ってもらっている。

世間話をしている余裕はなかった。まるではじめて会うかのような厳しい顔をした目の前の男に、浩子は切り出した。

「清家さん、本当にごめんなさい。これからとんでもなく不躾《ぶしつけ》なお願い事をします。本当に失礼な頼み事だと思っています。先に謝ります。ごめんなさい」

「おう、なんだ？　大抵の願いなら聞いてやるぞ」と、ようやくいつものノリを思い出したように微笑んだ清家を上目遣いに見つめてから、浩子は深く頭を下げた。

「私をもらっていただけませんか？」

「は？　なんだよ、急に」

「いつもの冗談を真に受けているワケではないんです。それとはべつに、でも私を清家さんの妻にしてくれませんか。一緒に愛媛に連れていっていただけませんか」

清家はゆっくりと真顔を取り戻した。驚いている様子はない。浩子の真意を見抜こうとするようにジッと目を見返してきて、しばらくすると諦めたように肩をすくめた。

「条件は？」

賢い人だ。清家の端的な切り返しに、浩子も余計なエクスキューズはしなかった。

「三つあります」

「はっ。さすがに多いな。とりあえず聞こうか。一つ目は？」

「私のお腹の中に子どもがいます。理由があって一緒に暮らせない人の子どもです。この子との生活を認めていただきたいと思っています」

「二つ目」

「その人が誰かを詮索しないでください」

「最後、三つ目」

「私の母も一緒に連れていきたいんです。もちろん、同居でなくても構いません。近くにマンションでも借りさせますし、仕事も探させます」

「お母さんっていくつだ？」

「え？」

「お前のお母さんって何歳だよ」

「あの、今年四十八歳になりましたけど」

「おいおい、それでもずいぶん年下だな！」という吐き捨てるような言葉が、清家より、という意味であることに浩子はしばらく気づけなかった。

清家は仏頂面のままコーヒーに口をつけ、迷う素振りもなく言い放った。

「おい、朱里。吐いたツバは飲めないからな」

「はい？」

「もう近所に知り合いなんていないけど、かなりの田舎町だからよ。いきなり二十代の若妻を連れて帰って、そいつが身重でって、ご近所さんにとってはなかなかショックだろ？　三つ目の条件がすべて解決してくれたわ」

「あの、それって……」

「オフクロさんも一緒に住めばいいってことだ。その方が対外的にも格好がつく。それにあの家の近くにマンションなんてないし、五十前のおばはんが働ける場所だってそうはない。それなら家のことでもしてもらった方がいいだろう」

「あの、清家さん——」

「最後の最後でずいぶん安売りしたもんだな、浩子。その程度の条件でお前が買えるなんて安いもんだ。よし、お前の気が変わらないうちにいまからでも役所に行くか」

そういたずらっぽく口にして、清家は周囲の迷惑も顧みずに豪快な笑い声を上げていた。

7

「そうやって誕生したのが一郎さんだったわけですね？」

道上香苗は本当に久しぶりに口を開いた。このタイミングで言葉を挟まなければ、もう二度と口を開けないのではと思うほど喉が渇ききっていた。

ペットボトルの水はとっくに空になっている。浩子も残りわずかな水を飲み干して、こくりとうなずいた。

「そうね」

「ご出産は東京で?」

「いえ。こっちでよ。どうしても和田島に知られたくなかったし、あの頃はまだこの辺りにもいい病院があったから」

「そうなんですね」

香苗は小声で答えた。北向きに拓けた景色がすっかり暗くなっている。久しぶりに時計を見ると、もう十九時を回っていた。こわくてスマホを見られない。きっと山中から山のような着信が入っていることだろう。

もう三時間近く話を聞いているが、身体は疲れていなかった。続きが気になるし、できることならもっと話を聞いていたい。

でも、緊張の糸はかすかに緩んだ。浩子は立ち上がり、ゆっくりと伸びをする。

「さすがにちょっと疲れたわね。今日はこのくらいにしておきましょうか」

「いや、でも――」

「私は逃げも隠れもしないわ。いつでも話をする準備はあるし、今日は私も気分が良かった。それに、ここからの話は二人きりじゃない方がいいと思う」

「どういう意味ですか?」

「役者は他にもいるんじゃないかっていうことよ」

その真意はわからなかったが、今日の取材がここまでということは突きつけられた。よほど落ち込んだ顔をしていたに違いない。あとを追うように立ち上がった香苗を見て、浩子は思わずというふうに微笑んだ。

「ああ、じゃあ最後に一つだけ教えてあげる」

「なんでしょう」

「清家の事故について。四十五年前にあったこと。そもそもそれを聞きにきたのよね？」

「あ、はい。お願いします」

そう答えた香苗の目を、浩子は食い入るように見つめてきた。直前までの告白に何度も出てきた「上目遣い」の視線じゃない。もっとまっすぐで、香苗を射抜くかのような眼差しだ。

それがとても艶やかだった。やっぱり浩子には夜が似合う。浩子は何かをはぐらかすように鼻を鳴らした。

「残念ながら、あなたが思っているようなことはなかったわ」

「え、私……？」

「そうでしょう？　事故に見せかけて清家を殺したのは私。そうすることで、私は清家からたくさんのものを奪い取った。家も、金も、名字も、地元も、あとは一郎の未来も。そういったものを、あなたは私自身の行動によってすべて得たと思っている。違う？」

「いや――」と、言葉に詰まりそうになったが、香苗は開き直るように打ち払った。

「はい。そう思っています」

浩子は力なく眉を下げる。

「だとしたら間違ってるわ。たしかに清家の死によって私たちはたくさんの恩恵を授かった。それはもう本当に多くのものを手に入れた。一番大きかったのは、もう二度と戻らないと思っていた自由よ」

「自由？」

「この街に引っ越してきて、最初のうちは清家も優しかった。一郎が生まれてからも、しばらくの間は自分の息子のように扱ってくれた。でも、そんなの半年ともたなかった。それをあなたにくわしく話そうとは思わないけれど、あの人が捕らわれていたのは嫉妬だったと思う。私を非難して、モノのように扱うだけならまだしも、彼の悪意は母にも、そのうち一郎にも向けられた。結局、まだ私が若くて甘かったのね。見くびられていたし、足もとを見られた。たぶん、あの男は一郎の父親が誰かもつかんでいた。本当に地獄のような二年だった」

「ちょっと待ってください。だったら――」

「あの日、私たちはこの街にいなかったのよ」

「え？」

「はじめて三人で外泊を許された。御徒町の親戚が亡くなったタイミングでね。もう二十年も会ってない人だったし、私なんて記憶すら曖昧なくらいだったんだけど、あのチャンスを逃すことはできなかった。来日に尽力してくれた恩人だってウソを吐いて、ようやくあの人の許しを得ることができたの」

「で、でも、だったら誰が？　ますます疑いたくなりますよ。そんな都合良く自動車事故なんて起きるものなんですか？　不可解すぎます」

「私もそう思ったわ。でも、あの頃はそれを口にすることができなかった。幸いにもご近所づきあいはほとんどなかったし、家族が支配されていることを知ってる人はいなかった。これ以上ないアリバイもあったものだから、警察署でとにかく泣いた。いま必要なことは泣くことだって瞬時に理解したわ。肩を抱いてきた警官の卑しい表情まで、あの日のことはすべて冷静に覚えている」

　言い残しはないかと確認するように空を見上げ、浩子は気持ちはわかるというふうに香苗を一瞥した。

「裏なんて取りようがないし、取ろうともしなかった。私がやっていないことを証明することができないように、彼がやったと証明することも永遠にできない」

「誰なんですか？　彼って」

「とりあえず私が自分の窮状を伝えたのは一人しかいない」

「和田島さん？」と、香苗はこぼした。浩子はイエスともノーとも言わなかったが、隠すつもりはないようだ。

「彼もすでに結婚していた。相手は民和党の土居幹事長のご令嬢。政治家としてますます脂が乗っているのは遠くから見ていてもわかったし、いまさら彼が私なんかに翻弄されるわけがないと信じられた。だからはじめて連絡を取ったの。当時の私が泣きつけるのは和田島しかいなかったから」

「電話で……ということですか」

「そうね」

「一郎さんのことは？」

「伝えなかった。でも、彼は知っているようだった。決して知っているって表明はしなかったけどね。私が彼の前から消えた頃と前後して、彼の政策秘書が代わってたの。とても優秀な人だったわ。いまはこの人が和田島をコントロールしてるんだってすぐにわかった」

「会ったんですか？」

「そのとき東京でね」

「どういう経緯で？」

「そもそもずっと和田島の方から一度東京に来いって言われていたから。行けるタイミングで連絡した」

「そのとき一郎さんは？」

「連れていかなかった。和田島からも何も言われなかったし、興味もないようだった。

ただ、そうすることがまるで義務であるかのように例の物を渡してきた」

「オメガの腕時計」と断言した香苗に、浩子は「そのあと、秘書からどういう名目かわからないお金も送られてくるようになったわ」とつけ足し、石畳の階段を下りていった。

何が本当で、何がウソか、わからないことだらけだった。裏の取れない話ばかりだったし、あまりにも話がおもしろすぎる気もした。

「浩子さん、最後に一つ！　あと一つだけ教えてください！」

闇に包まれた外泊《そとどまり》の集落に、香苗の声が響き渡る。ゆっくりと振り返った浩子に向け、香苗はすがる思いで問いかけた。

「卒論を鈴木さんに送りつけた理由はなんですか？」

「鈴木さん？」

「鈴木俊哉さんです。送られましたよね？　一郎さんの大学時代の卒業論文。送られたのは浩子さんなんですよね？」

その瞬間、海から強い風が吹き上げた。向き合った二人の髪を激しくなびかせた直後、訪れたのはこの日一番の静寂だった。

浩子は口を半開きにしていた。こんな表情もできる人なんだ……と、香苗は場違いなことを感じていた。

「一郎の卒論って、どういうこと？　あのハヌッセンの論文？　だって、それはもう何年もうちの押し入れに――」

浩子の声はこれまでになくか細かった。香苗には浩子がウソを吐いているとは思えなかった。

8

どうしても愛媛に行ってみたい。

あなたたちのスタートの場所を見てみたい。

妻の由紀が自宅のリビングでそんなことを言い出したとき、鈴木俊哉は当然気乗りしなかった。

しかし、由紀はいつになく頑《かたく》なだった。

「あなたはこの物語を最後まで見届けなければいけないと思うんです」

「物語?」

「はい。あなたたちが始めた物語」

そう言うと、由紀は手に持っていた紙の束を渡してきた。はじめは例の卒論かと思い、もうそんなものは必要ないと手を振ったが、強引に渡されたそれは俊哉の見覚えのないものだった。

「これは?」

テーブルの上に紙の束を置き、表紙にある文字を凝視する。『最後に笑うマトリョーシカ』という文字面に覚えはない。

しかし、どういうわけか、とうの昔に蓋をしたはずの記憶の箱が刺激されるような感覚に襲われた。そして次の瞬間、俊哉は「あっ」とこぼしていた。

頭上に由紀の視線は感じていたが、顔を上げることはできなかった。体内から細胞が弾けるような音がした。顔が紅潮しているのが自分でもわかった。

「ごめん。ちょっと一人で読んでいい？」

由紀がうなずくのを確認して、寝室に原稿を持ち込んだ。シナリオを読み耽っている間、自分が何を考えていたか、俊哉はまったく覚えていない。

何度か繰り返し読んで、ようやく寝室の戸を開けた。テレビもつけずにソファで待っていた由紀に、俊哉は目で訴えるようにうなずいた。

「わかった。行こう。久しぶりの松山だ」

決して喜ぶわけではなく、ただ由紀の瞳にふっと覚悟が宿るのが見て取れた。


あてのない旅だった。どうせいまは無職の身だ。スケジュールは由紀に任せていたし、俊哉は何泊するのかさえ聞いていない。

それでも、あんなに警戒していたのがウソのように、久しぶりに足を運んだ愛媛は俊哉に深く息を吸わせてくれた。

そもそもプライベートで愛媛に来るなんて学生のとき以来だ。思い入れのある松山を後回しにしたのも良かったのかもしれない。最初は東予方面に足を伸ばし、柄にもなくしまなみ海道を自転車で走り、真夏の太陽を全身にいっぱい受け、由紀と二人で大汗をかいて、鈍川《にぶかわ》にある古い温泉旅館に泊まった。

二日目は一転、レンタカーで松山を通過し、高速で南予に移動した。かつて宇和島に来たことは一度だけあったが、大雨の降っていた高校時代のあの夜とは違い、強烈な太陽の差す街並みはきちんと活気を感じられた。

宇和島城に足を運び、鯛めしを食べ、天赦園《てんしゃえん》で一息吐いて、なんとなく宇和海を眺めようと車を走らせた。

エアコンのよく効いた車の中で、運転を代わっていた由紀がポツリと言った。

「今日の宿は決めてないんです」

「そうなんだ。じゃあ、どこに泊まろうか。宇和島でもいいけど、大洲《おおず》や内子《うちこ》もいい街だってよく聞くよ」

「ここから愛南町は遠いんですか？」

「うーん、一時間くらいかな」

「やっぱり行く気にはならないですよね？」

由紀はおそるおそる尋ねてくる。まだ十四時を少し回ったくらいだ。たとえ今日中に松山に戻るとしても、時間は充分にあるだろう。

宇和島に行くことを決めたときからそんな予感はあった。由紀の口にした「物語の終わり」という言葉も頭にある。愛南町に行ったからといって誰かに会うわけではないだろう。最後にあの景色を見たいという気持ちもあった。清家の物語から降りた自分は、もう二度と目にすることのない光景だ。

「ううん。いいよ。せっかくだから行ってみよう」

由紀と再び運転を代わった。三十年以上前に一人でバスで通った道を、今度は自分の運転で走っていく。

気持ちのいい景色がずっと視界に入っていたが、会話は弾まなかった。俊哉はまっすぐ前だけを見て、両手でハンドルを握り続けた。愛南町にとお願いされただけなのに、当然のように街でハンドルを右に切り、外泊《そとどまり》の集落を目指す。

懐かしい石畳の街並みが見えてきたときには、十六時になろうとしていた。集会所の近くに車を停め、すぐに海を覗き込んだ由紀が「すごくキレイ。なんでこんなにキレイなの？」と、目を丸くする。

俊哉はなぜか自分が褒められたような気持ちになって、「おいで。せっかく来たから上ってみよう」と、丘の上を指さした。

夕方になったとはいえ、まだまだ灼熱の陽が差している。少し歩いただけで汗が全身の毛穴から吹き出したが、もとより今回はそういう旅だ。まったく不快に感じなかった。

迷路のように入り組んだ集落で、あの日の場所にはなかなか辿り着けなかった。ようやく記憶に残っている風景に立ち会えたとき、俊哉はかすかな違和感を覚えた。心が持っていかれるような錯覚に襲われる。浩子の香りが鼻先に触れた気がした。思わず振り向いたが、もちろんこんなところにいるはずがない。

「どうかしましたか？」と、由紀が怪訝そうな顔を向けてくる。

「ううん。たしかこの場所だったよなって。たぶんここで合ってると思う」

「そうなんですね。俊哉さんと清家さんが将来を誓い合った場所」

「そんな大それたものでもないけどさ。どう？」

「素晴らしいです。こんな景色見たことない」

由紀は嚙みしめるように口にした。俊哉にとっても見慣れた風景というわけではない。たとえばいま、この場所に清家と二人で立ったらどんなことを話すだろう。なんとなく敬語を使っていない自分の姿はイメージできる。

「私、東京に戻ったらまた就職しようと思っています」

北向きに広がる宇和海を眺めながら、由紀は言った。

「そうか。ごめんな。甲斐性のない夫で。俺もすぐにまた仕事を見つけるから」

「大丈夫ですよ。俊哉さんは傷ついたんです。少し休憩してててください」

「次は何をするの？」

「また記者をしようと思って」

「へぇ、そうなんだ？　新日本に戻るっていうこと？」

由紀は少し恥ずかしそうに首を振った。

「いいえ。小さな出版社です」

「出版社？　それって……」

「はい。道上さんの会社です。彼女が山中さんという先輩と二人で立ち上げた」

「う、うん。たしか名刺をもらったよ。そうか、君もあの会社に」

少し面食らいはしたものの、悪くないと思った。由紀と道上が手を組んでどんな仕事をしていくのか、考えると少しワクワクする。

「あのシナリオを君に預けたのは道上さんなんだよね？」

「はい。あの出来の悪いシナリオはたしかに道上さんから預かりました」

たまらず苦笑する。

「うん、いいと思うよ。君にはやっぱり記者が似合う」

「どうしてそう思うんですか？」

「好奇心の塊《かたまり》だと思うから。一連の出来事が起きて以来、君は本当に楽しそうだ。昔もいまも記者の基本は好奇心だろう？　負けず嫌いなのもとてもいい」

由紀は照れくさそうにするでもなく、そっと手をつないできた。恥ずかしいからと拒否することなく、俊哉もその手を握り返した。

由紀が街並みの写真を撮りにいっている間に、俊哉は外泊《そとどまり》の高台から懐かしい友人に電話をかけた。

むろん清家と袂を分かったことを伝え聞いているのだろう。「あ、鈴木ですけど」と言っただけで、電話の向こうの佐々木光一は混乱した声を上げた。

『え？　いや、鈴木ですって、お前な――』

光一は地元後援会の会長だ。福音学園の同級生やその他のOBたちと一緒になって、清家を守《も》り立ててくれていた。

ひょっとしたら断られるかもしれないという気持ちもあった。それでも「もし他の支援者がいないようなら」とお願いした俊哉を、光一は無下にはしないでくれた。

『ふざけとんか？　お前より大切な客なんておるか。お前が会いたくないヤツがおったら全員追い返したるわ。水くさいこと言うな。愛媛のうまいもんいっぱい食わせてやるけんな』

由紀にはどこに向かうか伝えず、愛南町からノンストップで車を走らせて、十九時前には〈春吉〉に到着した。

光一の代に替わって店は街中から道後の一等地に移っている。「愛媛の玄関口にこそおいしい料理を」ということを光一は高校時代から言っていたし、その夢を叶えるべく、道後温泉のすぐそばに土地を購入し、立派な構えの店を建てたそうだ。

もちろん八年前のオープン時には花を贈ったが、多忙を極めた時期と重なり、これまで店を訪ねることはできなかった。

近くのパーキングに車を停め、周囲の様子をうかがいながら、木製の門に手をかける。

由紀が袖をつかんできた。

「あの、ここって……」

そう尋ねる由紀の声が震えていた。

「ああ、春吉だよ。光一の店」

「え？　いや、でも――」

「何？」

「あ、いえ。なんでもありません。すみません」

由紀は顔を青白くさせた。清家との関係を心配しているのだろう。

「大丈夫だよ。支援者は来てないって。それに、俺と光一の方が関係は深いんだ。そもそも俺たちの方が先に友だちだったんだから」

俊哉は安心させるように笑みを浮かべてみせたが、由紀の表情は強ばったままだった。

愛媛県有数の高級店に成長したと聞いている。金曜の夜ということもあり、店は大変な賑わいを見せていた。

忙しそうに手を動かしている光一に視線だけで再会の挨拶をする。八人ほどがゆったり座れるカウンターは二席だけ空いていた。

二階にもいくつか個室があると聞いているが、光一はかつてと同じ愛想のいい笑みを目もとに浮かべて、そこに座れと指示してくる。

車は置いて、近くのホテルに泊まることを決め、由紀とビールで乾杯した。なかなか光一と話すことはできなかったが、出てくる料理はどれも非の打ち所のないほどおいしかった。

由紀もビックリしたようだ。

「何これ、おいしい。俊哉さんたち、こんなのを高校生の頃から食べていたんですか？」

清家の『悲願』の描写が頭にあるのだろう。

「あの頃は基本的にはまかない料理だったけどね。まぁ、たしかに全部おいしかったけど」

手の込んだ料理と光一の働いている姿を肴に、久しぶりによくのんだ。古い友人が楽しそうに働く姿を見るのは純粋に嬉しかった。もう何年も光一を「後援会長」という目でしか見ていなかったことに気づかされる。

これからの人生、自分には何が残されているのだろう。そんなことをふと思う。清家を輝かせるためだけに生きてきた。そう誰かに主張したくなるのは、きっと傲慢なことなのだろう。

他の客がポツポツと席を立ち始め、光一はようやく俊哉たちのもとにやって来た。

「どうやった？」

「ああ、おいしかったよ。とてもおいしかった」

「それは良かった。うちは高いぞ。無職の身にはしんどいんやないか？」と、光一は繊細なところに触れてくる。

電話での雰囲気からその話題は出ないと踏んでいたから、俊哉は不意を打たれた。

「ああ、でも、いや、これくらい……」

「はぁ？　なんや、その反応。冗談に決まっとるやろう」

「ああ、うん。そんなことよりも、ほら、俺のかみさん。由紀。たしか結婚式で会ったきりだよな？」

「うん？　まぁ、会うのはそうだけど——」と、光一が何か言いかけたとき、となりの由紀がかすかに首を振った気がした。

それを見て光一はハッとした仕草を見せる。俊哉は違和感を抱いたが、何かを尋ねるより先に光一は次の話題を口にした。

「新しい仕事ってもう決まっとんのか？」

「ううん。いまはまだ。でも、大丈夫だよ。またちゃんと見つけるから」

「当たり前や。何をじじぃみたいなこと言うとんのや。最悪、こっちに帰ってきたらえぇ。仕事くらい紹介したるわ。ああ、それとな、俊哉——」と、そこで一度言葉を切って、光一は水で唇を濡らした。

「俺も後援会長降りたけん」

「は？」

「当たり前や。俺はお前が清家に乗っかっとったから応援してただけやもん。高校時代から今日に至るまで、ずっとな。俺の友だちはお前だけや思うとるし、それとお前の代わりの秘書もあまり好きやない」

「そうなのか?」

「こっちの人の評判も最悪や。なんでお前を切ったんやって、それを理由にもう清家を応援しないいって人までおるわ」

思わず由紀と目を見合わせた。もちろん、それで心が充たされるわけじゃない。それどころか清家の現状を案じてしまうのは、長い年月をかけて染みついた秘書としての習性だろう。手塩にかけて育ててきた坂本の不甲斐なさも引っかかった。

すべての客が捌《は》けると光一は他のスタッフも上がらせ、三人でのみながら話をした。

「ところで、お前らはいつ帰るんや?」

そう言えば由紀から聞かされていないが、〈春吉〉に来られたことで大方の目的は果たせたはずだ。

「そうだな。明日には――」

そう言いかけた俊哉を制するように、由紀が早口にまくし立てた。

「明後日に帰るつもりです。明日は松山市内を観光する予定で」

「え、そうなの?」

そんな話は聞いていない。思わず甲高い声を上げた俊哉を見ようともせず、由紀は小刻みにうなずいた。

「はい。帰るのは明後日と決めていました」

どこか挙動不審の妻から目を逸らし、意味がわからないというふうに光一に肩をすくめてみせる。

「それじゃあ、明日も春吉で食べようかな」

そんな冗談を口にした俊哉を、古い友人もカウンター越しに厳しい表情で見下ろしてきた。


結局、近くのホテルに一泊して、翌日は朝から由紀と市内を観光した。

ガイドブックを忠実になぞるような一日だった。目を覚ますと道後温泉の本館で汗を流し、浴衣を着たまま商店街をほっつき歩く。かつて清家と浩子が住んでいたからくり時計そばのマンションを横目にして、ホテルで朝食をとった。

日中は〈春吉〉に車を取りにいって、市内をぐるりと回り、母校のそばに車を停めて、昼過ぎには松山城にも登った。

由紀は終始楽しそうだった。本丸に向かうリフトに乗っているときなどは子どものようなはしゃぎようで、その浮かれ方はどこかわざとらしく、これまで俊哉が見たことのない姿だった。

「そんなに楽しい？」

天守閣のふもとには穏やかな風が吹いていた。東に石鎚山系の山々が、西には瀬戸内海が見渡せる。

「ええ、とても。本当に来て良かった。イメージが全然違いました」

「そうなの？　どんなイメージだった？」

「そうですね。もっとうす暗いイメージだったかもしれません。やっぱり先入観ってこわいですね。あの本にそんな描写はなかったはずなのに、なんかあの本がまとう雰囲気なのかうす曇りというイメージでした」

由紀の清家への評価は最初から一貫している。「清家一郎という人はなぜかいつも演技をしているように見える」と言った最初の日の言葉を、いまでも鮮明に覚えている。

「何か見つかった？」

そんな言葉が口をついた。由紀が怪訝そうな顔をするのはもっともだ。俊哉も言ってから我に返ったが、隠し立てしようとは思わない。

「清家の正体を知りたいと思って愛媛に来たんだよね？　昨日、今日といろいろ巡って、何かわかったかなって」

由紀は驚いた表情を浮かべなかった。ただ、その顔から今日一日張りついていた不自然な笑みが消えた。

由紀は軽く唇をかみしめ、街の方に視線を移した。そして少し沈黙したあと、覚悟を決めたようにぽつりと言った。

「それは今夜わかると思います」

昨夜から点在していたいくつかの違和感が一つの線につながった気がした。そんなことまったく予想していなかったのに、由紀がそうつぶやいたとき、俊哉はこれから起きることを冷静に理解した。

「そうなんだ。それは楽しみだ」

憂鬱な気持ちがなかったわけじゃない。それでも、これが自分も登場人物の一人だった「物語」の「終わり」であると思えばこそ、逃げることはできなかった。


ホテルに戻り、シャワーを浴び、一眠りして、身支度を整えている間も、由紀とはほとんど言葉を交わさなかった。

部外者が出すぎた真似をと怒っているわけではない。自分という人間を伴侶に選んでくれた以上、由紀も立派な当事者の一人だ。実在したエリック・ヤン・ハヌッセンの妻も非業の死を遂げていることを思えば、尚さらだ。

だからこそ、妻にかけるべき言葉を見つけられなかった。一番ふさわしい気持ちはきっと感謝だと知りながら、一方では極めて冷静に由紀がこの状況を一人のジャーナリストとしておもしろがっていることも理解できた。

昨夜と同じ十九時が近づいてきて、由紀が「俊哉さん、そろそろ」と声をかけてきた。ホテルを出て、どこに向かうとも言われていないのに当然のように歩いていき、五分ほどで〈春吉〉に到着する。

昨夜の光一のおかしな振る舞いもいまなら理解できる。きっと由紀が今日の予約を入れていたのだ。光一は当然俊哉もそれを知っていると思っていた。突然由紀に口止めされて、さぞや困惑したに違いない。

今夜も〈春吉〉は賑わっていた。光一に昨夜のような笑顔は見られない。緊張した表情で二階を指さし、口だけを動かした。

「もう来てる」

手のひらにねっとりとした汗が滲んだ。由紀が食い入るように見つめてくるのはわかったが、意識は二階に吸い寄せられた。

「お連れ様がお見えになりました」

案内してくれたスタッフが個室の引き戸を開ける。ちょっとした法事くらいならできそうな広い部屋に、三人の人間が出揃っていた。

一人は元東都新聞記者の道上香苗。となりにいる男性が、おそらくは道上の上司だったという山中尊志だろう。

個室の空気は冷たく張りつめていた。部屋の隅にいるもう一人にいまにも意識を持っていかれそうになるのを抑え込んで、俊哉は山中に挨拶した。

「はじめまして。いつも妻がお世話になっております。鈴木俊哉と申します」

妻、という言葉に力が籠もった。記者としての性《さが》なのだろう。柔らかく笑いつつ、山中が注意深く俊哉を観察しているのがわかった。

「こちらこそ、奥さまには大変お世話になっております。お目にかかれて光栄です」

名刺を出してこないのは、職を失ったばかりの俊哉に対する配慮だろうか。山中と通り一遍の挨拶を交わし、道上に目配せする。

きっと場数をこなしてきたのであろう山中と違い、道上の方は顔を青白くさせていた。この物語に途中から登場してきて、良く言えば強引に突き動かし、悪く言えば引っかき回した。そして、今日のこの場を由紀と二人でお膳立てした。

感謝こそすれ、恨んでなどいない。いずれにしても清家は自分を切り離したのだろうし、そのタイミングはかねて念願だった官房長官になったときだったのだろう。

道上からそっと目を逸らし、俊哉は息を吐いた。部屋にいるすべての人の視線が自分に注がれているのがわかる。

うつむき、無理に微笑んで、俊哉は身体を彼女に向けた。

「大変ご無沙汰しております。お変わりありませんか、浩子さん」

マイクがハウリングを起こしたように、声が部屋に反響する。何年も、何十年も想像していた女性の姿がそこにある。

絹のようにツヤのある肌、染めてはいるのだろうが動くたびになびく黒髪。何よりも浩子を浩子たらしめる瞳には艶やかな光が差している。

気を許せば見惚れてしまいそうだった。どれだけ平静を装ったとしても、どうせ浩子には見抜かれる。

「こちらこそ。大変ご無沙汰しております。久しぶりですね、鈴木さん」

この場に妻がいることを一瞬忘れた。ああ、自分はこの声も好きだったのだと、俊哉は鼻先が熱くなるのを感じた。

光一がわざわざ二階まで顔を出し、この日の料理の説明をしながら部屋の空気をほぐしてくれた。

上座に俊哉と由紀が座らされ、下座に浩子、山中、道上という並びで腰を下ろす。誰が、何をリードするのか。そもそも何を目的とした会なのか。みんながみんな手探りの中、場を積極的に仕切ろうとしたのは由紀だった。

「清家さん……。いや、小松さんとお呼びした方がよろしいですか？」

「なんでもいいですよ。道上さんからは浩子さんと呼ばれています」と、浩子は一人泰然自若としている。

「わかりました。では、浩子さんと呼ばせていただきます。今日はお呼び立てして申し訳ございません」

「いいえ」

「早速ですが、いくつか質問させていただいてよろしいですか？」

「ええ、なんでも」

「では、一般論としてうかがいます。政界という魑魅魍魎《ちみもうりょう》の世界で〝ニセモノ〟が〝ホンモノ〟を淘汰して出世していくことってあり得ると思われますか？」

「さぁ、どうなんでしょうね。魑魅魍魎の世界であればこそ、そういう紛《まぐ》れはあるのかもしれませんね。あとはその〝ニセモノ〟を完璧に操れる〝ホンモノ〟のブレーンがいるのなら、という感じかしら」

「その〝ブレーン〟が浩子さんだったというわけですね？」

「さぁ、それは。一般論なんですよね？」

「あなたが一郎さんをコントロールしていたわけじゃないんですか？」

「つまり、あなたは一郎を〝ニセモノ〟だと？」

「私はそう思っています」

「官房長官にまで出世した人間が？」

「だからこそこわいと思うんです。ますます権力を掌握する〝ニセモノ〟がいて、しかもその〝ニセモノ〟でさえない、顔も知らない誰かの思いつき一つでこの国が舵取りされようとしているんです。恐ろしいですよ」

「でも、そんなことってあり得るかしら？　いくらなんでも現実離れしすぎていない？　考えすぎだと思うけど」

「そうでしょうか。たったいま浩子さんがおっしゃったことじゃないですか。ホンモノのブレーンがいるのならニセモノでも出世できるって。それに、あり得ることか、あり得ないことかは浩子さんが一番知っていることだと思うのですが」

「どうして私が？」

「だから、あなたが一郎さんをコントロールしていた張本人だからと言ってるんです。彼が物心ついたときから、今日に至るまで。その都度、その都度、傀儡《かいらい》のように他の人間も操って、一郎さんを自分の思うようにコントロールしてきた。いまの彼の立場、この国の宰相の座も狙える官房長官という立場をどう捉えていらっしゃるんですか？」

「それはとても嬉しいですよ。お腹を痛めて生んだ一人息子が夢を叶えたんですから。嬉しいに決まっています」

「浩子さん自身の夢も叶ったということですもんね。つまりは、浩子さんこそが最後に笑ったマトリョーシカということになるのでしょうか。それとも、それは東アジア外交で何かしらの目標を達成したときですか？　浩子さんの物語はどこが終わりなんですか」

誰一人として料理に手をつけず、酒に口をつける者もいなかった。エアコンのよく効いた広い個室に、寒々しい空気が立ち込めている。由紀は義憤に駆られていた。記者としての正義感からか、それとも夫がいいように利用され、簡単に使い捨てにされたからか。

浩子はお手上げだというふうに肩をすくめた。その仕草に、由紀がカチンとくるのが見て取れる。これまでなんとか自制しようとしていた感情が、その瞬間、ふっと抑えられなくなるのがわかった。

「こちらもカードを握っているんですよ」

由紀の声は上ずっていた。浩子の顔色は変わらない。

「カード?」

「一郎さんが二十七歳のときのこと、俊哉さんが四十三歳のときのこと。あなたが無関係とは言わせません。素晴らしい親子愛ですよね。それとも母性と言った方がいいのでしょうか。人を殺してまで一人息子の夢を叶えようとして、見事に実現させたんですから。でも、それこそがこちらの握っているカードです。裏を取られないと思っているなら甘いですよ。私たちは絶対にあなたの犯した罪を立証してみせます」

由紀が由紀でないようだった。いや、これこそが実際の由紀なのだろうか。新日本新聞で記者をしていた頃の彼女を、俊哉は知らない。

浩子は余裕のある表情をそのままに、ゆっくりと目を逸らした。その先に、誰よりも緊張の色を浮かべた道上がいる。

浩子に釣られるようにして、みんなの視線が一つ、また一つと道上に向けられた。彼女が何かを知っているのは明白だった。ただ、何を知っているのかは想像もつかない。

道上はゆっくりと顔を下に向け、自分の手のひらをじっと見つめた。そして再び顔を上げ、口を開こうとした瞬間だった。

部屋の戸がさっと開かれ、先ほどのスタッフが顔を出した。

「お連れ様がお見えになりました」

続いて顔を出したのは、真っ黒に日焼けした老人と、場末のスナックから飛び出してきたかのように派手な格好をした俊哉と同年代の女性だ。

そのどちらにも見覚えはない。見覚えはないが、中年女性にまとわりついた品のなさに、古い記憶を刺激されるような感覚を抱く。

女の顔はなぜか真っ青だった。部屋の緊張感がさらに一段増す。

なんとなく、役者がすべて出揃ったという感覚を抱いた。

そんなことを思ったとき、どうして清家はこの場にいないのだろう……と、俊哉ははじめて他人事のように考えた。

9

香苗はふうっと息を吐いた。浩子の夫、小松政重が目配せしてくる。それに無意識のままうなずいて、政重の連れてきた女を凝視した。実物を見るのははじめてだ。イメージしていた雰囲気と少し違う。

あわてて視線を浩子に移した。浩子は呆然と目を見開いていた。その顔を見るだけで、浩子の心の内が読み取れる。

どうしてあなたがここにいるの——？

その表情にウソはない。思えば愛南町でインタビューをした日から、浩子は一貫して真実のみを語っていた。ようやく吐き出せる場所を見つけられたと、香苗の出現を喜んでいる節さえ感じさせた。

女と並んで席についた小松が、あらためて顔を向けてくる。その力強い眼差しに、香苗も強くうなずいてみせた。

いまからちょうど一ヶ月前。愛南町で浩子の告白を聞いたその翌日、戻っていた松山市内のホテルから、香苗はお礼を装って小松宅に電話を入れた。

幸いにも電話には小松が出た。名前を告げ、昨日のお礼がしたくてと伝えると、小松は申し訳なさそうに浩子の不在を口にした。

香苗にとっては渡りに船だった。用件は小松にこそあったからだ。

『いまから私の言うことを信じろと言っても無理だと思います。小松さんが何をどこまでご存じかはわかりません。突拍子もない話であることも理解しています。その上で、少しでも冷静にこれからする話を聞いていただけると嬉しいです』

喜ばれる話じゃないのはわかっていた。それでも言わないわけにいかなかった。浩子が自らにとって邪魔になった者たちをことごとく葬ってきたからだ。たとえ浩子の最初の夫、清家嘉和を消したのが和田島芳孝だったとしても、そう仕向けたのが浩子であるのは間違いない。

清家一郎に地盤を奪われることになった武智和宏や、その清家を官房長官まで出世させた政策担当秘書の鈴木俊哉、学生時代にまで遡れば、危うく清家のコントロールを奪われかけた「三好美和子」こと真中亜里沙など、都合のいい人間が都合のいいタイミングで、見事に消えたり、消されそうになったりしている。

浩子にとって小松にどういった利用価値があるのか定かではないが、時期が来れば使い捨てにされることだって考えられる。なるべく恩着せがましくならない形で、しかし浩子の正体を知らせる必要は感じた。

ことさら取り乱すこともなく、小松は香苗の話を聞いていた。しかし、香苗が外泊《そとどまり》で浩子自身から聞いた一連のことについに触れようとしたときだ。小松は香苗の話を遮るように深々と息を漏らした。

『もういい。もういいですよ、道上さん。そういうことじゃないんです』

話が通じていないのかと思い、ムキになって言い直そうとするが、小松はもう聞く耳を持とうとしなかった。

『違うんですよ、道上さん。私は浩子が何者かをよく知っています。彼女を誰よりも近くで見てきたんですから』

「いや、知らないはずです。聞いてください。奥さまは――」

『知ってるんですよ。あなたよりはるかに知っている。私と浩子は彼女が五十一歳の頃から、もう二十年来のつき合いです』

どういうわけか、勝手に最近知り合ったものと決めつけていた。それを見透かしているかのような小松の言い分に、香苗は思わずムキになった。

「お二人はどちらで知り合われたのですか？」

答える筋合いのないことだったが、小松は淡々と応じた。

『私は精神科の医師でした』

「え……？」

『彼女は私の患者です。道上さん、彼女が五十一歳だったというのがどういう意味だかわかりますか？』

「すみません。どういうことでしょう？」と、香苗は素直に問いかけた。スマホの向こうから小松の笑い声が聞こえた気がした。

『いまからちょうど二十一年前、浩子が五十一歳の年。それは、つまり息子の一郎くんが二十七歳になった年です』

「あっ」

『彼女はそういう時期にはじめて病院を訪ねてきたのです』

それがすべての回答だというふうに言い切る小松に、香苗は必死に続きを求めた。

「あの、すみません。浩子さんはなぜ受診を？」

小松は尚も平然と答えてくれる。

『一郎くんに縁を切られたからですよ』

「え、何が……」

『物のように捨てられたようでした。最愛の息子からの仕打ちですからね。あの頃の彼女の精神状態は本当にめちゃくちゃでした。まるですべてを失ってしまったかのような取り乱し方をしていて、しばらく手をつけられませんでした。頼る人がいない中で、よく一人で病院を訪ねてきたと思うくらいです。私は彼女に一つずつ、時間をかけて人生を紐解くように身の上を話させました。とても興味深かったです。典型的なマニピュレーターでしたから』

「ご、ごめんなさい。いまなんと？」と、必死に話を止めて、香苗はテーブルの上のノートをあわててめくった。

『マニピュレーター。日本語に訳すなら、そうですね、「他人の心を操る人」という感じになるのでしょうか。心理学の世界で用いられ始めた用語ですが、まぁ、あなたに詳しく説明する必要はないでしょう。浩子という女性そのものです』

メモが瞬く間に埋まっていく。小松の根気強さに頭が下がる思いがした。聞けばなんでも答えてくれる。後半は医師と患者のようなやり取りだった。

「いまも浩子さんと一郎さんはつながっていないのですか？」

『ええ、間違いなくつながっておりません』

「浩子さんは一郎さんのしていることに関与していない？」

『最後に顔を合わせたのは彼に議員バッジをつけた日だそうです。それ以降は絶対に関与していません。私が証明します。ああ、ただ一郎くんが東アジア外交に執着しているのは、ある意味では浩子が彼の心に植えつけたことだとも言えるでしょうね。彼女いわく、それだって浩子の母親、一郎くんにとっての祖母の願いとのことでしたが』

「ちょ、ちょっと待ってください、小松さん。では、一連の出来事はいったい誰が――」と言ったところで、香苗の言葉は途切れた。

小松の小さなため息の音が聞こえてくる。

『その〝出来事〟が何かは私にはわかりません。ですが、一郎くんが政治家になって以降のことなら浩子は関わっておりませんよ。それは間違いありません』

これまでで一番強い口調だった。メモをじっと見つめながら、香苗は質問を変えた。

「あの、すみません。もう一つ質問させてください」

『ええ、どうぞ。乗りかかった船ですので』

「お二人はどうしてご結婚されたのでしょう？」

『ハハハ。それはまた変わった質問ですね。私のような老人が、あんなキレイな女性を、というこ とですか？』

「いえ、そういうわけではないのですが。すみません、純粋に興味がありまして。やはり小松さんが病気をされたことがきっかけなんですか？」

『いえいえ、逆ですよ』

「逆？」

『はい。元気そうに見えるかもしれませんが、おそらく彼女の方が長くありません』

「え？」

『彼女の病について私からお話しするつもりはありませんがね。いずれにしても残された時間を自分自身と向き合って静かに過ごしたいと願っていた彼女を、私が説き伏せたのです。一世一代のプロポーズでした』

「あ、あの、申し訳ありません。その病気のことを一郎さんは――」

『ええ、伝えましたよ。私から手紙を送りましたし、この街に彼と通じている書家の先生がいますので、彼に文書を託したこともあります』

「一郎さんからは何か？」

『ありませんね。彼からは何もありません』

「そうですか」と、香苗が言ったところで、今度こそ話が終わった。心地よくない静寂がお互いを行き来する。

香苗は自分を奮い立たせるように礼を述べた。

「本当にありがとうございました。あの、小松さん、近くどこかのタイミングで関係者を集められないかと考えています。昨日、浩子さんにもその旨を伝えました。そのとき、よろしければ小松さんもいらしていただけませんか？」

『私がですか？』

「今日のお話を是非みなさんの前でしていただけないかと思うんです。浩子さんの名誉を回復するという言い方が正しいかはわかりませんが、聞かせたい人たちがいます」

小松はそれに対してはイエスともノーとも言わなかった。ただ、最後に思ってもみないことを尋ねてきた。

『道上さん、こちらからも一つ頼み事をしてもよろしいですか？』

「はい、なんでしょう？　私にできることなら」

『田所礼子という女性について調べていただきたいのです』

「田所さん？」

聞き覚えのない名前だった。

「どなたですか？」

『うちに来てくれているヘルパーの女性です』

「その方が何か？」

『それが私にもまだよくわからないのです。わからないから調べていただきたくて。とりあえずいただいた名刺の連絡先に彼女の写真を送らせてもらってもよろしいですか？』

「ええ、それは」

『では、どうかよろしくお願いします』

最後にそうつぶやいた小松の声には悲壮感のようなものが含まれている気がした。

香苗はスマホ越しにうなずくことしかできなかった。

一ヶ月前のメールに添付されていた写真の女が、うつむき加減に小松のとなりに座っている。

「はじめましての方もいらっしゃいますね。小松と申します。数年前にそこにいる浩子と結婚しました、元精神科医です」

わざわざ立ち上がって発せられた小松の言葉は、まっすぐ鈴木俊哉に向けられていた。鈴木の顔色に変化はない。小松のイメージが違ったのだろうか。ある程度の情報は伝えておいたが、むしろ妻の由紀の方が呆けたように口を開いている。

小松は一通り挨拶をしたあと、少しだけ逡巡する素振りを見せて、ゆっくりととなりの女を見下ろした。

「彼女は最近までうちでヘルパーをしてくれていた田所礼子さんという方です。いや、田所礼子と名乗っていた方、といった方が正しいのかもしれません」

女性の身体がピクリと震える。部屋にいる人間の反応は真っ二つにわかれた。ふっと息を詰めたのが、前もって香苗が話を伝えていた由紀と山中の二人。一方の浩子と鈴木は怪訝そうに眉をひそめ、無言で女を凝視している。

香苗は大きく肩で息を吐いた。小松と電話で話した日のことがよみがえる。松山から東京へ帰る予定を取りやめ、山中と二人で宇和島に戻り、介護ヘルパーを派遣するセンターを訪ねるところからすべては始まった。

そこからはほとんど興信所の真似事のようなことをしていた。センターから女の新たな写真を借り受け、それを手に女の過去を知っている人のもとを訪ねていき、山中と一緒に前橋にも足を運んだ。

今度は前もって行く旨を伝えておいたが、西川礼子は決して歓迎はしてくれなかった。それでも「見つかったの？」という質問に香苗が力強くうなずき、手に入れた写真をそっと机の上に置くと、西川の瞳がみるみると赤くなっていった。

「ほらね、絶対に生きてるって言ったでしょう？」

その言葉が答えだった。吐き捨てるように口にした西川の頬に一筋の涙が線を引いた。

「この写真だけでわかりますか？」

「当たり前じゃない」

「ずいぶんと雰囲気が変わってるんじゃないかと思うのですが」

「関係ない。たった一人の娘よ。間違えるわけがない」

「そういうものなんですね」と、香苗も写真に目を落としながらポツリと言った。

雑誌の文通コーナーでは「三好美和子」と名乗り、『悲願』には「美恵子」という名で登場する。本名は「真中亜里沙」で、執筆したシナリオ『最後に笑うマトリョーシカ』は「劉浩子」というペンネームで応募している。

名前がコロコロと変わるのと同じように、虚言にまみれ、実体がなく、正体のつかめない女だった。二十代前半でその姿がはたと消えて、誰も消息さえつかめなくなっていた。正直、生きているとも思っていなかった。いや、浩子によって葬られたものだと決めつけていた。

西川は前回の香苗とのやり取りを鮮明に覚えていた。

「この子、どこにいた？　やっぱり浩子っていう女の近く？」

「ええ。見事にお母さまの見立て通りでした。三年ほど前から田所礼子という偽名を使い、劉浩子の近くにいました」

「ちょっと待ってよ。いまなんて言った？」

「はい？」

「あの子、いまなんて名乗ってるって言った？」

「いや、ですから……。田所礼子です」

不思議な静寂が立ち込めた。次の瞬間、西川は大声で笑い始めた。そのあまりの声の大きさにギョッとし、そもそも笑い出した意味がわからず、香苗はおずおずと山中に目を向けた。

山中はこのときすでに悟っていたようだ。同じ「礼子」という名前であることに、香苗はまったく気づいていなかった。

「いまさら何よ。本当に笑える」

そう言う西川はもう笑っていなかった。

「笑える？　何がですか？」

畳みかけた香苗の顔を見ようともせず、西川は「それ、私の旧姓よ。田所礼子。本当に何よ、どういうつもり」と、引き絞るような声でつぶやいた。

女の背中にそっと手を置いて、小松は席に着いた。みんなの視線を一身に浴びて、女はついに第一声を切り出した。

「こ、こんばんは。あの、私……、真中亜里沙と申します」

声帯にまでメスを入れたのかと思うような、透き通った声だった。その瞬間、浩子の顔がぐにゃりと歪んだ。ああ、この人もやっぱり人の子なのだと、香苗の胸に場違いにも安堵するような気持ちが湧いた。

鈴木はまだ気がついていないらしい。亜里沙はゆっくりと顔を上げる。きっと何度もメスを入れたのであろうまぶたの不自然な手術痕。それなのに頼りない少女のような眼差しは、鈴木にまっすぐ向けられている。

「ごぶさたしています、俊哉さん」

「えっ、私？」

「美和子です」

「はい？」

「あの頃は三好美和子と名乗っていました。俊哉さんが大学生だった頃です。覚えてらっしゃいませんか？」

キョトンとしていた鈴木の瞳にみるみる驚きの光が差す。人間が絶句するという瞬間を、香苗は生まれてはじめて目の当たりにする気がした。

浩子もまた口に手を当て、大きく目を見開いている。その視線を避けるように顔を伏せ、亜里沙はか細い声で泣き始めた。静寂に包まれた〈春吉〉の個室に、しばらくその声だけが響いていた。

小松が再び亜里沙の肩に手を置いた。「話せるかい？」という問いかけに、亜里沙は小刻みに首を振る。

小松は眉根を寄せ、ちらりと香苗を見やった。香苗がうなずくのを確認して、仕方ないというふうにみんなの顔を見渡し、語り始めた。

「この数日、私は亜里沙さんとたくさん話をしてきました。最初にみなさんが知りたがっていることからお話ししたいと思います。きっと俊哉くんは浩子だと思っていたのでしょうし、同じように浩子も俊哉くんだと思っていました。ですが、二人とも違ったんです。代議士になってからも、いえ、そのずっと以前から、清家一郎くんが心を許し、頼り、そのすべてを預けていたのは、ここにいる亜里沙さんだったんです」

緊張感がいまにも音となって耳に飛び込んできそうだった。目の前で料理が冷めていく。小松が「俊哉くん」と呼ぶのが意外だった。家の中で浩子がそう呼んでいるのだろう。

そんな香苗の感慨などおかまいなしに、小松は言葉を紡いでいく。

「そもそもの始まりは一郎くんが大学生の頃のことでした。当時、浩子や俊哉くんからひどく干渉されていた一郎くんは相当意固地になっていたそうです。姿を消すフリをするというアイディアは亜里沙さんから持ちかけたものでした。若者の浅知恵にも思えますが、高校時代にすでに同様の経験をしていた亜里沙さんには現実味があったことのようです」

亜里沙が突然小松の続きを引き取った。

「一郎くんに対して、最初はおもしろい人という程度の印象しかありませんでした。でも、なんていうか、真綿のように人の意見を吸収してしまうんです。前回会ったときに私が言っていた意見を、次回会うと自分の意見のように口にしている。あの頃、一郎くんが浩子さんや俊哉さんとうまくいっていないのは傍から見ていてもわかりました。試しにお二人への不満をけしかけるようなことを一郎くんに言わせてみると、本当に自分の中から出てきたことのようにお二人にちゃんと反発するんです。最初はこんなふうに人を操ることができるんだということに鮮烈に感動して、すぐに違う印象を抱くようになりました」

そこまで言うと、亜里沙は浩子を上目遣いに一瞥した。

「何?」

首をひねった浩子から目を逸らすことなく、亜里沙は力なく微笑んだ。

「すごい才能と思うようになったんです。才能だったし、作品だとも思いました。清家一郎という作品は、間違いなく浩子さんが作り上げたものでした。はじめはそこに俊哉さんも含めた三人の歪な関係をシナリオに落とし込めればいいという程度だったんですけど、あるとき私も登場人物の一人になりたいという強烈な欲求が生まれてしまったんです。知れば知るほど、清家一郎という人間はそういう欲望を刺激する人でした。あの頃の一郎くんは、浩子さんと俊哉さんのお二人に対してはじめて疑問を抱き始めた時期でしたし、その反動のように私に依存してくれた時期でもありました。うまくコントロールさえすれば、自分のモノにできるという確信がありました。実際に二十年もの間、私は完全に一郎くんを支配できていたんです。二十七歳で代議士になったら、浩子さんを切り捨てる。官房長官になるまでは俊哉さんを利用する。一郎くんの夢が叶ったら、そのときに晴れて一緒になる。すべて私があの時期に描いた台本でした」

そこまで流れるような口調で言って、亜里沙は苦虫を嚙みつぶすような顔をした。

「だからいまから五年前に彼に何があったのか、どうしても納得いかなかったんです。誰が彼を狂わせたのか。私には浩子さんしか考えられませんでした。だから身元を偽ってまた近づいたのに、浩子さんにその気配は全然ない。まったく尻尾をつかませないんです。俊哉さんに一郎くんの卒論を送ったのはそのためでした。とにかく誰かに何かを突き動かしてほしかった。こうして第三者の道上さんが動いてくれるのは予想外でしたけど」

小松は亜里沙も立派なマニピュレーターだと言っていた。それを証明するように、亜里沙の告白の中には「コントロール」や「支配」といった単語が多出した。

浩子も、鈴木も食い入るように亜里沙を見つめ、その言葉に耳を傾けている。二十年もの間、どこに身を隠していたのか、清家とどんなつき合いをしていたのかなど、告白は過去と現在とを行ったり来たりしながら、少しずつ核心に迫っていく。

あんなにおどおどしていたのがウソのように、亜里沙の顔は次第に血色が良くなっていって、声にハリも生まれていた。

不自然と思っていたはずの表情まで、気づいたときにはどこか艶っぽく見えている。真中亜里沙も間違いなく物語の登場人物、主役の一人なのだろう。

仮に気分が高揚し、大仰に言っていたとしても、話にウソはないと感じた。だからこそ、香苗は尋ねないわけにはいかなかった。

「二つの事件は真中さんがやったものなんですね？」

話が停滞した沈黙を狙ったわけではなかったが、無意識のまま声を上げていた。みんなの視線は亜里沙に向けられたままだ。亜里沙は小さく息をのんだ。大切なことが語られるという予感があった。

それなのに亜里沙は不思議そうに首をひねった。

「二つ？」

香苗は頭に血がのぼりそうなのを懸命に自制する。

「ええ、二つです。一つは、いまから二十一年前。一郎さんに地盤を引き継がせるために愛人関係にあった武智和宏を手にかけたこと。あのタイミングだったのは、二十七歳で政治家にというあなたが描いた未来図を叶えるため。そうですね？」

亜里沙の目にどこか好戦的な光が差した。否定も、肯定もしなかったが、その表情と、皮肉にも次の質問の反応が「イエス」の答えを指し示していた。

亜里沙は軽く目を伏せ、肩で息を吐いた。

「それで？　二つ目の事件って？」

香苗はちらりと鈴木に目を向ける。その視線に気づいた亜里沙も鈴木を見つめ、不思議そうに首をひねった。

「なんですか？　俊哉さんが何か知ってるんですか？」

その言葉がすべてだった。それだけでこの部屋に集まったすべての人間が、二つ目の事件に亜里沙が関与していないことを認識した。

香苗は気が急《せ》くのを自覚した。

「いまから五年前、ここにいる鈴木俊哉さんが自宅近くで自動車事故に遭《あ》っているんです」

「えっ？」

「二十一年前の武智和宏さんの事故と、もっと言うとそれよりもはるかに昔、愛南町で清家嘉和さんが亡くなった事故と酷似していました」

「で、でも、それは――」

「いまから五年前なんです」

「何よ？」

「五年前ということに思うことはありませんか？」

「それは、だから私が一郎くんにひどい捨てられ方をした……」

「違います。四十三歳だったんです」

「はぁ?」

「あなた自身が書いたことじゃないですか。『最後に笑うマトリョーシカ』の秘書Bは、そしてそのモデルとなったエリック・ヤン・ハヌッセンも、どちらも四十三歳で殺されています。鈴木さんが事故に遭ったのも同じ年齢、四十三歳だったんですよ」

「そ、それって、つまり――」

「あなたが本当にかかわっていないということなら、あなたに罪を着せようとした何者かの仕業なんでしょうね」

香苗が言い切るタイミングを見計らったかのように、そのとき小さな地震があった。揺れ自体は本当に微細なものだったが、テーブルに載ったお椀がカタカタと音を立てた。

聞き覚えのある音だった。清家とはじめて会った日だ。議員会館の応接室に置かれてあったマトリョーシカ人形が、似たような乾いた音を立てていたのを忘れていない。

ああ、そうか。ここに集った全員がマトリョーシカの外側の人形だったのか。

ここにいる全員が敗者なのだ。

そんなことを思ったとき、佐々木光一が個室の戸を開けた。

「お食事中すみません。まだお料理が残っているようですが、そろそろデザートをお出ししてもよろしいですかね?」

香苗は呆然と佐々木を見た。

意識は沼の底に引っ張られたままだ。

だとしたら、誰がいまの清家をコントロールしている?

清家にとってのハヌッセンは誰なのか?

カタカタという笑い声が耳の裏によみがえる。

マトリョーシカ人形のもっとも内側で、世にもおぞましい笑みを浮かべているのはいったい誰なのか?

香苗には考えてもわからなかった。

エピローグ

重い雲が垂れ込めている。

いつ雨が落ちてきても不思議ではないくもり空。梅雨入りしてからずっとそうだ。眼下の首相官邸をはじめ、南向きに拓《ひら》けたすべての景色が見事に灰色に覆われている。

衆議院第一議員会館。

初当選した二十三年前から変わらない、九階の事務所。

その執務室に置いた革張りチェアに身体を預けて、僕は腹の底にゆっくりと息を溜め込んだ。

緊張するときはそうするよう鈴木俊哉に言われたのは、まだ十七歳のとき。高校の生徒会長選挙の当日だ。

あの日はたしかに緊張していた。緊張という精神状態を体験したはじめての日だった。朝からなぜか落ち着かず、最後のスピーチを行う校内のチャペルに向かうときには手まで震え出した。

「へぇ、さすがの清家でも緊張することってあるんやな」

そう意地悪そうに笑ったのは、当時親しくつき合っていた友人の一人、佐々木光一だった。

「緊張？」

「なんや、その反応。違うんか？」

「いや、そうなのかと思って。そうか。これが緊張っていう現象なんだ」

僕は驚いて自分の両手をマジマジと見つめた。もちろん、言葉の意味は知っていたが、自分の身に降りかかってきたのはやっぱりはじめてだったと思う。

佐々木は呆れたように肩をすくめた。続きの言葉を引き取ったのは鈴木だった。

「なんだよ、清家。まさか生まれてはじめて緊張してるとか言うんじゃないだろうな」

「うーん、どうなんだろう。これがそうだっていうなら、はじめてなのかもしれない」

「マジかよ！　それってどんな人生や！」と、再び佐々木が混ぜっ返すように大声で笑い、前のめりになって尋ねてきた。

「福音《ふくいん》の受験の日とかは？」

「ううん、それはまったく。どうせ受かると思ってたし」

「なんや、それは。イヤミっぽい。じゃあ、あれはどうや？　生徒会長選に立候補することを決めて、はじめて校門の前に辻立ちしたとき」

「ええ、なんだよ、それ。光一くんってたまにおかしなことを言い出すよね。そんなの緊張なんてするわけないじゃん」

「なんで？」

「だって、あんなの誰も聞いてないもん。聞いてないことをしゃべるのに、どうして僕が緊張する必要があるんだよ。ワケがわからないな」

　今度は僕が笑う番だった。二人の友人はまったく笑っていなかった。ただ、怪訝《けげん》そうに顔を見合わせ、しばらくすると呆れたとも、感心したともつかない表情を同時に浮かべたのをよく覚えている。

　鈴木はようやく苦笑しながら「そうか、生まれてはじめての緊張なんだな」と独りごちて、仕切り直しというふうに顔を上げた。

「そうしたらな、清家。いいおまじないがあるぞ」

「おまじない？」

「うん。軽く目を閉じて、大きく息を吸い込むんだ。で、このあたりに思いきり空気を溜め込むイメージ。わかるか？」

　そう言って鈴木は僕のヘソの下を拳で叩いてきた。

「何言ってるの？　そんなところに空気は溜まらないよ。肺の位置はここでしょう？」

と、僕は鈴木の手を払いのけて、自分の肺の辺りを両手でさすった。

　鈴木はやっぱり弱々しく微笑んだ。

「ううん、それでも下腹部まで息を落とし込むんだ。そのイメージを持って呼吸する。そうしたら手の震えは必ず消えるから。たとえ清家といえども、これからたくさんの場面でプレッシャーにさらされる。そのときは俺の言葉を思い出せ。たとえ、そのとき俺と袂を分かっていたとしてもだ。深い呼吸が震えを打ち消してくれるから」

一番楽しい時期だった。はじめてできた友だち。家族以外で、はじめて心を許すことのできた者たち。

そもそも「友だちが大切なもの」という価値観さえ、僕は持っていなかった。すべては母の〝教育〟の賜《たまもの》だ。

小学校に入る前は、絵本も与えられなかった。自宅にテレビも置かれてなかった。近所の公園には同年代くらいの子たちがいたが、母も、まだ存命だった祖母も絶対に彼らと接触させようとしなかった。

みんなはなぜかグループになっていた。それが僕には不思議でならなかった。誰かと一緒に遊ぶということの感覚がわかっていなかったし、そもそもどういうきっかけで彼らが親しくなるのかもわからなかった。

野球も、サッカーも、鬼ごっこも、かくれんぼも、彼らが何をしているのかさっぱりわからなかった。

ケガをしたら困るからと、僕は遊具にさえ触れさせてもらえなかった。公園はただ陽を浴びに行く場所であり、そこでは同年代の子どもたちがなぜかいつも笑っていて、僕はその子たち以上に大きく口を開けて笑っていた。そうすれば母と祖母が安心し、喜んでくれることを知っていたからだ。

振り返れば、なかなか歪な〝教育〟だったと思う。いまの時代なら問題視されかねない。それでも疑いは持たなかった。小学校に入るとさすがに世界が広がり、幼稚園や保育園に行っていない、それどころかそんな場所の存在さえ知らなかった僕はかなり奇異な目で見られたけれど、そんな視線も気にならなかった。幸せだったからだ。誰に、何を言われようが、どんな目で見られようが、僕は間違いなく幸せだった。信じられたのはそれだけだ。

小学校に入るとき、母に言われた。

「学校という場所で会う人は例外なく一郎くんを幸せにしてくれない。大人も、子どもも、先生も、クラスメイトも関係なく、みんなあなたの人生の部外者だと思っていい。コミュニティは最初に所属してしまうから恐ろしいの。そこから追い出される恐怖に怯えるくらいなら、そんな場所は最初から拒めばいい」

まだ七歳に満たなかった子どもを相手に、母の表情は鬼気迫るものがあった。もちろん、当時の僕には到底理解が及ばなかったが、関係なかった。わかることだけ実践すればいい。そうしていれば、幸せでいられることを知っていた。

それでも、よほどポカンとした顔をしたのだろう。母は苦笑しながら僕を見つめ、ゆっくりとしゃがみ込み、目の高さを揃え、僕の頭を両手で挟み込むようにして続けた。

「あなたは特別な子だから」

場所は、石畳の街並みが美しい外泊《そとどまり》の高台だった。瑠璃《るり》色の海を見ようともせず、母は僕の目を凝視したままさらに言った。

「あなたのお父さんは政治家よ。総理大臣にだってなれる人。ワケあってお母さんは一緒に住むことができなかったけど、いまでも心から愛している。あなたの身体にはその人の血が流れている。お父さんに恥ずかしくない生き方をしていこうね。あなたも大人になったら、政治家になりなさい」

僕の人生が決定づけられた瞬間だった。僕は母を心から信頼していた。その母が言うことならなんだって信じられた。政治家にも、「お父さん」という存在にもピンと来なかったし、だからそんな告白は必要なかったのかもしれない。母が僕にも政治家を目指せというのなら、ただそれを目指すだけだ。

母は僕の教師でもあった。友人を作らせず、学校の教師に心を開かせず、塾どころか習い事一つさせないで、僕を福音学園にまで入れてくれた。

母と、祖母があんなに喜んでくれたことがあっただろうか。当然合格するものだと思っていたから、僕自身はそれほど嬉しいと感じなかった。手を取り合って喜ぶ二人の姿を見て、はじめて自分の達成したことの意味を知った。

母と松山に発つ朝、祖母は涙を流しながらこんなことを言っていた。

「これからもお母さんの言うことをよく聞くんだよ。そして、おばあちゃんに立派になった姿を見せてね。あなただけが私たちの希望だから。おばあちゃんの願いを託すから」

そして荷物を運び終えた道後のマンションで、母も思わぬことを言ってきた。

「一郎くん、高校では友だちを作りなさい」

おずおずと首をひねった僕を見下ろし、母は命令するような口調で続けた。

「新しい学校には一郎くんの味方がいるはずだから。ちゃんと人間性を見抜いて、誠意をもって話しかけなさい。そして、この子だという者と出会えたら、ここに連れてきて。お母さんに紹介して。お母さんが認めた子だったら、あなたのお父さんのことを話していい。いい？　絶対にお母さんが認めた子だけよ。その子が一郎くんの夢を叶えてくれる。生涯の友だちになってくれる。いいわね？」

最初は嬉しかった。本当は自分が友だちを欲しがっていたのだということを、そして父のことを誰かに話してみたかったのだと、このときはじめて知ったのだ。

しかし、胸を弾ませて登校した学校で、僕は早々に挫折した。何せ友だちの作り方というものがわからない。早くなんとかしなければと、やみくもにクラスメイトに声をかけたのがいけなかった。

今日もダメだった、今日もダメだった……と、帰宅するたびに報告する僕に、母は「いまはまだあわてなくていい。誰が信頼できそうか、まずはちゃんと見極めなさい」と言っていた。そのやり方がわからない。五十人もいるクラスメイトの、いったい誰が信頼に値するのか、生涯の友だちになれるのか、見当もつかなかった。

自宅に連れ帰ったのは鈴木と佐々木の二人がはじめてではなかった。その前にも二組、家に遊びに来てくれていたのだが、母が厳しい顔をして「あの子たちは全然ダメ。お話にならない」と切り捨てた。

彼らと話をしているときは優しい、いつも通りの母なのだ。それが、友人たちが帰宅した瞬間、母の表情は曇った。もちろん、僕に口答えすることなどできなかった。翌日の学校で「清家のお母さんってすごい美人だな。また今度遊びにいかせてよ」などと言ってくれるクラスメイトを無視するのは忍びなかったが、彼らが生涯の友だちでないというのなら、話しても意味のないことだと割り切った。

鈴木俊哉は、出会ったときから僕にとって特別なクラスメイトだった。どこか厭世的で、冷たい目をし、まさに母が言っていたように教室の中のパワーバランスを誰よりも冷静に見極めているように見えた。

佐々木が話しかけてくれたことをきっかけに、再び鈴木と話ができるようになった。鈴木との会話はとくに楽しく、時間の経つのを忘れるほどで、なんとなくこの人なのではないかという予感があった。

だからこそ母に会わせるのがこわかった。僕の見立てがまったくの見当違いで、母にまた「お話にならない」と断じられたら、もう誰に話しかけたらいいかわからないと思ったからだ。母が愛南町に戻っているのを見計らって鈴木たちを自宅に呼んだのは、生まれてはじめて犯した母に対する裏切り行為だったかもしれない。

母が予定を繰り上げて帰宅するのではないかと、はじめは気が気じゃなかった。映画など頭に入らないのではないかと思っていたが、三人で見た『砂の器』は、僕のそんな雑念を振りほどいてくれた。

とくに後半部はあまりに没頭しすぎてしまい、鈴木たちの存在を忘れかけた。食い入るように画面に集中したのは、やはりハンセン病を患い、あらぬ差別を受けて故郷を追われることになった父と子の遍路旅だ。

のちに佐々木が「親父さんとのことを重ねたんやろ？」と尋ねてきて、その質問に僕は曖昧《あいまい》にうなずいた。

しかし、本当の涙の理由はそうじゃなかった。僕は『砂の器』の父、本浦千代吉に祖母の姿を重ねたのだ。そして息子の秀夫に、母を重ねた。父と子の過酷な旅は、まさに物心がついたときから祖母に聞かされ続けていた二人の旅路そのものだった。僕は自分の身体の中に異国の血が流れていることを、このとき強く意識した。

僕はそのことを二人には明かさなかった。代わりに口にしたのは、父のことだ。「お母さんが認めた子だったら」という母の言いつけを無視し、僕はありのままを話していた。人生二度目の母に対する裏切りだった。

話すだけ話して、泣くだけ泣いて、そのまま僕は寝入ってしまった。物音にもまるで気がつかない、本当に深い眠りだった。だから、そのあとに家で起きたことを僕は知らない。

目を覚ましたとき、もう二人の姿はなかった。代わりに母が頭を抱えながらダイニングチェアに腰を下ろしていた。

どこか大仰とも言えるその仕草が、僕は以前から苦手だった。ああ、また自分は大失敗をしでかしたのだということを突きつけられ、いつものようにぶたれるのだろうと覚悟を決めた。

ゆっくりと母に近づいた。母は僕が目を覚ましたことに気づいていなかったようで、身体をぴくりと震わせた。

深く腰かけ直し、母は僕の目をまっすぐ見据えた。叱られるときとは様子が違うことに、僕はうまく対応できなかった。

母の口から出てきた言葉もまた予想もしていないものだった。

「完璧だと思う」

一瞬、理解が及ばなかった。「え、何？」と目をパチクリさせた僕をさらに見つめ、母はやっぱり微笑むことなく続けた。

「あの俊哉くんという子。あの子が私たちの力になってくれる。きっとあの子が私たちの願いを叶えてくれる」

母はたしかに「私たちの」と言っていた。ずっと言われ続けていた「一郎くんの」ではなかったことに、しかしこのときの僕は違和感を抱かなかった。

その後、母が陰で何をしていたのか、僕は知らない。ただ、鈴木の目の色があきらかに変わったのは、祖母の通夜のために愛南町に来てくれた日だった。その日を境に、鈴木は僕のために本気で汗をかいてくれるようになった。

鈴木だけでなく、担任の一色や、前生徒会長の三浦など、母が僕の目を盗んで会っていたことも知っている。いや、ひょっとして母に隠す気持ちなどなかったのかもしれない。僕も興味を抱かなかった。母を信じていたからだ。母が裏で何をしていようがそれらはすべて僕のために決まっている。幸せに通じていると信じられたから、真実なんてどうでも良かった。

やっぱり一番楽しい時期だった。一番幸せで、無敵感があった。こうしてたいていの願望を叶えてきたいまでさえ、もし戻れるならあの頃に帰りたい。

僕の人生でもっとも尊い、そして輝かしい時期だったのは間違いない。


窓に五十歳になった自分の姿が映っている。

いつの間に降っていたのだろう。その外はすっかり雨模様だ。

父からもらった腕時計が十五時を指そうとしている。約束の時間が目前に迫り、胸がかすかに拍動した。

執務室のドアがノックされる。

「ああ、どうぞ」

政策担当秘書の坂本一紀がドアを開いた。少しでもボンヤリしていると、いまでも鈴木がそこに立っている気がしてハッとする。

古い記憶が次々と脳裏を過《よ》ぎるからだろう。小さく息をのんだ僕に、坂本は不思議そうに首をひねった。

いつもはドアの前で用件を伝えてくる坂本が、なぜか部屋に入ってきた。同じように灰色に彩られた東京の街を見下ろしながら、ポツリと言う。

「やっぱり感慨深いものですか？　ここまで登り詰めたという感じでしょうか」

「べつに。なんで急にそんなことを」

「明日じゃないですか、総理との会食。幹事長もいらっしゃるそうで」

「久しぶりにメシでも食おうっていうことだろう」

「この時期にですか？　そんなこといままで一度もなかったのに？」

「快気祝いも兼ねてどうですかってこっちから提案してたんだよ」

「いやぁ、釈然としません。どう考えたってそういう話に決まっています」

「だから、そういう話ってなんだよ」

「そういう話はそういう話です」

普段、滅多に冗談を言わない坂本がいたずらっぽく微笑んだ。二ヶ月ほど前、首相の羽生雅文が持病の糖尿病を悪化させ、三週間ほど公務を休んだ。その頃からにわかに政局の匂いが立ち込め始め、玉石混交のウワサ話が永田町を飛び交っている。むろん、その中心にいるのが僕であるのは間違いない。

「首相官邸の見え方が違ったりするものですか？」

よほど気分がいいのだろう。坂本の口はいつになくよく回る。いつか誰かと似たような話をしたと思って、そんなやり取りをするのは一人しかいないと思い直した。

そう、あれは官房長官就任の特ダネが『東都新聞』の一面を飾った日だ。二十年以上抱き続けてきた鈴木への恨みが一瞬解け、久しぶりに腰を据えて話したのを覚えている。

あの日と同じように、壁にかけられた額縁に目を向けた。

『生者必滅会者定離《しょうじゃひつめつえしゃじょうり》』

まるで自分の人生を表すかのような書を見つめているところに、スタッフの女性が開いたドアから声をかけてきた。

「官房長官、お約束のお客さまがいらっしゃいました」

胸がトクンと音を立てる。

「わかった。お通しして」

言った直後、僕は無意識に深く呼吸していた。いつか鈴木に教えられた通り、下腹部に空気を溜め込むイメージで。

その様子を坂本が呆れたように見つめてくる。

「そんなに大事な案件ですか？」

大切な時間を邪魔された気分になり、少し苛立った。坂本はそれに気がつかない。

「こんな多忙な時期に受けるような取材と思えないのですが」

「いいんだよ。今日ですべてが終わるんだから」

「すべて？」

「次のステップに進むために必要な儀式だ。前にも言った通り、今日は絶対に部屋に入ってこないでくれ」

部外者は、という言葉をギリギリのところでかみ殺した。坂本がいよいよボンヤリとした表情を浮かべるのを見て、ため息を吐きたくなる。

少しは見込みがあるだろうと思い、長らくそばに置いてきたが、ただ従順なだけだった。僕が頼るべき人間じゃない。坂本では残念ながら鈴木の足もとにも及ばない。母だったら絶対に認めない。

「とりあえず、ここまで支えてくれてありがとうな」

僕は坂本の肩にゆっくりと手を置いて、応接室のドアノブに触れた。坂本の声が背後から聞こえてくる。

「ライターの道上さんです」

それもきっと鈴木に仕込まれてのことだろう。

わかってるよ……と心の中で応じながら、最後にもう一度腹の底に空気を溜め込み、僕は顔に笑みを浮かべた。

人工的なLEDライトに照らされ、真っ先にテーブルの上のマトリョーシカ人形が視界を捉えた。道上香苗が、立ったまま人形を見下ろしていたからだ。

道上と会うのは三年ぶりだ。この間、お互いにたくさんのことがあった。僕は官房長官というかねて念願だった職務に就き、国民のためにひたすら仕事に邁進してきた。

道上の方は会社を辞めたらしい。前回会ったときは『東都新聞』の文化部記者だった。そこから独立し、どんな仕事をしていたのかは知っている。旧知の記者から情報は入っていたし、取材依頼のメールに本人も包み隠さず書いてきた。会っていないのがたった三年というのがウソのように、道上の顔は精悍さに充ちている。

「やぁ、道上さん。大変お待たせいたしました。いかがですか？　その後、お変わりはございませんか」

いつもと同じようにすべての語尾に「！」をつけるイメージで、笑顔をより強調した。覚悟の秘められた道上の目をまっすぐ見据え、手を大きく広げてみせる。

その瞬間、道上の瞳になぜか弱々しい光が差した。

「ご無沙汰しております、清家さん」

前回会ったときはたしか「先生」と呼ばれたはずだ。

「本当にご無沙汰していますね。会社を辞められたそうで」

「ええ、いまは小さな出版社で働いています」

「それは素晴らしい。いまはもう大メディアが社会を動かすという時代ではありませんからね。さぁ、どうぞおかけになってください」

僕はイスに座るよう促した。その声が耳に届いていないかのように、道上はずっと僕の目を見続けている。

どこか懇願するような、すでに何かを諦めてしまっているような。心の内を読みにくい表情を浮かべたまま、道上が思わずというふうに何か口にしかけたとき、女性スタッフが部屋の扉をノックした。

その瞬間、道上は目を瞬かせた。我に返ったように息を吸い込み、ヘソの下あたりに両手を置いた。その仕草を見るだけで、道上のそばに鈴木がいるのが理解できて、嬉しくなる。

ようやくお互い席につき、スタッフが持ってきたお茶でのどを潤した。「いかがですか、その後は。お変わりありませんか？」と、僕の方から話を振ると、道上は二度、三度と小刻みにうなずき、あらためて僕の目を覗き込んできた。

「今日はもうそういうのはやめましょう、清家さん」

部屋の外でスタッフたちが聞き耳を立てているのではないかと疑いたくなるくらい、深い静寂が立ち込める。

「そういうのとは？」

僕の素直な疑問に、道上は声を一段張った。

「今日、私は生身の清家さんと話をしにまいりました。よそ行きの、作られた清家一郎に関心があるわけじゃなく、清家一郎という人間そのものに興味があるんです。録音だってしていません。いまさら私がするべき仕事はないんです。みなさんの思いを背負って、今日は決着をつけに来たんです」

　道上は自分が丸腰であることを証明するように両手を上げた。たしかにレコーダーはおろか、タブレットも、ノートさえテーブルに置いていない。

　僕は釣られるようにうなずいた。

「素の私というのは、どういう私なんですかね」

「少なくとも、楽しくもないのに笑っている必要はないと思います」

「楽しくもないのに笑う私は本当の私じゃない？」

「ええ。そうするよう作られたあなたなのではないでしょうか」

「作られた？　誰に？」

「それは、ですからお母さまの浩子さんに。それに鈴木さんや、亜里沙さんに」

「それでは、彼女たちに作られた私は本当の私じゃないということですか？」

「私はそう思います」

「いや、私にはよくわかりませんよ、道上さん。では、本当の私というのはどういう人間のことを指すのでしょう？　あるいはどの時点の私のことですか？　ならば、いまここに存在しているあなたは生身の道上香苗さんであるのですか？　それを証明しろと言われているようなものなんですよ？」

　禅問答をしたかったわけではない。素直な自分の気持ちを問いかけた。

　さすがの道上も言葉に詰まったようだ。ムリもない。僕自身が何年も、何十年も考え続け、いまだに答えに辿りつかない問いなのだから。

道上は仕切り直しというふうに首を振る。

「たとえば、外務副大臣時代、北京から帰ってきたときの清家さんのインタビュー映像には生っぽさを感じました。鈴木さんや、後援会長を務めていらっしゃった佐々木光一さん、それに当時クラスメイトだった加地昭宏さんらは、福音学園在学中に何度か清家さんが激昂する姿を見たことがあるとおっしゃっています。みなさん、口を揃えて『清家の正体を見る気持ちだった』とおっしゃっていました」

懐かしい名前がその口から出てきた。僕の一番楽しかった時代。まだ身の回りにあるすべてのものを信じられていた頃の仲間たち。

「それこそが作られた私なのかもしれませんよ」

僕は自然と笑っていた。

「どういうことでしょうか？」と、少ししびれを切らしたように、道上の鼻息が荒くなる。

「いや、すみません、道上さん。べつに私は何かをうやむやにしたり、隠し立てしたりしようと思っているわけじゃないんです。そうじゃなくても、あなたはきっとたくさんの人にいろいろなことを取材してきて、今日ここにいるのでしょうし、その労力に対して敬意さえ抱いています。そんなあなたにいまさら何か隠そうとなんてしませんよ。ただ、その調べてきたことの中には山のような勘違いや、誤解、大いなる先入観、あるいは作為的に私を貶《おとし》めようとする情報も含まれているかもしれません。せめて道上さんだけは予断を持たず、それこそ生身の私を曇りのない目で見極めてください」

次々と言葉が口をついて出た。きっと僕は笑っているのだろう。いつか誰かとこんな話をしたいと思っていた。それが母でもなく、鈴木でもなく、亜里沙でもないことは意外だが、そんなのは些末《さまつ》なことだ。誰かと、自分という人間について語りたかった。僕自身が、自分という人間が何者なのかをずっと知りたいと思っていた。

道上は正面から立ち向かってくれている。いまにも泣きそうなほど興奮しているのは見て取れるが、絶対に涙など流さない。

「では、せめて一人称くらい〝僕〟にしましょうか。その方がたしかに僕らしい」

敬意を表したつもりだった。しかし、道上はつまらなそうに鼻を鳴らす。

「そうやって平常心を見せつけてマウンティングするのも手なんですか？」

「そんなつもりはありません。僕はただ――」

「いつかみたいに興奮してみせたらどうですか？」

僕の言葉を遮って、道上は今日一番の大きな声を上げた。会話が一瞬でも途切れるたびに、静寂に包まれる。窓のないこの部屋だけ外部から隔離され、真空の中を漂っているかのような静けさだ。

道上は大きな勘違いをしている。いま僕はかつてないほど興奮している。だから曇りのない目で見てほしいとお願いしたのだ。失望はさせてほしくない。

肩で息を一つ吐いて、僕はちらりと天井を仰いだ。

「あのときこそ冷静でしたよ」

「あのとき？」と、道上は噛みしめるように繰り返す。僕はやっぱり笑ってしまう。

「ええ、あなたがご指摘してきたそれぞれのときです。俊哉くんと出会った入学式の朝、加地くんに腕時計を取られた日、空港で記者たちに囲まれたときもそうでしたね。僕は極めて冷静だった。冷静だったからこそ、声を荒らげることができたのです」

道上は本当に意味がわからないという顔をする。

「なんですか、それ。どうして……」

「そういうふうに教わってきたからですよ。普段、大人しい僕が興奮した姿を見せることは重要なカードになる。常に心を冷静に保って、ここぞというときに切りなさいと、小さい頃から教わってきたんです。あなたもよく知るあの母から」

道上はあきらかに言葉を失っている。これ以上何か言う必要がないのはわかっていたが、やはり僕は気が昂《たか》ぶっているようだ。どうしても笑いを止められない。

「ね？　わかるでしょう、道上さん。あなた方が指摘する『清家の正体』こそ、僕にしてみればハッキリと演じられた清家一郎だったんです。でも、その演じている清家一郎だって、どうしようもなく生身の僕自身である。僕は自分という人間を誰よりもわかっているつもりですが、その誰よりもわかっているはずの自分のことが理解できていないんです。本当の僕がわからない。何が本当かわからない。その僕のことを、どうしてあなたたちが断じられるというんですか？　あなたは三年もかけて取材した本に何を書こうとしているんですか？　まさか『悲願』のような体裁だけのものを書こうとしているわけじゃないんでしょう？」

　白黒つけたかったわけじゃない。それどころか道上は自分にとって大事な味方だという意識すらある。そうでなくても官房長官という大きな権力を握る立場で、未来ある若いライターから言葉を奪うのは趣味じゃない。

　道上はそれでも立ち向かおうとしてきてくれる。それが本当に嬉しかった。道上の目に力が籠もるのを確認して、僕は先に口を開く。ほだすような口調になっていることに、ちゃんと気づいていた。

「僕は本当の自分なんて結局いないと思うんです。道上さんの言う本質的な人間性を知りたいと思うなら、生まれてすぐに他の人間のいない部屋にでも隔離して、規則正しく三食を与え、誰にも会わさず、情報や教育をいっさい与えない、あるいは他の部屋にいる人間たちと同じ教育と情報のみを与えるかして、たとえば二十年後などに隔離していた全員をいっせいに部屋から出したときに、それが表出しているのかもしれませんね。ナチス時代のドイツで似たような実験が行われていたというウワサ話を聞いたことがありますが」

「おっしゃっている意味がわかりません」

「それくらいあやふやなものだということですよ。だって考えてみてください。僕が生まれて最初に出会ったのはあの母なんです。清家浩子だったんです。その瞬間から、僕は彼女の影響下にあったに決まっています。その上でお尋ねします。では、子どものとき、僕は生っぽい僕だったのでしょうか？　僕はそう思いません。物心がついたときにはもう喜ばせたいと思っていたのですから」

「浩子さんを？」

「そうですね。それに祖母を。それが俊哉くんや、亜里沙さんだった時代もあったのだと思います。彼らに限らず、たくさんの人たちが僕の人生を通過していきました」

道上は食い入るように僕を見ている。言葉があとから、あとから溢れてくる。もっと言葉を連ねたい、話し足りないという気持ちをギリギリのところで抑え込んで、僕は道上が口を開くのをじっと待った。

「では、いまの清家さんは誰を喜ばせたいと思っているのですか？」

道上の声が身体の中にそっと溶け込んでいく。

「すみません。なんでしょう？」

「ですから、どなたが笑うマトリョーシカなのかを知りたいんです。浩子さんでなく、俊哉さんでもない、亜里沙さんでもなかったのだとしたら、ではいまの清家さんの一番そばにいるのはどなたなのでしょう」

一息にそう言うと、道上はテーブルの上のマトリョーシカ人形に目を落とした。僕の返事を待つことなく、まるで人形に話しかけるように続ける。

「結局、最後に笑っているのがどなただったのか知りたいんです。いま清家一郎という才能をコントロールしているのはどなたなんですか？　清家一郎にとってのエリック・ヤン・ハヌッセンは？　教えていただくことはできませんか？」

かつての恋人、真中亜里沙がそういうタイトルの脚本を書いていたのを覚えている。その内容がおもしろいかを判断する術はなかったが、自分の話したことが文字となり、目の前に立ち上ってきたことには大いに興奮したものだ。

僕もマトリョーシカ人形を見つめていた。

「それがあなたの思い描いた絵図ですか？」

「はい？」という道上の声に我に返り、僕は嚙みしめるように言い直す。

「それが、あなた方が作った物語なんですか？」

道上はどこか不安そうに眉根を寄せた。

「どういう意味でしょう？」

「そのままの意味ですよ。いまの僕の近くにはハヌッセンがいる。僕という人間はその者の傀儡《かいらい》として、何かしらの目的のために日々職務に当たっている。そういうことなんですよね？」

「違うんですか？」

「さぁ、それは。ちなみにあなたはどなただと思ってるんですか？」

「わかりません。現政策担当秘書の坂本一紀さん？」

「いやいや、まさか。あんな凡庸な男。明日にでも切ろうと思っているくらいなのに」

僕はたまらず吹き出した。道上はムキになったように尋ねてくる。

「では、どなただというんですか？　清家一郎という才能を操ろうとしているのは。いや、その前に教えてください。なぜあなたは浩子さんを捨てたんですか。亜里沙さんも、親友だった鈴木さんまで。まるで道具を捨てるみたいに――！」

道上は言葉に詰まった。まるで演技をしているみたいだ。僕も「感情的になる」という演技をするとき、よく言葉を詰まらせた。

これが演技でないというのなら、道上にこれ以上の攻め手はないのだろう。もう話すことはなさそうだ。

いまもとりあえず使い続けているオメガを一瞥《いちべつ》して、僕は逆に問いかける。

「ヒトラーがハヌッセンを切ったとき、何を思っていたかわかりますか？」

「そんなのわかりませんよ」

「見くびるな、ですよ。おそらくね」

一瞬、古い記憶が脳裏をかすめた。自分は徹底して見くびられている、コケにされている。最初にそれを痛感したのは、まだ大学生の頃。僕のはじめての恋愛を必死に阻止しようとしてきた二人の人間が、何年も愛欲に溺れていたのを知ったときだ。

母親による二十年に及ぶ洗脳を解き、僕にその「見くびるな」の視点を与えてくれた恋人も、結局は僕を軽んじていた。尊敬してやまなかった武智和宏さんと不貞関係にあったことを、そして僕を二十七歳で政治家にするためだけに手にかけたことを知ったとき、生まれてはじめて怒りから野太い声が腹から漏れた。

彼らにとって最悪なタイミングで別れを与えるのは、ある意味では『悲願』で綴ることのなかった本当の現実だ。僕が人生を賭して為し遂げようとした、僕という人間を見誤ってきた者に対する復讐劇だったと思う。

母とは議員バッジをつけさせたのを最後にいっさい顔を合わさなかった。長く結婚をせがまれていた亜里沙には、四十三歳のとき、武智との件を伝えて別れを告げた。

その亜里沙に罪を着せる形で四十三歳のときに鈴木を葬ろうとしたが、失敗したという報告を受け、彼にとってもっとも屈辱的な最後を用意した。鈴木が捕らわれ続けたBG株事件を理由に、僕の人生から退場してもらったのだ。

彼らと縁を切ったからといって、不安に苛《さいな》まれることはなかった。『生者必滅会者定離』の言葉を思い起こせば、そういうものなのだと割り切れた。

道上の目が大きく見開かれている。

「それがみなさんを見切った理由なんですか？」

私はあえて声に出して笑った。

「いいえ。ですから『おそらく』です。僕はヒトラーの内面を想像してみただけですよ」

「つまり、あなたはヒトラーになろうと？」

「どうしてそういう話になるんですか。僕はただ――」

「浩子さんとかつて夢見た立場では飽き足らず、この国の宰相となり、さらに権力を握って、今度は国をコントロールしようとしている。違いますか？」

さすがに突拍子もなさすぎる。たとえこの声が外に漏れていたとしても、誰も本気とは思わないだろう。

「だとしたら、どうだと言うんですか？」

心は極めて冷静だった。道上の顔は真っ赤に染まっている。

「最悪だと思いますよ。まるでディストピアです」

「なぜ？」

「なぜ？　本当にわかりませんか？　ヒトラーですらない、ヒトラーの真似事をしているだけのニセモノが一国を統治しようとしているんです。それがディストピアじゃないというなら何なんですか！」

ニセモノ……、ホンモノ……と、僕は頭の中で反芻《はんすう》する。道上はまだ見誤っている。見誤っていることに気づいていない。

「だから、あなた方は自分たちが思い描いた物語に捕らわれすぎているというんです」

眉をひそめる道上から目を逸《そ》らし、僕はマトリョーシカ人形に手を伸ばした。

「僕の感覚からすれば、ヒトラーこそがニセモノですよ。彼の孤独は理解できる、怒りに寄りそうこともできる。彼は良くも悪くも典型的なポピュリストでした。国民の上に立って、先導しようとした。眠っている人たちを叩き起こそうとした。それは長らくこの国が必要としてきたリーダー像そのものじゃないですか。ただ、彼のしようとしたことだけがいただけない。権力を否定しようとした人間がその権力を最悪の形で行使したんです。それは絶対に容認できることではない。当然です」

道上は何も応じない。僕は手に取ったマトリョーシカ人形を、外側のものから、一つ、また一つと、テーブルの上に並べていった。

「僕はね、道上さん。誰かを喜ばすためだけに生きることのできる人間なんです。そういうふうに作られてきたんです」

「どういうことでしょう？」

「先ほどのあなたの質問、いまの僕にとってのハヌッセンは誰か？　それにお答えするなら、きっと国民ということになるんでしょう。いま僕の一番そばにいて、僕が一番喜ばせたいと願うのは間違いなく国民です」

「いや、ちょっと待ってくださいよ──」

「ねぇ、道上さん。お願いだから目を曇らせないでください」

五つの人形すべてを並べた。道上の目にどう映るか聞こうとは思わない。そんなこと、聞くまでもない。

「一番小さいこの少年の顔、みなさんはよく〝不気味〟だと言いますが、僕の目には怒りに駆られているようにしか見えません。腹の底に溜め込んだ怒りの発露の仕方がわからず、顔が歪んでしまっている。平静を装った表層的な顔の裏に、潜んだ怒りのようにしか見えないんです」

「え……？」

「実際がどうかなんて関係ありません。そう見えている人間もいるということです。最後に僕から一つだけ言わせてください。これは自分のことではない。政治の世界で二十三年も生きてきた人間の語る、あくまで一般論です」

「なんでしょう」

「あなたが定義する〝ニセモノ〟がどういったものかはわかりませんが、ニセモノがここまで出世することは絶対にありませんよ。それだけは断言します」

「あの、清家さん――」

「今日はありがとうございました。お引き取りください」

道上は煮え切らないようだった。気持ちはわかる。僕の方にもうしろ髪を引かれる気持ちがたしかにある。

「明日、実は総理に呼ばれています」

僕は少し迷ってから口を開いた。うなだれていた道上がゆっくりと顔を上げる。何かを懇願しているような、潤んだ瞳。

「あなたとはまたお目にかかるような気がしています。総理の話がどういったものかはわかりませんが、きっとまた多忙な毎日が始まるのだと思います」

「羽生総理まで手なずけているということですか？」

「まさか。人が人を手なずけるって、そんなに簡単なことではありませんよ。ただね――」と言ったところで、言葉が途切れた。話しすぎかと自制する気持ちはあったが、道上にも何か手土産を与えたいと考え直した。

「ただ、一つ言えるのは、彼は僕にたくさんの借りがあるということです」

「借り？」

「ええ、BG株事件絡みでね。和田島芳孝は僕に二つのものを残してくれました。一つはオメガの腕時計。もう一つは羽生さんに対する多大な恩。そして母が僕に教えてくれたのは『誰かを自分のものにしようとするなら、うしろめたさを植えつける』ということでした。その教えを使いこなしているんですから、僕はやはりあの二人の子どもなのでしょう。二人の愛の結晶です」

僕はゆっくりと立ち上がり、素直な気持ちで頭を下げた。

「僕はいま心から信頼できるブレーンを求めています。今度はこちらから連絡させていただくと思います」

そして呆気に取られた道上に背を向け、ドアノブに手をかけたところで、もう一言だけつけ足した。

「でも、蜜の味ではありますよ。たしかに、権力は」

五つ並んだマトリョーシカ人形が、テーブルの上でキレイに道上を見上げている。

それでは、また……と言い残して、僕は応接室をあとにした。執務室に戻るとすぐに深く息を吸い込んだ。手がずっと震えていた。

僕はそのまま窓辺に立った。道上と二時間近く話していただろうか。

雨はすっかり上がっている。

あんなに分厚かった雲に切れ間ができて、そこからオレンジ色の光が漏れている。

その光は幾筋かの束となり、眼下の首相官邸を美しく照らしている。

謝辞

この小説の執筆にあたり、議員をはじめ、多くの関係者のみなさまにお力添えをいただきました。
心よりお礼申し上げます。ありがとうございました。

（著者）

◇主要参考文献

「ヒトラー（上）1889-1936 傲慢」（著／イアン・カーショー　訳／川喜田敦子　監修／石田勇治／白水社）
「ヒトラー（下）1936-1945 天罰」（著／イアン・カーショー　訳／福永美和子　監修／石田勇治／白水社）
「他人を支配したがる人たち―身近にいる『マニピュレーター』の脅威」（著／ジョージ・サイモン　訳／秋山勝／草思社文庫）
「サイコパスのすすめ―人と社会を操作する闇の技術」（著／P・T・エリオット　訳／松田和也／青土社）
「サイコパスの真実」（原田隆之／ちくま新書）
「小泉進次郎と福田達夫」（田﨑史郎／文春新書）
「残念な政治家を選ばない技術―『選挙リテラシー』入門」（松田馨／光文社新書）
「官房長官―側近の政治学」（星浩／朝日選書）
「内閣官房長官」（後藤田正晴／講談社）
「和解のために―教科書・慰安婦・靖国・独島」（著／朴裕河　訳／佐藤久／平凡社ライブラリー）
「なぜ日本は没落するか」（森嶋通夫／岩波現代文庫）
「『慰安婦』強制連行―［史料］オランダ軍法会議資料×［ルポ］私は〝日本鬼子〟の子」（梶村太一郎／村岡崇光／糟谷廣一郎／金曜日）
「従軍慰安婦」（吉見義明／岩波新書）
「慰安婦と戦場の性」（秦郁彦／新潮選書）
「政治家秘書　裏工作の証言」（松田賢弥／さくら舎）

解説

中江有里

テレビ番組で某大臣と一緒になったことがある。

人だかりに居てその人は遠目からも目立っていた。わたしに気づくと、さっと名刺を差し出し、満面の笑みで迎えた。

「いつも、見ていますよ」

よく通る声、強い目力、スマートな立ち振る舞い、常に多くの視線にさらされる職業という意味で、政治家は俳優と似ている。大臣はこちらの目を見ながら手を伸べて自然に握手すると、案外あっさりと去っていった。

体温の残る手がジンジンと痛かった。すごい握力。一から十まで過剰だけど、その佇まいは見事に政治家風だった。

本書を読みながら、あの日の記憶がよみがえる。

俳優は台本に沿って演技をする。ただし台本を丸覚えしても演技はできない。綿密に役作りをして初めて、与えられたセリフ、表情に実感がこもる。

一方、政治家に台本はない。肝要なのは役作り。

大勢の国民を魅了する役作りだ。

物語は、二人の青年の出会いから始まる。

一人は清家《せいけ》一郎《いちろう》。元ホステスの母と暮らしている。父は政治家の和田島芳孝《わだじまよしたか》。もう一人は鈴木《すずき》俊哉《としや》。家の事情で東京を離れ、愛媛の私立高校に進学し、そこで清家とクラスメイトになった。

清家と鈴木が政治家と秘書として運命をともにする未来は、冒頭に記されている。ではどうやって愛媛の高校生が政治の世界へのし上がっていったのか？　本書の語り手は主に鈴木だが、のちの清家の著書『悲願』も度々引用しながら進んでいく。

まだ何者でもない二人が、若い野心と人に言えない出自を明かしていく過程は青春小説らしい。松山に来たばかりの鈴木が読んでいる司馬遼太郎《しばりょうたろう》『坂の上の雲』が象徴的だ。この本の登場人物である秋山好古《あきやまよしふる》、真之《さねゆき》兄弟、俳人正岡子規《まさおかしき》たちは生まれ育った松山から、やがて明治日本の近代化に関わっていく。さりげなく清家と鈴木の行く先を暗示させる。

ところで政治家を目指す清家をサポートするのは鈴木だけじゃない。清家の母・浩子《ひろこ》、そして彼の恋人・美和子《みわこ》だ。

「もう彼には鈴木さんもお母さんも必要ないんですよ」

清家を自分がコントロールして政治家へと仕向ける、と堂々宣言する美和子の勝ち誇った姿を想像し、ふと自分の中のどす黒い感情があふれ出した。

この感じには覚えがある。

誰かと関係する時、人はある感情に飲まれてしまうことがある。相手の名誉を自分の一部のように扱い、相手の魅力ある相手を自分の思うままにしたい。相手を自分の一部のように扱い、相手の名誉を自分事にしたい。鈴木、浩子、美和子の三人が清家に共通して抱いているのはそんな名付け難《がた》い感情だ。

親子、夫婦、友人、師弟、どんな人間関係でも名付け難い感情は忍び寄り、いつのまにか心に巣食って、相手を支配したがり、時間をかけて関係をゆがませていくやっかいな感情。感染すると体内で増殖していくウイルスのようだ。それも感染力は半端《はんぱ》なく強い。

たとえば単純な自己顕示欲ならSNSで「こうありたい理想の自分」をアップすれば、気軽に承認欲求を満たせる。誰にも迷惑はかけないし、誰も支配しないのだから、はるかに健康的だ。

どんな人も他者への嫉妬、妬みや嫉みから逃れられないもの。名付け難い感情が生まれるのは相手が自分の思い通りにならないからだろう。

そこで自分が相手と一体化すれば、名付け難い感情は生まれなくてすむ。誰も自分自身に嫉妬したり妬んだりはしないのだから。

つまり空っぽに見える清家をコントロールし、思い通り政治家になってくれたら、彼をコントロールしている主の虚栄心は満たされるということ。

ここまで完璧にコントロールされてしまっている空っぽの清家が気の毒になってしまう。

冒頭で政治家と俳優は似ている、と記したが、清家は政治家より俳優に近い気がする。わたしの考える名俳優とは「演技しない」俳優。与えられたセリフを自分の口を通してオリジナルのものにしてしまう。俳優本人と役柄の境界があいまいになり、俳優の言葉か役柄の言葉か、わからないくらい「演技」を感じさせない人。

もうひとつ、自身が俳優の端くれとして言うと、役柄を演じるとは、自分自身のパーソナリティを封印するのとセットだ。どんな人でも「無《な》くて七癖《ななくせ》」というが、俳優はその癖すらも無くし、役柄の癖を取り入れていく。歩き方、笑い方、口癖……役柄に浸透することで自分の気配を消していく。高校の生徒会長選挙で、鈴木の書いたスピーチ原稿を自分の言葉にしてしまった清家はまさに天性の名俳優だった。

先に解説を読まれている方には、この先は本書の読了後にお願いしたい。

第四部で浩子は自らについて、そして政治家となった息子一郎について語り始める。ここまでの物語の見え方が変わる秀逸な構成だ。

異国から母娘で日本へたどり着き、異端の存在として苦労を重ねてきた母の気持ちを背負い、自分の欲望も他人の感情もすべてを思い通りに操りたい、と思うまでになったこと。

浩子自身が、母にコントロールされてきた過去を持ち、息子の父である和田島も思いのままにしてきたこと。

圧巻なのはエピローグでの清家の独白。

彼がカリスマ的魅力の持ち主であるのは明白だ。ゆえに清家に魅せられた他者は彼を自分のコントロール下に置きたくなるのだろう。

言い方を変えれば、清家という存在によって他者の心は操られてきた。

そして清家は長けた演技力で官房長官につき、次は内閣の頂点の座に手をかけようとしている。

いまや彼を操る人はいない。では何のために政治家を演じ続けているのか。

大きな権力を手にした後、何をしようというのか。そして何を操ろうとしているのか。

どんなホラーよりも恐ろしい小説だ。

（俳優・作家・歌手）

文春文庫

笑《わら》うマトリョーシカ

定価はカバーに表示してあります

2024年6月10日　第1刷
2024年8月10日　第5刷

著　者　早《はや》見《み》和《かず》真《まさ》

発行者　大沼貴之
発行所　株式会社 文藝春秋

東京都千代田区紀尾井町3-23　〒102-8008
TEL 03・3265・1211㈹
文藝春秋ホームページ　http://www.bunshun.co.jp

印刷・TOPPANクロレ　製本・加藤製本
Printed in Japan
ISBN978-4-16-792226-9

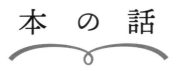